LE HÉROS

LE FRUIT DU HASARD
TOME 3

SUSAN STOKER

DU MÊME AUTEUR

<u>Autres livres de Susan Stoker</u>

<u>Le Fruit du Hasard</u>

Le Protecteur

L'Aristocrate

Le Héros

Le Bûcheron (1 Décembre)

<u>Sauvetage à Eagle Point</u>

Un sauveteur pour Lilly

Un sauveteur pour Elsie

Un sauveteur pour Bristol

Un sauveteur pour Caryn

Un sauveteur pour Finley

Un sauveteur pour Heather

Un sauveteur pour Khloe

<u>Forces Très Spéciales : Alliance</u>

Un protecteur pour Remi

Un protecteur pour Wren (5 Nov)

Un protecteur pour Josie

Un protecteur pour Maggie

Un protecteur pour Addison

Un protecteur pour Kelli

Un protecteur pour Bree

Le Refuge

Un soutien pour Alaska

Un soutien pour Henley

Un soutien pour Reese

Un soutien pour Cora

Un soutien pour Lara

Un soutien pour Maisy (1 Oct)

Un soutien pour Ryleigh

Silverstone

Pour la confiance de Skylar

Pour la confiance de Taylor

Pour la confiance de Molly

Pour la confiance de Cassidy

Delta Force Deux

Un refuge pour Gillian

Un refuge pour Kinley

Un refuge pour Aspen

Un refuge pour Jayme

Un refuge pour Riley

Un refuge pour Devyn

Un refuge pour Ember

Un refuge pour Sierra

<u>*Hawaï : Soldats d'élite*</u>

Un paradis pour Élodie

Un paradis pour Lexie

Un paradis pour Kenna

Un paradis pour Monica

Un paradis pour Carly

Un paradis pour Ashlyn

Un paradis pour Jodelle

Mercenaires Rebelles

Un Défenseur pour Allye

Un Défenseur pour Chloé

Un Défenseur pour Morgan

Un Défenseur pour Harlow

Un Défenseur pour Everly

Un Défenseur pour Zara

Un Défenseur pour Raven

Ace Sécurité

Au Secours de Grace

Au Secours d'Alexis

Au Secours de Bailey

Au Secours de Felicity

Au Secours de Sarah

Forces Très Spéciales Series

Un Protecteur Pour Caroline

Un Protecteur Pour Alabama

Un Protecteur Pour Fiona

Un Mari Pour Caroline

Un Protecteur Pour Summer

Un Protecteur Pour Cheyenne

Un Protecteur Pour Jessyka

Un Protecteur Pour Julie

Un Protecteur Pour Melody

Un Protecteur pour l'avenir

Un Protecteur Pour Les Enfants de Alabama

Un Protecteur Pour Kiera

Un Protecteur Pour Dakota

Forces Très Spéciales : L'Héritage

Un Sanctuaire pour Caite

Un Sanctuaire pour Brenae

Un Sanctuaire pour Sidney

Un Sanctuaire pour Piper

Un Sanctuaire pour Zoey

Un Sanctuaire pour Avery

Un Sanctuaire pour Kalee

Un Sanctuaire pour Jane

Delta Force Heroes Series

Un héros pour Rayne
Un héros pour Emily
Un héros pour Harley

Un mari pour Emily

Un héros pour Kassie

Un héros pour Bryn

Un héros pour Casey

Un héros pour Wendy

Un héros pour Mary

Un héros pour Macie

Un héros pour Sadie

Un héros pour Annie

<u>Autre</u>

Un moment suspendu : Recueil de nouvelles

<u>AUDIO</u>

Un paradis pour Élodie

CHAPITRE UN

Marlowe Kennedy sursauta, surprise, quand l'une des détenues classées cria son nom suffisamment fort pour être entendue par-dessus le bruit d'une centaine de machines à coudre présentes dans la pièce.

Se tournant, elle aperçut Yanisa, qui la fusillait du regard juste à l'entrée. Elle ne se mit pas tout de suite en mouvement, car, la dernière chose que voulait Marlowe, c'était d'avoir des ennuis. Les classées étaient les prisonnières à qui on avait donné un certain pouvoir sur leurs codétenues. Un seul mot d'une classée aux gardiennes, et une prisonnière pouvait se retrouver à l'isolement. La plupart des femmes ici avaient peur des classées, et Marlowe ne pouvait les en blâmer.

Le ratio entre les gardiens et les prisonnières dans cet affreux centre de détention de Thaïlande était du genre vingt pour mille. C'était la peur ou simplement le manque de volonté de la part des prisonnières qui les empêchaient de se révolter. La plupart des femmes avaient reçu une condamnation à vie, y compris Marlowe.

Il était difficile de croire que, à peine un mois avant,

Marlowe était une archéologue estimée, travaillant sur une fouille pas très loin de Bangkok. Elle avait été respectée et considérée comme une experte dans son domaine. Mais regardez-la aujourd'hui... C'était une trafiquante de drogue reconnue coupable selon le gouvernement thaïlandais, jetée comme un détritus.

Elle passait ses journées ici, penchée sur une machine à coudre, à faire des coutures sur des chemisiers bon marché, et elle passait ses nuits à dormir dans une pièce où s'entassaient au moins une centaine d'autres femmes, reposant épaule contre épaule sur un fin matelas qui ne servait en rien à amortir le sol en béton dur.

— Marlowe ! hurla à nouveau Yanisa, plus impatiente cette fois.

Elle lui fit le geste de venir jusqu'à elle.

Se levant, Marlowe fit son chemin parmi les autres femmes, qui ne semblaient absolument pas curieuses du fait qu'elle ait été appelée par la classée. Ou peut-être savaient-elles mieux que personne qu'il ne valait mieux ne pas attirer l'attention sur elles en arrêtant ce qu'elles étaient en train de faire.

Quand Marlowe fut proche de Yanisa, cette dernière tendit la paume, attrapa le devant de son haut de prisonnière couleur bleu clair et la secoua. Le premier instinct de Marlowe fut de rejeter brusquement la main de la femme, de la repousser, mais si elle faisait cela, elle retournerait directement en isolement. Il était interdit pour toute détenue de toucher une classée. Mais bien entendu, ça ne marchait pas dans les deux sens. Les classées pouvaient faire tout ce qu'elles voulaient aux femmes dont elles avaient la charge. Fréquemment, elles frappaient, cognaient et agressaient parfois sexuellement les autres dans l'obscurité de la nuit.

Ainsi était la vie dans cette prison surpeuplée et sous-financée.

Yanisa se tourna, empoignant toujours le vêtement de Marlowe, et commença à marcher vers le bâtiment administratif.

La crainte submergeait Marlowe. Elle n'aimait rien dans le bâtiment principal de la prison. C'était là que les gardiens traînaient. Et là où se déroulaient les interrogatoires. Marlowe avait passé suffisamment de temps dans l'une des petites pièces du grand bâtiment de briques.

Quand elle avait été amenée pour la première fois dans la prison pour femmes depuis le site de fouilles archéologiques, elle avait cru être capable d'expliquer que les pilules de Ya Ba trouvées dans ses affaires n'étaient pas à elle. Elle avait cru avoir l'occasion d'expliquer son point de vue, qu'elle suspectait son collègue, Ian West, d'être celui qui les avait mises là.

Mais ça n'était pas arrivé. Attachée dans une pièce de ce bâtiment administratif, on lui avait hurlé dessus en thaï pendant des heures. Elle n'avait pas compris un mot de ce qu'ils avaient dit. Elle avait supplié d'avoir un interprète. D'avoir à manger et à boire. D'utiliser les toilettes. Mais pas un seul n'avait semblé faire attention à ce qu'elle voulait.

Elle n'avait aucune idée du temps qu'elle avait passé dans la pièce mais une femme parlant anglais avait fini par entrer. Marlowe n'avait jamais été si soulagée de sa vie de voir quelqu'un qu'elle pouvait comprendre et qui pouvait la comprendre.

La femme avait expliqué qu'elle était accusée de trafic de drogue et qu'elle devait signer une sorte de déclaration sous serment. Bien entendu, elle était écrite en thaï, et Marlowe n'avait pu la lire. Elle avait d'abord refusé mais la femme avait insisté sur le fait que, si elle ne signait pas, elle serait désignée coupable sur-le-champ et condamnée à mort.

Cela avait été un cauchemar, et Marlowe n'avait pas su comment en sortir. Elle savait que ce n'était pas intelligent de signer quoi que ce soit avant de le lire d'abord mais cette femme s'était montrée si calme et rassurante. Et à ce moment-là, Marlowe avait été affamée, épuisée et terrifiée. Elle avait vu la façon dont les gardiens l'avaient regardée pendant son long interrogatoire. Elle avait entendu les histoires horrifiantes des femmes agressées.

Au bout du compte, elle avait signé les papiers.

Ensuite, on l'avait fait entrer dans une pièce, ses vêtements lui avaient été retirés et elle avait été obligée de les troquer avec un haut bleu clair et une jupe bleu foncé que toutes les prisonnières portaient, puis emmenée à l'isolement.

Donc bon, il allait sans dire qu'elle n'avait pas de bons souvenirs du bâtiment administratif vers lequel Yanisa était en train de la traîner. Avec son mètre soixante, Marlowe n'était pas une grande femme et, avec tout le poids qu'elle avait perdu pendant son incarcération, elle était encore plus légère. En général, les Thaïlandaises n'étaient pas beaucoup plus grandes qu'elle mais Yanisa était une exception, ce qui était probablement l'une des raisons pour lesquelles elle était une classée. Elle traînait Marlowe derrière elle avec facilité et cette dernière faisait tout son possible pour rester sur ses pieds.

À la surprise de Marlowe, au lieu de l'emmener dans l'une des petites pièces d'interrogatoire, Yanisa l'entraînait vers l'espace visiteur.

Pendant un bref moment, l'espoir fleurit dans la poitrine de Marlowe. Tony était-il là ? Son frère avait-il pu surmonter toute la paperasse pour venir la voir ?

Le soulagement lui donnait presque le tournis. Tony la ferait sortir d'ici. Son grand frère avait toujours été un protecteur. Il avait des contacts grâce à son poste auprès d'un sénateur américain. Si quelqu'un pouvait résoudre ce bazar, c'était lui.

Yanisa la fit stopper net et poussa presque Marlowe sur une chaise placée devant une barrière grillagée. La mise en place pour les discussions entre prisonnières et visiteurs n'était pas idéale ; elle s'assit devant la barrière, une deuxième était placée à un peu plus de deux mètres, derrière laquelle s'installaient les visiteurs. Il n'y avait absolument aucune chance pour qu'ils puissent les toucher et, dans une salle si grande avec une douzaine d'autres femmes parlant aux gens venus les voir, il était quasi impossible d'entendre ce qui était dit.

— Cinq minutes, lui dit Yanisa d'une façon bourrue avant de se retourner pour s'éloigner d'un pas lourd.

Personne n'était assis sur la chaise à l'opposé, de l'autre côté du grand espace, et Marlowe afficha un air soucieux, confuse. Elle regarda avec impatience la porte sur le côté de la salle quand elle s'ouvrit, s'attendant à voir Tony.

Mais l'homme qui entra n'était pas une personne que Marlowe avait vue auparavant. Il sortait du lot, faisant tache parmi les autres. Il était grand. Il avait des cheveux noirs et un air renfrogné sur le visage, et il était impeccablement habillé d'une chemise blanche avec une cravate bleue et un pantalon kaki. Il avait une mallette qu'il posa sur le sol dès qu'il arriva à l'endroit désigné pour lui rendre visite.

Il ne s'assit pas sur la chaise cependant. Il fronça les sourcils en la regardant par-dessus la barrière.

Après un moment, ses lèvres remuèrent mais Marlowe ne put entendre ce qu'il disait.

— Je suis navrée, quoi ? cria-t-elle presque.

Ses lèvres remuèrent de nouveau, avec ce que Marlowe prit pour un juron, avant qu'il n'élève la voix. Elle pouvait tout juste l'entendre par-dessus le vacarme. Entendre parler anglais – américain sans accent anglais – ne lui avait jamais paru aussi agréable !

— Marlowe Kennedy ?

Elle acquiesça.

— Je suis votre avocat.

Elle cligna des yeux. Cet homme ne ressemblait à aucun des avocats qu'elle avait croisés. D'accord, elle n'était pas vraiment une experte mais il paraissait trop... brut, malgré les vêtements immaculés. Elle ne savait pas trop ce qui lui provoquait cette impression. Peut-être la colère dans les yeux de l'homme ou ses gros muscles qu'elle pouvait voir sous sa chemise blanche. Mais jamais en un million d'années elle n'aurait catalogué cet homme parmi les avocats.

— Vous m'avez entendu ? cria-t-il à travers la barrière.

Marlowe acquiesça de nouveau.

— Je vais vous faire sortir d'ici. Compris ?

Elle ne comprit pas. Pas vraiment. Mais elle ne pouvait nier le fait qu'avoir quelqu'un de son côté lui faisait vraiment du bien.

Elle hocha la tête pour la troisième fois.

— Vous devez vous tenir prête, lui dit-il, plongeant ses yeux noirs dans les siens.

Elle avait le sentiment qu'il essayait de lui dire quelque chose mais ignorait complètement quoi.

— Pendant ce temps-là, gardez la tête baissée, n'attirez pas l'attention. Quand il sera temps, vous le saurez.

Marlowe inclina la tête et étudia l'homme au-delà de la séparation. Il ne s'était pas présenté. N'avait pas demandé sa version de l'histoire. N'avait pas sorti de paperasse. N'avait pas fait ce à quoi elle se serait attendue de la part d'un avocat rencontrant un client pour la première fois. Bien entendu, les circonstances n'étaient pas vraiment normales. Ce n'était pas comme s'ils se rencontraient autour d'une table de réunion, où ils pourraient avoir une conversation privée, au calme.

Soudain, elle ressentit le besoin de connaître le nom de cet homme. Elle n'était pas convaincue du fait qu'il puisse l'aider, ne pensait pas que quelqu'un le pouvait à ce stade. Le gouvernement de Thaïlande était en guerre contre les drogues, une guerre qu'il ne pouvait gagner mais ils étaient plus que disposés à donner l'exemple à quiconque – en particulier aux étrangers – qui seraient pris avec n'importe quoi en leur possession, peu importe la quantité. Cela expliquait pourquoi la prison était aussi surpeuplée.

Mais malgré le manque d'optimisme, plongeant ses yeux dans ceux de l'homme, elle sentit un profond besoin de lui faire confiance.

Elle se leva lentement, ne voulant pas alarmer Yanisa ni aucune autre classée ni gardien dans la pièce par un mouvement soudain. Elle s'agrippa à la barrière en métal devant elle si fermement que ses doigts en devinrent blancs.

— Quel est votre nom ? hurla-t-elle.

L'homme la fixa pendant un bref moment avant de répondre :

— Kendric. Kendric Evans.

Kendric.

Ça lui allait bien. Marlowe n'avait jamais rencontré de personne portant ce nom. La voix profonde de l'homme vibrait dans son cerveau, son nom raisonnant en elle. *Kendric. Kendric. Kendric.*

— Comment vous tenez le coup ? demanda-t-il.

Marlowe haussa les épaules. Elle savait qu'il valait mieux ne pas se plaindre ; elle ne savait pas si Yanisa ou une autre personne pouvait l'entendre par-dessus le bruit dans la salle, mais elle n'allait pas risquer le coup.

Kendric fronça les sourcils.

— J'ai juste besoin que vous teniez un peu plus longtemps. Vous pouvez faire ça pour moi ?

Marlowe voulait répondre oui mais, la vérité, c'était qu'elle n'était pas sûre de le pouvoir. Elle vivait la pire expérience de sa vie et, après seulement quelques semaines, elle se trouvait déjà à son point de rupture. L'idée de passer le restant de sa vie ici était terrifiante au point qu'elle ferait n'importe quoi – *n'importe quoi* – pour s'en sortir.

— C'est Tony qui vous envoie ? hurla-t-elle au lieu de répondre à la question.

— Oui.

Sa réponse avait été immédiate, et le soulagement qui envahit les veines de Marlowe l'étourdit.

— Il va bien ? Il est ici ?

— Il va bien. Il s'inquiète pour vous. Et non, il n'est pas là. Il m'a envoyé, répondit Kendric.

Son regard alla légèrement vers la droite de Marlowe, par-dessus son épaule.

Elle tourna la tête pour voir ce qu'il regardait, et elle aperçut Yanisa arriver vers elle. Elle s'agrippa plus fermement à la barrière. Elle ne voulait pas retourner en salle de couture. Elle voulait rester ici, à parler avec Kendric. Il était le lien avec son frère. Avec sa liberté. Et elle ne voulait pas le perdre. Elle pressentait soudain le fait que, si elle perdait Kendric de vue, elle retomberait directement dans le gouffre du désespoir dans lequel elle vivait depuis ce qu'il lui paraissait être des années plutôt que des semaines.

Comme s'il pouvait lire dans son esprit, Kendric lui cria :

— Regardez-moi, Marlowe.

Elle reposa immédiatement le regard sur lui.

— Je vais vous faire sortir d'ici. Vous devez vous tenir prête. À tout. Quand le moment sera venu, je serai là. Compris ? Vous devrez juste être suffisamment courageuse pour bouger.

Marlowe n'avait aucune idée de ce dont il parlait.

Yanisa lui saisit le haut du bras et lui dit un truc en thaï.

Marlowe se tint à la barrière, ne voulant pas partir. Ne voulant pas quitter Kendric.

— Vous pouvez faire ça ? demanda-t-il.

Il y avait un sous-entendu dans sa question que Marlowe ne comprenait pas.

— Marlowe ! cria-t-il de nouveau, Yanisa la forçant à retirer les doigts de la barrière. Quand le moment viendra, faites comme Forrest Gump...

Il dit autre chose, mais les mots se perdirent dans le bruit que faisaient les autres en criant pour pouvoir entendre leurs visiteurs dans la salle.

Marlowe était si confuse. Kendric n'avait pas pu parler de *Forrest Gump*, si ?

Mais il l'avait fait. Elle le savait.

Jetant un dernier coup d'œil avant que Yanisa ne la sorte de l'espace visiteur, Marlowe vit Kendric se tenir pile là où il avait été vu avant. Il n'avait pas bougé. Il se retenait à la barrière autant qu'elle l'avait fait, la regardant être malmenée par Yanisa pour sortir de la pièce. Quand elle l'entraperçut une dernière fois, l'homme prononça quelque chose.

La porte se referma brutalement derrière elle, et Marlowe était une fois de plus traînée jusqu'à la salle de couture. Yanisa marmonnait dans sa barbe et Marlowe était en fait soulagée de ne pas pouvoir comprendre ce qu'elle disait. Quand elles revinrent à l'atelier de misère – c'était ainsi que la considérait Marlowe –, Yanisa la poussa vers la porte.

Ne s'étant pas attendue à ce mouvement violent, Marlowe tomba vers l'avant et heurta brutalement la porte, évitant difficilement à son visage de cogner contre le métal.

— Va travailler ! grogna Yanisa.

Se déplaçant aussi vite qu'elle le put, Marlowe chercha la poignée à tâtons et parvint à ouvrir la porte. L'air à l'intérieur de la salle était étouffant et l'odeur corporelle familière lui assaillait les sens.

Ce ne fut pas avant qu'elle ne soit de nouveau assise, à sa machine à coudre, triturant le tissu et essayant de coudre droit, que Marlowe réalisa ce que Kendric avait prononcé devant elle quand elle avait été embarquée.

Courez.

Était-ce la référence à Forrest Gump qu'il avait tenté de faire ? Cela avait du sens... mais là encore, non. Courir ? Vers où ? Il n'y avait nulle part vers où courir. Et bien que peu de gardes se trouvaient dans la prison, les murs étaient hauts et recouverts de barbelés, et les balles présentes dans les fusils des hommes gardant les murs étaient aussi réelles qu'elles pouvaient l'être.

Elle avait dû mal comprendre ce que Kendric lui avait dit. Elle supposa que cela avait peu d'importance. Son frère faisait son possible pour l'aider et elle devait croire qu'elle finirait par être libérée. Quelqu'un découvrirait que les pilules de Ya Ba dans ses affaires sur le site de fouilles n'étaient pas à elle.

Elle fronça les sourcils. Flûte, elle n'avait pas eu l'occasion de dire à Kendric de regarder du côté de Ian West. Il était la raison pour laquelle elle se trouvait en prison. Elle en était sûre. Mais si cet homme était futé, il devait avoir quitté la Thaïlande depuis longtemps maintenant.

Une vive douleur sur le côté de Marlowe la fit grogner. Se tournant, elle vit une autre des classées se tenir à côté d'elle, criant et désignant la machine à coudre. La femme l'avait frappée, car elle regardait dans le vide au lieu de travailler.

Baissant la tête, Marlowe fit de son mieux pour se concentrer. Elle se souvint de ce qu'avait dit Kendric. De ne pas attirer l'attention sur elle. Elle n'avait aucune idée de ce qu'il était en train de fabriquer pour la libérer mais elle n'allait pas tout faire capoter. Pas quand sa liberté était en jeu.

Elle pouvait survivre un peu plus longtemps. Elle espérait juste qu'il ne se passerait pas des mois avant que Kendric et Tony ne parviennent à bout des formalités administratives et ne la fasse sortir de cet enfer.

CHAPITRE DEUX

Kendric – alias Bob – Evans était assis dans sa chambre, à deux blocs de la prison pour femmes, et regardait par la fenêtre, l'air soucieux. Il pouvait voir le barbelé sur le haut des murs et il avait depuis longtemps mémorisé les chemins pris par les gardes qui arpentaient le périmètre.

Il avait vu des choses horribles dans sa vie, en tant qu'agent pour la Delta Force dans l'armée américaine et durant les années où il avait travaillé pour Gregory Willis afin d'aller sauver des Américains à l'étranger.

Mais aujourd'hui, c'était le pompon.

Willis, l'agent du FBI qui était son contact dès lors qu'il était question de missions de sauvetage, lui avait envoyé un dossier sur Marlowe Kennedy. Il contenait des photos et un compte rendu assez détaillé sur sa vie, y compris des infos sur son frère, Tony, l'homme qu'elle avait réclamé lors de la visite de Bob.

En vérité, Anthony Kennedy était en train de remuer ciel et terre pour libérer sa sœur, sans avoir de chance. Le problème, c'était que le gouvernement de Thaïlande voulait montrer l'exemple aux étrangers qui osaient essayer de vendre de la drogue dans son pays. Ce problème avait atteint des proportions épidémiques et, jusqu'à présent, la répression du gouvernement et la décision d'emprisonner quiconque chopé avec ne serait-ce qu'une seule pilule n'avaient pas fait grand-chose pour enrayer la situation.

Désespéré, Tony avait fini par contacter Willis pour tenter de faire libérer sa sœur.

Quand on lui avait finalement accordé la permission de parler à Marlowe, Bob – connu comme tel par ses amis, un clin d'œil au dîner américain populaire, Bob Evans – avait été choqué par son apparence physique. Elle n'était incarcérée que depuis un petit mois mais avait l'air d'y être depuis des années.

Sur ses photos, elle paraissait en bonne santé, vive. Bob connaissait sa taille alors il s'était douté qu'elle était petite mais, aujourd'hui, on pourrait croire qu'un vent fort pourrait la renverser. Ses pommettes étaient nettement plus visibles, sa clavicule, discernable grâce au grand décolleté de son T-shirt. Bob devinait qu'elle avait quasiment perdu dix kilos. Ses cheveux étaient ternes et plats, ses joues n'avaient aucune couleur, son corps nageait dans les vêtements qu'elle portait. Elle semblait... fragile.

Ce qui n'était pas bon signe.

Le plan que Willis avait mis en route était au mieux risqué, au pire voué à l'échec, et Bob détestait le fait d'avoir été incapable de parler à Marlowe aujourd'hui. De ne pas *vraiment* parler. Il secoua la tête face à sa piètre tentative d'avertissement avec cette référence stupide à Forrest Gump. Impossible qu'elle l'ait compris. Mais il n'avait pas pu être direct et lui dire que, quand ça partirait en sucette, elle devrait courir. Loin et vite.

Le plan avait quelques avantages : le faible nombre de gardes, l'ancienneté de la prison, la surpopulation. Mais les détenues classées pourraient poser problème.

Pour la première fois depuis qu'il avait commencé ces missions de sauvetage, Bob aurait aimé que son équipe soit là pour assurer ses arrières. Mais Chappy, Cal et JJ ignoraient qu'il était là, ni même en dehors des États-Unis. Ils croyaient qu'il se trouvait dans l'État de Washington, rendant visite à sa tante malade. Une tante malade qui n'existait pas.

Il détestait leur mentir, mais tous les trois avaient établi leurs vies dans le Maine sans problème. Ils étaient contents de gérer leur entreprise de service aux arbres et d'avoir une vie calme et reposante.

La plupart du temps, Bob l'appréciait aussi. Mais de temps en temps, il se sentait agité. Ressentait le besoin du shot d'adrénaline qui survenait en aidant les autres à se sortir de situations dangereuses. Ce qui expliquait comment et pourquoi il avait donné son accord pour travailler pour Gregory Willis.

Bob avait accompli une douzaine ou plus de missions ces dernières années. Il n'avait eu aucun souci pour travailler seul auparavant, dans des situations plus dangereuses que celle-ci. Alors, qu'est-ce qui était différent aujourd'hui ?

Au plus profond de lui, Bob savait ce qui l'était.

Marlowe.

Son regard l'avait bouleversé. Le désespoir. La peur. À peine un soupçon d'espoir.

Selon ce qu'il avait lu dans le rapport détaillant les tentatives de son frère pour que le gouvernement américain s'intéresse à l'affaire, il y avait peu de chances pour que les pilules de Ya Ba trouvées dans ses affaires soient bien les siennes. Un appel anonyme avait été passé, et Marlowe avait été emmenée hors du site de fouilles et jetée dans une cellule, tout comme la clé.

La détermination naquit en Bob. Il ne quitterait pas la Thaïlande sans elle. Ce ne serait pas facile, même avec le réseau clandestin que Willis avait mis en place pour les déplacer d'une cachette à une autre. Bangkok ne se trouvait pas trop loin de la frontière cambodgienne. S'ils y parvenaient, ils avaient une grande chance de retourner aux États-Unis.

Mais atteindre la frontière serait... un challenge.

Avant de réfléchir aussi loin, il devait d'abord la faire sortir de ces murs de prison. Il y avait un risque réel qu'elle soit blessée durant le processus ou qu'il soit attrapé ou jeté à Bangkok Hilton, comme était souvent appelée la prison pour hommes de Bang Kwang. Une évasion d'une prison de cette taille n'avait jamais été tentée et, aussi dingue que le plan avait d'abord paru pour Bob, après s'être trouvé à l'intérieur aujourd'hui, il réalisait qu'il avait une petite chance de réussir.

Toutefois, toutes les choses qui pourraient mal se passer tourbillonnaient dans sa tête, et Bob les repoussait ardemment. Il devait rester positif. Dès qu'une brèche serait ouverte dans les murs, le chaos jaillirait, et tout ce qu'il aurait à faire serait de trouver Marlowe et de s'éclipser sans se faire repérer.

Il ricana. Ouais, bon. *Tout* ce qu'il aurait à faire... La prison abritait des milliers de détenues. Toutes portaient les mêmes vêtements, et Marlowe avait les mêmes cheveux noirs et courts que la plupart des prisonnières. Oui, elle était Américaine, ce qui l'aiderait à la retrouver une fois le plan en place, mais cela resterait une mission difficile.

Malgré ça, il avait toutes les intentions de réussir. Bordel, quelques années auparavant, il n'avait pas été sûr que lui et ses amis soient sauvés lorsqu'ils avaient été retenus comme prisonniers de guerre. Les chances étaient même encore plus faibles à cette époque, et ils s'en étaient sortis. Il devait croire qu'il réussirait aujourd'hui.

— Accroche-toi, Marlowe, murmura Bob en regardant fixement le sommet des murs de la prison. Juste un peu plus longtemps.

Marlowe était installée dans la pièce étouffante et avait les yeux rivés au plafond. Les lumières dans le dortoir n'étaient jamais éteintes. L'endroit était éclairé en ce moment comme en pleine journée, quand la lumière du soleil se diffusait à travers les fenêtres sales bien au-dessus de leurs têtes.

Les bruits des femmes endormies l'encerclaient. Certaines ronflaient, d'autres criaient quand elles faisaient des cauchemars et d'autres encore marmonnaient constamment. Marlowe n'avait pas correctement dormi depuis le jour de son arrivée. C'était impossible : le « lit » était inconfortable, elle avait constamment chaud et transpirait et elle n'aimait pas être si entourée. Elle préférait presque l'obscurité de la solitude. Presque.

L'idée de passer le reste de sa vie ici était... inimaginable. Les larmes menaçaient de couler, mais elle ferma très fort les yeux et refusa de les laisser s'échapper. Pleurer ne changerait rien excepté la rendre encore plus misérable qu'elle ne l'était en cet instant. Et elle était déjà suffisamment misérable pour...

Un bruit extrêmement fort résonna dans la pièce, interrompant ses pensées.

Marlowe se mit en position assise comme la plupart des femmes autour d'elle. Un léger murmure commença, tout le monde essayant de trouver ce qu'avait pu être ce bruit, de quel endroit il provenait. L'une des classées qui étaient étendues près de la porte se leva et l'ouvrit pour y passer la tête.

Elle hoqueta et marmonna quelque chose en thaï.

Tout le monde fut pétrifié sur place pendant un moment, clairement surpris par ce qu'avait prononcé la classée jusqu'à ce que l'une des prisonnières près de la porte hurle quelque chose.

Marlowe ignorait totalement quoi mais, soudain, tout le monde sauta sur ses pieds et se précipita vers les portes.

Les trois classées tentaient, avec colère, de faire reculer les femmes, de les éloigner des portes mais avec une centaine de prisonnières contre elles trois, c'était inutile. Marlowe était entraînée par la foule, tout le monde autour d'elle se précipitant pour sortir du petit bâtiment.

À la seconde où elle se retrouva dehors, elle comprit pourquoi tout le monde était si pressé.

Un énorme camion avait heurté en plein le mur voisin à l'est de la prison, laissant un trou massif dans les briques.

Des débris étaient dispersés partout dans la cour, des briques, des barbelés, des morceaux du camion lui-même.

Même en digérant la situation, Marlowe remarqua que les femmes tout autour d'elle qui couraient vers le trou – vers l'échappatoire, vers la liberté – étaient étonnamment calmes. Pas une ne hurlait de joie, pas une ne criait de peur. Pas une n'en piétinait une autre non plus. Rapidement et efficacement, elles grimpaient sur et autour du camion qui bouchait encore partiellement le trou.

C'était une évasion de prison méthodique... si une telle chose pouvait exister.

Soudain, les paroles qu'avait prononcées plus tôt Kendric lui revinrent.

Je vais vous faire sortir d'ici. Vous devez vous tenir prête. À tout. Quand le moment viendra, je serai là. Compris ? Vous devrez être suffisamment courageuse pour vous bouger.

Cela pourrait-il être de *son* fait ?

Marlowe secoua la tête. Ça ne lui paraissait pas possible... Aucun avocat ne risquerait son titre en orchestrant un truc de ce genre. Mais elle n'arrivait pas à oublier le mot qu'il lui avait articulé en silence.

Courez.

Il lui avait dit d'être comme Forrest Gump. Le vieux film se jouait dans sa tête tandis qu'elle se tenait, indécise, dans la cour de la prison, gelée, observant les autres prisonnières passer à travers le trou dans le mur. Elle entendit la petite fille du film crier « Cours Forest, cours ! »

Une dose d'adrénaline envahit les veines de Marlowe. Elle était terrifiée. S'il y avait une chance pour que Tony puisse graisser quelques pattes et la faire sortir d'ici avec des négociations et des avocats, ce serait plus malin de ne pas bouger. De ne pas donner aux autorités de Thaïlande une autre raison de la maintenir derrière les barreaux.

Mais si elle était bel et bien coincée ici ? Et si elle devait passer le restant de sa vie en prison parce que son frère avait échoué ?

Elle ne tiendrait pas longtemps. Marlowe savait ça aussi bien qu'elle connaissait son nom.

Ses jambes se mirent à bouger avant que son cerveau ne prenne la décision.

Les seuls sons dans la nuit provenaient des classées et des gardes qui hurlaient. Marlowe supposa qu'ils essayaient de canaliser les centaines de prisonnières qui continuaient d'affluer des divers quartiers de dortoirs. Mais personne n'écoutait, d'innombrables femmes continuaient de se précipiter vers le mur, silencieusement mais rapidement.

La liberté était à portée de mains, et elles en profitaient.

Juste quand Marlowe atteignit le camion, là où sa position était des plus étranges, dans les décombres du mur en briques, un tir retentit.

Elle se baissa rapidement tout comme les autres femmes autour d'elle mais personne ne s'arrêta. Elles continuaient vers l'avant.

Dès qu'elle fut sortie des murs de la prison, Marlowe voulut s'arrêter et inspirer profondément. Pour une raison, l'air semblait plus sain là dehors, ce qui était ridicule mais apparemment vrai néanmoins. Un autre coup de feu dans l'obscurité l'incita à continuer de bouger.

Elle trébucha sur un truc dans la rue et se rattrapa avec peine avant de tomber la tête la première. Baissant les yeux, Marlowe s'émerveilla de ce qu'elle voyait.

Des centaines de chaussures de prisonnières envahissaient la rue. Comme si les femmes qui l'avaient précédée s'en étaient littéralement échappées.

Ce qui n'était probablement pas très loin de la vérité. On leur avait toutes donné ce que Marlowe appelait des sandales de douche. Des claquettes bon marché qui ne soutenaient en rien le pied. Elle réfléchit à se débarrasser de sa propre paire, sachant qu'elle courrait plus vite sans, mais à la dernière minute, elle les quitta rapidement et les tint fermement dans la main. Elle ne pouvait s'enfuir sans chaussures même si c'étaient des sandales de douches de prison pourries.

Puis, elle inspira profondément... et courut.

Marlowe ignorait complètement où elle allait mais, à la seconde où elle avait posé le pied en dehors de ce mur de prison brisé, elle savait qu'il n'y aurait pas de retour en arrière. Elle était une fugitive et, si les autorités la rattrapaient, elle serait profondément dans la merde.

Sur un pâté de maisons ou deux, elle courut dans la même direction que de nombreuses autres femmes prenaient, avant que son cerveau ne s'allume et qu'elle ne tourne brutalement dans une allée, loin de la foule. Ça avait seulement plus de sens que les autorités suivent le plus grand groupe de femmes, espérant en attraper autant que possible en une fois.

Il était plus malin de faire cavalier seul. De se cacher. Même si ce ne serait pas facile. Elle était une Américaine dans un pays étranger. Ses pieds claquaient contre la chaussée alors qu'elle courait aveuglément, faisant de son mieux pour mettre le maximum de distance entre elle et la prison.

Elle peinait déjà à respirer et tâchait de ne pas paniquer. Marlowe n'avait aucun plan. Aucune idée de l'endroit où elle se trouvait, où elle allait, ni par quel putain de moyen elle allait sortir du pays. Non seulement ça, mais elle s'épuisait vite. Elle avait fait de son mieux pour se maintenir en forme pendant son incarcération, mais c'était dur à faire quand on était forcée de rester assise devant une foutue machine à coudre dix heures par jour.

Ses pas ralentissaient à mesure que Marlowe tentait de contrôler sa respiration. Elle pouvait encore entendre quelques coups de feu dans les rues de la ville, et à chaque fois qu'elle en entendait un, elle tressaillait, s'attendant à sentir une balle lui déchirer la chair à tout moment.

Elle venait de prendre un virage pour se diriger dans une autre allée quand une main apparut et la prit par le haut du bras.

Instinctivement, Marlowe se servit de l'une des techniques d'autodéfense que Tony lui avait apprises des années auparavant.

Au lieu de se reculer, elle se jeta dans la personne qui l'avait attrapée, les faisant tanguer pour perdre l'équilibre. Elle remonta le genou autant qu'elle le put, et récompensa son agresseur par un grognement quand il entra en contact avec lui.

Elle fit pivoter son propre corps, espérant se dégager de la poigne de l'homme, mais il bougea plus vite, la rapprochant de lui, le dos de Marlowe contre son torse. Il mit son bras autour d'elle, la maintenant fermement contre son corps.

Il était passablement plus grand qu'elle. Elle pouvait sentir ses muscles solides remuer tandis qu'elle se tortillait frénétiquement, faisant de son mieux pour s'échapper de sa ferme étreinte.

— Arrête, Marlowe ! Nous n'avons pas le temps pour ça.

Elle s'immobilisa en entendant ses lèvres prononcer son nom. Et en entendant de l'*anglais*. Faisant de son mieux pour se retourner afin de voir de qui il s'agissait, elle grogna, frustrée, quand il la tint tellement fermement qu'elle ne put bouger d'un iota.

Comme s'il avait pu ressentir son besoin – et qu'il savait que la majeure partie de la lutte l'avait épuisée –, il la fit pivoter dans ses bras, maintenant une poigne ferme.

Il y avait trop peu de lumière pour voir, mais Marlowe le reconnut tout de suite.

— Kendric, souffla-t-elle, choquée de tout son être.

Les lèvres de ce dernier se tordirent comme si elle avait dit quelque chose de drôle.

— Ouaip, répondit-il.

L'homme qui se tenait devant elle ne ressemblait en rien à l'avocat guindé et coincé qui était venu en prison. Au lieu de la belle chemise blanche, de la cravate et du pantalon kaki repassé, il portait du noir de la tête aux pieds. Un T-shirt noir, un treillis, des bottes. Mais la détermination dans ses yeux était la même que celle qu'elle avait vue auparavant.

— Ça va ? demanda-t-il.

Marlowe ne put que hocher la tête. Allait-elle bien ? Pas vraiment. Mais là encore, pour le moment, elle n'était pas sous les verrous pour une chose qu'elle n'avait pas faite. Il y avait une bonne chance pour qu'elle se fasse choper et renvoyer directement vers l'enfer auquel elle avait miraculeusement échappé mais, pour l'instant, elle estima qu'elle allait bien.

— Bien, dit Kendric.

Il la libéra, mais elle aurait pu jurer que ses pouces avaient glissé sur la peau du haut de ses bras en une caresse rassurante avant qu'il ne se tourne et ne se penche vers le sol. Quand il se releva, il lui tendit ses chaussures.

— Tu devrais les mettre. Malin d'avoir fait en sorte de ne pas les perdre.

Rien que ce petit compliment donnait à Marlowe l'envie de pleurer. Cela faisait vraiment longtemps que personne ne lui avait dit un truc gentil. Mais elle ravala son émotion. Elle n'était pas en sécurité, ne le serait pas avant un moment, et elle devait continuer de courir. S'éloigner autant que possible de la prison.

— Vous devriez partir, dit-elle urgemment.

— Quoi ? demanda Kendric, les sourcils froncés lui donnant un air renfrogné.

— Vous devriez partir, répéta-t-elle. La dernière chose dont vous auriez envie serait d'être attrapé en train de m'aider.

À la surprise de Marlowe, Kendric se mit à rire.

— Qui crois-tu a organisé ta fuite… et celle de toutes les autres femmes ? Si on se fait attraper, j'irai sans aucun doute en prison. Mais je n'ai aucune intention d'être capturé. Alors, mets tes chaussures, Mar, et barrons-nous d'ici.

Les yeux rivés sur les chaussons qu'il lui tendait, elle lâcha la première chose qui lui vint à l'esprit :

— Je ne peux pas courir avec. C'est pour ça que je les tenais.

Il pressa les lèvres mais se contenta de hocher la tête.

— Elles ne sont pas idéales mais nous n'avons pas à aller loin.

— Ah non ? demanda stupidement Marlowe.

— Nan. Allez, on bouge.

Marlowe regarda un instant la paume que Kendric lui tendait. Puis, sa propre main la saisit. Il lui pressa les doigts avant de se tourner et de descendre l'allée.

Elle avait l'impression d'entrer dans la quatrième dimension. Mais qui *était* cet homme ? Avait-il vraiment foncé dans le mur de la prison avec ce camion ou alors s'était-il arrangé pour que quelqu'un d'autre le fasse ? Elle n'arrivait pas à comprendre les risques qu'il prenait pour *elle*. Elle n'avait jamais rencontré cet homme avant qu'il ne lui rende visite en prison.

— Arrête de te triturer l'esprit, Marlowe. Je répondrai à tes questions une fois que nous serons en sécurité. Pour l'instant, sache juste que je vais te ramener chez toi.

Chez elle. Une envie si intense se propagea en elle. Même si son job n'était pas sa passion, elle adorait vraiment voyager à travers le monde pour faire diverses fouilles. Elle adorait rencontrer de nouvelles personnes, faire l'expérience de nouvelles cultures. Mais aujourd'hui, tout ce qu'elle voulait, c'était rentrer aux États-Unis et ne jamais en repartir.

L'esprit toujours en surcharge, Marlowe suivit Kendric sans se plaindre, soulagée de mettre sa vie entre ses mains, même temporairement. Le flot d'adrénaline s'amenuisait, et elle se sentit soudain épuisée. Le manque de sommeil, la malnutrition, l'inquiétude, la peur... Tout cela la rattrapait, et elle savait sans en douter que si elle n'était pas tombée sur cet homme... elle aurait eu de gros ennuis.

* * *

Les doigts de Bob se resserrèrent autour de ceux de Marlowe tandis qu'il les emmenait plus loin, et surtout loin de la prison pour femmes. Ils n'étaient pas hors de danger, loin de là, mais à chaque pas effectué, ils se rapprochaient un peu plus du moment où elle rentrerait chez elle.

Il avait observé avec anxiété l'une des nombreuses personnes bossant avec Willis et son réseau clandestin – un réseau *très* bien rémunéré – foncer avec le camion dans le mur en briques cernant la prison. Il avait choisi l'endroit parfait pour une cachette, le seul dans la prison qui n'avait pas un bâtiment juste à côté du mur extérieur.

Comme prévu, le mur s'était effondré sous l'attaque du

camion et le conducteur avait rapidement fui les lieux. Les femmes n'avaient pas mis longtemps à tirer avantage de la collision. Elles avaient commencé à se répandre de la prison, et Bob avait retenu son souffle, priant pour que Marlowe soit suffisamment courageuse pour penser à sa propre fuite.

Il avait tenté de l'avertir en lui rendant précédemment visite, mais l'organisation pour les visites n'était pas idéale. N'était pas du tout privée. Il avait tellement voulu lui raconter ce qui allait arriver mais n'avait pu prendre le risque qu'on les entende.

Ses sources lui avaient dit que les femmes n'étaient en réalité pas enfermées à clé dans leurs dortoirs la nuit. Elles étaient rassemblées dans les bâtiments et seulement surveillées par trois détenues classées. Il avait dû espérer que, au moment où le camion allait s'écraser contre le mur et que les alarmes allaient retentir, les gens seraient suffisamment curieux pour aller vérifier. Heureusement, cette folle stratégie avait fonctionné.

La liberté était une puissante source de motivation.

Bob ne se sentait même pas mal à la pensée que le plan de sauvetage de Marlowe voulait également dire que des centaines d'autres femmes s'échapperaient également. Nul doute que nombre d'entre elles étaient là-bas pour des accusations bidon ou alors que la quantité de drogue avec laquelle elles avaient été chopées ne justifiait pas leur punition. La justice américaine n'était pas parfaite, loin de là, mais rien de comparable à celle d'ici.

Il avait attendu dehors, devant la prison, dans les ombres, près de la zone où – à sa connaissance – avaient été localisés les dortoirs de Marlowe, à observer des femmes courir pour leur vie. Retenant son souffle tout en faisant l'effort de percevoir furtivement sa cible. Elle était mince, avait les cheveux courts et noirs et se fondait plutôt bien avec tant d'autres prisonnières...

Juste au moment où il avait cru qu'elle n'allait pas saisir sa chance pour s'échapper, il l'avait repérée.

D'abord, elle avait couru avec les autres femmes, et il avait dû faire le tour d'un pâté de maisons pour éviter d'être détecté avant d'essayer de la rattraper.

Mais quand il l'avait interceptée sur son chemin, elle n'était plus avec elles.

Elle les avait quittées à un moment et, pendant un bref instant, Bob avait paniqué ; il ne pouvait pas la perdre à ce moment-là.

Mais par miracle, il l'avait aperçue rapidement tandis qu'elle était sur le point de prendre un tournant, plus loin dans le bas de la rue. Elle avait regardé derrière elle, comme pour vérifier si elle était suivie, et l'expression sur son visage s'était gravée dans la cervelle de Bob.

Elle était absolument terrifiée.

Il avait couru très vite derrière elle et il lui avait tout de même fallu un petit moment pour la rattraper. Il n'avait pas voulu en ajouter à sa terreur mais, quand il l'avait attrapée, c'était ce qui était arrivé. À la surprise de Bob – et à sa satisfaction –, elle n'avait pas bêtement abandonné. Elle avait lutté contre son étreinte. Avec force. Elle avait réussi à lui donner un vicieux coup de genou dans la cuisse. Il avait remercié le Seigneur qu'elle ne soit pas plus grande que lui, autrement, elle aurait tapé dans le mille. Ce ne fut qu'une fois parvenu à l'enserrer fermement dans ses bras qu'il avait pu être en mesure de parler et de la calmer.

Le soulagement, l'incrédulité et la confusion avaient été faciles à lire sur le visage de Marlowe mais il n'avait pas vraiment eu le temps de la rassurer. De lui expliquer le plan pour les faire sortir de là. Ils avaient dû passer à la phase suivante du plan d'évasion avant l'aurore, qui arrivait dans un peu plus d'une heure.

Il n'aimait pas le fait qu'elle ne porte pas ses chaussures, mais il ne pouvait rien faire à ce sujet pour le moment. Elle était calme derrière lui, et Bob en était ravi. Elle devait avoir un million de questions, mais le fait qu'elle tenait sa langue signifiait qu'elle lui faisait confiance, au moins un peu.

Et la confiance était essentielle lors d'une mission de sauvetage comme celle-ci.

Bob lui pressa la main sans réfléchir, voulant la rassurer sans avoir à dire de vive voix que tout irait bien. Bien entendu, il ne savait pas du tout si c'était vrai, mais il ferait son possible pour la ramener auprès de son frère, ou mourrait en essayant.

Ils marchèrent rapidement pendant dix minutes jusqu'à atteindre leur destination. Bob soupira de soulagement, faisant le tour de la cabane délabrée dans l'un des pires endroits de la ville. Il se glissa par un trou dans la clôture, puis dans un petit cabanon derrière la maison. Il ignorait qui vivait là, et il n'avait pas besoin de le savoir.

Il sourit en voyant ce qu'il avait espéré voir l'attendre derrière la porte en bois du cabanon. Un scooter. Ceci était leur ticket de sortie de la ville et leur véhicule jusqu'à la prochaine étape de leur voyage, direction la frontière cambodgienne. Un petit sac se trouvait à côté du deux roues.

Bob lâcha la main de Marlowe et fut surpris par la pointe de mécontentement qui apparut brièvement en lui parce qu'il ne la touchait plus. Marlowe était un job. Rien de plus, rien de moins.

Mais même en pensant ces paroles, Bob savait qu'elles étaient un mensonge.

Marlowe Kennedy n'était pas qu'un simple job comme les autres. En voyant les émotions complexes dans ses yeux, la peur qui ne parvenait pas à dissimuler la détermination qu'elle avait à s'enfuir... il était attiré par cette femme d'une façon qui ne lui était pas familière.

Se penchant, il ramassa le sac et regarda à l'intérieur, déterminé à ce que les choses entre eux restent professionnelles. Satisfait, il en sortit deux objets et se tourna vers Marlowe.

— T-shirt et legging. Mets-les. Les autorités vont chercher des femmes qui portent un uniforme carcéral.

Elle hocha la tête et prit les vêtements. Reportant son attention vers le sac, Bob en sortit le dernier objet. Il leva les yeux et les cligna sous l'effet de la surprise.

Marlowe se tenait à côté de lui, ne portant rien d'autre qu'un soutien-gorge bon marché et crasseux. Elle avait retiré le haut de sa tenue de prison sans y réfléchir à deux fois. Elle afficha un air perplexe dans sa tentative de comprendre où se trouvaient les emmanchures du T-shirt.

Bob essayait de regarder ailleurs, il essayait vraiment, mais il n'arrivait pas à détourner son regard de ce qu'il voyait devant lui. Les côtes de Marlowe étaient clairement visibles. Elle était si maigre que c'en était presque douloureux de la regarder. Il avait raison : elle avait perdu pas mal de poids durant les semaines au cours desquelles elle avait été incarcérée. Beaucoup trop.

Elle avait également un hématome foncé sur le flanc, indiquant qu'elle s'était soit cognée dans un truc, soit... que quelqu'un l'avait maltraitée.

Avant qu'il ne devienne trop révolté par cette pensée, elle résolut le mystère de l'étoffe et enfila le T-shirt gris sombre à longues manches par la tête, dissimulant son corps aux yeux de Bob. Puis, comme si elle était dénuée de toute pudeur, elle fit glisser la jupe bleu foncé sur ses hanches et se saisit du legging noir.

Bob peina à déglutir. Malgré le besoin de prendre du poids, Marlowe était superbe. Cette femme ne mesurait qu'un mètre soixante et, pourtant, ses jambes ne semblaient jamais prendre fin.

Secouant la tête, il se réprimanda lui-même en silence. Ce n'était ni le moment ni l'endroit pour avoir des pensées aussi inappropriées. Ce dernier mois avait été un enfer pour cette pauvre femme et il était là pour la ramener chez elle en un morceau. Point final.

Mais curieusement, le stoïcisme de Marlowe piquait d'autant plus l'intérêt de Bob. Il était habitué à ce que les gens qu'il sauvait soient bouleversés. Nerveux. En colère. Sans défense. Marlowe était... pragmatique. Elle n'avait pas posé une centaine de questions. Ne l'avait pas ralenti. N'avait pas hésité à mettre les vêtements. Elle avait simplement fait ce qu'il avait demandé.

Irrationnellement, ce consentement le frustrait. Il aurait pu la mener dans un endroit dangereux et la violer. La tuer. Il aurait pu la rendre directement aux autorités thaïlandaises. Il n'aurait jamais fait une de ces choses mais, ça, elle n'en savait rien.

— Tu fais trop facilement confiance, lui dit-il avec calme.

Elle leva les yeux vers lui, surprise.

— Quoi ?

— Tu ne me connais pas. Et pourtant, tu retires facilement tes vêtements devant moi.

Bob vit les joues de Marlowe s'assombrir. Seigneur, il se comportait comme un parfait abruti. Mais avant de pouvoir s'excuser, Marlowe leva le menton pour le regarder droit dans les yeux.

— J'étais pas mal complexée avant d'être arrêtée, mais après avoir subi une fouille corporelle et n'avoir eu aucune intimité pendant tout un mois, y compris dans les toilettes, je suppose que je n'y ai simplement pas réfléchi. La tenue de prison pourrait vraiment me trahir, alors j'ai également supposé que je devais me changer immédiatement. Et puis, si tu avais voulu me faire du mal, tu aurais déjà pu le faire. Alors, pour l'instant, je te fais confiance. Je n'ai littéralement pas d'autres options.

Cette dernière partie fut dite sur la défensive et avec force. Comme si elle le défiait de la contredire.

Ouaip, il était un vrai con. Et elle avait raison. Ils n'avaient pas beaucoup de temps à perdre. Il montra le dernier objet du sac.

— Cela devrait empêcher les gens de comprendre qui tu es.

Elle le regarda un moment. Bob vit un air de dégoût traverser le visage de Marlowe avant qu'elle ne le dissimule.

— Malin.

Ce fut tout ce qu'elle dit en tendant la main.

Pour une raison, Bob n'aimait pas qu'elle lui cache ses vrais sentiments. Il préférait qu'elle dise ce qu'elle avait en tête.

— Tu n'aimes pas les perruques ?

Marlowe haussa les épaules.

— Dans des circonstances normales, sans que mon dernier shampoing remonte à une semaine ? Sans nous trouver dans un environnement tropical ? Sans avoir à en porter une pour cacher le fait que je suis une fugitive en fuite ? Je m'en ficherais.

Bob ne put s'empêcher d'avoir un léger sourire. Au lieu de lui tendre la longue perruque blonde, il lui demanda :

— Puis-je ?

Elle le regarda fixement pendant un long moment avant de répondre :

— Oui.

Il y avait quelque chose d'intime dans le fait de poser doucement la perruque sur sa tête, la positionnant afin qu'elle ait l'air naturelle, prenant la précaution qu'aucun de ses cheveux noirs ne se voit sur sa nuque.

— Je ne vais pas me démarquer encore plus avec ça ? demanda-t-elle au bout d'un moment. Je veux dire, les longs cheveux blonds ne se fondent pas vraiment dans le coin.

— C'est vrai. Mais les autorités cherchent une Américaine avec des cheveux courts et noirs, peut-être qu'ils ne s'embêteront pas à nous arrêter pour nous interroger.

Marlowe tendit la main pour la poser sur l'avant-bras de Bob. Les poils sur la nuque de ce dernier se redressèrent à son contact. L'électricité semblait faire un arc entre eux pendant un moment, avant qu'elle ne dise :

— Je ne veux pas que tu aies des ennuis en m'aidant. Si on se fait prendre, tu cours.

La colère envahit Bob, une émotion qui le mettait plus à l'aise que celle qu'il avait ressentie un instant auparavant.

— Ça n'arrivera pas.

— Mais...

— Non, dit-il, ferme. Nous n'allons pas nous faire prendre. Nous retournons tous les deux aux States. Viens, maintenant. Et si nous mettions quelques kilomètres entre nous et la prison ?

Il se tourna vers le deux-roues et passa sa jambe par-dessus le siège. Il préférait que Marlowe ne soit pas exposée derrière lui, mais il ne pouvait rien faire là-dessus. Il faisait encore nuit dehors. Avec de la chance, il pourrait éviter tout blocage routier et les faire sortir des limites de la ville, puis les conduire à leur prochain arrêt avant que le soleil ne se lève.

Il se tourna puis regarda Marlowe, quelque peu impatient.

— Monte derrière moi.

Elle fronça légèrement les sourcils à la vue du scooter. Bob ne put s'empêcher d'être ravi qu'elle ait l'air si différente. La perruque blonde changeait drastiquement son apparence mais il préférait en réalité ses sombres cheveux courts. Secouant légèrement la tête, il tendit la main.

— Je ne mords pas, Mar, monte.

— Je ne suis jamais montée sur une moto, dit-elle, mal à l'aise.

Il ricana doucement.

— Ça n'est même pas vraiment une moto, Punky. Assieds-toi et accroche-toi à moi.

Elle finit par céder et balança une jambe par-dessus le siège, derrière lui. Ses mains s'agrippèrent avec précaution sur les côtés du T-shirt de Bob, et il pouvait sentir son corps de raidir.

Bob retira les mains de Marlowe de son T-shirt et mit ses bras autour de sa propre taille. Ce mouvement la rapprocha davantage de lui, et il sentit la chaleur du corps de Marlowe contre son dos. Il lui tapota un bras.

— Serre plus fort. Tu vas devoir prétendre que tu m'aimes bien, Punky. Nous ne sommes que deux tourtereaux américains qui font une petite virée nocturne.

Elle sursauta légèrement à ces paroles, mais il la sentit hocher la tête avant de resserrer son étreinte.

Sans perdre plus de temps, Bob fit avancer sans le démarrer le scooter jusqu'à la porte. Il posa le pneu avant sur la surface et, une fois dehors, se dirigea vers la clôture. Dès qu'ils arrivèrent dans la rue, il démarra le scooter, mit les gaz et conduisit jusqu'à la route qui les mènerait hors du centre-ville.

Plusieurs minutes passèrent avant qu'il ne sente Marlowe se détendre. Elle s'habituait clairement au scooter. De longues mèches de la perruque voletaient autour d'eux tandis que Bob conduisait aussi vite qu'il l'osait, loin du voisinage.

— Punky ? demanda Marlowe au bout d'un moment.

Bob sourit.

— Ouais.

Il l'entendit souffler.

— Qu'est-ce que ça veut dire ?

— Punky Brewster, lui dit-il.

— La gamine de la série des années quatre-vingt ?

demanda-t-elle, une pointe d'incrédulité dans la voix. Tu l'as vue ?

— Je dors peu, admit-il, une chose que ses amis ne savaient même pas. Je regarde beaucoup de rediffusions à la télé quand je n'arrive pas à dormir. Tu me fais penser à elle. Bagarreuse. Déterminée. Optimiste, même quand les choses ne vont pas dans ton sens.

— Je ne suis *rien* de tout ça ! protesta-t-elle.

— Si tu l'es.

— Non.

Bob sourit à nouveau.

— On est vraiment en train de se prendre la tête là-dessus ?

— Tu as commencé.

Un rire s'échappa à ce moment-là.

— Eh bien, je vais t'appeler comme j'en ai envie, d'abord.

— Tu es bizarre, lui dit-elle au bout d'un moment.

Il était difficile de croire qu'il se trouvait au milieu d'une opération dangereuse et qu'il était en réalité en train de s'amuser.

— Ouaip.

Elle s'appuyait contre lui, lui parlant dans l'oreille. C'était une position intime, et Bob regrettait de ne pas pouvoir la voir. Ne pas pouvoir lui accorder d'attention comme il l'aimerait. Il devait se concentrer sur la route pour ne pas heurter les nombreux nids-de-poule. Être en alerte quant à toute activité policière.

— C'est vraiment Tony qui t'envoie ? demanda-t-elle, son haleine chaude lui effleurant l'oreille et la gorge.

— D'une manière indirecte, lui répondit-il, honnête. Je n'ai jamais parlé à ton frère, mais il connaît l'homme pour qui je travaille et il a donné le coup d'envoi.

Un autre souffle d'agacement la quitta, et cela refit sourire Bob.

— Ça ne m'apprend rien, se plaignit-elle. Tu es qui ? Ton nom est vraiment Kendric ?

— Il l'est. Kendric Evans. Mes amis m'appellent Bob.

Il fallut quelques secondes à Marlowe pour répondre et, quand elle le fit, Bob ne fut pas vraiment surpris de sa réponse.

— Tu me fais marcher ? Bob ? Comme Bob Evans, le restaurant ?

— Le seul, l'unique.

— C'est ridicule.

— Oui.

— Pourquoi l'adoptes-tu alors ?

Bob ouvrit la bouche pour s'expliquer, puis il aperçut une chose qu'il aurait aimé ne pas voir : plusieurs barrages devant.

— Barrages de police, lui annonça-t-il. Reste calme.

Son propre système sanguin connaissait un pic d'adrénaline, mais il fit de son mieux pour le contrôler.

— Kendric, gémit-elle.

— Fais comme moi, lui dit-il aussi calmement que possible.

— Pourquoi tu ne dévies pas ? Pour prendre une route différente ? demanda-t-elle, et Bob pouvait entendre la panique dans sa voix.

— Parce qu'ils nous ont déjà vus. Si je faisais demi-tour, ils deviendraient suspicieux. Je gère, la rassura-t-il. Comme je te l'ai dit, fais comme moi.

— Mes chaussures, dit-elle. Ils vont les reconnaître.

— Ils ne regarderont pas tes pieds. Promis. Suis juste ce que je fais, d'accord ? Nous sommes deux Américains, fous amoureux, durant un voyage inoubliable.

— Je ne pourrai supporter la culpabilité si tu te fais arrêter.

Bob ne disposait plus de temps pour la rassurer. Ils approchaient des deux voitures de police garées en travers de la route.

Prenant une profonde inspiration, il se concentra. Il s'était sorti de situations bien pires que celle-ci. Il avait foi en Marlowe pour jouer son rôle. Et si les choses empiraient pour de bon, il ferait ronfler le moteur et ferait de son mieux pour distancer les flics. Ce serait difficile sur un scooter... mais il avait affronté plus que son content de difficultés dans sa vie.

CHAPITRE TROIS

Marlowe sentait qu'elle était sur le point de vomir. Elle ne pouvait pas retourner dans cette prison. Elle ne pouvait simplement pas. Elle se tenait à Kendric d'une façon qu'elle savait bien trop serrée, mais elle était incapable de détendre ses bras. L'homme lui avait dit de lui faire confiance, et elle faisait de son mieux, mais c'était difficile quand la simple vue des officiers lui renvoyait d'horribles souvenirs de son interrogatoire.

L'un des officiers de police leva la main, leur faisant signe d'arrêter et dit quelque chose en thaï.

— Désolé, je viens des States et je ne connais pas un mot de thaï, dit Kendric presque joyeusement. Ma fiancée et moi sommes en vacances. On roule à travers la Thaïlande pour voir les sites touristiques.

Marlowe retenait son souffle.

— Où sont vos sacs ?

Merde. Elle n'avait même pas pensé à ça. Mais Kendric n'en manquait pas une.

— Rapportés à notre hôtel. Je pensais emmener mon petit sucre d'orge pour aller voir le lever du soleil. Une personne que nous avons rencontrée nous a parlé d'un endroit en particulier à moins de dix kilomètres en dehors de la ville qui dispose du plus incroyable des points de vue.

Le regard de l'officier passa à Marlowe, et elle fit de son mieux pour avoir l'air détendue, bien qu'elle était tout le contraire. Aussi subtilement que possible, elle saisit l'ourlet de son T-shirt et tira dessus vers le bas, tentant de laisser deviner un décolleté devant l'homme. Même si elle n'avait pas de quoi en avoir un... Ses seins étaient bonnet B, dans les bons jours, et le poids qu'elle avait perdu ne lui avait pas fait de faveurs, mais elle espérait que, peut-être, faire voir un peu de chair pourrait aider.

— Identités ? demanda le second officier.

Une fois de plus, Marlowe sentit ses tripes se tordre sous l'effet de la panique, mais Kendric hocha simplement la tête et se pencha sur le côté pour atteindre sa poche arrière. Ses doigts effleurèrent l'intérieur de la cuisse de Marlowe, et il se tourna pour lui sourire.

— Désolé, bébé.

Elle fit de son mieux pour entrer dans le jeu. Elle fit courir sa main sur le bras de Kendric pendant qu'il fouillait dans son portefeuille.

— Ce n'est rien. Tu sais que j'aime bien quand tu me touches.

Kendric lui fit un clin d'œil et sortit son portefeuille. À la surprise de Marlowe, il sortit deux permis de conduire et les tendit à l'officier. Puis, il posa la paume sur le genou de Marlowe et caressa le bas de sa jambe de bas en haut.

Marlowe remarqua que les yeux du second officier étaient rivés à la main de Kendric. L'autre homme semblait mettre une éternité à lire leurs permis. Et Marlowe commençait à être nerveuse.

À sa surprise, Kendric se tourna sur le siège devant elle et posa la main sur sa joue. Puis, ses doigts vinrent lui envelopper la nuque, et il l'embrassa. Et ce n'était pas un petit bisou. Ses lèvres recouvrirent les siennes et sa langue demanda immédiatement à entrer dans sa bouche.

Dans un hoquet silencieux, Marlowe s'ouvrit à lui.

À la seconde où la langue de Bob toucha la sienne, elle se perdit. Oublia littéralement qu'elle était une fugitive. Qu'à tout moment, les officiers de police pouvaient l'embarquer et la remettre derrière les barreaux. Qu'elle ne connaissait pas Kendric. Qu'elle ne s'était pas correctement brossé les dents depuis des lustres.

Tout ce qu'elle parvenait à faire, c'était de se tenir à Kendric, qui faisait basculer son monde.

On l'avait déjà embrassée auparavant, mais elle n'avait jamais senti la terre bouger. N'avait jamais senti l'électricité la parcourir de la tête aux pieds. N'avait jamais mouillée pour un simple baiser. Mais embrasser Kendric, c'était comme dans ces films romantiques à l'eau de rose qu'elle aimait regarder. Elle se sentait comme la Belle au bois dormant, réveillée pour la première fois par un vrai baiser d'amour.

Quand il s'écarta, leurs yeux se croisèrent, et Marlowe ne put que le regarder fixement, émerveillée.

Kendric émit un grognement très grave et se pencha de nouveau vers elle.

Avide d'expérimenter davantage les sentiments incroyables qu'il lui avait procurés, Marlowe lui attrapa la cuisse et y enfonça les doigts tout en relevant le menton.

— Vous devriez être prudents, dit l'officier, brisant ce moment entre elle et Kendric.

Marlowe avait envie de pleurer. Elle avait encore besoin de cet homme. Voulait le respirer. Voulait ne devenir qu'un avec lui.

Sa seule consolation fut qu'il fallut un long moment à Kendric pour se calmer. Ses yeux restaient rivés aux siens comme s'ils lui disaient qu'ils continueraient plus tard. Puis, il se retourna face aux officiers comme s'il n'avait pas été renversé par leur baiser et dit :

— Oh, pourquoi ?

— Il y a eu une évasion à la prison. Beaucoup se sont échappées.

— Oh ! C'est pour ça, tous ces barrages, hein ? C'est logique.

— Dangereuses criminelles, dit l'officier avec un signe de tête.

— Eh bien, j'espère que vous les attraperez toutes, dit Kendric en rangeant les permis dans son portefeuille avant se de se pencher pour le remettre dans sa poche.

— Si vous voyez quoi que ce soit de suspicieux, n'importe qui de suspicieux, vous devrez en référer aux autorités, l'avertit l'officier.

— Oh oui, bien évidemment que je le ferai. Je dois protéger mon petit cookie, dit Kendric en tapotant le genou de Marlowe.

Comme par enchantement, les yeux des deux hommes retournèrent aux jambes de Marlowe.

Des lumières vacillèrent derrière eux, une autre voiture approchant.

— Vous pouvez y aller, dit l'officier qui avait scruté leurs permis, leur faisant signe de faire le tour par l'avant de l'une des voitures pour retourner sur la route de l'autre côté.

— Merci. Soyez prudents. J'espère que vous attraperez toutes les détenues, dit Kendric.

— Nous le ferons.

La détermination dans la voix de l'homme fit frissonner Marlowe. Mais elle parvint à sourire. Kendric fit signe aux officiers et fit le tour de leurs voitures, et, rapidement, ils se retrouvèrent de nouveau sur la route.

Marlowe posa le front contre l'épaule de Kendric et laissa échapper un long soupir.

— Relax, Punky. Tu as réussi. Tu t'en es très bien tirée, dit-il en lui tapotant les mains qui s'agrippaient une fois de plus à sa taille.

— Tu avais des papiers d'identité pour nous ? marmonna-t-elle contre l'épaule de Kendric.

— Ouaip. Tout fait partie du plan.

— Le plan, souffla-t-elle. Quel plan ?

— Le plan pour te ramener chez toi, dit-il avec aisance.

Ils roulèrent pendant quelques minutes, et Marlowe repensa à leur baiser. Il n'avait pas hésité. N'avait pas semblé timide le moins du monde par ce qu'il avait fait, comme s'il embrassait des inconnues tout le temps. Et Marlowe supposait qu'il le faisait possiblement s'il sauvait souvent des femmes. Elle ne le connaissait pas, ne savait rien de lui.

— Je suis désolé pour ça, là-bas, dit-il, s'immisçant dans ses pensées. Ce mec commençait à s'intéresser un peu trop à toi, et je me suis dit qu'on devait lui donner une autre chose à laquelle penser... c'est-à-dire à sa queue.

Marlowe se sentit rougir.

— Ce n'est rien, lui dit-elle.

— Tu veux savoir un truc ? dit Kendric.

Elle attendit mais, comme il ne continua pas, elle demanda :

— Ouais ?

— Je n'ai pas souvenir d'avoir autant apprécié un baiser.

Il regardait droit devant lui, conduisant avec confiance le scooter dans le léger trafic matinal.

— Ce n'était pas approprié et j'ai l'impression d'avoir profité de toi... mais je ne le regrette pas.

— Moi non plus, admit Marlowe. Tu sais embrasser, Bob.

— Je crois que je préfère quand tu m'appelles Kendric. Ken marche aussi.

— Tant mieux. Parce que tu n'es pas un Bob. Pas même un peu.

— Carlise, June et April t'adoreraient.

Marlowe fronça les sourcils.

— Qui ?

— Les épouses de mes amis. Et April est l'assistante administrative de l'entreprise que je gère avec mes amis. Elle et JJ ont un truc, mais aucun des deux ne veut l'admettre.

Quelques minutes de silence passèrent avant que Kendric ne reprononce son nom.

— Marlowe ?

— Ouais ?

— Tu me pardonnes pour ce que j'ai fait là-bas ?

Elle ricana.

— Pour avoir fait quoi ? Détenu une pièce d'identité pour moi ? Distrait les flics afin qu'ils ne regardent pas mes chaussures de prisonnière ? Donné un baiser qui m'a fait grimper aux rideaux et oublié pendant un petit moment que ma vie était devenue merdique ? Ouais, Kendric, je te pardonne.

— Grimper aux rideaux ? demanda-t-il, tournant légèrement la tête pour qu'elle puisse voir son sourire satisfait.

Marlowe réalisa qu'elle souriait également comme une barge.

— Ouais.

— Moi aussi, avoua-t-il.

Elle ferma les yeux un moment. Qu'il avoue avoir été aussi affecté qu'elle par ce baiser spontané la pénétrait jusqu'à l'os. Lui donnait l'impression qu'elle était peut-être redevenue la femme qu'elle avait été avant d'avoir été jetée en prison.

Soudain, submergée par la gratitude, elle étreignit très fort Kendric.

Il lui pressa la main et dit :

— Nous allons arriver à notre halte dans quelques petites minutes. La frontière avec le Cambodge n'est pas très loin, seulement l'équivalent de cinq cents kilomètres. Mais les routes ne sont pas terribles en dehors de la ville. Nous ne pouvons pas aller aussi vite que j'aimerais sur ce scooter et je ne veux pas avoir l'air suspect aux yeux des autorités que nous pourrions croiser en chemin, alors nous allons prendre notre temps. Agir comme des touristes. Mon plan est de faire profil bas en journée et de reprendre la route après la tombée de la nuit. Ça te va ?

— C'est ta mission de sauvetage. Je ferai tout ce que tu diras, quand tu le diras, dès que tu l'auras dit.

Il se tordit le cou pour voir son regard pendant une seconde avant de reporter son attention sur la route.

— Ah ouais ?

Chose étonnante, elle gloussa.

— Eh bien, peut-être devrais-je clarifier ça.

— Tu es en sécurité avec moi, riposta Kendric, sans aucun humour dans sa voix.

— Je sais, lui dit Marlowe.

Et c'était le cas. Elle se sentait plus en sécurité avec cet homme qu'elle ne l'avait été depuis très longtemps. Peut-être jamais. Il y avait quelque chose chez lui qui hurlait la sécurité. Elle n'en savait pas beaucoup sur lui mais une chose était claire : il ferait tout ce qu'il faudrait pour qu'elle retourne auprès de son frère, même si cela lui valait d'être blessé.

Et plus elle passait de temps avec lui, plus l'idée lui était abjecte. Elle ne voulait pas qu'il se fasse blesser à cause d'elle. Ou tué. Elle frissonna à cette idée.

— Tu as froid ?

Ça. Juste ça, là. Il était tellement au diapason avec elle, ça en était presque effrayant.

— Non, juste une pensée désagréable.

— Bientôt, tout ça ne sera qu'un mauvais rêve, la rassura-t-il.

— Iront-ils jusqu'aux États-Unis pour m'attraper ? ne put-elle s'empêcher de demander.

— Non.

Sa réponse était courte et directe.

— Comment peux-tu en être aussi sûr ?

— Je le suis, c'est tout. Fais-moi confiance, Punky.

Ne voulant pas s'imaginer être arrachée à son lit au milieu de la nuit par les services de l'immigration, le FBI ou quiconque décidé à la renvoyer en Thaïlande, Marlowe hocha la tête contre lui.

Environ dix minutes plus tard, Kendric ralentit et dirigea de nouveau le scooter entre les ardoises d'une clôture, dans un bâtiment en bois qui donnait l'impression de menacer de s'envoler à la moindre grosse tempête. Il coupa le moteur et bondit hors du siège. Puis, il prit Marlowe par le bras et dit :

— Doucement.

Se demandant pourquoi il était si soucieux, Marlowe fit passer sa jambe par-dessus le siège et se mit debout... chancelant immédiatement sur ses pieds. Ses jambes ne semblaient pas vouloir fonctionner.

— Oh ! s'exclama-t-elle.

— Donne-toi du temps pour que le sang se remette à circuler, lui dit-il tout en continuant de l'aider à garder son équilibre.

— Tu viens tout juste de sauter comme si tu n'y avais pas passé autant de temps que moi, se plaignit-elle.

Les lèvres de Kendric se tordirent.

— J'y suis habitué. Viens, appuie-toi sur moi, et nous allons entrer.

— Attends. Kendric ?

— Ouais ?

— Est-ce que, en se trouvant à mes côtés, ça mettra n'importe qui d'autre en danger ?

Elle ne parvenait pas à lire l'expression du visage de Kendric. Peut-être un mélange de colère et de tendresse.

— Non, répondit-il.

— Tu en es sûr ?

— Oui.

Elle ne savait pas s'il mentait ou non.

— Je ne supporterais pas que quiconque ait des ennuis à cause de moi.

Kendric passa son bras à la taille de Marlowe et l'attira plus près. Elle posa les mains sur son torse, le regardant avec surprise.

— Tous ceux que nous croiserons durant notre périple ont conscience des risques qu'ils prendront. Et crois-moi, ils seront bien récompensés pour leur aide. De plus, ils savent à quel point les agents ici sont corrompus. Nombre d'entre eux ont eu des êtres chers incarcérés tout comme toi, sans aucune chance de se battre contre les accusations. Ils seront ravis d'aider. Ils cherchent à le faire, en réalité. Tu verras. Je sais que ça a l'air impossible mais détends-toi, Punky. Je suis là pour toi.

Marlowe ferma les yeux et posa le front contre son torse.

— J'ai peur, avoua-t-elle. Je le suis depuis le jour où des officiers de police sont venus sur le site de fouilles et m'ont accusée d'être une trafiquante de drogue. Je veux juste... je veux rentrer chez moi.

Ces derniers mots étaient presque un sanglot, et Marlowe détestait la faiblesse qu'ils exposaient.

— Tu le feras. Tu es en train de le faire, répondit Kendric.

Marlowe pouvait le sentir faire courir une main prudente sur la perruque posée sur sa tête. Même si le contact restait léger à cause de la matière entre la main de Kendric et son cuir chevelu, elle le sentit tout de même jusqu'à ses orteils.

Prenant une grande inspiration, elle ouvrit les yeux et les leva vers lui.

— Je vais bien. C'est juste que... ça fait beaucoup. Mais tout va bien maintenant.

Kendric la regarda pendant un instant.

— Tu es assez incroyable.

Elle pouffa d'un souffle sceptique.

— Je ne le suis pas.

— Tu l'es, insista-t-il. Tu n'en as aucune idée. J'ai fait ça plusieurs fois auparavant, et crois-moi quand je te dis que tu t'en sors bien mieux que la plupart des gens.

Marlowe n'aimait pas imaginer Kendric se mettre en danger de la sorte, car ça faisait partie de son travail. Mais alors, elle se fit soucieuse. N'avait-il pas mentionné le fait de gérer une entreprise avec des amis ? Est-ce que c'était ça, son boulot, ou faisaient-ils tous ça, sauver des gens ?

— Tu es fatiguée. Nous devons manger, nous laver et puis dormir.

Un gémissement grave s'échappa de la gorge de Marlowe en visualisant chacune de ces choses. Kendric sourit.

— Viens. Nous allons rencontrer notre hôte et te remettre sur pieds.

Hochant la tête, elle s'autorisa à se laisser guider, appréciant que Kendric garde un bras sur ses épaules et qu'il marche à ses côtés vers l'habitation non loin, à l'allure décrépite.

* * *

Bob ne parvenait pas à détourner les yeux de Marlowe plus de quelques secondes. Le souvenir du baiser qu'ils avaient échangé tournait en boucle dans sa tête comme un disque rayé. Il n'avait pas eu l'intention de l'embrasser de la sorte mais, quand il s'était rendu compte que le second officier semblait avoir des soupçons quant à leur histoire, il avait simplement réagi.

Et ce baiser l'avait bouleversé jusqu'au plus profond de son être. Heureusement qu'ils avaient été assis, autrement ses genoux auraient cédé. Parce que, durant cette seconde, il avait su.

Cette femme était à lui.

À lui.

Il avait cherché sa partenaire idéale pendant des années. Et le hasard avait voulu qu'il la trouve à l'autre bout du monde.

Elle était sous sa responsabilité. Elle comptait sur lui pour qu'il la sorte sans encombre du pays. Une erreur de la part de Bob, et elle retournerait directement en prison pour y passer probablement le reste de sa vie.

Ce n'était pas une option. Il en était foutrement hors de question.

La plupart des gens lui diraient qu'il était ridicule, qu'il était impossible qu'il sache qu'elle était à lui après un seul baiser. Ils insisteraient sur le fait qu'il avait juste envie de tirer un coup, car il ne l'avait pas fait depuis tellement longtemps qu'il ne s'en souvenait plus et que c'était pour *cette raison* qu'il était si attiré par elle. Mais ces gens auraient tort.

Bob sentait leur connexion jusqu'à l'os. Il n'avait pas reconnu son attirance pour elle quand il lui avait rendu visite dans la prison pour femmes mais, dès qu'il l'avait touchée, elle avait pris vie.

Et ce baiser…

Ses amis comprendraient. Chappy et Cal étaient tombés sous le charme aussi brutalement et rapidement et, aujourd'-hui, ils étaient tous les deux mariés et vivaient heureux. Si des personnes méritaient d'être heureuses, c'étaient ses amis.

Même JJ, malgré sa résistance actuelle envers leur assistance administrative, dirait à Bob de ne laisser personne le dissuader de faire ce qu'il voulait. Ce qu'il voulait, c'était Marlowe Kennedy.

Et pourtant, malgré ses convictions, il ne se faisait pas d'illusions quant au probable scénario une fois qu'ils seraient de retour aux States. Elle irait vivre avec son frère pendant un temps, jusqu'à être remise sur pieds. Il retournerait dans le Maine, et leur temps passé ensemble prendrait fin.

Si cela arrivait, elle serait son plus grand regret... et sa plus belle réussite. Elle ne serait peut-être jamais à lui, pas de la façon dont il la désirait, mais il s'en inquièterait plus tard. Pour l'instant, son seul but était de la faire sortir de Thaïlande et de la ramener saine et sauve aux States. Après ça... qui savait.

La dernière chose qu'il souhaitait, c'était que quelqu'un reste avec lui par obligation ou par gratitude. Il voulait, avait *besoin* de plus.

Avait besoin qu'elle ressente leur connexion aussi intensément que lui. Besoin qu'elle ait envie de le connaître mieux en tant que personne plutôt qu'en tant que sauveur. Pour le moment, il n'était pas sûr que ce soit possible.

Mettant de côté ces pensées sur l'avenir, Bob se concentra sur le ici et maintenant. Ils avaient été accueillis dans la très modeste et petite cahute d'un autre membre du réseau de Willis et on les avait fait entrer dans une pièce du fond. L'homme qui les avait accueillis ne parlait pas anglais, mais des gestes de la main leur avaient fait comprendre qu'il serait de retour avec de la nourriture et de quoi boire.

La pièce était petite et peu meublée. C'était sans doute là où l'homme et sa femme dormaient. Une palette était posée au sol et une petite commode bancale était placée contre un mur. Le sol était en vieilles planches de bois, probablement bourré d'échardes. Il n'y avait aucune fenêtre dans la pièce, et ça commençait à se réchauffer, le soleil faisant son apparition dans le ciel. Il ferait inévitablement de plus en plus chaud à mesure que le jour progresserait... mais pour Bob, c'était parfait.

Ils étaient à l'abri. Il devait y croire. Willis était très bon dans ce qu'il faisait et, jusqu'à présent, ses contacts avaient opéré sans fausse note.

— Il n'y a aucune sortie, dit Marlowe en regardant autour d'elle, mal à l'aise. Pas de fenêtres. Et si les flics viennent ?

— Ils ne le feront pas. Et crois-moi, si nous devons sortir d'ici, je pense qu'un bon coup de pied dans le mur nous offrira une porte de sortie. Tu es en sécurité, Marlowe. Je te promets, tu n'y retourneras pas.

Elle soupira.

— J'essaie de le croire mais... c'était affreux, Kendric. Tu ne sais pas à quel point.

— Tu pourrais être surprise. Mais je crois que les choses te sembleront meilleures après avoir mangé un truc et t'être reposée.

— Et toi ?

— Comment ça, *moi* ?

— Tu vas te reposer aussi ?

— Évidemment, répondit Bob sans attendre, mais en vérité, c'était peu probable.

Il ne dormait pas très bien dans de meilleures circonstances et, là, elles étaient loin d'être idéales.

— Tant mieux. Il ne faudrait pas que tu t'endormes au volant... ou au guidon, dit-elle avec un petit sourire.

C'était une autre chose qu'admirait Bob chez cette femme. Elle était capable de blaguer même quand elle manquait d'assurance et qu'elle était effrayée.

— Viens là, dit-il en tendant la main.

Il ne lui avait pas donné le choix pour le baiser au poste de contrôle, et il s'en voulait encore pour ça. Il ne la forcerait plus à faire quoi que ce soit s'il pouvait l'empêcher.

Sans hésiter, elle avança vers lui et, au lieu de lui prendre la main, continua d'avancer jusqu'à l'enlacer. Son corps s'emboîtait parfaitement contre le sien. Elle était une petite chose qui paraissait fragile dans ses bras. Mais Bob soupçonnait que, dans des circonstances normales, cette femme était une dure à cuire et il ne pouvait pas être plus fier de la façon dont elle avait réussi à aller aussi loin.

Bien avant qu'il ne soit prêt à la lâcher, leur hôte ouvrit la porte. Il portait un plateau soutenant deux bols et une assiette dans laquelle s'empilaient des petits bouts de nourriture diverse. Bob n'avait aucune idée de ce que c'était, mais son estomac gargouilla, impatient.

Marlowe fit un grand sourire et se recula, l'homme abaissa le plateau jusqu'au sol. Il ne disait rien, ne les regardait même pas dans les yeux tandis qu'il sortait à reculons de la pièce et refermait la porte derrière lui.

— Ai-je dit quelque chose ? plaisanta Marlowe.

Bob ricana.

— Viens, voyons voir ce que nous avons là, pour que tu puisses manger et faire un petit somme.

Marlowe ne mangea pas vraiment autant que Bob l'aurait voulu. Elle picorait la nourriture dans l'assiette, mais but la majeure partie du bouillon qui était dans le bol.

— Tu n'aimes pas le repas, lui dit Bob, ce qui n'était pas une question.

Marlowe haussa les épaules.

— Pas vraiment. J'ai essayé. Je veux dire, je sais que j'ai besoin de calories, mais je n'ai jamais été fan des produits de la mer, et tout ici est tellement différent de ce dont j'ai l'habitude.

— De quoi as-tu l'habitude ?

Marlowe lui fit un petit sourire penaud.

— Nuggets de poulet, hot-dogs, Doritos, chips, bonbons, ramen, spaghettis.

Il la regarda, effaré.

— Bon Dieu, madame ! C'est de la merde, tout ça.

— Je sais, dit-elle en haussant les épaules. Je mange comme une gosse de dix ans. Que puis-je dire d'autre ? Je suis célibataire et ne sais pas cuisiner. Alors, je me débrouille.

— J'adore cuisiner. Même si c'est nul de cuisiner pour une seule personne, admit-il.

— Nous ferions la paire. Tu adores cuisiner, je déteste ça, dit Marlowe avant de rougir et de se mordre la lèvre. Enfin, tu sais, si nous étions ensemble... Ce qui n'est pas le cas ! Je veux dire... flûte.

— Je vois ce que tu veux dire, répondit gentiment Bob pour la tirer d'affaire.

Mais il pensait la même chose... Si elle était à lui, cela lui ferait plaisir de cuisiner pour elle chaque soir. De s'assurer qu'elle recevait la nutrition dont son corps avait besoin.

— En général, j'apporte avec moi des rations prêtes à manger sur une fouille. Pour ajouter un supplément à la nourriture locale. Tout comme un sachet ou deux de bonbons, bien que ceux-là partent généralement bien trop vite, admit-elle en haussant les épaules.

— C'est lequel, ton préféré ?

— De quoi, de bonbon ?

— Ouais.

— N'importe quoi contenant du sucre, dit-elle avec un petit rire. Enfin, tu vois, pas de chocolat. Des Smarties, des Spree, des Sweetarts, des Runts, ce genre de trucs.

Bob ne pouvait faire autrement que sourire.

— Bec sucré, marmonna-t-il.

— Ouaip, dit-elle sans une once d'embarras.

Bob prit note de lui trouver un sachet de friandises dès qu'il le pourrait. Il ouvrit la bouche pour le lui dire mais, alors, elle se mit à bâiller, se cachant rapidement la bouche.

— Dors, lui ordonna-t-il, désignant la palette sur le sol.

— Je ne peux pas dormir là, dit-elle en secouant la tête. Enfin, c'est *leur* lit. Premièrement, c'est impoli. Deuxièmement, et ça va te paraître ridicule étant donné l'endroit où j'ai passé le dernier mois, mais... je n'arrive pas à penser à autre chose qu'à ce qu'ils ont pu faire sur ces couvertures.

Bob renifla.

— D'accord. Que dis-tu de ça ?

Il marcha jusqu'à la commode et ouvrit l'un des tiroirs. Il en sortit un T-shirt masculin, puis alla jusqu'au mur et l'étala sur le sol. Il s'assit à côté et tapota sa jambe. Ce n'était pas l'idéal mais maintenant que Marlowe l'avait mentionné, l'idée de s'allonger sur la palette, là où l'homme avait – ou pas – fait l'amour à sa femme quelques heures auparavant, n'était pas vraiment dans le top de sa liste des choses à faire non plus.

— Ce n'est sans doute pas très confortable mais...

— C'est parfait, répondit Marlowe avec un petit sourire tout en s'approchant.

Elle s'allongea sur le côté, posant sa tête sur la cuisse de Bob.

— Tu es sûr que ça te convient ?

— Ça me convient plus que bien, la rassura Bob.

Et une fois de plus, elle l'impressionnait. Elle aurait pu râler un peu d'avoir à dormir sur le sol mais elle ne le fit pas. Elle était reconnaissante pour ce qu'elle avait. Il supposait qu'avoir été en prison expliquait grandement la facilité avec laquelle elle acceptait sa situation, mais il avait aussi le sentiment qu'elle était simplement comme ça au naturel.

— Dors, Punky, lui dit-il.

— On t'a déjà dit que tu étais autoritaire ? demanda-t-elle, à moitié endormie.

— Oui.

— Eh bien, ils ne mentaient pas.

Bob ricana de nouveau, et il ne put s'empêcher de tendre la main pour lui caresser les cheveux. Ce fut à ce moment-là qu'il réalisa qu'elle portait toujours la perruque.

— Lève, lui dit-il.

— Quoi ? demanda-t-elle, levant la tête de sa cuisse, confuse.

Il retira promptement la perruque de son crâne et elle soupira de contentement.

— Oh, ça fait tellement de bien.

Bob passa la main dans ses cheveux, sentant les mèches moites de sueur à l'arrière de sa nuque.

— Kendric ?

— Ouais ?

— Merci, murmura-t-elle. Merci d'être venu pour moi. De m'avoir protégée.

— De rien, lui répondit-il, mais sans être sûr qu'elle l'avait entendu, car elle était déjà en train de ronfler.

Elle était partie si rapidement, comme si elle n'avait pas dormi depuis des jours ou des semaines. Il avait le sentiment qu'il n'était pas très loin de la vérité. Quand il avait été prisonnier de guerre, il n'avait pas dormi beaucoup, du tout. Toujours attentif au moindre petit bruit, attendant, se demandant quand ce serait à nouveau son tour d'être torturé.

Reportant son attention sur la femme à côté de lui, Bob refusa de penser à ce moment de sa vie. Lui et ses amis avaient été secourus et, maintenant, il remboursait la dette qu'il devait aux hommes et aux femmes qui lui avaient rendu sa liberté en retournant la faveur. Aider les autres dans le besoin.

Mais être ici avec Marlowe ne ressemblait pas à une faveur. Plutôt au destin.

Bob secoua la tête et la posa contre le mur derrière lui. Il devait vraiment arrêter de penser comme ça. Marlowe taillerait sa propre route une fois qu'ils seraient de retour au pays.

Elle ne pouvait pas être à lui. Ce n'était pas le destin. Elle n'était pas son âme sœur.

Mais peu importait le nombre de fois qu'il se disait ces choses, le sentiment qu'il était destiné à être là où il se trouvait, pile en cet instant, ne voulait pas le laisser tranquille.

Incapable de regarder autre chose que Marlowe plus long-temps, Bob baissa la tête et caressa ses cheveux. Les mèches étaient crasseuses, elle était recouverte de saleté... mais il n'avait jamais vu une aussi belle femme de sa vie.

Il avait de gros ennuis... Cette femme le menait par le bout du nez après un total de... quelques heures. Et elle n'en avait aucune idée.

Quand il serait rentré chez lui, il appellerait son ami, Tex, et lui demanderait de garder un œil sur elle. D'effacer son statut de fugitive si possible. De s'assurer qu'elle serait en sécurité lors de ses futures fouilles archéologiques. Peut-être verrait-il même si l'ancien membre du SEAL pouvait secrètement la pister.

Secouant la tête, Bob renifla. Il ne ferait pas ça à Marlowe. À quoi pensait-il ? La pister sans qu'elle le sache ? Non, seuls les tarés faisaient ce genre de saloperies. De plus, si Tex divulguait quoi que ce soit et que Chappy, Cal ou JJ venaient à être au courant de ses petites excursions de sauvetages extrascolaires, il serait bien occupé à essayer de s'expliquer et à regagner leur confiance.

Il devait laisser Marlowe partir. Il avait l'intuition que ce serait la chose la plus difficile qu'il aurait eu à faire dans sa vie jusqu'à présent... encore plus difficile que de survivre à sa période passée comme prisonnier de guerre. Mais il le ferait, car Marlowe méritait elle aussi sa liberté.

CHAPITRE QUATRE

Les deux nuits suivantes se déroulèrent assez similairement à leur première. Et Kendric n'avait pas menti : ils voyageaient extrêmement lentement. Une grande partie de Marlowe voulait aller aussi vite que possible, prenant une route directe jusqu'à la frontière pour sortir de ce pays. Mais elle comprenait le besoin de rester sous les radars, d'essayer d'éviter de rentrer en contact avec quiconque qui pourrait les identifier.

Alors, ils voyageaient par un chemin assez sinueux, de nuit, s'en tenaient aux petites routes, s'arrêtant dans des maisons sûres avant le crépuscule. Ils n'avaient plus croisé de blocages routiers ; et plus ils s'éloignaient de Bangkok, plus les espoirs de Marlowe revenaient.

Elle commençait à croire qu'elle pourrait simplement arriver jusqu'à la frontière sans se faire prendre. Mais il demeurait le problème d'entrer au Cambodge. Ce n'était pas comme s'ils pouvaient passer par l'une des frontières officielles. Elle n'était pas certaine du plan de Kendric, mais elle avait confiance dans le fait qu'il en avait un.

Depuis qu'il l'avait trouvée, il s'était occupé de tout.

C'était un soulagement de mettre sa confiance en quelqu'un. Elle n'avait à penser à rien d'autre qu'à se tenir à lui quand il les conduisait de plus en plus loin de l'enfer qu'elle avait vécu.

Cela aurait dû l'effrayer, la vitesse à laquelle elle avait cédé le contrôle à Kendric, mais ça n'était pas le cas, simplement parce qu'il l'aidait à se sentir protégée. Même si Marlowe aimait son travail, elle n'appréciait pas de se lancer dans les pays les plus dangereux qu'elle avait visités. Se sentir en sécurité était parfois une rareté.

C'était plutôt drôle d'ailleurs, qu'elle soit une archéologue. Elle était en quelque sorte tombée dedans quand elle était à la fac. Sa camarade de chambre de première année s'était intéressée à la filière et, puisque Marlowe ne savait pas ce qu'elle voulait faire, elle avait, en gros, suivi son amie, adoptant de nombreux cours en commun. L'amitié avait fini par se terminer au bout de deux ans mais, ensuite, Marlowe avait compris qu'elle adorait ses études.

L'archéologie n'était pas vraiment sa passion, mais cela lui permettait de voir le monde. En fait, elle n'était pas restée en place depuis des années. Ironique, étant donné ce qu'elle voulait *vraiment* faire... quelque chose qui n'était plus autant respecté par la société, surtout depuis qu'elle était une femme célibataire.

Elle voulait être une mère.

Parce qu'elle n'avait ni petit-ami ni mari, elle voulait adopter des enfants au sein du système étatique. Ceux qui n'avaient pas de parents pour les aimer. Elle savait que ce serait une route extrêmement difficile à emprunter pour adopter un enfant en tant que femme célibataire, mais c'était ce qu'elle aspirait à faire.

Bien entendu, elle ne pouvait pas être un parent célibataire sans travail, et c'était ce qu'il l'avait maintenue occupée, à continuer de faire ce pour quoi elle était douée, même si elle n'aimait pas ce travail comme elle le devrait.

Mais après cette expérience, Marlowe était plus déterminée que jamais à faire ce qu'elle avait envie de faire. Elle ignorait comment s'en donner les moyens, mais elle ne doutait pas que Tony l'aiderait à trouver.

Pour le moment, son attention se reporta sur l'homme assis devant elle. Plus ils s'éloignaient de Bangkok, plus Marlowe s'inquiétait pour Kendric ; il avait admis le premier jour ne pas avoir bien dormi, mais elle ne savait pas vraiment s'il dormait ou pas. En tout cas, rien de plus que de petites siestes. Une fois qu'il avait installé Marlowe, après avoir mangé, lui servant la plupart du temps d'oreiller, il se trouvait toujours dans la même position quand elle se réveillait des heures plus tard. Elle voulait insister pour qu'il s'allonge mais, à chaque fois qu'elle abordait le sujet, il chassait ses propos d'un geste, insistant sur le fait qu'il allait bien, qu'il dormait quand elle le faisait.

Elle était déterminée à ce qu'il fasse une sieste aujourd'hui, tandis qu'ils ralentissaient aux abords d'une maison ayant l'air étonnamment agréable, une structure en parpaings de deux étages avec une cour bien entretenue. Les autres endroits dans lesquels ils s'étaient arrêtés avaient été délabrés et avaient semblé sur le point de s'écrouler, mais cette maison se trouvait dans une ville plutôt très peuplée. Ils avaient croisé davantage de gens sur leur chemin jusqu'à cette maison sécurisée que durant ces deux derniers jours combinés, ce qui rendait Marlowe vraiment nerveuse. Elle pouvait sentir Kendric se raidir chaque fois qu'ils repéraient un membre de la police royale thaïlandaise.

— Tu es sûr que c'est là que nous sommes censés nous arrêter ? demanda-t-elle alors qu'il faisait le tour avec son scooter jusqu'à l'arrière de la maison.

— J'en suis sûr, dit-il, confiant. Nous nous rapprochons de

la frontière, et Willis s'est dit que nous aurions besoin d'un endroit plus confortable pour nous ressaisir avant d'affronter le stress de la traversée.

Kendric n'avait presque rien raconté à Marlowe au sujet du mystérieux contact responsable de la mise en place du réseau de personnes les aidant à traverser la Thaïlande, bien qu'il l'ait appelé plus d'une fois durant leur voyage.

Elle passa sa jambe par-dessus le siège, contente de tenir le coup maintenant qu'elle était plus habituée à enfourcher le deux-roues. Elle retira le sac à dos qu'ils avaient reçu dans la deuxième maison. Kendric insistait pour le lui prendre à la seconde où ils s'arrêtaient quelque part. Il ne pouvait pas vraiment l'enfiler pour conduire avec Marlowe collée à son dos et celle-ci appréciait vraiment le fait d'avoir un peu de responsabilités durant leurs déplacements.

— Viens, je sais de source sûre que le propriétaire de cet endroit dispose d'une douche que nous pouvons utiliser.

— Une douche ? demanda Marlowe, enthousiaste.

Ils avaient dû se débrouiller avec des bols remplis d'eau chaude pour se nettoyer un peu avant de se remettre en route chaque nuit. Elle était impatiente de retirer cette perruque qu'elle détestait et se nettoyer les cheveux. Sans parler du reste de son corps également.

— Oui. Une douche, répondit-il avec un sourire satisfait.

Il lui prit la main aussi naturellement que s'ils le faisaient depuis des années, plutôt que deux jours. Il était difficile à croire qu'elle venait de rencontrer cet homme. Peut-être était-ce à cause des circonstances mais, déjà, Marlowe ne s'imaginait pas ne pas l'avoir dans sa vie.

Elle refusait de penser à ce qui arriverait quand ils seraient rentrés aux States. Au fait de le regarder s'éloigner. Elle n'était qu'un job pour lui, rien de plus. Elle n'avait aucun droit sur cet homme. Mais à chaque fois qu'elle se tenait à lui pendant qu'il les conduisait dans la nuit, elle avait *vraiment* l'impression qu'il lui appartenait, tout comme elle lui appartenait.

Ils n'avaient pas eu d'autre baiser et, à chaque jour qui passait, Marlowe se languissait de plus en plus de sentir les lèvres de Kendric sur les siennes. Elle commençait à croire qu'elle avait imaginé les sentiments qui l'avaient parcourue la première fois.

Kendric frappa sur la porte arrière et elle s'ouvrit presque immédiatement. La femme à la porte avait un sourire sur le visage mais, dès qu'elle les vit, il s'évanouit. Son regard s'en alla derrière l'épaule de Marlowe comme s'il elle regardait quelqu'un d'autre avant de revenir à eux.

— Marlowe et Bob ? demanda-t-elle dans un anglais avec un fort accent.

— C'est nous, répondit Kendric.

— Vous êtes homme et femme, dit-elle, toujours perplexe.

— Oui, dit Kendric.

Ils restèrent là tous les trois, se regardant les uns les autres pendant un moment terrifiant avant que la femme ne leur fasse le geste d'entrer. Ils entrèrent dans une cuisine et, une fois la porte refermée, elle se tordit les mains tout en reprenant la parole :

— Je pensais que vous étiez deux hommes. Vous mariés ?

— Non. C'est important ? demanda Kendric.

— Oui. Cachette, c'est petit. Un lit. Homme et femme ne peuvent pas rester ensemble sauf si mariés.

Marlowe se tendit. Tout durant leur voyage s'était plutôt déroulé sans accroc. Elle ne savait pas trop ce qui arriverait s'ils ne pouvaient rester ici.

Kendric baissa les yeux vers elle, puis vers la dame.

— Les coutumes sont différentes en Amérique. Ce n'est pas nécessaire. Nous sommes amis. Nous voulons juste nous reposer. Manger. Nous laver. C'est tout.

Mais la propriétaire secoua obstinément la tête.

— Non. Pas permis de dormir ensemble si pas mariés.

— Je peux dormir sur le sol dans une autre pièce, tenta Kendric.

Mais la femme continuait de les regarder, les sourcils froncés. Marlowe avait l'intuition qu'elle ne cèderait pas.

Et il était hors de question qu'elle veuille se séparer de Kendric. Il lui avait littéralement sauvé la vie. Elle pouvait déjà sentir la panique apparaître en elle à la pensée de ne pas se trouver près de lui pendant qu'elle serait endormie et vulnérable.

Kendric soupira.

— Très bien. Nous partirons. Nous trouverons un autre endroit où rester jusqu'à ce soir.

Le cœur de Marlowe se serra. Elle avait attendu avec une telle impatience de prendre une douche ! Et son popotin lui faisait mal après avoir été assise sur le scooter toute la nuit. Aussi, elle ignorait ce que ce changement de plan engendrerait pour leur programme. Si ce serait difficile de trouver un autre endroit où se cacher durant la journée.

Au lieu d'avoir l'air soulagée, leur hôtesse parut en fait encore plus secouée.

— Ma sœur, elle est dans prochain village. Elle m'a dit que police cherche prisonniers échappés. Elle fouille maisons, routes. Jungle. Si vous partir, police peut-être vous trouver.

Kendric afficha un air soucieux, et la tête de Marlowe tournait à cause de l'inquiétude.

Leurs hôtes, dans le précédent abri, leur avaient dit que les autorités thaïlandaises avaient élargi leur champ de recherche pour les détenues qui s'étaient échappées de la prison, que seules quelques-unes avaient été recapturées jusqu'à présent. Il y avait une longue liste de chaque nom accompagnée d'une photo de chaque femme, à la télé et dans les journaux.

C'était pour cela qu'elle continuait de porter la perruque même s'ils étaient aujourd'hui à moins de quatre-vingts kilomètres de la frontière. Des récompenses monétaires étaient proposées, suffisantes pour convaincre presque tout le monde de les dénoncer s'ils étaient repérés. Ils n'étaient peut-être plus en ville, mais ils étaient encore en danger.

— Mariez-vous maintenant, dit soudainement la dame.

Les yeux de Marlowe s'agrandirent en entendant cela.

— Quoi ?

— Mariez-vous maintenant. Ici. Et puis, vous pouvez rester à l'abri, au sous-sol. Ensemble. Même si police cherche, elle ne vous trouvera pas. Je peux faire arrangements. Maintenant.

— Vous nous donnez une minute ? lui demanda Kendric, posant déjà la main sur le bras de Marlowe pour l'attirer sur le côté de la pièce. Ce n'est pas nécessaire. Je nous trouverai un autre endroit où nous terrer. Tu seras en sécurité. Je te le promets.

— Mais elle a dit que la police cherchait dans la zone. Et avant d'arriver ici, tu as vu la voiture de police et tu as pris ce raccourci dans la jungle pour qu'on ne soit pas repérés. Où pourrions-nous aller ?

— Je ne sais pas. Mais je refuse de te forcer à faire une chose aussi drastique, pas avec tout ce que tu as déjà traversé.

Marlowe cligna des yeux, puis réprima un rire hystérique.

— Je n'arrive pas à croire que tu compares le *mariage* avec le fait d'être accusée à tort de vendre de la drogue, d'être jetée dans une prison à l'étranger, de s'évader de ladite prison, puis de rouler de nuit à travers une jungle dans laquelle on ne voit rien et sur des routes qui sont davantage des ornières que des routes, dit Marlowe, à bout de souffle.

Les lèvres de Kendric se tordirent.

— Eh bien, quand tu dis les choses de cette façon... dit-il, sarcastique.

Marlowe baissa la voix et regarda sérieusement dans les yeux bruns de Kendric.

— Je me sentirais plus en sécurité là où *tu* seras, que ce soit ici ou dans un autre abri. Mais tu es fatigué, Kendric. Ne mens pas, s'il te plaît, en me disant que non. Et ça pourrait prendre des heures avant de trouver un autre lieu sûr. Est-ce que c'est vraiment important si on se marie ? Si c'est vraiment légal aux States, alors tant pis. Nous pourrons divorcer une fois rentrés. Ou nous annulerons. Si ça peut faire plaisir à notre hôtesse, nous aider à échapper aux autorités et que ça signifie que nous n'avons pas à être séparés ni à dormir dans un buisson... pourquoi pas ? Mais si tu détestes vraiment cette idée – et je ne t'en voudrai pas pour ça –, alors nous pouvons partir. Je te fais confiance.

Il la regarda un long moment d'un air qu'elle ne put interpréter. Puis, il finit par se pencher et lui embrasser le front.

— Tu as raison. Si ça veut dire que nous pouvons rester ensemble, en sécurité, et que tu peux avoir cette douche que tu désires tellement, comme je le sais, nous le ferons. Mais hors de question que je te vole ce moment...

À la surprise de Marlowe, Kendric se mit sur un genou. Il lui prit la main et en embrassa le dessus avant de reporter ses yeux sur elle.

— Marlowe Kennedy... veux-tu m'épouser ?

Étonnamment, les yeux de Marlowe s'emplirent de larmes. Ce n'était pas réel, elle le savait, mais, quelque part, ça paraissait *vraiment* réel. Et normal. L'expression dans les yeux de Kendric était aimante, et patiente, et... déterminée.

— Oui.

Il lui sourit d'un air satisfait, puis se remit debout pour l'enlacer avec force. Ses lèvres près de son oreille, il chuchota :

— Je crois que j'ai égaré la bague, mais je promets de t'en mettre une au doigt dès que possible.

Marlowe gloussa.

— Égaré ? demanda-t-elle quand il se recula légèrement.

— Ouaip.

Elle secoua la tête.

— Je n'ai pas besoin d'une bague.

— Essaie de lui dire ça, à *elle*, dit Kendric en désignant derrière elle leur hôtesse.

Se tournant, Marlowe vit que la femme arborait un énorme sourire sur le visage et vibrait presque d'excitation. Quand elle se retourna de nouveau vers Kendric, le sourire avait déserté son visage, et il avait l'air sérieux comme jamais elle ne l'avait vu.

— Ça ira très bien, Punky. Je te le promets.

— Je sais, murmura-t-elle.

Il se tourna vers la femme et dit :

— Très bien. Si vous pouvez prendre les dispositions néces-saires, nous nous marierons. Ici. Maintenant.

Leur hôtesse était lumineuse.

— Oui ! Bien. Salle de bains, à l'étage. Vous d'abord, dit-elle en pointant Marlowe. Je vous trouverai la robe.

— Vas-y, dit doucement Kendric. Prends ton temps sous la douche. Je suis certain que notre hôtesse a besoin de temps pour organiser la cérémonie.

— D'accord. Kendric ?

— Ouais ?

— Si tu ne veux vraiment pas...

— Je le veux, l'interrompit-il.

— D'accord. Je devais juste demander, dit-elle avant de sourire. Faisons-le.

— Faisons-le, répéta Kendric.

La femme derrière eux se mit à parler à toute vitesse en thaï, s'approchant de Marlowe pour la prendre par la main.

— On se voit plus tard ? demanda-t-elle à Kendric, la dame l'entraînant avec elle.

— Plus tard.

La dernière chose que vit Marlowe avant de tourner à un coin fut le regard de Kendric rivé au sien.

* * *

Bob avait eu tort à propos de leur hôtesse ayant besoin de temps pour organiser une cérémonie de mariage. Quand il fut sorti de la douche et une fois le pantalon doré traditionnel et la chemise rouge à longues manches qu'on lui avait procurés enfilés, leur hôtesse attendait impatiemment.

Elle le mena en bas des escaliers, puis dans la cuisine où il eut un premier aperçu de Marlowe depuis qu'elle avait été emmenée moins d'une heure plus tôt. Il fut momentanément pétrifié par la vue.

Sa peau était rose et éclatante à la suite de la douche. Elle avait délaissé la perruque blonde, et ses cheveux brillaient et étaient encore un peu humides, de petites bouclettes encadrant son visage. Leur hôtesse avait trouvé une robe couleur crème qui dessinait les légères courbes de Marlowe comme si elle avait été faite pour elle. Une longue écharpe drapait l'une de ses épaules et descendait jusqu'au sol. Elle était pieds nus, et la vue de ses petits doigts de pied rendait toute cette situation encore plus intime.

— Hé, dit-elle, hésitante.

— Hé, répondit-il avant de s'adresser à leur hôtesse. Pouvons-nous avoir un moment avant de commencer ?

La femme hocha la tête, toujours aussi radieuse, et recula, leur accordant un peu d'intimité.

Bob se tourna vers Marlowe.

— Ça va ? demanda-t-il calmement.

Marlowe acquiesça.

— Toi ?

— Nous ne sommes pas obligés de faire ça, dit-il sans répondre à sa question.

En vérité ? Il allait soudain plus que bien. C'était une situation étrange, mais il n'était pas du tout contrarié d'avoir à épouser cette femme. Si cela avait été quelqu'un d'autre, il aurait trouvé un moyen de contourner ce qu'ils étaient sur le point de faire. Mais là, il priait silencieusement pour que Marlowe ne fasse pas machine arrière.

— Elle est vraiment enthousiaste, répondit Marlowe, son regard se posant sur leur hôtesse rôdant derrière eux avant de se retourner vers Bob. Ça va te paraître bizarre, mais, après tout ce que j'ai vécu, après avoir passé le mois dernier en prison, avoir été hurlée dessus, bousculée, regardée de haut, giflée, frappée, généralement traitée comme une merde et avoir reçu des crachats... ça me semble presque cathartique de participer à un truc positif. C'est juste que...

Sa voix diminua, luttant pour trouver les bons mots afin d'expliquer ce qu'elle ressentait.

Bon tendit la main et la posa sur la joue de Marlowe. Son pouce caressa la ligne de sa mâchoire.

— Je comprends.

Et c'était vrai. Cette femme méritait un peu de bien après ce qu'elle avait vécu. Il n'avait jamais cru qu'elle soit la dangereuse trafiquante de drogue que les autorités thaïlandaises avaient décrite. Et plus il était avec elle, plus il en était certain.

Leur hôtesse leur demanda quelque chose non loin, et Bob supposa qu'elle voulait savoir s'ils étaient prêts à commencer. Mais il n'allait pas se presser.

— Tu es incroyable, Marlowe, dit-il, sérieux.

Toute autre femme à sa place aurait sûrement flippé, exigeant qu'il fasse quelque chose pour pouvoir rester sans avoir à se marier. Mais elle était stoïque et déterminée, réticente à se plaindre même quand elle avait tous les droits de le faire. Elle avait tenu bon extrêmement bien jusque-là, et il ne pouvait être plus fier.

— Je suis juste moi, dit-elle en haussant une épaule.

— Faisons-le, dit-il fermement. Puis, nous mangerons un truc et irons nous reposer.

Marlowe fit un large sourire.

— Réception et lune de miel, hein ? le taquina-t-elle.

Bob ricana.

— Ouais, je suppose.

Il laissa sa main retomber avec réticence et attrapa celle de Marlowe. Elle y enroula les doigts sans hésiter.

Ils se tournèrent vers leur hôtesse.

— Nous sommes prêts, lui annonça-t-il.

La femme fit un grand sourire et leur fit signe de la suivre. Ils allèrent dans une petite pièce hors de la cuisine, et Bob cligna des yeux sous l'effet de la surprise. La femme s'était bien occupée pendant qu'ils se lavaient et s'habillaient ! Un autel était installé à une extrémité de la salle et un homme dans une tenue de cérémonie s'y tenait, leur souriant.

— Nom d'un chien, marmonna Marlowe dans sa barbe. Combien de cérémonies organise cette femme au juste ?

Bob se posa la même question, mais n'hésita pas à s'avancer vers l'homme célébrant la cérémonie. Il s'accrocha à la main de Marlowe tandis que l'autre homme commençait immédiatement à s'exprimer en thaï. Ni lui ni Marlowe n'avaient idée de ce qu'il était en train de dire, mais ça n'avait pas d'importance. L'émotion dans cet espace intimiste surpassait tout.

Bob se tourna pour voir Marlowe. Leurs yeux se croisèrent, et il sourit. Elle n'avait absolument pas l'air nerveuse. Elle paraissait calme et sereine.

Marlowe lui pressa la main. Ce n'était pas le mariage que

Bob avait imaginé pour lui. Bordel, il avait commencé par suspecter qu'il ne se marierait jamais, peu importait à quel point il en avait envie. Mais se tenir là avec Marlowe lui était si agréable ! Comme si c'était écrit. Ces deux-là contre le monde entier.

— Voulez-vous, Kendric, prendre cette femme pour épouse ? La prendre et la garder aujourd'hui et pour toujours, pour le meilleur et pour le pire, dans la richesse et la pauvreté, dans la maladie et la santé, l'aimer et la protéger, la chérir et l'honorer, la respecter et la soutenir, dans cette vie et la prochaine ?

Le regard de Bob se porta vivement sur le célébrant. Honnêtement, il s'était déconnecté de ce que disait l'homme puisque, auparavant, il n'avait pas compris un mot. Mais désormais, il parlait en anglais, le poussant à accepter les vœux sacrés du mariage. Ils étaient quelque peu différents des vœux traditionnels des States, mais tout aussi significatifs.

— Je le veux, dit-il vivement, ne voulant pas que Marlowe puisse croire qu'il doutait.

Le célébrant se tourna vers Marlowe.

— Voulez-vous, Marlowe, prendre cet homme pour époux ? Le prendre et le garder aujourd'hui et pour toujours, pour le meilleur et pour le pire, dans la richesse et la pauvreté, dans la maladie et la santé, l'aimer et le protéger, le chérir et l'honorer, le respecter et le soutenir dans cette vie et la prochaine ?

— Je le veux, dit-elle d'une petite voix.

Le célébrant se remit à parler en thaï. Le regard de Bob ne quittait jamais celui de Marlowe. Il se sentait déjà différent, ce qui était ridicule. Des vêtements chics et un célébrant bouddhiste ne liaient pas nécessairement leurs vies à jamais.

Le mariage servait juste de spectacle. Pour le confort, afin qu'il n'ait pas à s'aventurer pour leur trouver un autre endroit où passer le reste de la journée. Leur permettre de rester ensemble. Mais profondément en lui, Bob sentait la connexion qu'il avait avec Marlowe se solidifier encore plus. Sa détermination à la faire sortir prudemment de Thaïlande et à la ramener auprès de son frère se faisait encore plus forte.

Le célébrant se clarifia la voix et, quand Bob le regarda, il sourit, hocha la tête et dit :

— Vous pouvez vous embrasser.

Bob en revint à Marlowe. Elle souriait. Il baissa la tête sans réfléchir. Leurs lèvres s'effleurèrent, une fois, deux fois.

Puis, Bob entoura la taille de Marlowe avec le bras, l'attirant contre lui et embrassant Marlowe comme il avait tellement eu hâte de le refaire depuis cette toute première nuit.

Et tout comme cette fois-là, à la seconde où leurs langues se touchèrent, il se perdit en elle.

Il lui fallut toute sa force pour se reculer. Il garda les yeux baissés sur elle et il réalisa qu'ils respiraient rapidement tous les deux. Elle avait attrapé sa chemise et l'avait serrée dans son poing pendant leur baiser. Elle semblait aussi abasourdie que lui.

Leur hôtesse approcha, parlant à toute vitesse et les pressant vers l'autre côté de la pièce, où il y avait deux oreillers sur le sol et une bassine d'eau devant chacun. Elle leur fit signe de se mettre à genoux sur les oreillers. Puis, elle leur montra comment ils devaient joindre leurs mains ensemble et les tenir au-dessus des bassines.

Bob fit ce que la femme demandait.

Leur hôtesse prit une petite coque allongée et la plongea dans un autre bol d'eau placé sur une table proche. Elle s'exprima dans un ton grave et monotone, versant lentement le peu d'eau sur les mains de Bob. Puis, elle remplit de nouveau la coque et fit la même chose avec celles de Marlowe. Le célébrant s'approcha et fit de même, versant d'abord l'eau sur les mains de Bob puis sur celles de Marlowe.

Leur hôtesse leur tendit de petites serviettes pour se sécher et les aida à se remettre debout, avant de les presser vers la cuisine.

— Je suppose que c'était une sorte de rituel de mariage ? demanda doucement Marlowe en suivant la femme.

— Je suis certain que oui, répondit Bob avec un hochement de tête.

Même s'ils étaient en fuite et pouvaient être découverts à tout moment, dénoncés par un voisin ou même par le célébrant lui-même, Bob se détendit, s'asseyant à la petite table de cuisine. C'était son mariage, après tout.

Ses lèvres s'inclinèrent vers le haut. Honnêtement, il ne s'était jamais attendu à dire ni à penser ça !

Une fois assis tous les deux, leur hôtesse leur présenta un grand plateau où s'empilaient différents plats. Il regarda Marlowe à temps pour la voir plisser le nez. Sa Punky mangeait vraiment comme une enfant de dix ans.

Cette fois, Bob n'avait même pas réfléchi en utilisant le pronom possessif. Marlowe était vraiment à lui maintenant. Ignorant leur hôtesse qui se tenait non loin, attendant qu'ils commencent à manger, Bob se pencha en avant et murmura à l'oreille de Marlowe :

— Je te promets que, dès que possible, je te trouverai des Oreos, des Pop-Tarts, et peut-être même un Twinkie, pour célébrer notre mariage.

Elle gloussa et le regarda presque timidement.

— Ça ira. Je veux dire, elle a couru pas mal de risques pour nous organiser tout ça. Je devrais être habituée à ce genre de nourriture maintenant.

— Habituée, mais pas fan, dit sèchement Bob.

— C'est bon pour moi, dit-elle en haussant une épaule, retournant au plateau.

— Tu me fais confiance ?

Elle le regarda de nouveau et, sans une seule seconde d'hésitation, lui répondit oui.

— Laisse-moi te servir alors, lui dit-il, prenant une fourchette.

Marlowe acquiesça.

Bob choisit soigneusement parmi le plateau, à la recherche de morceaux que Marlowe, selon lui, pourrait aimer plus que d'autres. Il évita les fruits de mer, sachant déjà qu'elle ne les aimait pas particulièrement. Il piqua un morceau de ce qu'il pensait être du poulet et le porta à ses propres lèvres. C'était clairement du poulet, mais il le soupçonnait trop épicé pour Marlowe.

Il trouva un autre morceau ressemblant à du poulet, le goûta, l'approuva d'un signe de tête et porta la fourchette à la bouche de Marlowe.

Les yeux de cette dernière ne quittèrent pas Bob, lui prenant le poignet afin de stabiliser la fourchette, et elle se pencha en avant. Elle ouvrit la bouche et il la nourrit avec le morceau de viande.

— Ça te convient ? demanda-t-il.

Elle hocha la tête après avoir avalé.

— C'est bon.

Ils continuèrent ainsi un moment, Bob goûtant les morceaux de viande et les légumes sur le plateau pour trouver quelque chose qu'elle pourrait apprécier. C'était une expérience intime pour eux deux, et aucun ne parla beaucoup en mangeant.

Leur hôtesse approcha et plaça un bol à côté du plateau. Elle semblait s'excuser pour quelque chose, peut-être d'avoir apporté tardivement le nouveau plat, mais ce fut le hoquet de surprise et de ravissement de la part de Marlowe qui fit sourire Bob.

— Ramen ! s'exclama-t-elle. Oh mon Dieu, ils ont l'air déli-

cieux ! Nous avions beaucoup de riz en prison et je me nourris-
sais principalement de ça, mais les ramens sont l'un de mes
plats préférés à savourer quand je rentre chez moi.

Bob fronça les sourcils.

— Sûrement pas parce que tu ne peux pas te permettre
plus ? demanda-t-il.

Elle rit.

— Oh non, je veux dire, ce n'est pas cher, mais, en vrai,
j'aime le goût, dit-elle un peu honteusement.

Bob laissa échapper un soupir de soulagement.

— Bien. Tiens, la fourchette est toute à toi.

Elle la prit et s'attaqua au bol de nouilles avec enthousiasme. Ce n'était pas des ramens, sans doute pas comme ceux
dont elle avait l'habitude. C'était en fait du *pad thai*, un style de
nouilles populaire dans le pays, mais Bob était ravi que
Marlowe ait quelque chose à manger qu'elle puisse réellement
apprécier.

Au bout d'un moment, elle leva les yeux, afficha un air
soucieux.

— Je me les accapare. Désolée. Tiens, dit-elle, tendant la
fourchette avec un gros tas de nouilles entortillées dessus.

Elle avait placé une main sous la fourchette pour attraper
toute nouille qui pourrait tomber et lui souriait.

Bob ne put résister. Il lui prit le poignet tout comme elle
l'avait fait avec lui et se pencha lentement en avant, maintenant
le contact visuel avec elle tout ce temps. Il fit glisser la nourriture hors de la fourchette, mâcha, avala, puis dit :

— Délicieux.

— N'est-ce pas ? confirma-t-elle, ravie. Le meilleur plat du
monde, déclara-t-elle en reportant son attention sur le bol
devant elle et faisant tournoyer la fourchette pour en prendre
plus.

Une fois de plus, son enthousiasme frappa violemment

Bob. Cette femme n'avait aucune raison d'être aussi heureuse. Elle avait été incarcérée avec des charges bidon et maltraitée, elle était aujourd'hui en fuite avec un étranger, et elle avait été forcée de se *marier*, nom de Dieu ! Et pourtant, elle trouvait tout de même du plaisir dans un bol de nouilles.

Bob se sentait humble. Rien que d'être en sa compagnie faisait de lui une meilleure personne.

Quand ils eurent mangé autant que possible, leur hôtesse se trouvait juste là pour emporter les restes et les plats. Le soleil s'était levé quelques heures auparavant et il était temps pour eux deux de prendre un peu de repos.

Ils suivirent leur hôtesse jusqu'à ce qui ressemblait à un bureau et ils l'observèrent mettre un tapis sur le côté, s'orientant vers ce qui était clairement une trappe dans le sol. Bob souleva la porte en bois de forme carrée et examina les lieux, soucieux.

Lui et Marlowe avaient dormi dans des endroits étroits ces derniers jours... mais il comprit pour la première fois pourquoi la femme avait insisté pour qu'ils soient mariés.

L'espace sous le sol n'était suffisamment grand que pour une petite palette. Elle ne semblait même pas être une deux places. D'un point de vue morbide, elle ne faisait environ que trente centimètres de plus qu'un cercueil de taille moyenne. Ce n'était pas vraiment idéal pour *une* personne. Mais pour deux ? Ils allaient devoir s'étreindre littéralement pour tenir en place.

La femme se remit à parler et désigna les vêtements qu'ils portaient en arrivant. Ils avaient de toute évidence été nettoyés et étaient maintenant soigneusement pliés sur un bureau non loin. Elle leur mima de les enfiler et de laisser ce qu'ils portaient en ce moment sur une chaise. Puis, elle prit le sac à dos avec les quelques affaires qu'ils rassemblaient au cours de leur périple et le fit tomber dans le trou, tout comme la perruque blonde de Marlowe. Elle sourit une dernière fois, puis quitta la pièce.

Pendant tout ce temps, Marlowe n'avait pas bougé. Elle avait le regard rivé en bas, vers le trou, regard vide que Bob n'aimait pas.

— Marlowe ?

— Je ne peux pas, murmura-t-elle, l'air terrifiée.

La femme qu'il avait vue tellement heureuse avec des nouilles s'en était allée.

Alarmé, Bob se posta devant elle en deux enjambées, lui bloquant la vue du trou dans le sol. Parce que ce n'était rien d'autre. Ce n'était pas une chambre. Il n'y avait pas de vrai lit. C'était littéralement juste un petit espace sous le plancher. Cette maison devait être la plus grande du réseau jusqu'à présent, mais c'était pourtant le plus petit espace dans lequel ils auraient à dormir.

— Regarde-moi, Punky.

Cela prit quelques minutes, mais il ne la pressa pas. Finalement, elle leva le menton et croisa son regard.

Bob voulait lui dire qu'ils n'étaient pas obligés de rester. Qu'ils trouveraient un autre endroit où aller. Mais la matinée était déjà bien avancée et c'était trop dangereux de l'emmener quelque part avec sa photo diffusée partout dans le pays. De plus, ils s'étaient mariés juste pour pouvoir rester ici. Il ne voulait pas que le sacrifice de Marlowe ait été fait pour rien.

— Qu'est-ce qui ne va pas ? demanda-t-il.

— Je ne peux pas, répéta-t-elle, secouant la tête. Le trou... c'est trop petit. Je... quand j'ai été emmenée en prison, au début, j'ai été mise en isolement. C'était si petit. Et sombre.

— Tu peux le faire, insista Bob.

Elle secoua violemment la tête.

— Marlowe, tu ne seras pas seule cette fois. Je serai là. Et je n'irai nulle part. Compris ? Je ne te laisserai pas. Tu es en sécurité. Pour le meilleur et pour le pire, dans la richesse et dans la pauvreté, dans la maladie et dans la santé, aimer et protéger, chérir et honorer, respecter et soutenir... c'est ce que j'ai promis, non ?

Elle cligna des yeux, et Bob vit son regard devenir plus net. Elle avait perdu ces yeux vides qui l'avaient tant inquiété.

— Tu te souviens de nos vœux mot pour mot ?

— Ce n'est pas tous les jours qu'un homme se marie. Bien sûr que je me souviens. Je te tiens, Punky. Ce trou ne sera pas super confortable. On aura chaud et des courbatures. Je ne suis moi-même pas très ravi concernant les petits espaces... mais nous pouvons le faire.

— Pourquoi ?

— Pourquoi quoi ?

— Pourquoi tu n'aimes pas les petits espaces ?

Bob grimaça. Il n'aimait pas parler de l'époque où il avait été prisonnier de guerre. N'aimait pas penser à ce qu'il avait vécu, à ce que ses amis avaient dû supporter. Il préférait laisser ça derrière lui et aller de l'avant. Mais il ferait tout ce qu'il faudrait pour aider Marlowe à traverser ça.

— Je te raconterai quand nous serons installés, marchanda-t-il.

Elle le regarda attentivement un instant, puis prit une profonde inspiration et hocha la tête.

— D'accord. Nous devons nous changer.

Puis, elle se tourna et attrapa la chemise qu'elle avait portée ces derniers jours. Elle regarda Bob par-dessus son épaule.

— Tu peux défaire la robe pour moi ? Je ne pense pas pouvoir atteindre la boucle.

Bob accepta et, quand il saisit la fermeture fragile dans le dos de la robe, il remarqua que ses mains tremblaient. Tout ce à quoi il arrivait à penser, c'était à retirer le vêtement de sa *femme*, la porter jusqu'à un vrai lit et lui montrer à quel point il l'admirait. Comme il crevait d'envie d'explorer chaque centimètre de son corps. Mais ce n'était pas une vraie lune de miel et, franchement, elle n'était pas dans le bon état d'esprit... et ne le serait peut-être jamais dès qu'il serait question de lui.

Il fallut toute sa force pour baisser la fermeture et s'écarter d'elle. La peau lisse de son dos l'appelait, et il fit son maximum pour ne pas glisser ses mains sur son corps et prendre ses seins tout en retirant la robe de ses épaules.

Il la vit prendre le soutien-gorge moche qu'on lui avait remis en prison avant qu'il ne se retourne pour saisir ses propres vêtements noirs. Il ne se tourna pas avant que Marlowe ne dise d'une petite voix :

— Je suis décente.

Il avait sur le bout de la langue les mots disant que, en effet, elle était plus que décente. Elle bataillait avec la perruque, sur le point de la mettre quand Bob lui dit :

— Laisse-la.

Elle leva les yeux vers lui.

— Je pensais que tu avais dit de toujours la porter.

— Oui. Mais il va déjà faire suffisamment chaud dans ce trou sans la porter. Nous règlerons ça ce soir quand nous serons prêts à partir.

Le soulagement qui traversa son visage signifia à Bob avec exactitude à quel point elle détestait cette perruque chaude qui grattait. Mais comme d'habitude, elle ne s'en était même pas plainte. Elle hocha la tête, puis baissa les yeux vers le trou. Elle prit une profonde inspiration et, avec sa typique nature positive, pénétra l'espace. Une fois debout à l'intérieur, le sol atteignait à peine ses hanches. Ils allaient clairement être à l'étroit.

Elle mit la perruque dans le sac à dos, s'arrangea pour en faire un oreiller, puis s'étira sur le dos, se collant au mur et donnant à Bob autant de place que possible.

Maintenant qu'elle était à l'intérieur, Bob ne voulait plus

faire durer les choses. Il y pénétra également, attrapa la poignée de la trappe et l'abaissa tout en s'allongeant. La cachette était bien isolée, car, dès qu'il referma la porte, il se fit un noir d'encre.

Bob entendit Marlowe inspirer brutalement, mais ce fut la seule indication qu'elle fournit pour manifester sa contrariété.

Se disant que leur hôtesse allait venir pour retirer leurs tenues de mariage et replacer le tapis sur la trappe, Bob porta son attention sur le fait de rendre cet endroit aussi confortable pour Marlowe que possible. Il l'attrapa et l'attira contre lui.

Elle s'accrocha tout de suite à lui, enfouissant son visage dans le creux de son cou. Bob ne pouvait pas pleinement s'allonger sur le dos avec Marlowe à ses côtés, alors il les mit tous les deux sur le côté. Marlowe se pelotonna devant lui, se tenant à son T-shirt des deux mains. Il mit ses bras autour d'elle et il pouvait sentir son cœur cogner dans sa poitrine. Elle respirait bien trop vite.

— Détends-toi Marlowe. Je te tiens. Nous allons bien. Et sommes en sécurité.

Cela prit une minute ou deux, mais il finit par la sentir se détendre contre lui.

— Je comprends maintenant pourquoi elle voulait qu'on soit mariés, dit-elle avec un petit rire.

Un rire s'échappa de Bob.

— N'est-ce pas ? Bien que le fait qu'elle ait cru que cela conviendrait à deux hommes de se cacher ici est tout aussi déroutant.

Le gloussement de Marlowe était de la musique aux oreilles de Bob.

— Oh mon Dieu. Je n'arrive même pas à imaginer comment ça marcherait. Je veux dire, je suis petite. Je ne peux imaginer deux hommes de ta taille là-dedans.

Bob n'y arrivait pas non plus. Mais si cela avait été nécessaire, il l'aurait fait et n'aurait ressenti ni honte ni embarras. La survie était un motivateur puissant.

Au bout de plusieurs minutes, Bob réalisa que Marlowe ne dormait pas. Elle devait être fatiguée après avoir voyagé la majeure partie de la nuit, mais il supposait que d'être dans ce trou ne permettait pas à son cerveau de s'éteindre.

Ils n'avaient pas vraiment eu l'occasion de parler depuis qu'ils étaient en fuite. Entre se trouver sur le scooter et dormir durant la journée, ils ne s'étaient pas vraiment plongés dans de grandes conversations. Mais maintenant qu'ils étaient mari et femme, Bob se dit que le moment était tout aussi idéal qu'un autre.

Il s'ouvrait rarement aux gens, et jamais à quelqu'un dont il avait la tâche de sauver. Mais Marlowe était différente. Et pas seulement parce qu'il l'avait épousée. Pour une fois, il *voulait* raconter son histoire. Il avait l'intuition qu'entendre ce qu'il avait vécu pourrait l'aider à traverser son propre traumatisme.

Il inspira profondément puis dit :

— Mes amis et moi avons été retenus captifs et torturés lors d'une mission pour l'armée qui est partie en vrilles.

CHAPITRE CINQ

Marlowe ouvrit les yeux, mais, tout ce qu'elle put voir, ce fut l'obscurité. Elle détestait cette sensation. Cela lui rappelait bien trop ces moments dans cette cellule d'isolement. Et en entendant la peur dans la voix de Kendric, l'informant qu'il avait aussi été retenu captif une fois, cette étrange sensation de soulagement qui déferlait en elle faisait d'elle une horrible personne selon son point de vue.

Comment pouvait-elle être *contente* qu'il ait vécu une chose similaire à ce qu'elle avait connu ?

Elle remua de sorte à être plus à l'aise dans ses bras, enveloppant le cou de Bob d'une main. Elle n'interrompit pas son histoire, mais elle espérait que, par son contact, il comprendrait qu'elle l'écoutait.

— La mission était merdique dès le début, et nous avons tous pensé que ça allait déraper. Ce qui est arrivé. Nous nous sommes défendus aussi longtemps que possible, mais nous avons fini par être à court de munitions et, plutôt que de mourir, nous avons choisi de nous rendre.

Marlowe hoqueta en silence. Elle ne pouvait qu'imaginer à

quel point cela avait dû être horrible. D'abandonner, sachant qu'on pouvait être tué ou torturé.

— Je pense que nos ravisseurs ont cru se montrer cruels en nous mettant, moi et amis, dans la même cellule. Mais c'était la meilleure chose qu'ils aient pu faire. Oui, nous avons tous dû écouter quand ils frappaient l'un de nous hors de la cellule, mais, ensemble, nous étions quatre fois plus fort que nous ne l'aurions été, enchaînés et seuls.

— Être seul, c'est le pire, s'accorda à dire doucement Marlowe. Tu as l'impression d'être la seule personne au monde. Comme si tout le monde t'avait oublié. Comme si tu étais un moins que rien.

Les bras de Kendric se resserrèrent autour d'elle, et elle le sentit hocher la tête avant de continuer.

— Honnêtement, Chappy, JJ et moi n'étions pas si mal, comparés à Cal. Une fois que nos ravisseurs ont découvert qui il était, ils se sont majoritairement focalisés sur lui. C'était plus dur à supporter que d'être nous-même torturés.

Comme il marqua une pause et ne dit rien d'autre, Marlowe demanda :

— Qui était-il ? Pourquoi se sont-ils concentrés sur lui ?

— C'est un membre de la famille royale du Liechtenstein. Ces enfoirés étaient tellement aux anges d'avoir une personne telle que lui entre leurs griffes qu'ils ont fait de leur mieux pour le briser. Ils voulaient qu'il supplie pour sa vie devant la caméra.

— Ils ont filmé ça ? demanda Marlowe, horrifiée.

— Ouais. Et ils ont posté cette merde sur Internet. Il y a encore des vidéos de Cal en train d'être découpé en morceaux. C'est tordu. Et le pire, c'est de ne pas avoir pu faire quoi que ce soit pour l'aider. Mais Cal étant ce qu'il est, il n'a pas dit un seul putain de mot. N'a pas donné à nos ravisseurs la satisfaction d'un seul grognement de douleur.

« Quand ils l'ont de nouveau enchaîné au mur après une session, il saignait tellement qu'une rivière de sang serpentait littéralement jusqu'au drain au milieu de la pièce. Et tout ce que nous pouvions faire, c'était de le supplier de tenir le coup.

— Je ne peux imaginer, dit Marlowe, ayant l'impression que ses paroles étaient tristement inadéquates.

— Tant mieux. Je ne voudrais pas que ni toi ni quiconque n'ait à vivre cet enfer.

— Quand j'ai été mise à l'isolement, j'étais encore sous le choc quant à tout ce qu'il s'était passé, admit Marlowe. Un instant, je me trouvais sur un chantier de fouilles à m'occuper de mes affaires, et l'instant suivant, j'étais menottée et jetée dans une voiture de police. Je n'avais aucune idée de ce qu'il se passait.

— Que peux-tu me dire sur ce qui est arrivé ?

Marlowe soupira.

— Pas grand-chose. Je veux dire, j'ai mes soupçons, mais, comme je ne comprends pas le thaï, je n'ai aucune idée de ce qui a été dit durant mon interrogatoire.

— Ils t'ont fait mal ? demanda Kendric d'un ton ferme et très grave.

— Non, mais... J'ai cru qu'ils allaient le faire. Ils ont énormément crié. Frappé le bureau. M'ont même pressée contre le mur. C'est pourquoi j'ai fini par signer ce papier. Je me suis dit qu'ils feraient tout ce qu'il faudrait pour me faire signer. J'ai lu pas mal d'histoires horribles sur des étrangers en garde à vue, les femmes surtout, et sur ce qui leur arrivait.

Les bras de Kendric se resserrèrent autour d'elle au point de lui faire presque mal. Marlowe caressait la peau de son cou avec son pouce, essayant de l'apaiser.

— Je vais bien, susurra-t-elle. Ils n'ont rien fait.

Il lui fallut une minute ou deux, mais Kendric finit par demander :

— Quels sont tes soupçons ? Comment ces pilules de Ya Ba ont atterri dans tes affaires ?

— Tu ne crois pas que je les vendais ? demanda-t-elle, vraiment curieuse d'entendre sa réponse

Elle ne lui en voudrait pas s'il pensait ça, tous les autres avaient cru le pire à son sujet, alors pourquoi pas lui ?

— Non.

Voilà. Juste « non ».

La conviction de Kendric apaisa une tension précédemment insoupçonnée en elle.

— Je bossais avec un mec, son nom est Ian West. Il est plus jeune que moi et était nouveau sur le site. Il avait l'air assez cool. Un peu trop enthousiaste. Et il aimait boire durant son temps libre. Ce qui ne me dérange pas. Enfin, chacun son truc. Bref, comme tu le sais, il fait chaud par ici. Je veux dire, *vraiment* chaud. La température combinée à l'humidité rend tout cela parfois insupportable.

« Une nuit, je ne pouvais pas dormir à cause de la chaleur. Je faisais le tour du site de fouilles, ce qui n'était pas rare chez moi. C'était mieux que de suer dans mon lit de camp. Et j'ai vu Ian dans l'une des tranchées dans laquelle nous avions bossé plus tôt ce jour-là. Nous faisons bien des fouilles la nuit, surtout quand les fonds de subventions sont au plus bas ou qu'une saison de fouilles prend fin. Mais nous nous servons beaucoup des projecteurs, nous arrêtons à une certaine heure et personne ne travaille seul. Jamais.

« Je l'ai observé creuser pendant une minute, sur le point de découvrir ce qu'il se passait, quand il a levé quelque chose dans la lumière. Il s'est mis à rire, doucement, s'est relevé et a mis ce qu'il avait trouvé dans sa poche. J'étais choquée. On ne fait pas ça sur un chantier de fouilles, prendre ce qu'on trouve ! Tout ce qu'on découvre appartient au pays dans lequel nous opérons.

Nous ne sommes que les mains qui déterrent les choses, aucune ne nous appartient.

« Il s'est vite éloigné, il n'a même jamais vu que je me tenais là. Sûrement parce qu'il n'utilisait qu'une seule lanterne et qu'il l'a prise avec lui. Je garde toujours une petite lampe de poche avec moi quand je parcours le site de fouilles la nuit. Quand il est retourné à sa tente, je me suis approchée de la tranchée. Je ne savais pas ce que je m'attendais à trouver, peut-être des éclats de poterie ou autre. Mais j'ai regardé rapidement...

« Des pièces. Il était en train de voler des *pièces*. Il y en avait environ deux douzaines dans la terre de la tranchée, attendant d'être étiquetées et récoltées. Impossible que l'équipe les ait laissées là, comme ça, alors je suppose que Ian avait dû les trouver plus tôt dans la journée et qu'il n'avait rien dit à personne. Je ne sais pas du tout pourquoi il ne les a pas toutes prises. Puisque personne ne savait qu'elles existaient, elles n'auraient manqué à personne. Je ne connaîtrai peut-être jamais la réponse à cette question.

Marlowe poussa un gros soupir.

— Je ne voulais pas croire qu'il était un voleur. J'ai tellement essayé de justifier ce que j'avais vu, mais c'était impossible. Quand nous découvrons quelque chose, il y a un protocole à suivre avant d'extraire un objet. Des photos sont prises, des données rassemblées, etc. Et il va sans dire que nous utilisons des gants pour manipuler les reliques. Et il avait mis les pièces dans sa *poche* ! Comme si ce n'était que de vulgaires centimes !

Marlowe prit une profonde inspiration, tentant de reprendre le contrôle de ses émotions. Chaque fois qu'elle repensait à ce qui était arrivé ensuite, à quel point elle avait été stupide, elle enrageait et se sentait gênée.

— Qu'as-tu fait ? demanda Kendric.

Elle sentit sa main se glisser sous son T-shirt, ses doigts

caressant légèrement le bas de son dos comme s'il tentait d'apaiser un animal sauvage. Son contact était formidable. Et étonnamment, elle sentit sa colère diminuer.

— J'ai été idiote, dit-elle dans un soupir. Je me suis rendue à sa tente pour l'affronter. Lui dire que je l'avais vu prendre des pièces. Il a paru vraiment paniqué. Il a dit qu'il était désolé, il avait l'air si contrit. Il m'a dit qu'il avait simplement fait une erreur stupide et irréfléchie. J'ai insisté pour qu'il aille trouver le chef d'équipe du site et lui dise ce qu'il avait fait, lui montre les pièces afin que les démarches officielles puissent être faites pour inscrire la découverte. Il a promis qu'il le ferait le matin, a continué à s'excuser et à implorer mon pardon.

« J'allais me rendre directement auprès de notre chef de projet, et j'aurais dû le faire. Mais on était au milieu de la nuit, après une longue journée de travail. Je ne voulais pas le déranger et, comme une imbécile, j'ai fait confiance à Ian quand il disait qu'il arrangerait les choses. Je suis retournée à ma tente, j'ai fini par m'endormir... et le matin, la police était là. Ils ont trouvé de la drogue dans ma tente, et j'ai été emmenée.

— Tu penses que Ian a mis les pilules dans tes affaires après que tu es allée te coucher ? demanda Kendric.

— Ouais. Et malgré le vol... je crois que je hais ce détail encore plus. Je veux dire, il n'y avait que trois Américains sur le site et nous traînions tous ensemble en général.

— Personne ne s'est exprimé en ta faveur ?

— Ian est allé trouver le chef de projet avant même que je ne me réveille, comme promis... et m'a accusée d'avoir tenté de voler les pièces. Ils en ont trouvé une dans ma tente également. Et une seule pouvait rapporter des centaines de milliers de dollars auprès du bon acheteur. Ils ont fouillé la tente de Ian sur mon insistance et, bien entendu, ils n'ont rien trouvé. Après ça... tout le monde m'a tourné le dos. Le chef de projet a laissé la police m'emmener sans dire un autre mot. J'étais si choquée que je pouvais à peine parler. Personne n'a pris mon expérience professionnelle ni ma réputation en compte. Au lieu de ça, ils ont cru la parole d'un débutant. Et je n'arrivais pas à croire que Ian ait pu me trahir comme ça.

— Moi, je le peux, dit Kendric avec un petit haussement d'épaules. On dirait que ces pièces valent beaucoup d'argent.

— Mais au prix de ma vie ?

— Malheureusement, ouais. Que penses-tu qu'il va faire avec ces pièces ?

— Les vendre. Il l'a probablement déjà fait. Il n'était prévu aux fouilles que pour un mois et, au moment de mon arrestation, il lui restait moins de deux semaines. C'était un stage pour lui, ça faisait partie de son mémoire de fin d'études. Ça a dû être relativement facile de les faire entrer clandestinement aux States.

— Il existe un gros marché pour ce genre de choses ? Je veux dire, à quel point ce serait facile de trouver un acheteur ?

— Si on connaît les bonnes personnes, ce ne serait probablement pas très compliqué, admit Marlowe.

— Et c'est son cas ? Connaître les bonnes personnes, je veux dire ?

— Je n'en ai aucune idée. Mais étant donné sa spécialisation et le fait qu'il ait eu suffisamment de relations pour intégrer cette fouille pour faire ses débuts, probablement.

— Alors, il a déposé les pilules et a passé un coup de fil aux autorités, sachant à quel point la Thaïlande sévit concernant la vente de drogue sur son territoire, songea Kendric.

— Je ne suis pas sûre, mais c'est la seule chose à laquelle je pense. Il était fréquemment affecté à l'équipe de nuit et il semblait toujours... je ne sais pas quel est le bon mot mais... surexcité, peut-être ? Ya Ba, c'est en gros une combinaison de caféine et de méthamphétamine. J'ai supposé que prendre ces pilules le maintenait éveillé au travail. Je suis certaine que tu sais que les pilules de Ya Ba ne sont pas très chères et disponibles immédiatement, et je suppose que les locaux étaient plus que partants pour les lui vendre. Mais la police n'était pas intéressée par ma version de l'histoire. Ils ne voulaient pas m'écouter, peu importe à quelle fréquence j'ai supplié. Je leur ai raconté pour les pièces et que Ian les volait, mais c'était comme si je ne disais rien. Ils semblaient n'avoir aucun problème pour croire Ian quand il disait que je vendais de la drogue. C'était... affreux, conclut-elle tristement.

— On ne va pas le laisser s'en sortir avec ça, dit fermement Kendric.

Marlowe secoua simplement la tête.

— Je m'en moque maintenant. Honnêtement, je veux juste rentrer chez moi. Je peux te dire un truc ?

— Tu peux tout me dire.

Peut-être que c'était l'obscurité. Peut-être que c'était la façon dont ils étaient enlacés. Peut-être était-ce parce qu'elle ne parvenait pas à oublier le regard dans ses yeux quand il avait dit « je le veux » plus tôt, d'une façon si respectueuse et intime. Peu importait la raison, Marlowe eut envie d'admettre quelque chose qu'elle n'avait jamais dit à voix haute à personne, pas même à son frère.

— Je n'aime pas être une archéologue.

Rien que de prononcer ces mots donnait l'impression qu'un poids de plusieurs centaines de kilos s'était retiré de ses épaules.

— Je suis tombée dedans, en quelque sorte. J'étais allée trop loin dans mes études pour changer ma spécialité sans perdre une tonne de crédits. Tony m'aidait à payer mes études de fac, et je ne voulais pas le contrarier ni lui coûter encore plus cher. Je ne savais pas non plus ce que j'aurais aimé faire d'autre, et j'adorais l'aspect historique, expliqua-t-elle avant de hausser les épaules.

« Bref, j'ai eu mon premier boulot sur un site du Montana, juste après mon diplôme, et les choses se sont enchaînées à toute vitesse à partir de là. Je travaillais dur, m'occupais de mes affaires, ne causais pas d'ennuis, et mes superviseurs me recommandaient sans cesse pour d'autres boulots. Je me suis retrouvée en Égypte, en Jordanie, en Chine, en Turquie, en Corée et bien évidemment en Thaïlande. Tony paraissait si fier. Si jaloux que je voie le monde entier. Mais j'ai toujours eu le mal du pays. J'adore rencontrer de nouvelles personnes, explorer de nouvelles cultures, mais... je n'ai jamais vraiment aimé creuser la terre en vérité.

Elle retint son souffle, attendant de voir ce que dirait Kendric. Ce qu'il en penserait.

Elle sursauta quand il se mit à rire.

— Je suis désolé, dit-il entre deux ricanements. Je ne ris pas *de* toi. Mais une archéologue qui n'aime pas creuser la terre ? C'est vachement marrant !

Marlowe sourit. Elle avait le visage pressé contre le cou de Kendric, et il sentait si bon ! Comme le savon aux plantes qu'ils avaient utilisé sous la douche. Et... le mâle. Il faisait chaud dans le trou, et elle pouvait sentir qu'elle commençait elle-même à transpirer. Tout comme Kendric. Et quelque part, la combinaison de son odeur musquée avec celle du savon qu'il avait utilisé était à la fois réconfortante et excitante.

— Je sais. C'est ridicule, en convint-elle avec un petit haussement d'épaules.

— Et maintenant ? Je veux dire, quand tu vas rentrer chez toi ?

— Je... Je ne suis pas sûre. Il faut dire que, quand on te sort que tu vas vivre le restant de ta vie derrière les barreaux, tu ne penses pas beaucoup à l'avenir. Je ne pouvais rien faire d'autre que vivre au jour le jour.

— Je vais te ramener chez toi, dit sérieusement Kendric. Tu

peux faire tout ce que tu veux. Vivre où tu veux. Être qui tu veux.

— Comment as-tu fini dans le Maine ?

Il lui avait dit à un moment durant ces derniers jours que lui et ses amis vivaient dans la petite ville de Newton.

— Quand nous étions captifs, JJ a décidé qu'il en avait terminé avec l'armée. Nous avons joué à pierre-papier-ciseaux pour décider où vivre une fois libres et de ce que nous ferions pour gagner notre vie.

— Sérieux ?

— Ouaip. C'était vraiment pour penser à autre chose qu'à la douleur. J'allais voter pour la ville de New York, mais j'ai perdu.

— Je ne t'imagine pas dans une grande ville comme celle-là. Je ne crois pas que j'aimerais. Je suis une introvertie dans le fond et avoir tous ces gens partout, tout le temps...

Marlowe frissonna pour l'effet dramatique.

Kendric pouffa.

— Ouais, je n'en suis pas certain non plus, mais le Maine est également un peu difficile pour moi.

— Comment ça ?

— C'est trop... sage. Ne te méprends pas, j'adore bosser avec mes potes et rencontrer les gens que nous guidons sur le sentier des Appalaches. Mais il me manque l'excitation des missions quand nous étions à l'armée.

— Ce qui explique pourquoi tu te retrouves ici, avec moi, maintenant, dit Marlowe quelque peu déçue bien qu'elle ne comprenait pas vraiment pourquoi.

— Ouais. Je me suis mis en relation avec ce gars du FBI qui bosse dans certains milieux gouvernementaux. Il arrange des missions de sauvetage.

— Et curieusement, il connaît Tony.

— C'est ce que je suppose.

— Que pensent tes amis de ce que tu fais ? Ils se joignent à toi parfois ?

— Ils ne le savent pas.

— Attends, quoi ? Comment ça, ils ne le savent pas ?

— Je leur mens. Je leur dis que je rends visite à une tante malade, avoua Kendric.

Marlow se redressa sur un coude et tenta, en vain, de voir dans le noir.

— Tu es sérieux ?

— Ouaip.

— C'est... C'est la chose la plus stupide que j'ai entendue ! lâcha-t-elle. Kendric ! Ce sont les hommes pour qui tu mourrais, littéralement. Vous avez traversé des choses ensemble que je ne peux même pas imaginer. Vous avez décidé, en tant qu'équipe, de quitter l'armée et de commencer votre propre entreprise. Et tu ne leur as pas dit ? Pourquoi pas ?

Marlowe savait qu'elle se montrait impolie, mais elle ne comprenait vraiment pas le raisonnement de Kendric.

— Je ne veux pas qu'ils se sentent coupables du fait que je me sente instable. Que j'ai besoin de plus de piment.

Merci, Seigneur, il n'avait pas l'air contrarié par le fait qu'elle lui ait crié dessus. Marlowe faisait de son mieux pour se calmer.

— Ils ne se sentiraient pas de la sorte, dit-elle avec conviction. Je ne les connais pas, bien sûr, mais avec tout ce que tu as dit, ils t'auraient soutenu. Maintenant, je me doute qu'ils ne seront pas ravis quand ils découvriront que tu te balades dans le monde entier en risquant ta vie sans leur permettre de couvrir tes arrières.

— Ils ne le seront pas. Ce qui est une autre raison pour laquelle je ne leur ai pas dit.

- Tu leur as dit que tu serais parti combien de temps
  cette fois ?
- Deux semaines.
- Que se passera-t-il si tu ne reviens pas ?
- Ils s'inquièteront. Ils essaieront de localiser ma tante
  et, quand ils découvriront qu'elle

n'existe pas, ils flipperont. Ils appelleront probablement un ami à nous, un génie de l'informatique, et lui demanderont de me retrouver. Tex dira où je suis et ce que je fais. Il les mettra probablement en relation avec mon contact, qui pourrait leur fournir encore plus de détails, et il les mettra possiblement en relation avec ton frère. Puis, ils prendront le premier avion pour la Thaïlande afin de me localiser eux-mêmes. Leurs femmes seront stressées, et je me sentirai archi coupable d'avoir interrompu leurs vies et de les avoir obligés à fermer Jack's Lumber pendant leur absence en ville.

- Merde alors, vraiment ? Tu n'exagères pas *un peu* ?
- Non.
- Kendric ?
- Ouais ?
- Tu es vraiment un idiot.

Kendric en fut amusé.

- Je sais.
- Je le pense. Tu as cette formidable bande d'amis.
  Des gens qui assurent tes arrières à tout

moment. Tu n'aurais pas dû leur mentir. Si tu as besoin de plus de piment dans ta vie, je suis sûre qu'ils t'auraient soutenu. Ils se sentiront sans doute coupables de te retenir. Je suis certaine qu'ils t'auraient encouragé à faire ce que tu avais besoin de faire.

- Tu as raison.

Marlowe soupira.

- Alors... S'ils découvrent ton secret, que va-t-il se passer quand tu rentreras chez toi ? Après

t'être excusé et avoir rampé pour leur pardon ? Une autre mission ?

— Je n'en suis pas sûr.

— Pas sûr de quoi ? Ils te pardonneront, je sais qu'ils le feront. C'est ce que font les amis.

— Oh, ils le feront. Ils vont m'en faire baver et j'entendrais cet épisode pour tout le reste de ma vie, mais ce n'est pas ce qui me met le doute. Je ne suis pas certain de vouloir continuer à faire ça. Ces missions de sauvetage.

— Pourquoi pas ?

Cet homme le fascinait. Elle avait l'impression de pouvoir lui poser un million de questions et sentir qu'elle n'aurait pourtant pas tout appris.

— Je ne sais pas. Je suis fier de ce que j'ai accompli, des gens que j'ai aidés, mais... Je peux sentir que je change. La montée d'adrénaline que je ressens durant ces missions s'évanouit de plus en plus vite. Ça ne me paraît pas si excitant qu'autrefois. Et je ne vais pas en rajeunissant.

— Oh, je t'en prie, tu as quel âge ?

— Trente-cinq.

— Vraiment ? Moi aussi, dit-elle, souriante.

— Je sais. Et c'est difficile à expliquer, mais je crois que je commence à comprendre l'attrait d'une vie paisible.

— Qu'est-ce qui a changé ? demanda-t-elle, réellement curieuse.

— Tant de choses auraient pu mal se passer durant cette mission… Je ne dis pas ça pour te faire peur, mais, le fait que tu sois là, dans mes bras, et plus dans cette prison, c'est carrément un miracle. Rien que ça suffit à me faire réfléchir avant de tenter une autre mission éprouvante.

« June et Cal essaient de faire un bébé. Carlise et Riggs veulent une flopée de gosses. J'ai du mal à m'imaginer de pas être dans le Maine une fois mes nièces et mes neveux nés, si je suis en mission. Et non, je n'ai pas de lien de sang, mais ces gosses *feront* partie de ma famille alors… je pense que je peux trouver d'autres moyens de satisfaire mes besoins d'adrénaline. Peut-être vais-je construire une tyrolienne. Ou un mur d'escalade à même la roche. Quelque chose qui m'offrira l'excitation dont j'ai besoin sans pour autant avoir à risquer ma vie.

— Je trouve que c'est une idée géniale, lui dit Marlowe.

— Mais ça veut dire que des gens comme toi seront mis de côté, dit-il prudemment.

— Kendric, tu ne peux pas sauver le monde. Je veux dire, je sais que tu feras de ton mieux pour ça, mais il y aura toujours des gens qui auront besoin d'aide. Il y aura toujours des cons aux commandes des pays. Il y aura toujours de la corruption. Et il y aura toujours d'autres hommes et femmes comme *toi*, qui feront ce genre de choses pour vivre. Tu as fait ta part. Tu l'as plus que fait. En fait, je nommerai mon premier enfant comme toi. Je prie pour avoir d'abord un fils, sinon, ma fille sera vraiment furieuse d'être appelée Ken.

Kendric ricana, et elle sentit son souffle contre son crâne.

— Personne ne m'a contacté après avoir été secouru pour me remercier, admit-il d'une petite voix.

— Trous du cul, cracha Marlowe.

— Ouah... Je crois que c'est le premier juron que je t'entends dire.

— J'essaie de ne pas le faire, Tony m'a plus ou moins mis dans le crâne que les dames ne juraient pas, mais je trouve que cette situation le justifie. Je suis désolée, Kendric. C'est affreux. Je comprends que les gens puissent vouloir mettre une situation aussi effrayante derrière eux, mais, si tu n'avais pas été là, ils ne seraient plus en vie ni capables d'oublier en premier lieu. Et j'étais sérieuse quant au fait d'appeler mon premier enfant comme toi. J'ai aussi déjà prévu d'envoyer des cadeaux d'anniversaire et des fleurs à notre anniversaire de mariage, et des mots de remerciements au hasard quand tu t'y attendras le moins. Juste pour info.

Elle le fit rire à nouveau.

— Je n'insinuais pas que je voulais ou avais besoin de remerciements.

— Je sais que non, mais, sérieusement, c'est complètement nul. Je ne sais rien des situations desquelles tu as sauvé les gens, mais, même si nous ne sortons pas de ce pays et que je suis renvoyée en prison, je te serai toujours reconnaissante d'avoir volontairement risqué ta vie pour m'aider. Et en parlant de ça... dit-elle, son ton devenant plus solennel. Si quoi que ce soit arrive, tu n'as pas le droit de te faire prendre. C'est compris ? Je me livrerais volontiers si ça pouvait t'aider à t'enfuir. Je ne me le pardonnerais pas si tu finissais toi aussi en prison.

— Ça n'arrivera pas, dit-il avec fermeté.

— Kendric, je suis sérieuse. Je...

— Ça. N'arrivera. Pas, répéta-t-il presque avec colère. Tu crois vraiment que je te laisserai faire pour que je puisse m'en sortir ? Je n'ai jamais été ce mec-là, et je ne le serai jamais. Tu es sous ma protection, Marlowe. Bordel, tu es ma *femme*, et je vais te protéger jusqu'à mon dernier souffle s'il le faut. Tu *retourneras* chez toi.

— Il est probable que nous ne soyons pas vraiment mari et femme, murmura-t-elle.

— C'est drôle, je me souviens de m'être tenu devant ce célébrant aujourd'hui, promettant de t'honorer et de te protéger pour le reste de ma vie et au-delà, dit-il sèchement.

— Tout ce que je veux dire, c'est que je ne sais absolument pas si c'est reconnu aux States. Et je ne vais pas t'y contraindre de toute manière.

— Pourquoi pas ?

Marlowe n'avait plus les mots. Que disait-il ? Qu'il *voulait* qu'ils soient mariés pour de vrai ?

La pointe douloureuse de désir qui la frappa la surprit. Bien qu'elle connaisse à peine cet homme, elle le voulait pour elle. Elle voulait rencontrer ses amis. Voir ses enfants naître. Le voir descendre cette tyrolienne – qu'il construirait un jour, elle en était certaine.

Comme elle ne répondait pas, il dit :

— Nous allons tous les deux sortir d'ici, Marlowe. Tu te souviens de ce que je t'ai dit à propos de mes amis ? Que si je ne rentre pas quand ils s'y attendent, ils vont tout faire pour me localiser ? Même si nous nous faisons choper et mettre en prison, ils nous feront sortir. Tous les deux.

— Mais ils ne me connaissent même pas.

— Ça n'a pas d'importance. Tu es avec *moi*. C'est tout ce qu'ils ont besoin de savoir.

— Kendric... dit Marlowe, les mots lui faisant défaut.

Elle n'avait jamais eu quelqu'un, autre que son frère, qui lui soit dévoué comme Kendric. Et ça faisait du bien. Beaucoup de bien.

— Parle-moi de ton frère. Vos parents sont encore en vie ? demanda-t-il.

Soulagée qu'il change de sujet, car elle devenait un peu trop émotive, Marlowe fut ravie de parler de sa famille.

— Tony a cinq ans de plus que moi et a toujours fait attention à moi. Nos parents sont morts quand il avait dix-neuf et que j'en avais quatorze. Ils se sont retrouvés dans un énorme carambolage sur l'autoroute. Il s'est battu avec le gouvernement pour avoir le droit de me garder. Il a mis la fac de côté pendant quelques années, le temps que nous nous fassions à notre nouvelle vie. Il est marié aujourd'hui, avec deux enfants. Il essaie toujours de me donner des ordres, mais c'est difficile alors que je ne me trouve même pas dans le même pays, dit-elle en souriant, pensant à son frère autoritaire.

— Il a l'air chouette.

— Il l'est. Surprotecteur et anxieux, mais, sans lui, je ne sais pas où je serais aujourd'hui. Et toi, ta famille ?

— Mes amis sont ma famille. Mes parents n'étaient pas… gentils. Ils se fichaient pas mal de ce que je faisais. Ils ne désiraient même pas d'enfant, ils ont été très clairs là-dessus, mais ça aurait fait mauvais genre s'ils s'étaient débarrassés de moi. Je me suis débrouillé seul lorsque j'ai eu mon bac, sans un regard en arrière.

— Tu ne leur parles plus du tout ?

— Non. Mais ne sois pas désolée pour moi. Je suis sûr qu'ils vivent leur vie, heureux et libres, et j'ai trouvé ma famille auprès de Chappy, de Cal et de JJ. Et maintenant de leurs femmes.

— Parle-moi d'eux, dit Marlowe avant de bâiller.

— Tu es fatiguée. Tu devrais dormir.

— S'il te plaît ?

— D'accord.

La main de Kendric n'avait pas cessé de caresser le bas de son dos, et son contact donnait envie à Marlow de ronronner.

— Notre entreprise, Jack's Lumber, porte le nom de JJ, car

c'est lui qui a eu en premier l'idée de quitter l'armée et c'est le mec qui nous recadre tous. Il était le chef sur le champ de bataille, et il l'est toujours, maintenant que nous avons quitté l'armée. April est notre assistante administrative, que nous avons engagée il y a deux ans, et il y a un truc entre ces deux-là, mais aucun d'eux n'admettra être attiré par l'autre. C'est une dynamique intéressante, et nous attendons simplement de voir les étincelles quand ils finiront par admettre qu'ils sont faits l'un pour l'autre.

« Ensuite, il y a Carlise et Chappy. Ils se sont rencontrés quand elle s'est retrouvée bloquée dans son chalet, dans les montagnes, pendant un blizzard. Elle était harcelée par une personne qui est venue la kidnapper et la tuer, mais elle a été sauvée par une avalanche et en se cachant dans un vieux bunker abandonné.

— Euh... *quoi* ? Tu plaisantes ?

— Nan. Et Cal et June vivent l'histoire de Cendrillon pour de vrai. Au complet, avec les méchantes belle-mère et demi-sœur qui ont engagé un homme pour tuer June dans l'espoir que le prince reviendrait en courant auprès de la demi-sœur pour la protéger.

— Oh mon Dieu ! Et ils vont tous bien ?

— Eh bien, le tueur à gages a réussi à tirer sur June, et ça a été tendu pendant un moment, mais elle est plus coriace qu'elle n'en a l'air. Elle s'en est tirée et se porte bien aujourd'hui.

— Ouah ! Et ils vivent toujours dans le Maine ?

— Ouais, pourquoi ?

— Pas dans un palace du Liechtenstein ? Est-ce qu'ils deviendront roi et reine un jour ?

Kendric rit.

— Aucune chance ! Cal est genre le vingtième prétendant, et il ne veut rien avoir affaire avec la gestion de son pays. Mais je suppose que leurs enfants, eux, seront princes et princesses.

— Donc, puisqu'ils seront tes nièces et neveux, ça fait de toi une sorte de personne royale aussi, de ce fait, non ?

Kendric enfonça les doigts dans les flancs de Marlowe, la faisant se tortiller, tentant de s'échapper de ses chatouilles.

— Même pas en rêve, jeune fille !

— Tonton ! Tonton ! hurla-t-elle entre deux rires.

Il s'arrêta sans tarder, la caressant là où il l'avait chatouillée.

— Cal et June forment vraiment un beau couple. Ils se sont mariés alors qu'elle était encore à l'hôpital. Je n'avais jamais vu mon ami aussi brisé qu'au moment où il ignorait si elle allait survivre ou pas. Ils ont eu un coup de foudre, et il ferait absolument n'importe quoi pour elle. Tout comme Chappy et Carlise. Maintenant que j'y pense, ils se sont également mis ensemble relativement vite. Genre en seulement quelques jours. Je suppose qu'avec la vie que nous avons eue… quand tu le sais, tu le sais.

Marlowe y réfléchit. Puis, se demanda immédiatement ce qu'il pensait d'*elle*. Mais elle était trop poule mouillée pour demander. Elle soupira et se remit à bâiller.

— Et maintenant, il faut vraiment que tu te reposes, insista Kendric.

— Ils ont l'air géniaux, lui dit-elle d'une voix endormie. Tes amis.

— Ils le sont.

— Kendric ?

— Oui ?

— Je m'inquiète pour toi.

— Moi ? Pourquoi ?

— Tu ne dors pas assez. Je veux que tu te reposes toi aussi. Je garderai les vilains à distance. Moi aussi, je t'ai aujourd'hui promis de te protéger, tu sais.

Elle avait à peine conscience de ce qu'elle disait. Le noir, la chaleur et son ventre plein finissaient par la rattraper, et elle était sur le point de tomber dans un profond sommeil.

— Je le ferai.

— Promis ?

— Ouais.

— OK. Tu sais quoi ?

— Quoi ?

Il paraissait amusé, mais Marlowe s'en fichait.

— Je suis contente d'avoir été jetée en prison.

— Contente ? répéta-t-il, l'air choqué.

— Ouais. Parce que, sinon, je ne serais pas ici en cet instant. En sécurité. Mariée à toi. Bonne nuit, Kendric.

Elle ne sentit pas l'étreinte de Kendric se resserrer, ni le baiser qu'il planta sur son front, car elle était déjà dans un sommeil profond et réparateur.

CHAPITRE SIX

Bob ne savait pas vraiment combien de temps lui et Marlowe avaient passé dans la « pièce sécurisée » sous le plancher, mais il était surpris de constater qu'il avait dormi. *Vraiment* dormi, pour la première fois depuis des années. Il ne s'était pas réveillé à la suite d'un cauchemar. N'avait pas remué, ne s'était pas retourné. De ce qu'il pouvait en dire, il n'avait pas bougé durant ces quelques dernières heures.

Ce n'était pas comme s'il pouvait bouger beaucoup de toute manière, mais il avait bien dormi, content de tenir Marlowe dans ses bras. Il savait qu'il devait la remercier pour ça. Elle était un petit miracle. *Son* miracle... et il lui serait atroce de l'abandonner une fois qu'ils auraient atteint les États-Unis.

Repoussant cette pensée tout au fond de son esprit pour s'en préoccuper plus tard, une fois qu'ils seraient tous les deux rentrés, il prit une profonde inspiration pour essayer de se clarifier les idées. Il avait chaud et transpirait, et il pouvait sentir la moiteur de ses vêtements là où Marlowe était plaquée contre lui. Sa peau était moite là où il avait posé la main, en bas de son dos, mais ils allaient bien. C'était tout ce qui comptait.

Juste quand il fut sur le point de s'asseoir pour savoir quelle était l'heure et réveiller Marlowe afin qu'ils puissent se rendre à leur prochaine destination, il entendit des voix. Cette petite pièce sous le sol avait été bien construite et empêchait la lumière de la pièce du dessus d'entrer, mais, apparemment, elle n'était pas totalement insonorisée.

Quelque chose tomba sur le sol juste au-dessus de leurs têtes, ce qui le fit sursauter, et il réveilla Marlowe.

Elle se raidit dans ses bras, et Bob s'empressa de la rassurer. D'un murmure monotone – car s'il pouvait entendre les gens au-dessus d'eux, ils pourraient l'entendre également –, il lui dit :

— C'est bon, Punky. Tu es en sécurité.

Elle hocha la tête contre lui, mais chaque muscle de son corps était tendu. Il pouvait pratiquement l'entendre penser ; elle était sans doute en train de réfléchir à la façon de se rendre afin de le sauver, lui. Quand elle avait suggéré cela plus tôt dans la matinée, la crainte l'avait quasiment submergé. Il était hors de question qu'il lui permette de faire une telle chose. Il mourrait d'abord.

Les seules autres personnes pour qui il avait déjà pensé à sacrifier sa vie, cela avait été ses coéquipiers. Mais il n'était pas du tout surpris que Marlowe arrive désormais tout en haut de cette courte liste ; ses sentiments pour cette femme devenaient plus profonds, de jour en jour.

Ce n'était même pas difficile de se l'admettre lui-même. Surtout après en avoir appris davantage sur elle avant qu'ils ne s'endorment. Il aimait tout ce qu'il savait jusqu'à présent. Et elle était maintenant sa femme. Leur mariage pouvait être légal ou pas une fois qu'ils seraient revenus dans leur pays, il s'en fichait.

Le corps entier de Marlowe tremblait à mesure que les voix se faisaient plus fortes, et sa peur était aussi tranchante qu'un couteau sur Bob. Il détestait le fait qu'elle ait peur, mais il ne pouvait rien faire pour le moment à part la serrer fort contre lui.

Il ne parvenait pas à comprendre ce qui était dit au-dessus d'eux, mais il avait clairement entendu le nom de Marlowe plus d'une fois. Ceux qui étaient là-haut avec leur hôtesse la recherchaient sans nul doute. Bob priait pour que la femme ne les laisse pas tomber.

Il entendit encore des paroles, puis des bruits de pas s'éloigner.

Dix minutes plus tard, les bruits de pas revinrent, puis la trappe au-dessus d'eux s'ouvrit violemment.

Bob bougea instinctivement, poussant Marlowe contre le mur, sortant le couteau gardé dans un fourreau à sa ceinture, tout cela en un seul mouvement.

Mais la seule personne qui les attendait était la femme âgée. Elle leur fit désespérément signe de sortir du trou. Elle avait l'air anxieuse et ne cessait de vérifier par-dessus son épaule.

— Partir ! dit-elle urgemment. Partir maintenant !

Priant pour qu'elle ne soit pas en train de les trahir, que l'argent que Willis lui donnait vaudrait plus que ce qu'elle obtiendrait en les vendant aux autorités, Bob se leva et tendit la main à Marlowe.

— Que se passe-t-il ? demanda-t-elle, chancelant sur ses pieds.

Bob l'aida à se stabiliser et grimpa hors du trou. Ne lui accordant pas le temps de sortir de là toute seule, il la prit par la taille et la leva hors du trou.

— On s'en va, dit-il, tendu.

— Ils nous attendent dehors ? demanda-t-elle.

— Je ne sais pas. Mais je ne pense pas.

Bob n'avait aucune idée de ce qu'il fallait penser, mais il n'allait pas entasser davantage de soucis sur les épaules de

Marlowe. Il continuait de lui tenir fermement la main tout en suivant la femme hors du bureau, vers l'arrière de la maison. Elle se dirigea directement vers une fenêtre fermée, jetant un œil dehors par un petit trou dans le rideau avant de se tourner vers eux pour pointer la porte du doigt.

Il n'aurait pas dû être surpris lorsque Marlowe s'approcha de la femme et lui accorda une longue et forte étreinte et, pourtant, il le fut.

— Merci, dit-elle à la femme.

Elle se recula et regarda fixement Marlowe pendant un moment, puis leva un doigt pour leur demander d'attendre.

Ayant hâte de se mettre en route, Bob dut épuiser son self-control pour ne pas presser Marlowe vers la porte. Mais la femme revint en moins de trente secondes, un morceau de papier à la main. Elle le tendit à Marlowe avec un petit sourire.

Regardant par-dessus son épaule, Bob vit que le document était écrit en thaï, mais affichait leurs noms à tous les deux, leurs vrais noms, au centre du formulaire. La femme tendit un crayon à Bob, faisant un signe de tête vers l'objet puis vers le formulaire. Elle montra une ligne en bas.

— Je crois que c'est notre certificat de mariage, dit Marlowe en murmurant. Elle veut qu'on le signe.

Bob n'hésita pas. Il prit le stylo et retira en douceur le papier de la main de Marlowe. Il le posa contre la porte et signa de son nom sur la ligne que la femme avait indiquée. Puis, il passa le crayon à Marlowe et la regarda droit dans les yeux, pétrifié pendant un temps. Priant pour qu'elle fasse comme lui.

Il avait besoin de son nom sur ce papier. Cela rendrait légal ce qu'ils avaient fait. Au moins dans ce pays. Et savoir que lui et Marlowe étaient officiellement liés dans au moins un pays du monde apaisait un peu l'anxiété qui était en lui concernant l'avenir.

Marlowe lui prit le stylo et imita ses gestes, ajoutant sa signature à la ligne sous la sienne.

— Kendric et Marlowe Evans, murmura-t-elle, lisant leurs noms qui avaient été imprimés en bas du formulaire.

La femme dit autre chose et leur sourit, avant de retrouver un air soucieux en réaction au bruit vers l'avant de la maison.

— Il est temps de partir, dit Bob, prenant le papier avant de le plier et de le mettre dans sa poche.

Il aurait aimé pouvoir l'encadrer. Aurait aimé ne pas avoir eu à faire un seul pli au document. Mais leur temps ici était terminé. Ils devaient sortir. Maintenant.

Sans se plaindre, Marlowe hocha la tête et se tourna vers la porte. Bob prit cinq secondes pour s'incliner devant les mains de leur hôtesse et les embrasser avant de lui faire un signe de tête et d'ouvrir la porte.

Regardant autour de lui, il se rendit compte qu'il faisait de nouveau nuit, ce qui fut un grand soulagement. Le scooter qui les avait fidèlement menés aussi loin les attendait. Priant pour que le plein d'essence ait été fait comme cela avait été le cas à tous leurs précédents arrêts, Bob grimpa dessus, observant Marlowe revêtir rapidement une fois de plus la perruque blonde. Il l'avait oubliée jusqu'à présent et il était plus que reconnaissant que ce n'ait pas été le cas de Marlowe.

Cette perruque les avait sauvés au contrôle policier de Bangkok, et il espérait qu'elle continuerait à être un porte-bonheur efficace.

Sans un regard en arrière, Bob sortit lentement le scooter de la cour, le démarra et descendit rapidement la sombre allée.

Plus ils se rapprochaient de la frontière, plus les choses paraissaient tendues. Aucun ne parla beaucoup tandis qu'ils longeaient les petites routes obscures, essayant d'éviter le plus gros du trafic. Il ne leur restait plus qu'un seul arrêt en Thaïlande, un refuge à moins de deux kilomètres de la frontière.

Jusqu'à présent, tout s'était déroulé selon le plan. Mais Bob savait mieux que la plupart des gens que, à la seconde où il baisserait la garde, les choses pourraient mal tourner. Alors, plus ils se rapprochaient, plus il gagnait en nervosité.

Il faisait encore noir quand ils approchèrent d'une autre maison décrépite d'un autre petit village. La plupart de leurs planques n'avaient été guère plus que des cabanes... mais pour une raison, rien qu'en regardant celle-ci, les cheveux de Bob se dressaient sur sa nuque.

Il coupa le moteur du scooter, mais ne chercha pas à en descendre.

— Kendric ?

Bob ne se fatiguerait jamais d'entendre Marlowe prononcer son nom.

— Ça va. Tout va bien, dit-il pour la rassurer, car elle avait l'air aussi nerveuse que lui. À cette heure-ci, demain, nous serons au Cambodge.

Il la sentit hocher de la tête une fois de plus. Elle se plaqua contre son dos, ses bras l'enserrant comme elle l'avait fait chaque seconde durant leurs précédentes nuits. Le scooter n'était pas le mode de transport le plus rapide, mais il les emmenait là où ils devaient aller, était capable de rouler sur des routes plus petites et des chemins sur lesquels une voiture ne pouvait le faire. Et cela lui donnait une excuse pour garder Marlowe blottie contre lui.

— Viens. Allons saluer nos hôtes et nous reposer un peu.

Ses lèvres se tordirent d'amusement au souffle agacé qui s'échappa des lèvres de Marlowe.

— Comme si tu allais dormir, marmonna-t-elle.

Elle n'avait pas tort. Il n'avait pas beaucoup dormi, malgré son sommeil de la veille. Clairement pas profondément. Et c'était seulement en partie à cause des cauchemars dont il semblait peiner à se débarrasser. Il voulait s'assurer que

Marlowe ne craignait rien. Que personne ne les prenne par surprise. L'idée qu'elle soit ramenée en prison – et traitée encore moins bien parce qu'elle s'en était échappée – lui était insupportable. Un manque de sommeil était un petit prix à payer pour garantir la liberté de Marlowe.

Bob croyait en son histoire, en ce qui l'avait emmenée jusque-là en premier lieu. Il s'était dit de trouver cet Ian West et de s'assurer qu'il ne pourrait plus jamais entuber personne. Il regretterait le jour où non seulement il avait commis un vol sur le site de fouilles, mais aussi tendu un piège à la femme la plus douce que Bob ait jamais rencontrée.

Prenant une grande inspiration, il dit :

— Descends, Punky.

Immédiatement, elle fit repasser sa jambe par-dessus le siège, et Bob ne put s'empêcher de se remémorer la première fois qu'elle avait tenté de rester debout après être montée derrière lui. Elle avait clairement pris le coup avec le deux-roues depuis.

Il descendit à son tour, puis lui prit la main. C'était instinctif. Naturel. Chaque jour, dès qu'ils avaient terminé de rouler en scooter, ils se rapprochaient tous les deux. Se tenaient les mains aussi longtemps que possible. Aucun n'avait évoqué le sujet, ils étaient juste tombés dans la routine.

Poussant le scooter avec une main et tenant celle de Marlowe avec l'autre, Bob se dirigea vers la porte arrière de l'habitation appartenant à leur dernier contact.

La porte s'ouvrit avant de frapper, et un homme se tint là, visage froncé. Une femme passa la tête derrière lui.

— Entrez, dit-il d'une façon bourrue, ouvrant plus grand la porte.

Pendant un moment, Bob hésita. Il ne savait pas trop ce qui le mettait mal à l'aise chez cet homme, mais, tout comme lorsqu'il avait vu la petite maison, l'instinct qu'il avait dans les tripes s'activa.

Il était sur le point de faire demi-tour, de dire à Marlowe qu'ils trouveraient un autre endroit pour se terrer durant le jour quand elle se mit à bâiller.

L'étudiant un moment, même dans le noir il pouvait voir les ombres plus profondes sous ses yeux. Elle était épuisée. Et bien qu'il ne doute pas que, s'il lui disait qu'ils allaient continuer, pas un seul mot de s'échapperait de ses lèvres pour se plaindre, il ne voulait pas lui faire ça. Elle avait déjà trop traversé.

— Tiens bon encore un peu, et tu pourras te reposer, dit-il, essayant de mettre de côté son sentiment de malaise.

— Je vais bien, dit-elle, levant le menton comme pour le défier.

Bob se contenta de sourire et de lui presser la main avant de suivre l'homme à l'intérieur. Il laissa le scooter posé contre le mur de la maison et pria pour qu'il soit toujours là plus tard. Aussi loin de la ville et loin de la possibilité d'avoir des boulots mieux payés, il était évident que les gens luttaient pour survivre.

Le couple les mena dans une cuisine froide et sombre, puis dans une pièce avec une table basse, deux chaises en bois et rien d'autre, et enfin dans une chambre à l'avant de la maison. Il y avait une palette sur le sol, quelques couvertures usées, deux caisses cassées qui contenaient ce que Bob pensait être des vêtements et des chaussures usées contre le mur.

L'homme les désigna d'un signe de tête, puis se tourna et s'en alla, refermant la porte derrière lui.

Bob soupira. Ce n'était pas comme s'il s'attendait à un autre repas chaud et une douche – le fait qu'ils aient eu les deux à la maison de la vieille femme avait été un bonus, pas une attente –, mais il savait que les gens qui les aidaient à traverser le pays étaient généreusement payés pour le faire. Même un peu de riz aurait été apprécié.

— C'est bon, dit Marlowe comme si elle pouvait lire dans son esprit. Je n'ai pas faim. Juste fatiguée.

— Nous avons encore quelques barres protéinées. Tu peux en manger une.

Elle acquiesça, puis regarda le lit en faisant une petite grimace.

— Par ici, dit Bob, familier aujourd'hui avec sa réticence à dormir dans le lit de quelqu'un d'autre.

Il la dirigea vers le mur, enleva le sac à dos de ses épaules, puis s'assit, l'invitant à se baisser avec lui.

À sa satisfaction, elle s'assit juste à côté de lui, tellement proche que sa cuisse touchait la sienne et que leurs épaules s'effleuraient. Il plongea la main dans le sac à dos et en sortit une barre protéinée pour la lui tendre.

— Nous sommes en sécurité ici ? demanda Marlowe après avoir pris une bouchée.

Bob pencha d'abord pour lui dire oui. Pour lui assurer qu'elle ne devrait pas s'inquiéter. Mais elle n'était pas stupide. Elle n'avait jamais posé cette question dans aucun des autres endroits dans lesquels ils s'étaient arrêtés. Un truc dans la façon qu'avait eue le couple de les accueillir l'avait frappée, tout comme lui.

— Nous devrions l'être, opta-t-il à dire.

Elle le regarda avec ses grands yeux marron pendant un long moment avant d'accepter sa réponse.

— J'aurais dû faire ça avant, mais j'ai besoin que tu fasses une chose pour moi, dit Bob, maintenant sa voix basse.

— N'importe quoi.

Ah, quelle femme ! Plus il était avec elle, plus il voulait la garder pour lui.

— J'ai besoin que tu mémorises ce numéro de téléphone. Si

quoi que ce soit arrive, tu l'appelles. Tu dis à mes amis qui tu es et que tu es ici avec moi. Ils t'aideront.

— Chappy, Cal et JJ, c'est ça ? demanda-t-elle d'une petite voix.

Soulagé qu'elle ne cherche pas à le contredire, Bob acquiesça.

— Ouais. Le vrai nom de Chappy est Riggs, Riggs Chapman. Cal, c'est Callum Redmon, le prince du Liechtenstein, et JJ, c'est Jackson Justice. Nous bossons tous à Jack's Lumber, nommé d'après JJ. Le numéro est 555-824-8733. Les quatre derniers chiffres correspondent au mot *tree* – arbre – 555-824-8733. Répète après moi.

Ce qu'elle fit.

— Encore, insista Bob.

Elle récita les nombres encore, sans hésiter.

— Bien. Si quoi que ce soit arrive, trouve un téléphone et appelle. Durant nos heures d'ouverture, quelqu'un répondra. Probablement April. Mais même les nuits ou les week-ends, un service transfère tout appel urgent vers son portable. Mes amis t'aideront.

Il était important pour Bob que Marlowe comprenne qu'elle avait quelqu'un d'autre vers qui se tourner si quoi que ce soit devait lui arriver.

— Ne fais rien de stupide, dit-elle sérieusement. Ne te sacrifie pas pour moi. Je ne pourrais pas le supporter si tu te faisais prendre pour être sûr que je m'en sorte.

Bob n'allait rien promettre. D'une façon, durant cette dernière semaine, il était violemment tombé à genoux devant cette femme. Il croyait en son innocence, et rien n'allait l'empêcher de lui faire traverser la frontière. Il n'y avait aucune garantie que les autorités thaïlandaises ne la poursuivent pas, même une fois qu'ils se trouveraient au Cambodge, mais il était quasi sûr que, avec le réseau de Willis, ils seraient capables de sortir du pays avant que les deux gouvernements ne puissent collaborer pour les arrêter.

Comme il ne répondait pas, Marlowe poussa un soupir.

— Très bien. Je devais juste m'assurer que tu ne ferais rien de stupide.

Bob ne put s'empêcher de sourire à cela.

— Tiens, dit-elle en tendant la barre protéinée à moitié mangée. J'en ai eu assez. Finis ça. Je vais faire une sieste. Mais... Kendric ?

— Ouais, Punky ?

— Peut-être qu'on pourrait sortir un peu plus tôt ? Ce serait embêtant si on partait quand il fait encore jour dehors ? Maintenant qu'on est si près, j'ai hâte de sortir de Thaïlande.

Ouais, elle était clairement aussi mal à l'aise que lui. Ils devaient juste espérer que leurs hôtes ne les balancent pas.

— Ouais, je pense qu'on pourra faire ça.

— Bien, dit-elle, levant une main pour se gratter la tête. Je déteste cette perruque, marmonna-t-elle sans pour autant faire le geste de l'enlever. Je sais qu'elle est super importante, mais, tout de même, je la déteste. Ce n'est pas pour rien que je garde les cheveux courts.

Il posa son bras sur ses épaules et l'attira contre lui. Elle se blottit immédiatement, enroulant son torse de son bras et posant l'autre dans son dos pour le serrer fort.

Il tourna la tête et embrassa son front.

— Dors, Marlowe.

Elle hocha la tête et soupira. Une minute ou deux passèrent avant qu'elle ne dise :

— Tu as dormi aujourd'hui.

Bob fronça les sourcils.

— Quoi ?

— Dans la maison de la femme. Tu as dormi. Je me suis réveillée et tu étais inconscient. Genre *vraiment* inconscient. J'ai été inquiète un moment, mais, ensuite, j'ai compris ce qui était différent. Tu dormais comme une masse. Tu en avais vraiment besoin.

— C'est toi, murmura-t-il.

Elle leva la tête et le regarda avec ses grands yeux.

— Moi ?

— Ouais. C'est comme si mon subconscient savait que je ne craignais rien avec toi, que tu me protègerais pendant mon sommeil.

— Je le ferai, dit-elle avec ferveur. Je mets au défi quiconque essaiera de te toucher pendant que tu dors.

Bob fit un grand sourire. Elle était adorable. Il posa la main sur la tête de Marlowe et l'abaissa en douceur jusqu'à son torse.

— Dors, poupée. Tout va bien. Ferme les yeux et dors un peu. Nous partirons tard cet après-midi et, avec de la chance, nous traverserons la frontière pile quand il commencera à faire nuit.

— J'ai peur de croire que je pourrais simplement rentrer chez moi, murmura-t-elle contre lui.

— Tu le feras. Je le promets.

Marlowe l'enlaça très fort et se lova contre son torse. Au bout de quelques minutes seulement, elle était endormie.

Le cœur de Bob gonfla tout en la tenant tout près de lui. Il s'était toujours senti protecteur envers les gens qu'il venait sauver, mais ce n'était *rien* comparé aux sentiments qui couraient dans ses veines en cet instant.

Marlowe ne méritait pas ce qui lui était arrivé. C'était plus ou moins pareil pour les autres femmes qui avaient été incarcérées avec elle. Il n'était pas un adepte de l'usage de drogue, mais endurer une réclusion à perpétuité pour quelques grammes d'herbe ou deux comprimés de Ya Ba n'était pas correct non plus.

Il mettrait Marlowe en sécurité et espérait seulement que

chaque autre prisonnière innocente encore en cavale puisse se cacher. Pour continuer d'échapper à la police avec ou sans l'aide de quelqu'un. Qu'elles aient la possibilité de recommencer leurs vies à zéro.

* * *

Peu de temps après, Bob se réveilla en sursaut. Jetant un coup d'œil à sa montre, il fut surpris de voir qu'il avait fait un bon somme. C'était maintenant l'après-midi et, bien qu'il ait promis qu'ils pourraient commencer plus tôt aujourd'hui, il restait encore deux heures avant qu'il ne soit plus confiant à l'idée de pouvoir poursuivre leur voyage prudemment.

Il se baissa jusqu'à être allongé sur les solides planches de bois du sol, déplaça leur sac à dos placé sous sa tête et positionna Marlowe dans ses bras, plus que ravi de la laisser se servir de lui comme d'un oreiller.

Il fixait le plafond, pensant à la partie la plus délicate de leur plan d'évasion – se rendre à la frontière sans être détectés –, quand il entendit un son qui lui tordit les tripes.

Leurs hôtes étaient dans l'autre pièce, ils se disputaient. Ils essayaient de ne pas faire de bruit, mais il était évident qu'ils avaient un désaccord houleux sur un sujet.

Les cheveux sur la nuque de Bob se dressèrent tandis qu'il écoutait.

Ils se trouvaient dans une zone très pauvre comme tant d'autres qu'ils avaient traversées. Il voulait avoir confiance en le réseau de Willis et une querelle ne signifiait pas nécessairement qu'elle les concernait, lui et Marlowe. Mais il comprenait comme il serait tentant pour leurs hôtes de les dénoncer pour obtenir la récompense, peu importait combien Willis les avait payés.

Bob avait également été soldat des Forces Spéciales suffisamment longtemps pour faire confiance à son instinct. Et son instinct lui disait de décamper de cette maison. *Maintenant.*

Il s'assit, secouant Marlowe.

— Punky, réveille-toi. Il faut qu'on parte, chuchota-t-il.

À sa décharge, elle ne demanda pas pourquoi. Ne réclama pas plaintivement davantage de sommeil, ni ne gémit à cause des courbatures et des douleurs qu'elle aurait pu avoir en ayant dormi sur le sol. Elle se mit debout en silence, enfila le sac à dos et le regarda pour savoir dans quelle direction aller.

Ailleurs dans la maison, les voix s'étaient tues. Bob marcha rapidement, mais calmement jusqu'à la porte et l'ouvrit légèrement pour jeter un œil. Ne voyant personne, il fit signe à Marlowe de s'approcher. Elle se retrouva immédiatement à ses côtés.

— Nous allons sortir par la porte d'entrée, dit-il tout bas. Je suppose que notre scooter a disparu depuis longtemps. Nous allons devoir faire la dernière partie à pied.

Il baissa les yeux vers ses sandales, avec regret.

— Ça ira. On va gérer, chuchota-t-elle en réponse.

Oh comme il adorait cette femme ! Quand les choses avaient commencé à se corser, elle n'avait pas plié. C'était incroyable, mais elle était même devenue plus forte.

— On y va, dit-il, lui prenant la main. Nous ne sommes que deux touristes qui sont sortis faire une promenade. Nous ne voulons pas attirer davantage l'attention que nous ne l'avons déjà fait, car nous ne passons pas inaperçus par ici.

— Tu crois qu'ils nous ont dénoncés à la police ? murmura Marlowe.

Bob pinça les lèvres et hocha la tête. Il n'avait aucune preuve, mais, dès le moment où ils étaient arrivés dans cette maison, son instinct lui avait indiqué que quelque chose n'allait pas. S'ils en avaient vraiment informé les autorités, il ne savait pas pourquoi ils avaient attendu aussi longtemps. Ils auraient pu faire en sorte que la police les attende, lui et Marlowe, dès leur arrivée. Se basant sur la querelle qu'il avait surprise, il ne pouvait que supposer que l'un de leurs hôtes avait été moins prompt à les trahir.

Peu importait la raison, il était plutôt surpris que ce ne soit pas arrivé avant. L'appât d'un double gain était trop tentant pour que certaines personnes puissent résister. Et étant donné la pauvreté dans laquelle vivaient leurs hôtes, il pouvait difficilement leur en vouloir.

Il quitta précautionneusement la chambre, soulagé d'être maintenant à l'avant de la maison, et il descendit les quelques marches jusqu'à la porte d'entrée. Refermant cette dernière derrière eux aussi silencieusement que possible, Bob pressa rapidement Marlowe en bas de la rue, restant en alerte. Après quelques pâtés de maisons, ils coupèrent entre deux bâtisses délabrées, puis traversèrent une longue allée.

Soudain, il entendit les sirènes d'une voiture de police.

Le son semblait résonner autour d'eux avant que Bob ne puisse mettre le doigt sur sa localisation – dans la direction dont ils provenaient. Là encore, il n'y avait aucune preuve disant que la police viendrait réellement pour eux, mais, pour Bob, c'était la confirmation que son instinct avait vu plutôt juste. Le couple avait contacté les autorités.

— Tout doux, Punky, chantonna Bob en continuant de marcher d'un pas rapide dans la petite ville.

— Devrais-je retirer la perruque ? Je veux dire, ils ne m'ont pas vue sans, alors ils m'ont probablement décrite à la poste comme ayant de longs cheveux blonds.

Merde, il aurait dû y penser ! Bob acquiesça.

— Ouais, donne-la-moi, dit-il, tendant la main qui n'était pas agrippée à celle de Marlowe.

Elle arracha rapidement la perruque de sa tête et la lui

tendit. Bob ne put empêcher un large sourire de se former sur son visage.

— Je parie que ça fait du bien.

— C'est même plutôt génial, dit-elle, lui retournant son sourire.

À la poubelle suivante, Bob jeta la perruque grossière qui lui avait assuré la sécurité pendant quelques jours. Marlowe passa une main sur sa tête, faisant redresser ses cheveux courts et noirs. Ceux à ses tempes et sur sa nuque étaient humides de sueur, mais il n'avait pas vu une personne aussi belle que cette femme depuis très longtemps.

— Arrête de me regarder, chuchota-t-elle dans un souffle, mal à l'aise.

— Peux pas m'en empêcher. Tu es radieuse.

Elle leva les yeux au ciel.

— Quel flatteur. Si j'avais su ça plus tôt, je n'aurais pas dit oui.

— Si, tu l'aurais fait. Je suis irrésistible, la taquina Bob.

Il était bien conscient qu'ils étaient toujours en grand danger, continuant de les mener loin de la maison ; la police s'attendait à les emmener tous les deux en détention. Mais faire en sorte que Marlowe reste calme était plus important que jamais.

La panique engendrait des erreurs. Et ils ne pouvaient se permettre un seul faux pas. Pas quand ils étaient aussi proches de la frontière.

— Et ton égo est énorme, dit-elle avec le sourire, lui faisant savoir qu'elle plaisantait. Mais je suppose que tu as des raisons d'être un peu égotiste. Je veux dire, tu m'as fait échapper de prison, tu nous as fait traverser des barrages de police et tu nous as emmenés jusque-là.

— Tu as contribué, insista-t-il. Si tu n'avais pas la tête sur les épaules et n'étais pas dotée de bonne volonté pour dormir par terre et *sous* terre, et que tu ne faisais pas tout ce qui était nécessaire pour rester sous les radars – comme porter cette perruque inconfortable et épouser un nul comme moi –, nous ne serions pas aussi fortunés que maintenant.

— Le sommes-nous ? demanda-t-elle avec curiosité. Je veux dire, je sais que tu as dit que nous étions proches de la frontière, mais s'il y a une politique d'extradition et qu'on nous attend de l'autre côté ? Ou si la police thaïlandaise nous suit jusqu'à la traversée et nous attrape ?

— Ne sois pas aussi négative, l'avertit Bob. Nous résoudrons les problèmes au fur et à mesure. Tout comme on le fait depuis le début.

— OK.

— OK, répéta-t-il.

Ils traversèrent la ville, restant dans les ruelles et entre les maisons autant que possible. Ils continuaient d'entendre les sirènes, et Bob supposa que la police était désormais à leur recherche. Le soleil allait se coucher dans plusieurs heures, ce qui allait encore compliquer le fait de se rendre à la frontière sans être repérés. Bob suspectait également le fait que la police était parfaitement consciente qu'ils tenteraient d'entrer au Cambodge, par conséquent, la route qui était parallèle à la frontière serait bien gardée.

Environ vingt minutes plus tard, ils atteignirent une zone de cases isolées et délabrées au-delà des abords de la ville, avec plein d'espace entre elles. Bob s'arrêta derrière la plus proche de la jungle environnante et fit accroupir Marlowe à côté de lui.

— L'étape suivante va être délicate, dit-il.

Marlowe hocha la tête et pinça les lèvres.

— Il y a environ deux cents mètres de jungle, puis une route de campagne, puis encore à peu près quarante-cinq mètres ou plus de broussailles et d'arbres avant la frontière. Selon les infos qui m'ont été données, il y a un grillage qui court le long de la frontière, avec du barbelé au sommet. Il n'y a pas d'arbres proches du grillage pour être à couvert bien évidemment, alors une fois qu'on y sera, il faudra se bouger aussi vite que possible.

Il était une nouvelle fois impressionné par la vitesse à laquelle Marlowe acceptait la situation qu'il venait de décrire.

— Une fois que tu seras au grillage, commence à grimper et ne regarde pas en arrière, peu importe ce qui arrive. Compris ? Quand tu arriveras en haut, soit *extrêmement* prudente. À part la police, la chose principale dont il faut nous inquiéter ici, c'est d'une infection si jamais tu te blesses.

— Pas d'infection et ne pas se faire tirer dessus dans le dos pendant qu'on grimpe ? demanda Marlowe d'un air pince-sans-rire.

— Ils veulent te récupérer vivante, dit-il, franc. Ils veulent faire de toi un exemple. S'assurer que les étrangers sont conscients de leur politique « tolérance zéro » concernant la drogue. Ton seul boulot, c'est de monter et de passer cette clôture, puis de courir comme une dératée. Il y a une ferme à environ deux kilomètres de la frontière. C'est ton objectif. Les propriétaires nous attendent.

— Notre objectif, dit-elle, l'air soucieuse, quand Bob s'arrêta de parler.

— Quoi ?

— C'est *notre* objectif. Je ne vais pas t'abandonner, Kendric. Ne me demande pas de le faire. Je ne le ferai pas. Si les autorités thaïlandaises veulent faire de moi un exemple, elles n'hésiteront pas à t'arrêter pour m'avoir aidée et encouragée. Bordel, elles vont sans doute placer des drogues sur toi pour faire bonne mesure. Nous sommes ensemble ou pas du tout. Pour nous aimer et nous protéger, pour le meilleur et pour le pire... tu te souviens ?

Marlowe aurait fait une putain de soldat ! Bob était fier de l'avoir à ses côtés.

— *Notre* objectif, répéta-t-il doucement.

— Je suis sérieuse, dit Marlowe d'un air renfrogné. Sans toi, je n'y arriverai pas. Je ne saurai pas où aller ni quoi faire. La seule raison pour laquelle j'ai réussi à aller aussi loin, c'est grâce à toi. Je ne t'abandonne pas.

Bob agrippa ses épaules et la regarda droit dans les yeux.

— Tu as réussi. Je n'en doute pas. Tu es futée. Et têtue. Et pleine de ressources. Mais je te donne ma parole que je ferai tout ce qui est en mon pouvoir pour nous faire passer tous les deux cette frontière. OK ?

— OK, répondit-elle avant de prendre une grande inspiration. Ça va être du gâteau, hein ?

— Ouais.

Il ne put s'empêcher de se pencher en avant pour l'embrasser doucement sur les lèvres.

Marlowe s'agrippa à son T-shirt quand il commença à s'écarter. Elle le regarda fixement pendant une seconde avant de lâcher :

— J'ai envie de toi.

Bob cligna des yeux sous l'effet de la surprise, mais la jubilation infusa dans ses veines.

— J'ai envie de toi, moi aussi, avoua-t-il.

— Très bien. Alors, quand nous aurons tous les deux franchi cette frontière, nous prendrons une douche, trouverons un lit confortable ou autre et nous ferons l'amour avant de dormir pendant des heures.

— On dirait le paradis, dit Bob.

— Ouais.

Ils restèrent accroupis, se regardant l'un l'autre pendant un autre long moment avant que Bob ne prenne à son tour une grande inspiration.

— Plus tôt on partira, plus tôt on trouvera ce lit, murmura-t-il.

— Allons-y, dit-elle, lui pressant la main.

Ils se remirent debout, et Bob marmonna :

— On marche très vite dans le champ, vers les arbres. On ne court pas, ça attirera l'attention sur nous si quelqu'un se trouve dans ces cases. Quand nous serons dans les arbres, nous trouverons un chemin jusqu'à la route suivante, nous attendrons jusqu'à ce que la voie soit libre, puis nous nous ruerons jusqu'à la frontière.

— Pigé, dit Marlowe légèrement à bout de souffle.

Bob s'imagina que l'adrénaline de Marlowe était passée à la vitesse supérieure. Les sirènes ne résonnaient pas très loin de l'endroit où ils se tenaient, et c'était maintenant ou jamais.

Sans un autre mot, il fit un pas sur la piste étroite du champ derrière la case, tenant la main de Marlowe et priant plus fort qu'il ne l'avait fait depuis des années. Il avait plus à perdre cette fois. Rien que l'idée que Marlowe soit blessée ou remise en garde à vue était aussi terrifiante que tout ce qu'il avait vécu dans sa vie. Y compris être un prisonnier de guerre.

Mais il l'emmènerait au Cambodge. Ou mourrait en essayant.

CHAPITRE SEPT

La peau de Marlowe fourmillait. Et pas seulement à cause des insectes tropicaux qu'elle ne cessait de chasser de ses bras. Le sentiment d'être pourchassé n'était pas agréable, et elle ne doutait pas qu'elle et Kendric se trouvaient à seulement quelques pas des autorités.

Ils avaient réussi à pénétrer la jungle sans attirer l'attention, à sa connaissance, mais sortir des arbres était bien plus difficile que ce à quoi ils s'étaient attendus. L'épaisse végétation et la brousse épineuse étaient impitoyables. Il y avait de petites zones humides et marécageuses qui avaient tenté de lui aspirer ses chaussures au moins deux fois. Ils avaient perdu puisque Kendric avait dû aller les lui repêcher dans la boue. Elle voulait s'en débarrasser, mais il avait refusé, disant qu'il était hors de question qu'elle marche dans les épines et le feuillage sans avoir quelque chose pour lui protéger les pieds.

Marlowe savait qu'il avait raison, mais elle détestait qu'elle les ralentisse. Plus ils se rapprochaient de la frontière, plus cela semblait loin. Le destin ne serait pas aussi cruel en les laissant s'approcher autant juste pour qu'ils se fassent capturer, n'est-ce pas ?

Ils parvinrent finalement au bord de la route, derrière la jungle, une seule voie d'asphalte au milieu des arbres. Kendric lui avait dit qu'à leur gauche, à environ douze kilomètres ou plus sur cette route, se trouvait l'un des nombreux postes de contrôle officiels menant au Cambodge. Devant eux se trouvaient cinquante mètres d'arbres en plus, des buissons épineux, des trous boueux avale-chaussures... ainsi qu'une clôture avec un fil barbelé à son sommet.

— Prête ? demanda Kendric d'une voix basse, mais insistante.

Marlowe acquiesça, même si elle n'était absolument pas prête. Elle voulait désespérément quitter la Thaïlande, mais, pour une raison, elle avait soudain l'impression qu'ils n'allaient pas y arriver. Elle voulait se planquer dans les arbres une journée de plus. Attendre jusqu'à ce que ces sirènes incessantes tombent dans le silence.

— C'est parti, dit Kendric d'un ton enjoué, debout, main tendue vers elle.

Marlowe la saisit et il la remit sur pied.

Ils n'étaient pas à la moitié de la route quand ils entendirent des cris sur leur gauche.

— Merde ! Allez, allez, allez ! ordonna Kendric en poussant Marlowe devant lui, vers les arbres.

Cinq secondes. C'était tout ce que ça aurait pris pour traverser cette route sans qu'ils soient vus. Mais bien entendu, une patrouille avait dû arriver exactement au mauvais moment !

Son cœur voulant sortir de sa poitrine, Marlowe courait. Elle perdit ses chaussures, mais ne le remarqua même pas. Leur seul objectif était d'atteindre la clôture, de l'escalader et de passer par-dessus.

Kendric restait dans son dos, sa main la touchant pendant leur course. Elle ne doutait pas qu'il pouvait aller bien plus vite, mais il refusait de s'éloigner d'elle. Il l'avait tirée de là et elle ne pourrait rien dire ni faire qui le ferait passer devant elle. Elle savait cela mieux qu'elle ne connaissait son propre nom.

La détermination jaillit en elle. Elle ne ferait rien pour que cet homme se fasse prendre. Elle lui devait sa liberté. Sa vie.

Elle l'aimait.

Cette pensée aurait dû être scandaleuse, même effrayante, mais au lieu de ça, elle l'aida à se recentrer. Elle l'aimait déjà alors qu'elle ne le connaissait que depuis quelques jours, et il était hors de question qu'ils aient traversé tout cela juste pour se faire prendre.

Se pinçant les lèvres, elle fit de son mieux pour refouler les bruits fracassants de quelqu'un dans les arbres, derrière eux, hurlant des propos en thaï.

— La voilà ! annonça Kendric, à bout de souffle.

Levant les yeux, Marlowe vit la clôture. Elle avait l'air énorme et menaçante. Les spirales de barbelés sur le sommet la firent grimacer ; elles étaient presque aussi grandes qu'elle. Mais comment allaient-ils réussir à passer ça ?!

Elle heurta violemment la clôture et fut surprise de la sentir ployer sous son poids.

— Monte, Marlowe. Commence à grimper ! dit Kendric.

Au lieu d'écouter son ordre, quelque chose l'incita à regarder vers le bas. Quand elle avait couru dans la clôture, elle s'était balancée plus que ce à quoi elle se serait attendue. Elle se laissa tomber à genoux et commença à creuser dans la terre et les feuilles au bas du grillage.

— Marlowe ! Qu'est-ce que tu fais ? Il faut qu'on la franchisse. Maintenant !

Mais elle savait qu'elle n'arriverait jamais à passer au-dessus de ce fil barbelé. Pas sans chaussures. Pas avec sa taille. Elle creusa plus vite, avec frénésie.

Elle entendit un bruit derrière elle et jeta un coup d'œil par-dessus son épaule, voyant deux hommes venir vers eux depuis les arbres.

Leur temps était écoulé.

Kendric n'hésita même pas ; il fonça sur les hommes, les heurtant de front.

C'était un étrange combat... Personne ne disait rien. Tout ce que Marlowe entendait, c'étaient des cris et des grognements, les trois hommes faisant de leur mieux pour se maîtriser les uns les autres.

Tiraillée entre continuer de libérer le dessous de la clôture – elle s'en approchait, elle pouvait le sentir – et aider Kendric, elle finit par se lever. Se débarrassant du sac à dos par des mouvements d'épaules, elle regarda autour d'elle, à la recherche de quelque chose qu'elle pourrait utiliser pour l'aider à se battre.

— Vas-y, Mar ! cria-t-il dans sa lutte avec les hommes. Putain, *va-t'en* !

Elle continua à sonder les alentours. Elle ne partirait *pas* sans lui.

Les deux hommes devaient faire partie de la sécurité. De ce qu'elle pouvait voir, aucun n'avait d'arme, ce qui était un grand soulagement. La dernière chose qu'elle souhaitait, c'était qu'elle ou Kendric se fasse tirer dessus alors qu'ils étaient si proches de la liberté.

Juste au moment où elle se sentit complètement hors d'elle, elle finit par apercevoir une grosse branche d'arbre. Courant vers elle, elle se vida totalement l'esprit, sauf de ce qu'elle devait faire.

Lorsqu'elle retourna à la bagarre, Kendric avait immobilisé l'un des hommes, qui était étendu au sol, pleurnichant.

Mais il donnait l'impression de perdre la bataille contre le second.

L'officier de sécurité avait sorti un couteau et faisait de son mieux pour couper Kendric en tranches pendant leur lutte. Marlowe restait aussi proche qu'elle l'osait, attendant l'occasion de frapper.

Sa chance arriva quand Kendric saisit le bras de l'homme qui tenait la lame et qu'ils semblèrent être dans une brève impasse, chacun essayant de forcer la main de l'autre.

Se précipitant sur l'officier, dans son dos, Marlowe frappa avec la branche aussi fort que possible. Elle était plus petite que l'homme, mais plus déterminée que jamais à mettre fin à cette situation.

La branche le heurta sur le côté de la tête, et elle se brisa tout de suite en milliers d'échardes lors du contact.

Pendant un moment, l'homme resta immobile, les yeux grand ouverts, sous le choc. Puis, il s'effondra au sol, formant un tas inerte.

Marlowe fixait, tout aussi choquée. Merde ! Est-ce qu'elle l'avait tué ? Ça n'avait pas fait partie de son plan. Ce n'était déjà suffisamment pas terrible qu'elle soit jetée en prison pour possession de drogue, assassiner quelqu'un lui assurerait sans doute la peine de mort.

— Viens, dit Kendric, lui prenant la main, lui faisant faire demi-tour pour retourner à la clôture.

Sortant de sa stupeur, Marlowe se mit une fois de plus à genoux.

— Aide-moi, Kendric ! cria-t-il. Ce sera plus facile de passer en dessous plutôt qu'au-dessus !

Il hésita pendant un moment, mais, ensuite, il se retrouva à côté d'elle, agenouillé, creusant frénétiquement du mieux qu'il pouvait, à mains nues. Avec son aide, cela ne mit pas longtemps avant qu'un petit espace ne se crée sous la clôture.

— Vas-y ! s'exclama Kendric, la poussant au sol.

Il y cala le sac à dos afin qu'il supporte une partie de la clôture qu'il avait débarrassée de la terre. Ça allait être un peu juste pour elle, et Marlowe n'était pas certaine que Kendric soit carrément capable de passer. Mais il ne lui donna pas l'occasion de protester. Il la prit par les mollets et la poussa vers l'avant.

Elle rampa et se tortilla sur le ventre et, avec l'aide de Kendric, elle se retrouva soudain de l'autre côté.

Sans prendre le temps d'embrasser le sol ni de se réjouir, car elle était bel et bien au Cambodge, Marlowe se tourna vers lui.

— Ton tour !

Il regarda Marlowe, puis vers le haut de la clôture, ensuite derrière lui, vers les deux hommes qui s'étaient mis à remuer. Pendant un instant, elle se sentit ravie de ne pas avoir tué l'homme avec la branche, mais, ensuite, la panique s'installa.

— Kendric ! Viens !

— Je ne vais pas passer, dit-il en secouant légèrement la tête.

— Si, tu passeras ! cria Marlowe, paniquant maintenant pour de bon. Tu dois essayer !

Elle fut plus soulagée qu'elle n'aurait su le dire lorsqu'il se mit sur le ventre.

— Donne-moi les mains ! lui ordonna-t-elle. Je vais te tirer.

Il l'ignora et fit de son mieux pour entrer sous la clôture.

Il avait raison : il n'allait pas passer.

— Non, non, non ! répéta Marlowe, tombant sur les genoux à côté de la tête de Kendric et recommençant à creuser.

Elle jetait la terre derrière elle dans sa tentative frénétique d'approfondir le trou. Des larmes lui coulaient des yeux, passant inaperçues pendant sa besogne.

L'officier de sécurité que Kendric avait assommé était maintenant debout, trébuchant vers lui.

En pleurs, Marlowe attrapa le T-shirt de Kendric et tira aussi fort que possible. Mais tout ce qu'elle parvint à faire, ce fut de faire remonter le tissu jusqu'à ses aisselles pour presque l'étrangler.

Il grogna en se débarrassant d'un coup de pied de l'homme, qui essayait de le prendre par les jambes pour le tirer vers l'arrière.

Hurlant de rage, de terreur et de frustration, Marlowe mit ses bras sous les aisselles de Kendric et usa de toute sa force pour le retenir, le tirer du côté cambodgien de la frontière.

Pendant une seconde, elle et le garde de sécurité eurent une lutte acharnée et, à la seconde suivante, elle atterrit sur les fesses dans la terre, Kendric à moitié sur ses genoux.

Pendant un moment, elle et l'officier furent tous deux pétrifiés. Ils se regardaient l'un l'autre. Puis, il laissa échapper une série de ce que Marlowe ne pouvait que supposer être des jurons.

Elle baissa les yeux et vit que Kendric avait roulé sur le dos. Il était entendu là, sans bouger, une grimace sur le visage.

— Kendric ? demanda-t-elle, posant une main sur son épaule.

Il prit une profonde inspiration et, quand il ouvrit les yeux et croisa son regard, elle ne put interpréter ses émotions.

— Tu l'as fait, murmura-t-il.

Pour une raison, Marlowe secoua la tête, dans le déni.

— Si, tu l'as fait, insista-t-il. Je n'allais pas réussir à passer là-dessous. Impossible. Je ne passais pas. Je n'aurais pas dû réussir, mais avec ton refus d'abandonner... me voilà.

Il s'assit, remettant son T-shirt en place afin de se couvrir le torse, et l'attira brutalement contre lui.

Marlowe s'y blottit, se fichant du fait qu'ils se trouvaient assis sur la terre. Que les officiers de sécurité leur criaient dessus tous les deux, les menaçant de leur faire toute sorte d'horribles choses sans doute s'ils ne revenaient pas de l'autre côté de la clôture.

Marlowe et Kendric les ignoraient. Elle enfouit son visage dans le cou de Kendric et l'enfourcha. Il la tenait si fort que ça en était presque douloureux. Mais elle n'allait pas s'en plaindre. En fait, elle ne voulait plus jamais le lâcher.

Ils ne restèrent pas assis là longtemps ; il était inévitable que les officiers de sécurité appellent des renforts et, bientôt, les lieux grouilleraient de flics plus nombreux. Certains auraient probablement des armes. Et Marlowe ne voulait pas prendre le risque qu'on leur tire dessus à travers la barrière.

Ils se mirent debout et firent leurs premiers pas loin de la clôture, leurs bras enserrant l'autre, les hommes hurlant dans leur sillage.

— Le sac à dos ! dit-elle, regardant derrière eux.

— Il n'est pas important. On peut trouver de nouveaux vêtements et de la nourriture. On n'en a pas besoin.

Marlowe hocha la tête et tourna le dos à la Thaïlande. Elle ne pourra jamais y revenir, elle le savait, mais ce n'était pas comme si elle avait *envie* d'y revenir. En fait, tout ce qu'elle voulait, c'était rentrer chez elle et ne jamais plus quitter les États-Unis. Elle en avait assez des voyages.

Ils trébuchaient ensemble, elle sans chaussures et Kendric souffrant des entailles qu'il avait reçues lors du combat au couteau et des coups de poing qu'il avait pris. Ils s'enfoncèrent dans une rangée d'arbres, et ce fut un énorme soulagement de ne plus être en mesure de voir cette fichue clôture. Ils quittaient la Thaïlande une fois pour toutes.

Ils pouvaient encore entendre les gardes de la sécurité hurler, mais ils continuaient de mettre un pied devant l'autre.

— Merde, s'exclama Kendric en sortant des arbres.

Marlowe fixa le canal devant eux. Il faisait environ trois mètres de large, ce qui n'était pas trop embêtant, mais les rives de chaque côté étaient raides et il était impossible d'en faire le tour, selon ce qu'elle pouvait voir.

— Il va falloir qu'on le traverse, dit Kendric. Regarde, par là, dit-il en pointant une tache au loin. Tu vois cette maison ? C'est notre destination. C'est une ferme. Notre prochain arrêt.

— Mais Kendric... l'eau... elle est dégueulasse, dit Marlowe.

Et c'était le cas. L'eau était saumâtre et d'un vert sombre. Des mouches et autres insectes bourdonnaient sur la surface, et elle aurait juré pouvoir déceler des excréments flottant également dans l'eau.

— Ouais... Mais nous pourrons nous laver quand nous arriverons à la ferme.

Marlowe voulait protester. Insister sur le fait qu'il était hors de question qu'elle s'approche de cette eau. Mais si elle voulait rentrer chez elle, elle devrait faire ce qu'elle avait à faire.

Elle prit une profonde inspiration, redressa les épaules et hocha la tête.

— Ça, c'est ma courageuse Punky, commenta Kendric.

Il tendit le bras et caressa sa joue du dos des doigts.

Ce geste brisa presque Marlowe. Elle voulait se laisser tomber au sol et pleurer. Elle n'était pas du tout courageuse. Son visage était probablement rougi et ses yeux gonflés à la suite des pleurs qu'elle avait déjà subis quand elle avait cru que Kendric n'allait pas réussir à passer sous la clôture, ses muscles lui faisaient mal, elle tremblait sous l'effet de la décharge d'adrénaline et elle avait mal aux pieds à force de marcher sans chaussures. Mais la dernière chose qu'elle souhaitait, c'était d'être un fardeau. Elle allait continuer d'avancer, car elle n'avait pas le choix.

À sa surprise, il se baissa et la souleva, la tenant contre son torse avec un bras sous les genoux de Marlowe et l'autre dans son dos.

— Kendric ! Qu'est-ce que tu fais ?

— Ça n'aurait aucun sens que nous soyons tous les deux salis dans cette eau. Je te porterai.

— Je peux marcher, protesta Marlowe même si elle raffermit son étreinte autour de son cou.

— Je sais. S'il te plaît, laisse-moi faire ça, dit-il doucement.

Elle l'étudia un instant, voulant débattre. Mais quelque chose dans l'expression de Kendric l'incita à accepter.

— Tiens bon. Je vais avoir besoin d'une main en renfort pour descendre jusqu'à l'autre côté de la rive, l'avertit-il.

Marlowe hocha de nouveau la tête et se tint fermement tandis qu'il se glissait le long de la berge. Elle entendit le petit *plouf* quand il entra dans le canal, mais, entre la taille de Kendric et la profondeur relativement faible de l'eau – qui s'arrêtait quelques centimètres au-dessous des genoux de Kendric –, elle demeura bien au-dessus du niveau de l'eau.

Il commença à patauger dans l'eau à l'odeur dégoûtante. Regardant autour d'eux, elle se rendit compte que cela était bien de la crotte qu'elle avait vue d'en haut. Un tas de bouse de vache fraîche flottait à côté d'eux, Kendric marchant vers la rive de l'autre côté, qui était très escarpée. Il était évident qu'il n'allait pas être capable de grimper avec elle dans ses bras.

Juste quand Marlowe se préparait à se mettre debout dans l'eau très sale, Kendric la surprit en la soulevant vers le haut, et elle atterrit de façon précaire sur la berge en pente, sur les mains et les genoux. La main de Kendric se posa sur ses fesses, et il l'aida à garder son équilibre.

— Monte, Punky. Je vais te tenir et pousser d'en bas.

Elle n'était pas sûre que ça marche, mais elle n'hésita pas à se mettre à ramper vers la terre plate, à quelques centimètres au-dessus d'elle. Au final, cela ne lui prit pas longtemps d'atteindre le sommet, surtout avec la toute dernière poussée que Kendric lui donna. Elle vola vers le haut et s'empêcha tout juste de tomber la tête la première dans la boue.

Marlowe se retourna à temps pour voir Kendric tenter de se soulever seul jusqu'en haut de la berge, jusqu'à ce que la terre ne s'effrite sous son poids et qu'il ne tombe en arrière, dans l'eau sale.

Il réapparut et fit la grimace, plissant le nez de dégoût. Il était trempé, mais ne disait pas un mot. Il alla simplement sur sa gauche sur deux mètres, jusqu'à une section de la rive qui n'avait subi aucun dommage et, en quelques secondes, il se retrouva aux côtés de Marlowe.

Elle voulait l'enlacer. Le remercier. Lui dire comme elle avait eu peur. Comme elle était fière de lui. Comme elle était inquiète de la façon dont ils allaient quitter le Cambodge, mais il leva une main.

— Non, ne me touche pas, Punky. Cette eau était dégoûtante. Il faut qu'on se lave au jet. Qu'on se nettoie. Et ensuite, je vais te tenir si fort contre moi que tu rouspèteras parce que je te rendrai claustrophobe.

— Aucune chance, lui répondit-elle avec un petit sourire. Ça te dit une randonnée ? Avec cette chaleur d'une centaine de degrés et les insectes qui veulent nous bouffer vivants, jusqu'à cette ferme où les propriétaires pourraient ou pas nous accueillir chaleureusement ?

Kendric ricana, puis devint sérieux.

— Quoi ? demanda-t-elle puisqu'il ne disait rien.

Il secoua la tête.

— *Toi...* J'ai admiré mon lot de femmes à cause de leur allure. Ou parce qu'elles me faisaient rire. Ou parce qu'elles se montraient courageuses dans des situations qui auraient mis les autres à genoux. Mais toi... Tu les surpasses toutes, Punky. Je sais que tout ce que nous avons fait jusqu'à présent était nécessaire, mais je n'ai jamais été aussi fier de quelqu'un de toute ma vie. Jamais été aussi heureux d'avoir quelqu'un à mes côtés et avec qui partager mon nom, avant toi.

— Kendric, murmura Marlowe, submergée par l'émotion.

— Bon. Pas le moment ni le lieu, car je suis recouvert de merde de vache cambodgienne et Dieu sait quoi d'autre, et que je ne peux pas te prendre dans mes bras ni t'embrasser. Mais ne crois pas que j'ai oublié notre conversation plus tôt. Concernant nos plans pour ce soir.

— Moi non plus.

— Très bien. Viens. Finissons-en.

Il lui tendit la main, et Marlowe n'hésita pas à la lui prendre. Il y avait une pellicule de saleté sur sa peau, mais elle l'ignora. Sa main puissante et chaude était son ancre. Avec lui à ses côtés, elle pouvait faire n'importe quoi. Survivre à tout. Ils formaient une équipe. Elle n'avait jamais ressenti ça avec quelqu'un de toute sa vie. Aujourd'hui, elle ne pouvait s'imaginer ne pas se réveiller chaque jour dans les bras de cet homme. Ne pas entendre son rire. Ne pas voir son sourire. Ne pas lui tenir la main.

Elle n'avait aucune idée de ce que leur réservaient ces prochains jours, mais elle priait pour qu'ils aient passé le pire de leur voyage. Qu'à partir d'ici, les choses seraient un long fleuve tranquille et qu'ils se retrouveraient bientôt dans un avion pour retourner aux États-Unis. Le contact de Kendric les avait menés aussi loin, malgré le dernier couple de traitres. Elle devait croire que les choses continueraient de marcher comme prévu.

CHAPITRE HUIT

Plus tard cette nuit-là, Bob soupira, frustré. Le propriétaire de la ferme les attendait, mais n'était pas ravi de l'attention que leur traversée illégale de la frontière avait menée jusqu'à sa porte. Les autorités cambodgiennes s'étaient pointées très peu de temps après l'arrivée de Bob et de Marlowe, demandant si l'homme avait vu deux fugitifs américains provenant de Thaïlande sur sa propriété. Il avait répondu que non et, après une rapide fouille des lieux, elles s'en étaient allées.

Cela voulait dire que Bob et Marlowe devaient faire profil bas pour la soirée avant de continuer leur voyage le jour suivant. Ce qui n'était pas très différent des jours précédents... excepté le fait que leur situation paraissait encore plus dangereuse désormais. Il était encore plus risqué de rester au même endroit trop longtemps. Ils se trouvaient également encore trop près de la frontière au goût de Bob, mais ils avaient besoin de se reposer et de se ressaisir.

Marlowe avait besoin de chaussures et il avait mal à la suite de la bagarre. Le garde de la sécurité qui avait manié le couteau l'avait touché plusieurs fois et il avait une demi-douzaine de balafres superficielles sur les bras dont il fallait s'occuper. Son dos était également lancinant. Bob savait exactement ce qui avait causé cette douleur particulière...

Cette putain de clôture.

Marlowe avait déterré les tiges du grillage et s'était glissée en dessous sans trop de problèmes, mais il n'avait pas eu autant de chance. Le vieux métal rouillé s'était enfoncé dans sa peau lors de sa tentative pour se tortiller sous la clôture, creusant sa chair. Même sans voir les dommages, Bob savait que c'était vilain... surtout après sa chute dans ce canal dégoûtant.

Mais il n'y avait vraiment pas grand-chose à faire concernant ses blessures. Elles ne l'empêcheraient pas de s'assurer que Marlowe ne craignait rien. Willis s'était arrangé pour les faire décoller de l'aéroport international de Phnom Penh ; c'était le plus grand du pays et pas trop loin des contacts de Willis qui les feraient passer rapidement le contrôle de sécurité et les emmèneraient à Tokyo, où ils prendraient un vol retour pour la côte Est des États-Unis.

Ils se trouvaient actuellement dans la grange du fermier, dans un box vide entre deux autres contenant des bœufs, que le propriétaire utilisait probablement pour labourer ses champs. À la place d'une douche chaude, on leur avait proposé un tuyau d'arrosage sur le côté de la grange, mais, au moins, l'eau était plus propre que la gadoue dans laquelle il était tombé plus tôt.

Il avait fait de son mieux pour se nettoyer minutieusement, sachant qu'une infection était un risque sérieux étant donné que ses écorchures avaient été en contact avec le canal. Une fois que Marlowe s'était également rincée, le fermier leur avait donné un bol de riz cantonnais à partager, un drap et deux serviettes, puis avait ensuite quitté rapidement la grange. Ce n'était pas l'accueil le plus chaleureux, mais ils étaient vivants et ensemble, alors Bob en était reconnaissant.

Il avait suspendu son T-shirt et son pantalon sur le bord du box pour les faire sécher – du mieux possible dans ce climat humide –, et Marlowe avait fait de même. Le ciel était encore assez lumineux quand elle eut fini par apparaître à l'entrée du box après avoir utilisé le tuyau pour se nettoyer. En la voyant, Bob avait fait de son mieux pour rester assis.

Il avait étendu le drap sur l'épais lit de foin et avait déployé la serviette sur ses genoux. Il s'était assuré de s'appuyer le dos contre le mur, car, la dernière chose qu'il souhaitait, c'était que Marlowe flippe en voyant sa peau lacérée. De ce qu'il pouvait en dire, le sang continuait légèrement de s'écouler des blessures et il avait sans doute besoin de quelques points de suture, mais cela allait devoir attendre.

Pour le moment, il voulait tenir Marlowe... lui montrer la profondeur de ses sentiments... même s'il ne pouvait pas le dire avec des mots. Il refusait de la retenir ou de l'inciter à se sentir redevable envers lui si elle ne ressentait pas la même chose.

— Je... c'est un peu bizarre, lâcha-t-elle, se tenant incertaine devant lui.

Son corps était enveloppé dans sa serviette, mais Bob pouvait voir une grande partie de ses jambes et de ses cuisses. Il déglutit avec difficulté et lui tendit la main.

Il ne put s'empêcher d'être content quand elle vint immédiatement à lui. Il l'aida à s'asseoir, puis prit le bol de riz. Il en prit une bonne cuillérée, qu'il porta aux lèvres de Marlowe.

— Je peux le faire.

— Et tenir fermement cette serviette en même temps ? demanda-t-il avec un petit sourire satisfait.

Elle leva les yeux au ciel, haussa les épaules, puis se pencha en avant et ouvrit la bouche.

Il glissa la cuillère entre ses lèvres et ne put en détourner le regard, la langue de Marlowe en sortant pour lécher un peu de la graisse qui était restée dessus.

— C'est bon ?

— Franchement ? Ouais, c'est délicieux.

— Je meurs toujours de faim après une montée d'adrénaline, lui confia-t-il avant de prendre avec la cuillère une autre portion pour la lui tendre.

Ils partagèrent le riz jusqu'à tout finir, et Bob mit le bol sur le côté.

Les animaux dans la grange se déplaçaient, provoquant des bruits paisibles. Le fait qu'ils étaient calmes aida Bob à se sentir relativement à l'abri. Il s'allongea, ignorant la douleur que cela causait à son dos et prit garde de ne pas retirer la serviette de son entrejambe avant de tendre la main.

— Viens là, Punky.

Elle s'installa entre ses bras comme si elle l'avait fait tous les jours de sa vie, au lieu de seulement quelques jours. Sa tête reposait sur l'épaule de Bob et, quand elle ajusta son corps pour s'allonger plus confortablement, la serviette qui l'enveloppait glissa, permettant à Bob de sentir sa peau nue contre la sienne. Il frissonna.

Marlowe leva la tête.

— Tu vas bien ?

— En réalité, oui. Je vais parfaitement bien.

Ils restèrent ainsi pendant longtemps, écoutant les bruits des animaux autour d'eux, se sentant plus détendus qu'ils ne l'avaient été durant cette semaine. Bob avait conscience qu'ils n'étaient pas tirés d'affaire – il ne se détendrait pas complètement tant qu'ils ne se tiendraient pas sur le sol américain –, mais ils étaient sacrément plus proches qu'ils ne l'avaient été ces derniers jours.

— À quoi tu penses ? murmura-t-elle.

Ses bas recouvraient le ventre de Bob et ses doigts lui caressaient les flancs d'un air absent. À sa surprise, Bob se sentait à l'aise sur le drap emprunté, malgré le fait d'être allongé sur du foin. Il faisait encore chaud et humide, mais avoir Marlowe presque sur lui lui semblait... normal.

— Honnêtement ? Seulement à quel point je savoure cet instant.

— Ouais, dit-elle, d'accord avec lui, ajoutant après un moment : J'ai l'impression de te connaître depuis des années... N'est-ce pas étrange ? Je veux dire, je sais que c'est probablement normal compte tenu de l'intense situation dans laquelle nous sommes, d'être en fuite, de devoir se cacher, mais je ne me suis jamais sentie aussi à l'aise avec quelqu'un que je ne le suis avec toi. Je n'essaie pas de te mettre la pression, en rien, ni d'essayer de te faire dire quelque chose de similaire, c'est juste que... je voulais juste que tu le saches.

Elle avait résumé ce qu'il ressentait presque parfaitement.

— Je ne dis jamais ce que je ne pense pas, lui dit-il. Je ne montre pas mon accord avec les autres juste pour être poli et je n'ai jamais été accusé d'être politiquement correct. April ne me laisse pas répondre au téléphone ni aux emails chez nous, car elle sait que je n'ai pas la patience d'être gentil quand les gens se comportent comme des cons. Alors, fais-moi confiance quand je te dis que je ne voudrais être *nulle part* ailleurs qu'ici, en ce moment, avec toi. Au Cambodge. Dans ce box qui pue. Avec toi dans mes bras.

L'étreinte de Marlowe se resserra, lui faisant un câlin. Elle leva la tête, et il plongea son regard dans ses beaux yeux marron.

— Kendric ?

Il sourit. Elle avait pour habitude de faire ça, de dire son nom avant de poser une question ou de lui dire quelque chose.

— Ouais ?

— J'ai perdu beaucoup de poids en un mois. Alors, il n'y a

pas grand-chose à dire de mes seins. Et j'ai besoin d'environ dix douches chaudes avant de me sentir complètement propre de nouveau... mais je te désire toujours.

Cette femme l'achevait ! Elle avait plus de bravoure dans son petit doigt que n'en avaient la plupart des gens dans leur corps entier. Le bras de Bob autour de la taille de Marlowe se resserra, et il les fit rouler jusqu'à ce qu'elle se retrouve allongée sur le dos, sous lui. Sa propre serviette avait glissé, et ils étaient tous les deux complètement nus. Sa queue était déjà bien dure contre l'intérieur de la cuisse de Marlowe.

Son dos le lançait quand il bougeait, mais il l'ignora. En cet instant, toute son attention se portait sur Marlowe.

— Tu es la plus belle femme que j'ai jamais vue, Punky. Tu as incroyablement bien tenu le coup cette semaine... putain, tout un mois ! Et je devrais dire que tes seins sont les plus beaux nichons du monde simplement parce que ce sont les *tiens*.

Il s'abaissa un peu plus et fit lentement courir une main sur le corps de Marlowe. De sa nuque à son épaule, plus bas sur sa poitrine – touchant brièvement le téton qui s'était durci et suppliait presque de recevoir sa bouche –, sur son ventre et, pour finir, par une caresse sur le dessus de la cuisse.

— Et ton corps ? Tu t'emboîtes contre moi comme si tu avais été faite pour être là. Par conséquent, il est parfait.

— Kendric, chuchota-t-elle, complètement submergée.

— J'ai fréquenté quelques femmes après mon départ de l'armée, mais je ne les ai jamais désirées plus que mon besoin de respirer. J'ai couché avec elles parce que j'étais agité. J'aurais été tout aussi content de faire du parachute afin de brûler de l'énergie en trop – ce qui explique pourquoi ça me prenait trop de temps et de concentration rien que pour savourer. Mais avec toi ? Je te désire tellement, Marlowe, je fais ce que je peux pour me contrôler et ne pas exploser ici et maintenant.

— Alors, prends-moi. Je suis à toi, dit-elle, ses mains caressant ses bras de haut en bas.

Elle l'*était* en fait. À lui. Il avait un certificat de mariage dans la poche de son pantalon qui le prouvait.

Leurs noms en bas du formulaire lui inrent à l'esprit. Kendric et Marlowe Evans. Il n'aurait jamais pensé se marier, mais, aujourd'hui, cette idée se trouvait à la limite de l'obsession. Elle était à lui tout comme il était à elle.

Puis, une autre pensée le frappa, et il ferma les yeux, de colère et de frustration.

— Quoi ? Que se passe-t-il ?

— Je ne peux pas te protéger, lâcha-t-il.

Elle fronça les sourcils, confuse.

— Kendric, tu me protèges parfaitement bien depuis une semaine.

Elle était si mignonne...

— Non, Punky. Je n'ai pas de préservatif. Je ne peux pas te protéger, t'empêcher de tomber enceinte.

— Oh, euh... okay, c'est embarrassant, mais... nous sommes des adultes, n'est-ce pas ? Nous pouvons en parler. Je n'ai pas eu mes règles depuis un moment. Je suppose que c'est à cause du stress ou peut-être parce que je ne mangeais pas beaucoup ou que j'ai perdu beaucoup de poids. Je pense que je ne pourrais probablement pas tomber enceinte maintenant même si je le voulais. Alors... c'est bon.

Non, ça n'était pas bon. Bob détestait le fait que son corps ait, en gros, cessé son bon fonctionnement, car elle n'obtenait pas les nutriments dont elle avait besoin.

— On peut attendre, dit-il, même si ces mots lui faisaient presque physiquement mal.

Il ne ferait rien qui puisse faire courir un risque à cette femme.

— Je veux des enfants, lâcha-t-elle. Et je veux dire par là

que j'en ai *toujours* voulu. C'est ce que je veux *vraiment* faire, être une mère au foyer. Ce n'est pas une opinion populaire et, bien entendu, j'ai dû travailler pour subvenir à mes besoins. Mais être une mère est le seul job que j'ai toujours réellement désiré faire. Je veux voir mes enfants grandir. Je veux être là quand ils s'en vont pour l'école et les accueillir à la maison les après-midis. Je veux apprendre à cuisiner, peut-être à coudre et, honnêtement, même le ménage ne me dérange pas.

« Ce que je veux dire, c'est que, si – et c'est un énorme si – je tombe enceinte de toi, je... Je n'en serai pas contrariée. J'ai trente-cinq ans. Je ne rajeunis pas. Et je ne te demanderai rien. Je ne te supplierai pas pour avoir de l'argent ni un soutien ni n'importe quoi d'autre que tu ne voudrais pas donner.

— Si tu portes mon enfant, je voudrai faire partie de sa vie, à lui ou à elle, l'avertit Bob. Je ne serai pas cet enfoiré de père qui ne supporte pas ses gosses ni leur mère.

Ils se regardèrent dans les yeux durant un long, interminable moment.

Brutalement, il ricana.

— Regarde-nous, mariés un jour et projetant notre famille le jour suivant, dit-il d'une voix traînante.

Marlowe gloussa.

— C'est ridicule.

— Ah oui ? demanda-t-il sans réfléchir, car, pour une raison, rien dans cette situation ne lui semblait ridicule.

— Non, ça semble... normal, finit par murmurer Marlowe.

Et voilà qu'elle recommençait. À être plus courageuse que ce qu'il pouvait imaginer.

— Fais-moi l'amour, Kendric. Je t'en prie. Peu importe ce qui arrive, ça arrivera. Demain, les autorités cambodgiennes pourraient me trouver et me ramener par le col en Thaïlande. Nous pourrions être piqués par un moustique infecté. Mutilés par un bœuf féroce. Je ne sais pas. Tout ce que je sais, c'est que, si je n'ai pas l'occasion de te sentir profondément à l'intérieur de moi au moins une fois, je le regretterai pour le restant de ma vie.

Elle avait raison. Ils avaient ce moment pour eux, et il avait pensé lui faire l'amour presque chaque minute depuis qu'il avait dit « Je le veux. » Et même avant, s'il voulait être honnête. Depuis ce baiser.

Elle était sa femme et il était son mari. Tout ce qu'il avait fait dans sa vie lui donnait l'impression de l'avoir mené à cet instant. Elle était sa récompense.

La tête de Bob se baissa sans qu'il y réfléchisse à deux fois. Il l'embrassa d'abord doucement. Lui disant sans user de parole qu'il la protègerait. Qu'il ferait en sorte que rien ne lui arrive. Qu'il la traiterait avec soin.

Mais apparemment, le soin n'était pas ce que voulait Marlowe. Elle empoigna immédiatement ses cheveux, inclina la tête et plongea sa langue dans sa bouche. Leurs langues luttaient et se caressaient, et Bob se sentit lui-même haletant lorsqu'il éloigna sa tête pour prendre une grosse et nécessaire dose d'oxygène.

Les mains de Marlowe serpentaient sur le corps de Bob, et elle enroula ses doigts autour de sa queue.

— Bonté divine, marmonna-t-il tandis qu'elle le touchait avec des caresses fermes, assurées.

Il lui saisit le poignet et éloigna sa main.

— Continue ça, et on ne fera pas du tout l'amour, car j'en aurai terminé, l'avertit-il.

— Tu es jeune, répondit-elle en souriant. Tu récupèreras.

Mais Bob ne voulait jouir nulle part ailleurs que bien au fond du corps de Marlowe. Il avait besoin de la revendiquer de cette façon dont les hommes revendiquaient leurs femmes depuis des siècles. C'était vieux jeu, un peu homme des cavernes et très insouciant, mais il s'en moquait. En cet instant, dans cette grange, après tout ce qu'ils avaient traversé, il allait prendre ce qu'elle consentait à donner. Il allait revendiquer cette femme comme étant la sienne.

Il se pencha en avant – grimaçant lorsque les blessures de son dos protestèrent – et pinça avec sa bouche l'un de ses mamelons. Elle n'avait pas menti : sa poitrine était petite. Mais ses tétons étaient extrêmement sensibles. Elle se cambra en l'arrière et laissa échapper un petit cri en se laissant téter. Elle remit une main dans les cheveux de Bob, le tenant fermement contre sa poitrine.

Bob léchait, suçait. Et, bien qu'il adore ce qu'il était en train de faire, il lui en fallait plus. L'une de ses mains serpenta sur le corps de Marlowe, et ses doigts effleurèrent les boucles entre ses cuisses. Elle gémit de nouveau et écarta les jambes pour lui, lui donnant accès à ses parties les plus intimes.

Elle était déjà toute mouillée, et le cœur de Bob se mit à accélérer. Elle n'était pas avec lui par gratitude ; elle le voulait réellement autant qu'il la voulait.

Bob préférait prendre son temps. Souhaitait vénérer son corps de la tête aux pieds. Mais son sexe avait d'autres plans... Quelques gouttes jaillirent de son gland. Il était à la limite. Il avait le besoin de faire sienne cette femme de la façon la plus primitive.

Il s'agenouilla au-dessus d'elle et agrippa l'intérieur de ses cuisses, les écartant davantage. Puis, il empoigna la base de son sexe et poussa vers l'avant. Ses yeux étaient rivés entre ses cuisses.

— Oui, dit Marlowe, mi-gémissante, mi-suppliante sous lui.

Elle mit les mains sur les cuisses de Bob et y enfonça les ongles... alors qu'il se mit, soudain, à hésiter.

D'instinct, Bob savait que lui faire l'amour allait changer sa vie. Il ne serait jamais en mesure de la laisser partir. Il serait l'un de « ces » mecs-là. Les fleurs bleues ridicules qui appelaient et envoyaient des messages quatorze fois par jour aux femmes pour s'assurer qu'elles allaient bien. Un homme qui offrait des fleurs sans raison. Qui secouait la tête et souriait simplement quand elle dépensait trop d'argent.

Qui vénèrerait la terre qu'elle foulait.

Et il s'en fichait.

Elle le menait déjà par le bout du nez et elle ne le savait même pas.

— Kendric ? demanda-t-elle dans un murmure un peu gêné.

Merde, son hésitation l'avait incitée à se poser des questions. Il lui attrapa la main et la ramena sur son sexe. Il soupira quand elle l'enroula avec ses doigts. Son contact lui faisait du bien. Trop de bien.

— Fais-le, toi. Mets-moi à l'intérieur de toi, dit-il d'une voix très rauque.

— Ça fait longtemps pour moi, admit-elle un peu timidement.

— J'irai doucement, répondit-il sans attendre.

Il la vit hocher la tête, puis se mordre la lèvre tout en le caressant avant de pousser son membre en érection vers le bas et de le positionner à l'entrée de son intimité.

Bob voyait des étoiles. Des putain de vraies *étoiles* ! Le paradis l'attendait. Tout ce qu'il fallait, c'était une seule et brutale poussée pour y entrer. Mais il irait lentement, quitte à en mourir.

Marlowe était étroite. Et même si elle mouillait, son corps ne laissait pas entrer Bob aussi facilement.

Il lui fallait tout son self-control, mais Bob refusait de faire quoi que ce soit qui puisse lui faire mal ou faire de cette expérience – leur première – autre chose qu'un bouleversement de vie plaisant.

Il se soutint d'une main et se servit de l'autre pour trouver son clitoris. Elle eut un mouvement brusque sous lui lorsque ses doigts touchèrent pour la première fois le paquet de nerfs sensibles, mais son corps se détendit suffisamment pour que l'extrémité de sa verge se glisse un peu plus loin à l'intérieur.

— Oh ! s'exclama-t-elle.

— C'est bon, Punky ? demanda Bob, connaissant déjà la réponse, mais souhaitant entendre davantage de ses paroles crues.

— Oui ! Tellement bon. Encore, Kendric.

Tout ce qu'elle voulait, elle l'aurait. Bob continua à caresser son clitoris, descendant de temps en temps et se servant de la lubrification naturelle de Marlowe pour faciliter sa pénétration.

Ses hanches ne mirent pas beaucoup de temps avant de se balancer vers lui pour en redemander. À chaque mouvement, il était en mesure de se glisser de plus en plus loin à l'intérieur. Bob ne savait pas si elle-même réalisait qu'elle remuait.

En peu de temps, les hanches de Marlowe se mirent à bouger du haut vers le bas, le prenant essentiellement par le dessous.

C'était l'une des choses les plus sensuelles et érotiques que Bob ait jamais vécues. Il se tint immobile au-dessus d'elle, faisant de son mieux pour garder sa main sur son clitoris et continuer de la caresser. Elle avait les yeux fermés, et sa tête se laissa tomber vers l'arrière, se concentrant sur son plaisir grandissant.

Bob adorait ça. Il avait hâte qu'elle explose avec son sexe en elle.

Pendant qu'il l'observait prendre son plaisir, quelque chose s'enregistra dans son cerveau : des brins de foin se trouvaient dans ses cheveux. Il les avait fait rouler hors du drap et elle était allongée sur la paille. La même paille sur laquelle un animal s'était probablement couché plus tôt. Ce qui était inacceptable.

Sans s'extraire d'elle, Bob la prit par les hanches et les fit rouler de nouveau. Si quelqu'un devait s'allonger sur la paille rêche, ce serait lui.

Marlowe, secouée, baissa les yeux vers lui depuis sa nouvelle position. Ses jambes entouraient ses hanches et sa queue était à moitié enfouie en elle.

— Prends-moi, Marlowe Evans, dit-il d'un air bourru, la tenant fermement par la taille. Aussi brusquement et profondément que tu le veux.

Il plaça une main entre les jambes de Marlowe une fois de plus et réalisa qu'il avait un meilleur accès à son clitoris dans cette position. Sans lui donner l'occasion de se sentir gênée d'être au-dessus, dans le cas où elle n'en avait pas l'habitude, il la masturba, avec rudesse et rapidité.

Elle s'immobilisa au-dessus de lui et se cambra. Ses tétons étaient durs, et elle se mit à haleter en quelques secondes.

— Kendric ! cria-t-elle, se mettant finalement à remuer des hanches, essayant de garder les doigts de Bob là où elle les voulait.

Il fixait sa verge. Il n'était pas complètement entré et il voulait tellement se heurter contre elle. Mais cela pourrait lui faire mal. Alors, il serra les dents et il la laissa prendre le contrôle absolu de leurs ébats.

Elle pencha la tête et regarda là où ils se rejoignaient, puis elle s'exclama.

— Tu n'es pas entré en entier, lâcha-t-elle, lisant dans son esprit.

Il sourit.

— Je suis large, dit-il sans une once d'égo ni autre. Ne prends que ce qui te semble agréable.

Marlowe le scia en le regardant dans les yeux pour lui dire :

— Je te veux entièrement.

Elle se trémoussa sur lui, se balançant d'avant en arrière, et ce qu'il savait ensuite, c'est que tout le poids du corps de

Marlowe fut sur lui, que leurs poils pubiens s'emmêlèrent... et qu'elle l'avait englouti entièrement.

Ils poussèrent tous les deux des grognements, et Bob sentit son sexe tressauter à l'intérieur d'elle. Putain, elle était *incroyable* ! Humide, serrée et tellement excitante, elle le brûlait presque. Et jamais il ne voulait partir de là.

Les doigts de Bob remuèrent sur son clitoris et, soudain, il ressentit le besoin qu'elle jouisse sur sa verge. Besoin de sentir ses muscles convulser autour de lui. C'était devenu son but dans la vie.

Elle tressaillit dans son étreinte, à l'extérieur comme à l'intérieur, et les bourses de Bob relâchèrent un autre jet de ce liquide clair loin dans le corps de Marlowe.

— Putain de merde, Kendric ! Tu fais tellement de bien ! Je me sens tellement comblée !

— Jouis pour moi, Marlowe. Jouis sur ma queue. Laisse-moi sentir ça. Je te tiens, lâche-toi, bébé.

Il ne savait pas vraiment ce qu'il disait, juste qu'il voulait la rassurer. Qu'il la rattraperait si elle tombait. Il masturba plus violemment son clitoris. Marlowe commença à onduler des hanches plus rapidement, mais elle ne se sépara pas de son membre d'un seul millimètre. Elle le garda en elle aussi loin qu'elle pouvait l'accueillir.

Ses bourses se contractèrent, se préparant à répandre leur contenu. Serrant les dents, Bob tenait à un fil. Elle était si douée ! Ses émotions débordaient de tout ce qu'il ressentait pour sa femme, y compris d'amour.

Il leva les yeux vers le visage de Marlowe, émerveillé, tandis qu'elle se rapprochait de plus en plus de la libération. Elle enfonça ses ongles dans la peau nue de son torse. Il ne ressentait pas les piqûres des coupures de couteau qu'il avait reçues plus tôt. Ne sentait pas la paille rêche qui lui irritait les blessures dans son dos. Tout ce qu'il pouvait sentir et voir, c'était Marlowe.

Soudain, chaque muscle du corps de Marlowe se raidit, et elle s'immobilisa sur Bob. Elle était au bord. Tout ce qu'il lui fallait, c'était un encouragement, et elle s'envolerait.

Bob pinça son clitoris entre ses doigts et fut récompensé par un hurlement étranglé de sa femme ; puis son membre se crut dans un étau et elle passa par-dessus bord.

* * *

Marlowe ne pouvait pas respirer. Ne pouvait pas voir. Ne pouvait pas penser. Tout ce qu'elle pouvait faire, c'était sentir l'orgasme le plus intense qu'elle n'ait jamais connu. Elle ignorait combien de temps elle était restée dans la lune, mais, quand elle finit par ouvrir les yeux et qu'elle les baissa vers l'homme sous elle, elle avait le sourire.

— C'était la plus belle chose que j'aie jamais vue. Merci, dit Kendric avec respect.

Elle devrait le remercier, lui.

— Est-ce que tu... ? Je suis désolée, je devrais le savoir, mais j'étais trop occupée à m'envoler dans les étoiles et je n'ai rien remarqué quant à ce qu'il se passait autour de moi... ou en moi, ajouta-t-elle avec un petit haussement d'épaules.

Le sourire de Bob s'élargit.

— Non. J'étais trop occupé à te regarder et à ressentir ton plaisir.

Marlowe sentit ses joues se réchauffer sous un rougissement.

— Qu'as-tu besoin que je fasse pour jouir ? demanda-t-elle avec hardiesse.

C'était une femme déterminée à satisfaire son homme. Pas

une gosse de seize ans expérimentant le sexe pour la première fois.

— Pas grand-chose de plus. Je suis tellement au bord de l'explosion que ça n'est même pas drôle, dit-il, légèrement honteux.

Faisant un essai, Marlowe resserra ses muscles internes, son corps pressant Bob fermement et profondément, et elle fut récompensée par ses doigts s'agrippant à ses hanches et un grognement s'échappant de ses lèvres.

Elle se leva légèrement, lentement, puis se baissa de nouveau.

— Oui, exactement comme ça. Lent et constant, lui dit-il, le souffle presque coupé.

Sourire aux lèvres, appréciant le pouvoir qu'elle avait visiblement sur lui, Marlowe s'éleva à nouveau. Elle s'arrêta, resta suspendue, surprise par la quantité humide qui gouttait hors de son corps.

— Bonté divine, c'est incroyable ! s'exclama Kendric.

Il remua une main entre eux et caressa la partie de sa verge n'étant pas enfouie en Marlowe, effleurant au passage ses lèvres inférieures sensibles.

— On est trempés, dit-il inutilement. Je te sens sur mes couilles. C'est dingue. J'en veux plus. Danse, Marlowe. Tant que ça ne te fait pas mal.

Ça ne faisait pas mal. Pas du tout. Oui, il était énorme et cela lui avait demandé un peu de temps pour pouvoir le prendre entièrement en elle, mais là ? Elle était glissante et détendue à la suite de son orgasme et elle voulait prendre tout ce qu'il avait à lui donner.

Elle n'avait pas menti plus tôt. Elle voulait des enfants. Elle ne pensait pas que faire l'amour ce soir donnerait naissance au premier, pas avec tout ce qu'il se passait dans son corps, mais, si elle tombait bien enceinte, elle adorerait leur bébé de toutes ses forces.

Elle commença à remuer. De haut en bas. Serrant ses muscles internes alors qu'elle le surplombait, souhaitant qu'il vive ce qu'elle avait vécu.

— Marlowe... oui ! Tu es tellement bonne. Tu n'as pas idée.

Elle adorait qu'il semble aussi hors de contrôle, la façon dont il babillait chaque pensée. Ayant besoin de plus, voulant qu'il se rende complètement, Marlowe commença à bouger plus vite. Bientôt, le bruit de leurs chairs se claquant l'une contre l'autre résonna dans la grange tandis qu'elle le chevauchait énergiquement.

Juste quand l'intérieur de ses cuisses se mit à trembler sous l'effort physique, Kendric se cramponna à ses hanches et l'enfonça bien sur lui. Il était si profondément en elle que ça en était presque douloureux. Il grogna, ses hanches tressaillant sous l'effet de son orgasme.

C'était la chose la plus intime qu'ait faite Marlowe. Le visage de Kendric arborait presque une expression de douleur tandis qu'il la comblait. Elle observait toujours son visage quand il ouvrit les yeux et que sa main se déplaça. Il recommença à lui pincer le clitoris sans ménagement, et elle sursauta de surprise.

— Encore une fois, réclama-t-il. J'ai besoin de te sentir jouir sur moi une fois encore.

Le contact de Kendric était accablant, mais d'une bonne façon. Elle tenta de se libérer en se tortillant pour se soulager, mais il la tenait fermement.

— Kendric, gémit-elle, le plaisir s'élevant en elle plus rapidement qu'auparavant.

— C'est ça. Serre-moi, comme ça. Je peux sentir tes muscles palpiter sur ma queue. Tu me fais un effet si incroyable ! Si je pouvais vivre en toi, je le ferais. Autant que j'aime te remplir de ma semence, j'aime ça encore plus. Sentir ton plaisir de l'intérieur. C'est incroyable, Marlowe.

Ses paroles cascadèrent sur elle comme une chute d'eau tropicale chaude. Elle ne pouvait s'arrêter d'onduler contre lui, sur sa verge, tandis qu'elle s'approchait de plus en plus du bord. Elle n'était pas le genre de femme à avoir plusieurs orgasmes pendant un rapport sexuel. Bon sang, plus d'une fois, elle n'en avait même pas eu un seul. Mais elle se rapprochait rapidement du bord pour la seconde fois et celle-ci lui paraissait plus intense que la première.

— Tu es à moi, Marlowe. Tu as pris mon nom. Maintenant, tu prends ma verge. Elle est à toi. Tout en moi est à toi. Fais-le, Punky. Lâche-toi. Je te rattraperai.

Son côté pratique avait le sentiment qu'il disait ces choses, car ils étaient en proie au sexe. D'un sexe très *agréable* mais, une fois que leur montée d'endorphine serait redescendue, la réalité reviendrait, et il serait probablement embarrassé concernant les propos qu'il aurait proclamés. Mais pour l'instant, elle laissait ses paroles imprégner son âme.

Un petit cri s'échappa de sa gorge quand il la fit passer par-dessus bord. Elle trembla, se secoua dans son étreinte, et elle l'entendit gémir sous elle.

Quand elle put à nouveau respirer, elle se sentit comme désossée. Kendric la fit descendre de son torse, toujours profondément enfoui dans son corps. Elle pouvait sentir leurs jus combinés fuyant de leurs corps respectifs, et elle se sentit soulagée de ne pas avoir à dormir dans la zone humide. Il la tint contre son torse et lui caressa le dos avec ses grandes mains.

— Nom de Dieu, marmonna-t-elle quand elle sentit qu'elle pouvait à nouveau parler.

Il ricana sous elle, et elle ne put que sourire à la façon

intime dont elle ressentit son rire, car elle le recouvrait totalement de son corps.

— C'était incroyable. Sérieusement. Je n'avais jamais
ressenti ça avant.

Marlowe leva la tête et fronça les sourcils.

— Vraiment ?

— Non... Je prenais soin des femmes avec qui je couchais,
mais je ne m'étais jamais retrouvé dans l'une d'elles pendant
son orgasme.

Marlowe supposait qu'elle aurait dû se sentir mal à l'aise
que son mec parle de ses expériences sexuelles avec d'autres
femmes, mais, puisqu'il disait, en gros, qu'elle lui avait offert la
meilleure expérience jusqu'à ce jour et parce qu'elle était celle
en qui il était toujours enfoui, elle ne s'en inquiéta pas.

— Je voudrais vivre ça à nouveau, l'avertit-il. Probablement
chaque fois que tu jouiras. Ça posera problème ?

Ce fut au tour de Marlowe de rire.

— Tu viens vraiment de demander ça ? dit-elle, posant la
joue sur le torse de Kendric.

— Je ne savais pas si tu allais trouver ça bizarre ou autre, se
défendit-il.

— Dès que tu voudras me faire jouir, fonce, tout simplement, le taquina-t-elle.

Elle sentit son membre tressauter en elle et ne put empêcher un sourire satisfait de se former sur son visage. Il ne
semblait pas être pressé de bouger. Il était simplement allongé
sous elle, la laissant se servir de lui comme oreiller pendant
qu'il lui caressait le dos, les bras, les cheveux.

— Kendric ?

— Ouais ?

Elle n'avait pas manqué le fait qu'il l'avait appelée Marlowe
Evans quand ils étaient en train de faire l'amour. Elle voulait
être son épouse pour de vrai, presque plus que tout ce qu'elle

désirait au monde, mais elle avait bien conscience que leur situation n'était pas normale. C'était incroyablement intense, et ils avaient compté l'un sur l'autre de façon que certains couples ne feraient jamais. Elle ne pouvait pas le retenir une fois qu'ils seraient revenus au monde réel.

— Tu crois vraiment que nous allons réussir à rentrer ?

— Oui.

La réponse de Kendric fut immédiate et presque déterminée.

— Je vais te ramener chez toi, Marlowe.

Elle soupira. Était-ce bizarre qu'elle ne *veuille* presque pas rentrer chez elle maintenant ? Probablement. Elle savait que les choses entre elle et Kendric changeraient une fois qu'ils s'en iraient.

— Cela prendre trois ou quatre jours pour aller à l'aéroport, lui dit Kendric. Une fois là-bas, je mettrai la main sur mon contact et il fera en sorte que nous ayons des passeports, avec de faux noms s'il le juge nécessaire, une fois qu'il verra ce qu'il se passe en Thaïlande et notre situation. Nous serons rentrés en moins d'une semaine.

— C'est bien, dit-elle, sa réponse ayant l'air un peu faible à ses propres oreilles.

— Que se passe-t-il ? demanda-t-il, complètement au diapason avec les sentiments de Marlowe.

— C'est juste... Je veux rentrer, ne te méprends pas. Mais...

Ses mots s'évanouirent.

— Tu peux tout me dire, la rassura-t-il.

— Je me suis habituée à être avec toi, dit-elle, tâchant d'avoir le ton plus léger afin que ses paroles ne paraissent pas si sérieuses.

Mais Kendric ne rit pas. Ne fit pas de blague. Au lieu de ça, il dit :

— Regarde-moi, Marlowe.

Prenant une grande inspiration, elle leva la tête afin de pouvoir voir son visage.

— Je veux te voir quand nous serons revenus. Je ne sais pas comment ça se passera puisque, moi, je suis prêt à me poser dans le Maine pour de bon et que, toi, tu seras ce que tu auras envie d'être. Mais je ne veux pas que nous perdions le contact.

Le cœur de Marlowe accéléra. Que disait-il exactement ? Elle était trop poule mouillée pour lui demander franchement.

— Je veux cela aussi.

— Bien, dit-il, l'air soulagé. Je veux que tu rencontres mes amis. Ils vont t'adorer. Ils essaieront probablement de te convaincre d'emménager à Newton. Si tu ne prends pas garde, April t'aura loué un appartement avant même que nous ne soyons rentrés.

Marlowe reposa la tête sur le torse de Kendric et, avec ses doigts, dessina des cercles sur sa peau. Elle ne pensait pas que cela la dérangerait de vivre à Newton. Ça ressemblait au genre de ville sûre pour élever des enfants. Elle avait eu son content d'aventures pour sa vie entière.

— Mon frère va t'adorer aussi, lui dit-elle.

— J'ai hâte de le rencontrer.

Sans s'y attendre, des larmes naquirent dans les yeux de Marlowe. C'était ce qu'elle voulait. Être dans les bras de Kendric, à parler, à partager. Mais elle était suffisamment futée pour savoir que rien n'était jamais aussi simple.

Il devrait avoir affaire à ses amis contrariés pour ne pas leur avoir parlé de ses missions. Et bien qu'il lui ait dit être prêt à se poser, elle n'était pas certaine que ce soit tout à fait vrai. Il retournerait dans le Maine et, inévitablement, mourrait d'ennui à nouveau. Comment pourrait-elle lutter contre les montées d'adrénaline qu'il vivait en sauvant les autres ? Elle ne le pouvait pas.

L'idée qu'il aille Dieu savait où et se mette en danger ne

serait pas une chose qu'elle pourrait supporter. Pas alors qu'elle avait elle-même fait l'expérience du degré de dangerosité de ses missions. Lui demander d'arrêter serait injuste pour Kendric, toutefois. Il était ce qu'il était, et jamais elle ne voudrait le retenir.

La vérité, c'était qu'être avec elle serait ennuyant. Elle désirait une vie paisible et facile dorénavant, et cet homme ne serait jamais heureux dans un rythme paisible et facile. Il était né pour aider les autres. Pour vivre dangereusement.

— Tu pleures ? Je t'ai fait mal ? Merde ! s'exclama-t-il, tentant de bouger sous elle.

Mais Marlowe s'accrocha à lui et secoua la tête.

— Non ! Tu ne m'as jamais fait mal. Je me sens juste émotive. Tu sais, tout me rattrape.

Elle n'aimait pas ce petit mensonge, mais il n'était pas complètement faux.

Il se détendit sous elle à nouveau, et ses mains revinrent à leurs caresses dans le dos de Marlowe.

— Tu vas bien, Punky. Tu es sauve. Nous partirons dans la matinée. Je pense que c'est un peu plus prudent de voyager de jour, maintenant que nous sommes sortis de Thaïlande. On te trouvera des chaussures, des vêtements propres et, quand on sera à l'aéroport, je mettrai la main sur mon contact et nous ferai sortir d'ici.

Elle hocha la tête et ferma de nouveau les yeux. Kendric était encore profondément enfoui dans son corps, et Marlowe ne s'était jamais autant sentie à l'abri qu'en cet instant. Même s'ils se trouvaient dans une grange et qu'elle se languissait encore d'une vraie douche et de savon, elle était plus ravie qu'elle ne l'avait été depuis très longtemps.

— Je devrais me bouger et nous nettoyer, marmonna-t-il.

Mais Marlowe resserra encore plus son étreinte.

— Non. C'est bon.

Il ricana.

— Je vois que quelqu'un ne veut pas dormir dans la zone humide, hein ?

Les mots de Kendric sonnèrent comme s'ils avaient un futur ensemble. Encore d'autres nuits à faire l'amour et à décider de l'endroit où chacun dormirait.

— Le sexe sans préservatif est un peu salissant, dit-elle au bout d'un moment.

— Je n'avais juste pas réalisé à quel point, dit-il, toujours totalement détendu sous elle.

Marlowe releva la tête.

— Vraiment ?

— Vraiment. Je n'étais pas prêt à devenir père avant.

Ses mots restèrent lourdement suspendus autour d'eux. Elle n'était pas certaine des connotations de cette déclaration. Qu'il ne soit pas prêt avant, mais qu'il le soit *maintenant* ? Elle soupira.

— Je me fiche de la saleté, dit-elle au bout d'une minute. Je veux dire, je ne pense pas que j'apprécierai de marcher en sentant ton sperme couler entre mes jambes, mais ça ? Rester étendus là alors que tu es encore en moi ? C'est... intime.

Il était d'accord avec elle.

Elle le sentit durcir à nouveau et elle eut un sourire satisfait contre son torse.

— Marlowe ?

— Oui ? répondit-elle, sentant l'excitation sexuelle monter vivement en elle une fois de plus tandis qu'il grossissait en elle.

— Tu as mal ?

— Non.

— Je te désire encore, dit-il franchement.

— Tu peux être au-dessus, lui dit-elle un peu timidement en se rasseyant sur lui.

Mais il secoua la tête.

— Non. Je ne veux pas que ta peau touche le foin.

Elle fronça les sourcils.

— Pourquoi pas ?

— Parce que ça gratte. Et que c'est sale.

— Et c'est bon pour toi, mais pas pour moi ?

— Ouaip.

— Ce n'est pas juste, protesta-t-elle.

Kendric haussa simplement les épaules.

— Je m'en fiche. Aimer et protéger, chérir et honorer, respecter et soutenir. C'est ce que j'ai promis, et je prononce mes vœux sérieusement.

Le cœur de Marlowe fondait.

— De plus, je sais que tu aimes être au-dessus. Et j'aime bien que tu y sois. Prends-moi, poupée. Je veux te combler à nouveau.

Elle leva les yeux au ciel.

— Tu es vraiment autoritaire.

— C'est bien que tu le saches maintenant. Danse, poupée. S'il te plaît.

Alors, elle le fit.

* * *

Quelques heures plus tard, Marlowe se réveilla lentement dans les bras de Kendric. Les animaux remuaient autour d'eux, alors elle avait l'intuition que le propriétaire de la ferme ferait bientôt son apparition. Ils devaient se lever, s'habiller et prendre la direction du sud, vers l'aéroport.

Mais elle n'arrivait pas à se convaincre de bouger. Elle était toujours allongée sur Kendric, bien qu'ils soient parvenus à se recouvrir à moitié du drap après avoir fait l'amour pour la dernière fois. Ils avaient de nouveau joui tous les deux et avaient passé au moins une heure à parler de leurs vies. De leurs hobbies, de ce qu'ils aimaient et n'aimaient pas, et Kendric lui avait raconté d'autres histoires sur ses amis et sur certaines missions qu'il avait effectuées lorsqu'il avait été dans l'armée.

Il lui en avait également dit plus sur Newton, la ville du Maine dans laquelle il vivait. Elle en eut l'eau à la bouche en entendant parler des Granny's Burgers. Elle était fascinée par son ami qui était un prince, et frémis mentalement à la pensée de devoir aller au Liechtenstein pour rencontrer le roi et la reine et avoir une sorte de cérémonie de mariage formelle et très publique, comme Cal et June auraient à un moment donné.

Elle ne pouvait s'empêcher de penser que sa propre cérémonie avait été parfaite. Rien qu'elle et Kendric. Elle chérirait les souvenirs de leur hôtesse versant de l'eau sur leurs mains pour les bénir, de Kendric qui avait dit : « Je le veux. » Et même s'ils avaient passé leur nuit de noces fourrés dans cet espace étroit sous le sol, ça avait été l'une des meilleures expériences qu'elle ait vécues.

Elle était plaquée contre Kendric pile en ce moment, tout comme elle l'avait été durant leur nuit de noces, mais, cette fois, ils étaient tous les deux nus et rassasiés de leurs orgasmes multiples. Marlowe se sentait détendue.

Mais quand Kendric sursauta violemment sous elle, elle fut immédiatement en alerte.

— Cal ! Où est Cal ?

— Chut, tout va bien, l'apaisa Marlowe.

— Chappy ! Tu vas bien ? Je t'en prie, tiens bon là-dedans !

— Ils vont bien, lui dit-elle, caressant son torse avec une main, tentant de le calmer.

Kendic lui avait raconté qu'il ne dormait pas bien, qu'il avait des cauchemars, mais, jusqu'à présent, elle n'y avait pas trop pensé puisqu'il dormait rarement pendant leur voyage. Apparemment, il avait suffisamment baissé sa garde pour que son cerveau parte dans un sommeil paradoxal, et il faisait maintenant l'un de ces cauchemars qu'il avait mentionnés. Elle avait le *cœur* brisé pour lui.

— Marlowe ! Cours ! Go, go, go !

Elle cligna des yeux. Il était en train de rêver d'*elle* ? Cela la brisait encore plus, de savoir que l'aider à s'échapper lui avait procuré de nouveaux éléments pour cauchemarder.

— Ôtez vos mains d'elle ! Non ! Marlowe ! Je te ferai sortir ! Je le promets ! N'abandonne pas ! Je te retrouverai !

— Je suis juste là, je vais bien, tenta à nouveau Marlowe, mais Kendric ne l'entendait pas.

Il s'assit, la délogeant de son torse aussi facilement que si elle n'avait même pas été là.

— J'arrive ! Non, éloignez-vous d'elle ! Marlowe ! Ne la touchez pas, sales enfoirés ! Noooon !

Le dernier mot avait davantage été un gémissement, et Marlowe voulait à tout prix le réveiller maintenant. Mettre fin à ce qu'il se passait dans sa tête. Elle grimpa sur les genoux de Kendric, le chevauchant pour poser les mains sur ses joues.

— Kendric ! Réveille-toi ! Je suis juste là. Personne ne me touche. Nous sommes à l'abri, au Cambodge. Je t'en prie, réveille-toi !

Pendant un moment, elle crut que ça ne marchait pas, qu'il était toujours coincé dans l'horreur de son rêve, mais, ensuite, il cligna des yeux, et ils trouvèrent les siens.

— Voilà. Tu vas bien. Nous allons bien tous les deux. Réveille-toi pour moi. Je suis juste là.

— Marlowe ? dit-il d'une voix rauque.

— Ouais, c'est moi.

— Merde, souffla-t-il, baissant la tête jusqu'à ce que son nez soit enfoui dans le cou de Marlowe. Tu vas bien ?

— Je vais bien. Tu veux discuter de ton rêve ?

— Non.

Sa réponse fut immédiate et ferme.

— D'accord. Mais tu vas bien. Nous allons bien tous les deux.

Il se rallongea brusquement, et Marlowe laissa échapper un couinement de surprise. Il la tenait très fort contre lui, gardant les yeux fermés et respirant avec peine, tentant de toute évidence de se débarrasser des répercussions de son cauchemar.

Marlowe continuait de le caresser, de lui assurer qu'elle allait bien, que lui aussi et que ce n'était qu'un mauvais rêve.

Il finit par se mettre à marmonner calmement :

— Je déteste rêver. Je *déteste* ça.

— C'est pour cela que tu ne te permets pas de dormir beaucoup, n'est-ce pas ?

Kendric acquiesça.

— Depuis que j'ai été retenu captif, j'ai des cauchemars. J'ai parlé à des psychologues et des thérapeutes, et même à quelques spécialistes du sommeil. Ils disent tous la même chose. Qu'ils finiront par s'en aller. Mais ça fait des années, et ils sont tout aussi précis, comme si nous venions tout juste d'être secourus.

— C'est parce que tu te fais tellement de soucis, lui dit-elle avec fermeté. Si ce n'était pas le cas, tu ne serais pas aussi inquiet pour tes amis.

— Je ne me souviens pas beaucoup de mes rêves. Simplement que je suis dans tous mes états, que j'essaie d'atteindre mes amis et que je n'y arrive pas, admit-il, avant d'ouvrir les yeux pour les lever vers elle. Je ne suis jamais sorti de ces rêves aussi vite que je viens de le faire, toutefois. En général, ça me prend des heures pour me sentir à nouveau moi-même. Mais avec toi ici... qui me touche... ça aide.

C'était agréable de savoir qu'elle pouvait l'aider au moins un peu.

— Tant mieux.

Ils restèrent allongés quelques minutes avant que Kendric ne soupire.

— Il faut qu'on se lève. Je ne veux pas que le fermier voie tes fesses.

Elle gloussa.

— Eh bien, je ne veux pas qu'il voie les tiennes non plus, répliqua-t-elle.

— Ne crois pas que ce sont mes fesses qui l'intéressent... lui dit-il avec un sourire en coin.

— On ne sait jamais. Ce sont de sacrées belles fesses, protesta Marlowe.

— Comment tu le sais ? Tu ne les as pas vues la nuit dernière. Tu étais trop occupée à admirer ma queue et à t'asseoir dessus.

Marlowe se sentit rougir.

— Bref.

Il rit. Bruyamment.

— Bon Dieu, tu es si adorable. Prends les serviettes et va te laver avec le tuyau. Je vais me débrouiller avec le drap, et on se mettra en chemin. Je parlerai au fermier pour te fournir des chaussures, et on s'arrêta au premier magasin qu'on trouvera et on te prendra des vêtements.

— Tu es trop gentil avec moi, lâcha-t-elle.

— Rien de tel, dit-il en réponse avant de l'attirer vers le bas pour l'embrasser doucement. Merci pour la nuit dernière. Tu m'as fait un cadeau que je chérirai pour toujours.

— Je ne t'ai rien donné, protesta Marlowe.

— Tu *t*'es donnée à moi, dit-il avant de se lever avec Marlowe toujours dans ses bras pour la mettre debout et lui tendre les serviettes qui avaient été poussées sur le côté la veille. Vas-y avant que le fermier n'arrive ici.

Elle acquiesça et enroula son corps dans l'une des serviettes avant de se retourner pour sortir du box. Elle regarda une fois derrière elle et vit le regard de Kendric toujours rivé à elle. Il n'avait pas bougé pour s'habiller. Dans la douce lumière de l'aube qui passait à travers les lattes de la grange, elle admirait à son tour sa silhouette. Il était si musclé, avait l'air aussi fort que les arbres qu'il parlait d'abattre à son retour dans le Maine. Il était si dur de penser qu'elle avait passé la nuit avec lui... Qu'il la voulait. Mais il était évident, à son érection grandissante, qu'il n'était clairement pas avec elle par pitié.

Elle lui fit un petit sourire et quitta la grange, se dirigeant vers le robinet au-dehors. Même si elle voulait retourner tout de suite au lit avec Kendric, elle se sentait crasseuse, et ils devaient vraiment se mettre en route. Être aussi proche de la frontière la rendait nerveuse. Comme si quelqu'un pouvait débarquer à tout moment et la traîner jusqu'en prison. Plus vite ils seraient en chemin vers le sud et l'aéroport, mieux elle se sentirait.

CHAPITRE NEUF

Quatre jours plus tard, Bob savait qu'il avait de gros ennuis. Ses blessures ne s'étaient pas arrangées avec le temps. En fait, elles étaient infectées, et le moindre contact sur son dos envoyait des vagues de douleur irradiant dans tout son corps. Il ne mangeait pas, car il ne pouvait rien garder, et il s'affaiblissait de jour en jour.

D'abord, il avait essayé de garder sa douleur secrète, mais Marlowe n'était pas stupide. Elle avait immédiatement compris que quelque chose n'allait pas. Toutefois, il n'avait admis ce qui n'allait pas que deux jours auparavant, quand elle avait mis son bras autour de lui après qu'il avait trébuché en marchant, puis qu'il s'était vivement écarté d'elle sans pouvoir arrêter le gémissement de douleur qui s'échappait de ses lèvres.

Elle avait insisté pour relever son T-shirt et jeter un œil à ses blessures, et son hoquet horrifié avait dit à Bob tout ce qu'il avait eu besoin de savoir. Elle avait voulu trouver un médecin, mais il avait refusé. Il devait la ramener chez elle. Il avait connu des infections avant ça, avait connu les coups et la torture et s'en était parfaitement bien sorti. Il pouvait se démerder jusqu'à son retour aux États-Unis.

Mais avec ces douze dernières heures, Bob savait qu'il n'allait pas réussir à rentrer à la maison.

Chaque pas était une torture. Chaque mouvement lui donnait l'impression d'être carrément revenu dans cette cellule à l'étranger et que ses ravisseurs plongeaient leurs couteaux bien profondément dans sa chair.

Il avait réussi à les faire aller, lui et Marlowe, dans la petite pièce à l'arrière d'un magasin, près de l'aéroport, le dernier endroit que Willis leur avait déniché. Puis, il était tombé au sol... et n'avait pas été capable de se relever.

Marlowe avait été incroyablement forte ces derniers jours, à l'encourager, faisant de son mieux pour nettoyer les blessures dans son dos avec ce qu'elle parvenait à trouver, mais l'infection qui se répandait dans son corps avait gagné.

— Kendric ? cria-t-elle, frénétique, tandis qu'il était étendu face contre terre.

— Je vais bien, marmonna-t-il, sachant que c'était un mensonge qui sortait de ses dents serrées. Je vais juste dormir une heure ou deux. Puis, j'appellerai Willis, et on s'en ira.

— D'accord. Dors. Je serai juste ici.

Ce fut la dernière chose dont se souvint Bob avant de s'évanouir.

* * *

Marlowe faisait les cent pas dans la pièce. C'était petit, suffisamment large pour qu'elle puisse faire cinq pas d'un mur à l'autre. Elle avait su que Kendric souffrait, mais ne savait pas exactement à quel point les choses avaient empiré. Il avait habilement dissimulé sa douleur. Bien qu'elle ait vu les blessures deux jours avant, il ne l'avait pas laissé les lui nettoyer depuis.

Quand il s'était évanoui, elle avait relevé son T-shirt pour voir à quel point les dommages avaient empiré, et elle avait elle-même failli tomber dans les pommes.

Les trous dans sa chair étaient tachetés de vert, de rouge, enflammés autour des bords et il y avait des coulées de pu. Et elles sentaient très mauvais. Sa peau était chaude au toucher et gonflée par l'infection. Il avait besoin d'une assistance médicale immédiate, mais elle n'avait aucune idée de la façon de lui en fournir une sans que l'un d'eux ou les deux se fassent arrêter.

La panique s'installa tandis qu'elle continuait de tourner comme un lion en cage. Elle ne pensait pas à quel point elle s'approchait de son retour chez elle ; tout ce à quoi elle pouvait penser, c'était à l'homme qu'elle aimait, étendu au sol. Il leur avait fait parcourir tout le chemin jusqu'à l'aéroport et, maintenant, elle se demandait sérieusement s'il allait mourir. Sa respiration était rapide et légère, et elle crevait de peur à l'idée de le perdre.

Elle ignorait totalement comment se mettre en lien avec son contact, Willis. Kendric s'était arrêté durant leur périple, se servant de cabines téléphoniques et payant des commerçants pour utiliser leurs téléphones portables, mais il ne lui avait pas transmis le numéro de cet homme. Elle avait sorti le portefeuille de Kendric et avait constaté qu'ils étaient à court d'argent. Elle n'avait aucune idée de ce qu'il avait prévu pour contacter Willis afin de prévoir leurs passeports et leurs vols, mais peu importait ; pour le moment, il n'était pas en forme pour quoi que ce soit d'autre qu'être allongé au sol.

Marlowe se rongeait l'ongle du pouce et pensa à ces derniers jours. Comment il s'était blessé en se tortillant sous cette clôture, puis l'avait portée au-dessus de ce canal nauséabond. Elle était restée au sec, mais l'eau pleine d'excréments avait de toute évidence été en contact avec ses blessures. Quand ils s'étaient trouvés dans la grange, il s'était étendu, dos sur la paille afin qu'elle soit le moins possible en contact avec. Là encore, d'autres germes avaient probablement infecté les blessures.

Elles avaient suppuré pendant leur périple vers le sud, et il n'en avait pas dit un mot. Probablement parce qu'il ne voulait pas qu'elle s'inquiète. Eh bien, ça lui faisait une belle jambe, elle était inquiète désormais ! Pétrifiée, en réalité.

Et elle devait faire quelque chose, mais quoi ? Elle n'avait pas d'argent, pas d'identité. Ne parlait pas la langue. Elle était une putain de fugitive.

De temps en temps, Kendric gémissait ou marmonnait, mais, autrement, il était totalement à l'ouest. C'était terrifiant, et Marlowe savait qu'elle devait lui trouver de l'aide. Elle ne possédait rien de valeur qu'elle aurait pu utiliser pour faire du troc avec quelqu'un et utiliser son téléphone. Tout ce qu'elle avait, c'étaient les vêtements sur son dos. Littéralement.

Kendric gémit de nouveau, et elle cessa d'arpenter la pièce pour l'étudier.

Un plan se forma dans son esprit. Elle le détestait, mais elle n'avait pas du tout le choix.

Elle se mit à genoux à côté de lui, au sol, et lui prit le bras. Elle retira rapidement la montre qu'il portait, qu'ils avaient utilisée pour voyager en Thaïlande et au Cambodge. Elle contenait un GPS et une boussole... et elle espérait que Kendric ne serait pas trop en colère envers elle de la lui avoir prise pour la troquer contre l'utilisation d'un téléphone.

Se sentant malade et inquiète pour Kendric, et aussi nerveuse à l'idée de sortir toute seule, Marlowe prit une profonde inspiration. Elle devait le faire. Elle était clairement la seule qui pouvait l'aider. Il était fort probable qu'il meurt d'une infection s'il n'avait pas des antibiotiques et des perfusions.

— Je reviens très bientôt, dit-elle à Kendric.

Il ne bougea pas.

— Tu nous as menés si loin et je t'emmènerai jusque chez toi. Tu iras mieux, tu m'entends, Kendric ?

Là encore, il ne répondit pas. Marlowe ne put s'empêcher de repenser à ces derniers jours, quand il avait semblé aussi fort et coriace que la vie. Quand il lui avait fait l'amour. Quand il l'avait fait se sentir belle pour la première fois depuis des années.

Elle ferait n'importe quoi pour s'assurer que son sauvetage ne se conclurait pas par la mort de Kendric.

Sa détermination renforcée, Marlowe se pencha et lui embrassa le front avant de se relever et de se diriger vers la porte. Elle l'ouvrit et regarda en arrière une dernière fois. Kendric respirait bien trop vite, et elle détestait sa vulnérabilité, étendu là, sur le sol. Prenant une grande inspiration, elle se tourna, puis sortit pour aller lui trouver de l'aide.

Une heure plus tard, elle avait chaud, était transpirante, frustrée et aussi nerveuse qu'elle ne l'avait jamais été.

Le magasin où elle se cachait avec Kendric fut son premier échec, suivi par d'innombrables autres. Mais elle finit par trouver un gérant de commerce près de l'aéroport, prêt à la laisser passer un appel longue distance via le téléphone de son magasin en échange de la montre de Kendric. Elle n'avait jamais été aussi ravie que Kendric lui ait fait mémoriser le numéro de téléphone de son entreprise.

Elle n'était pas sûre du décalage horaire, mais se dit qu'il devait être environ le même que lorsqu'elle se trouvait sur le site de fouilles, en Thaïlande. L'heure dans le Maine devait être onze heures plus tôt qu'ici… elle l'espérait. Car cela voudrait dire qu'il y avait quelqu'un au bureau. Elle composa soigneusement le numéro, 555-824-8733, et retint son souffle.

— Bonjour, Jack's Lumber. Comment puis-je vous aider ?

Pendant un moment, Marlowe fut si soulagée que quelqu'un réponde qu'elle n'arriva même pas à parler.

— Allô ?

— Salut, pardon ! Je suis là ! lâcha Marlowe. J'appelle pour Chappy, Cal ou JJ. Pitié, c'est une urgence !

— Je suis April, leur assistante, dit la femme à l'autre bout du fil. Puis-je demander qui appelle ?

C'était bien ça. C'était presque surréaliste de parler à April, une femme dont Kendric avait beaucoup parlé. Quelqu'un qu'il admirait et sur qui lui et ses amis pouvaient compter.

— Mon nom est Marlowe Kennedy, et je suis au Cambodge avec Kendric Evans. Il a besoin d'aide, sérieusement, et il m'a fait mémoriser ce numéro de téléphone juste au cas où, et j'aurais vraiment besoin de parler à l'un de ses amis.

Au mérite d'April, elle ne posa pas de questions qui feraient perdre davantage de temps. Elle dit simplement :

— Patientez, je vous prie.

Puis, elle posa apparemment le téléphone contre son buste ou autre et appela ses employés en hurlant très fort.

— Chappy ! Cal ! Jack ! Venez ici ! Maintenant ! C'est une urgence !

Soulagée qu'elle prenne son appel au sérieux, Marlowe attendit ce qui lui parut une éternité avant qu'April ne revienne en ligne.

— Je vais vous mettre sur haut-parleur, mon chou. Tout le monde est là. Dites-nous ce qu'il se passe.

Prenant une profonde inspiration, Marlowe obéit.

— Je répète, mon nom est Marlowe et je me trouve au Cambodge avec Kendric. Je suis une archéologue qui faisait des fouilles en Thaïlande. J'ai été accusée d'une chose que je n'ai pas commise et j'ai fini en prison. Mon frère travaille à DC, il a un tas de relations, et je suppose qu'il a mis la main sur un dénommé Willis, qui travaille avec Kendric. Il est venu en Thaï-lande, m'a fait sortir de prison et nous sommes en fuite. Nous avons réussi à atteindre le Cambodge, près de l'aéroport, et nous sommes censés retourner aux States bientôt. Mais Kendric est tombé malade.

Marlowe avait un nœud dans la gorge et elle se força à continuer.

— Je ne sais pas comment mettre la main sur ce Willis, nous n'avons plus d'argent, Kendric est inconscient et j'ai vraiment peur qu'il finisse par mourir ! Je vous en prie, il a tellement parlé de vous. Vous allez l'aider ?

— Marlowe, ici JJ. Vous savez qui je suis ?

— Oui, répondit-elle, essuyant les larmes qui avaient coulé de ses yeux pendant qu'elle parlait. Vous êtes Jackson Justice. Vous êtes celui qui a pris la décision de quitter l'armée et de jouer à pierre-papier-ciseaux pour décider de l'endroit où vous installer une fois tous sortis.

— *Holy shite*, elle sait *vraiment* qui nous sommes, marmonna un homme avec un accent anglais.

— Vous êtes Cal Redmon du Liechtenstein, bredouilla Marlowe. Vous êtes celui qui a le plus souffert en tant que prisonnier de guerre à cause de ces enfoirés de ravisseurs, et Kendric vous admire tellement, vous n'avez pas idée !

— J'ai peur d'entendre ce que Bob dit de *moi*, dit un troisième homme.

Marlowe soupira.

— Et vous devez être Chappy. Si vous voulez vraiment savoir, il trouvait que vous étiez fou d'épouser une femme que vous connaissiez depuis quelques jours, coincée dans votre chalet pendant une tempête de neige, mais, aujourd'hui, il pense que vous et Carlise étiez faits pour être ensemble et il est très content pour vous.

— Vous êtes au Cambodge ? demanda JJ, réorientant la conversation.

Marlowe prit une autre grande inspiration.

— Ouais, près de l'aéroport international de Phnom Penh.

Pitié, il ne faut pas en vouloir à Kendric ! Il vous a menti à propos de sa tante malade et il travaille avec Willis parce qu'il se sentait... instable... là-bas, dans le Maine. Il adore ! dit-elle rapidement. Il adore travailler avec vous, les gars, ainsi que la météo, et tout ça, mais il a dit qu'il avait besoin de plus. Alors, il s'est mis à travailler avec Willis pour l'aider à sauver des gens à l'étranger.

« Mais je crois qu'il en a officiellement terminé avec ça. Il m'a dit plus d'une fois pendant que nous tentions d'atteindre l'aéroport qu'il pensait qu'il pouvait satisfaire son besoin d'aider les autres d'une autre façon. Peut-être en travaillant dans une équipe de secours sur corde ou autre. Il vous adore tous tellement, il serait dévasté si vous le rejetiez de l'entreprise et arrêtiez de lui parler, dit-elle avant de réaliser qu'elle bredouillait à nouveau.

— Relax, Marlowe, on ne va pas le rejeter, dit JJ.

— Même si nous *allons* avoir une petite discussion, dit sévèrement Chappy.

— Je n'arrive pas à croire que ce mec ne nous ait pas dit ce qu'il faisait. Quel connard, ajouta Cal.

— Vous allez l'aider ? demanda Marlowe, anxieuse.

— Bien sûr. Dites-nous où vous êtes et ce qui ne va pas avec Bob, lui ordonna JJ.

Marlowe fit de son mieux pour décrire l'endroit où ils étaient. Elle ne parvenait pas à se souvenir du nom du magasin, principalement parce qu'il n'était pas anglais, mais elle raconta aux amis de Kendric qu'il vendait une variété d'articles d'épicerie, puis elle décrit tous les magasins environnants. Elle continua en leur donnant les faits marquants de son évasion de prison et la façon dont elle et Kendric avaient peiné à franchir la frontière.

— Il s'est écorché le dos sur la clôture, puis a ensuite pataugé dans une eau très sale. Nous avons dormi dans une grange après ça, ce qui n'a pas aidé à mon avis. Les écorchures sont vraiment moches maintenant. Rouges et vertes, enflées, et il y a un tas de pu qui en sort. Je les ai nettoyées du mieux que j'ai pu, mais ça n'aide en rien. Il délire et passe de la conscience à l'inconscience. Je me fiche de ce qu'il m'arrivera, mais, pitié, *pitié*, vous pouvez venir et le récupérer ? J'ai peur de l'amener à l'hôpital, bien que je ne sache pas comment je réussirais physiquement à le faire. Les autorités de Thaïlande et du Cambodge nous cherchent, et je ne peux pas le laisser aller en prison pour m'avoir aidée. Il n'a rien fait de mal et...

— Et *vous* ? l'interrompit Chappy.

Marlowe ferma les yeux.

— Non, murmura-t-elle. Je le jure. Je ne prends pas de drogue. Je n'en vends pas. Je n'avais rien à voir avec ces pilules de Ya Ba qui ont été trouvées dans mes affaires. Je suis quasi sûre que c'est mon collègue qui les a placées là. Je l'ai chopé en train de voler des objets anciens sur le site de fouilles. Des vieilles pièces. Et je crois qu'il s'est retourné contre moi afin de pouvoir s'en sortir.

— Merde alors ! murmura April.

— Qui ? demanda brusquement JJ.

— Euh... son nom est Ian West, répondit-elle, peu sûre de comprendre pourquoi il voulait tellement le savoir, mais elle ferma les yeux, secoua la tête et ajouta : peu importe. *Pitié*. Je me fiche vraiment de moi. Je retournerai en prison si ça peut aider Kendric. Il ne peut pas mourir. Il ne peut pas ! Je ne me le pardonnerai jamais.

Marlowe finit par rouvrir les yeux, et elle vit le commerçant lui lancer un regard noir. Son temps au téléphone allait bientôt prendre fin et elle avait besoin que ces hommes la croient.

— Vous pouvez nous accorder une minute pour en discuter ? demanda JJ.

Ses paroles ne rassurèrent pas Marlowe.

— Oui, mais... je ne sais pas encore combien de temps je pourrai parler. Le commerçant dont j'utilise le téléphone montre de l'impatience.

— Ça ne prendra qu'une minute. Ne raccrochez *pas*. Compris ? ordonna JJ.

— Oui.

— Bien. April, coupe le micro une minute.

Il y eut un *bip*, et Marlowe s'attendait à entendre de la musique ou le silence... mais à la place, elle pouvait toujours entendre les amis de Kendric. Peu importait sur quoi avait appuyé April, ce n'était pas le mode silencieux.

— Je n'arrive pas à croire que Bob nous ait menti toutes ces années ! s'exclama Chappy. S'il s'ennuyait, il n'avait qu'à nous le dire ! On serait partis avec lui pour ces missions de sauvetage !

— Je pense qu'il le savait, mais il a aussi sûrement constaté que nous étions heureux d'être ici, répondit Cal.

— Rien de tout ça n'a d'importance maintenant. Il faut trouver comment le faire sortir du Cambodge et l'amener à l'hôpital, se presse de dire JJ.

— Tu crois que l'aéroport est en alerte ? Qu'il serait bloqué en quittant le pays ? demanda Chappy.

— Je l'ignore. Mais c'est une possibilité. Je dois découvrir qui est ce Willis et voir ce qu'il avait prévu pour leur extraction, dit JJ.

— On fait quoi pour la femme ? Elle est probablement sur une liste de gens recherchés. Ce n'est pas comme si elle pouvait entrer l'air de rien à l'aéroport et passer la douane haut la main, fit observer Chappy.

— Je peux m'appuyer sur les relations de ma famille et faire sortir Bob sans que ça pose trop de problèmes, dit Cal. Vous savez bien que mes parents ont bien insisté pour vous ajouter tous trois à leur liste non officielle de personnalités officielles que la famille royale est prête à aider, après ce que vous avez fait pour moi quand nous étions prisonniers. Mais ça n'aidera pas cette Marlowe. Je veux dire, la protection royale s'étend à nos parents directs, bien sûr, alors Carlise et June sont couvertes. Mais Marlowe n'a aucun lien avec nous. Elle va se débrouiller seule à moins que nous trouvions comment l'aider.

— Si tu peux trouver un avion se rendant au Cambodge, dit JJ, je verrai ce que je peux dénicher sur elle et sur Willis. Il devait *bien* y avoir un plan pour la faire sortir de ce pays. Une fausse carte d'identité et un faux passeport. C'est juste que ça prendra un moment pour le découvrir et mettre les choses en place.

L'estomac de Marlowe se tordit à l'idée d'être laissée en arrière pour se débrouiller, mais elle le ferait si cela pouvait apporter l'aide dont avait besoin Kendric. Cependant, elle ne put s'empêche de dire, lorsqu'il y eut une pause dans la conversation à l'autre bout du fil :

— Excusez-moi ?

— C'est quoi ce bordel, April ? Je croyais que tu nous avais mis en silencieux ! marmonna JJ.

— Je pensais aussi ! C'est un nouveau téléphone, j'ai dû appuyer sur le mauvais bouton.

Marlowe n'en était pas si sûre... Quelque chose dans la voix de la femme lui fit penser qu'elle n'avait pas coupé la communication exprès. Mais elle n'avait pas le temps de s'attarder dessus.

— Je suis désolée, mais j'ai entendu ce que vous avez dit. Et je vous en prie, ne pensez pas que je reviens sur ce que j'ai dit plus tôt, au sujet de faire sortir Kendric d'ici et de me laisser. Ce n'est pas le cas. Je veux dire, ça me va, mais... Cal, ce dont vous parliez... Est-ce que cela changerait les choses si je vous disais que Kendric et moi sommes mariés ?

Il y eut un silence total sur la ligne, et Marlowe paniqua

momentanément, pensant qu'ils avaient coupé. Puis, Chappy dit :

— Putain de merde ! Vraiment ?

— Ouais. Je ne mentirais pas là-dessus.

— On dirait qu'il a avancé aussi vite que nous, dit Cal, l'air presque amusé. Comment est-ce arrivé ? Parce que je suis certain qu'il n'était pas marié quand il est parti d'ici, il y a deux semaines.

— Nous étions en route pour la frontière et, à l'un des abris, se trouvait une femme vieux jeu ou bien très religieuse, un truc dans le genre. Elle avait donné son accord pour nous cacher en journée, mais elle n'avait pas compris que nous étions un homme et une femme. Je pense qu'elle croyait que Marlowe était un nom de mec. Bref, la cachette était très petite et elle a refusé de nous laisser y rester ensemble à moins d'être mari et femme. Nous nous sommes dit que ce n'était pas grand-chose alors... nous avons accepté.

— Vous avez une preuve ? demanda JJ.

— La dame nous a donné un certificat de mariage avant notre départ, cette nuit-là. Il est en thaï et n'a probablement pas encore été enregistré ni autre, se sentit-elle contrainte de signaler. Et nous l'avons fait afin d'éviter de chercher un autre abri où rester.

— Bob ne ferait *rien* qu'il n'aurait pas envie de faire, dit Chappy. Il aurait pu trouver autre chose au lieu de se marier s'il l'avait vraiment voulu.

En entendant les paroles de cet homme, les doigts de pieds de Marlowe se recroquevillèrent dans les chaussures bon marché que Kendric lui avait trouvées. Elle avait effectivement été surprise par la vitesse à laquelle il avait accepté de se marier, mais elle s'était dit qu'il avait été encore moins intéressé par l'idée de leur trouver un autre endroit où se cacher en journée.

— J'essaie encore de me faire à l'idée que d'abord Chappy, ensuite Cal et maintenant *Bob* étaient tous forcés de partager leur lit avec des femmes avec qui ils ont fini par se marier, dit April, l'air plutôt heureuse pour ses amis et employeurs.

— Alors, c'est réglé, dit Cal, ignorant le commentaire d'April. Vous et Bob êtes mariés, ce qui veut dire que les gens que je connais peuvent vous faire revenir tous les deux aux States sans faire d'histoire. Ne bougez pas, Marlowe. Nous venons à vous.

— Vraiment ? Bientôt ?

— Eh bien, pas moi spécifiquement, dit Cal. Nous sommes trop loin pour arriver là-bas aussi rapidement que Bob semble en avoir besoin. Le Liechtenstein est plus proche. Je passerai un appel après la fin du nôtre. Les gens que je connais auront des papiers d'identité et des passeports pour vous et Bob et, avec de la chance, il n'y aura pas de problème avec les douanes. Avec la famille royale qui se porte garante pour vous, ça ne devrait pas poser problème.

Ça avait l'air trop bien pour être vrai au goût de Marlowe, mais elle n'allait pas se plaindre.

— D'accord.

— Retournez avec Bob et ne bougez pas. Ils vous trouveront. Je m'assurerai qu'un docteur fasse partie de l'équipe d'extraction, et Bob recevra l'aide dont il a besoin en route pour le Maine.

— Le Maine ? demanda Marlowe, surprise, car elle avait pensé qu'ils iraient dans le pays natal de Cal.

— Ouais. Je suppose que les faveurs que je demande suffiront à vous faire sortir du Cambodge, mais ils ne vont pas vouloir donner asile à une fugitive dans leur pays... la *shite* politique, vous comprenez.

Marlowe n'était pas sûre de comprendre, mais elle marmonna tout de même son accord.

— Nous vous ferons prendre un vol jusqu'à Bangor et amènerons Bob à l'hôpital directement, lui expliqua Cal. Votre boulot, c'est de le maintenir en vie jusqu'à ce que mes compatriotes puissent venir. Pigé ?

— Oui.

La réponse de Marlowe était désormais plus ferme. Elle était si soulagée qu'elle pouvait en pleurer. Mais elle retint ses larmes. Elle ne pouvait pas s'effondrer maintenant. Elle devait retourner auprès de Kendric.

— Vous avez bien fait, Marlowe, dit JJ d'un ton calme. Merci d'avoir appelé.

— Merci à vous, dit-elle en secouant légèrement la tête. Je ne savais pas quoi faire d'autre.

— J'ai hâte de vous rencont...

La ligne devint brutalement silencieuse alors qu'April parlait, et Marlowe leva les yeux pour s'apercevoir que le gérant du magasin avait coupé la connexion.

Il dit quelque chose en rafale en khmer, la langue officielle du Cambodge, lui faisant de toute évidence savoir que son temps était écoulé. Marlowe lui rendit le combiné et le remercia en anglais, puis fit rapidement demi-tour pour sortir du magasin. Il fallait qu'elle retourne auprès de Kendric. Maintenant qu'elle savait que l'aide arrivait, elle se sentait optimiste, mais avec prudence.

Ce sentiment dura jusqu'à ce qu'elle entre dans la pièce dans laquelle Kendric était toujours allongé, au sol. Il ne s'était pas réveillé pendant son absence. Son état semblait avoir plutôt empiré. Sa respiration était encore plus irrégulière et, quand elle releva le drap qu'elle avait placé sur lui, les blessures dans son dos paraissaient encore plus terribles qu'avant.

— Tu dois tenir bon, Kendric, chuchota-t-elle en s'approchant de la dernière bouteille d'eau qu'il leur avait procurée avant d'être trop faible pour faire quoi que ce soit d'autre.

Elle versa un peu de la précieuse eau sur un coin propre du drap et fit de son mieux pour essuyer le pu verdâtre coulant de ses blessures. Elles avaient besoin d'être recousues, et elle tuerait pour une crème antibiotique, mais tout ce qu'elle pouvait tenter, c'était de nettoyer les blessures et essuyer le pu dégoûtant de l'infection.

— Tes amis arrivent, lui dit-elle, ignorant les larmes qui tombaient de ses joues. Je t'en prie, tiens bon. Ils sont en route. Et nous allons monter dans un avion royal, ce n'est pas trop cool ?

Elle tenta de lui faire boire un peu d'eau, maintenant sa tête levée pour faciliter l'exercice, mais elle n'était pas sûre d'avoir réussi.

Elle continuait de lui parler. Pendant des heures, elle radota, parlant jusqu'à ce que sa voix s'enroue. Elle avait besoin qu'il sache qu'il n'était pas seul, espérant l'aider à lutter contre l'infection qui faisait rage dans son corps.

Marlowe ne savait pas trop à quel moment s'attendre à voir leurs sauveurs. Elle ne savait même pas comment ils les trouveraient, mais Cal avait semblé penser qu'ils n'auraient aucun problème pour les localiser en se basant sur les infos qu'elle avait transmises. Elle faisait confiance aux amis de Kendric. Elle savait qu'ils l'aideraient.

Elle espérait que Kendric ne serait pas trop en colère contre elle pour avoir révélé son secret à propos de ce qu'il faisait dans leurs dos. Mais en fin de compte, peu importait s'il était furieux. S'il décidait de ne plus jamais la voir. Tant qu'il était en vie et en bonne santé, elle subirait les conséquences de ses actes.

Elle ferait tout ce qu'elle pourrait. Maintenant, tout ce qu'elle pouvait faire, c'était attendre… et prier.

CHAPITRE DIX

L'extraction du Cambodge se passa étonnamment en douceur.

Quatre hommes et une femme se pointèrent au seuil de la pièce dans laquelle se trouvaient Marlowe et Kendric après seize heures très stressantes et se mirent immédiatement au travail, déplaçant Kendric du sol à un brancard. La femme aboyait des ordres dans ce qui ressemblait à de l'allemand tout en plantant une voie intraveineuse dans le bras de Kendric. Elle fit une pause pour lever le drap et vérifier son dos, sa gorge émettant un son inquiet, puis le recouvrit et donna d'autres ordres aux hommes.

Marlowe se retrouva à suivre leurs sauveteurs, qui chargeaient Kendric dans un van. Ils la firent monter, puis tracèrent la route jusqu'à l'aéroport.

Le chauffeur contourna le terminal principal et se rendit à la place à un bâtiment plus petit. Il montra brièvement sa carte d'identité à l'homme stationné au poste de sécurité et, selon Marlowe, ils ralentirent à peine. Ils conduisirent droit vers un avion avec le drapeau du Liechtenstein peint sur le côté, et tout le monde bondit hors du van et apporta son aide avec le brancard.

Ce dont Marlowe se souvenait ensuite, c'était de monter les escaliers et d'entrer dans un avion luxueux.

Le médecin se tenait au-dessus de Kendric, à l'arrière, pendant que deux des hommes attachaient correctement le brancard pour s'assurer qu'il ne bouge pas pendant le décollage.

— Je vous en prie, asseyez-vous, dit une femme à côté d'elle avec un accent anglais, faisant sursauter Marlowe, car elle ne l'avait même pas vue s'approcher.

— Nous allons bientôt décoller, quand le médecin en donnera l'ordre, continua-t-elle. Vous voulez manger quelque chose ? Ou boire ?

Marlowe avait extrêmement soif, mais, à la pensée de mettre quelque chose dans son estomac maintenant, elle en avait la nausée.

— Non, merci. Je vais bien. Quand... comment... nous ne devons pas passer par la douane ou un truc du genre ?

La femme lui sourit.

— On s'en est chargé. J'ai rencontré les autorités et leur ai montré vos passeports.

Elle lui tendit deux passeports d'un bleu sombre qui disait *Fürstentum Liechtenstein* en haut. En dessous d'un genre d'armoiries, il y avait le mot *Reisepass*. Dans un état second, Marlowe en ouvrit un et découvrit sa photo, une photo qu'elle reconnut, car elle provenait de son passeport américain qui avait été saisi par les autorités thaïlandaises... ainsi que le nom de Marlowe Evans.

L'autre passeport affichait le nom de Kendric et sa photo dedans.

Elle leva les yeux vers la femme.

— Je ne comprends pas, dit-elle d'une toute petite voix.

— Votre époux est un membre non officiel de la famille royale, par décret, répondit-elle avec un haussement d'épaules. Ce n'est techniquement pas un passeport légal, et ils seront confisqués avant que vous ne descendiez de l'avion, mais c'était le moyen le plus rapide de vous faire sortir sans avoir un tas d'ennuis, expliqua-t-elle avant de faire un clin d'œil. Selon ce que j'ai compris, la Thaïlande cherche une Marlowe Kennedy, pas une Marlowe Evans. Pourriez-vous s'il vous plaît vous asseoir, nous allons bientôt décoller.

Marlowe tomba pratiquement sur le siège le plus proche. Elle était sous le choc. Cal avait accompli un truc de dingue ! Elle voulait pleurer de gratitude, mais ses yeux étaient déjà gonflés et elle avait l'impression de ne plus avoir de larmes.

Vingt minutes plus tard – alors qu'ils se trouvaient dans les airs et que Marlowe avait l'impression de pouvoir respirer, de *vraiment* respirer pour la première fois depuis un mois et demi –, elle détacha sa ceinture et retourna là où était allongé Kendric.

La médecin était en train d'écrire dans un dossier, fronçant les sourcils à son approche.

— Est-ce qu'il va s'en sortir ? demanda Marlowe.

La femme répondit avec un accent anglais :

— Je le pense, oui. Mais c'est une bonne chose que nous soyons arrivés à ce moment-là. Il est très malade. L'infection s'est propagée à ses organes.

Marlowe s'en alarma.

— Mais il va guérir ?!

— Nous l'avons perfusé et il a une grosse dose d'antibiotiques. Il a besoin d'être recousu pour refermer les plaies de son dos, mais on ne peut pas faire ça avant que l'infection ne soit maîtrisée. J'ai nettoyé ses blessures, y compris celles sur son bras et sur ses mains. Un couteau ? demanda-t-elle.

Marlowe confirma d'un signe de tête.

La médecin lui accorda un regard rassurant.

— Nous devons juste attendre que les antibiotiques fassent effet. Il sera sur pieds dans quelques jours.

— Vraiment ? dit Marlowe, l'espoir inondant tout son être.

— Oui. Il est jeune et solide. J'ai confiance, il ira mieux.

Les genoux de Marlowe faillirent l'abandonner, et elle tendit la main pour s'appuyer contre le siège le plus proche.

— Asseyez-vous, lui ordonna la médecin. Je devrais aussi vous ausculter.

— Non, dit Marlowe en secouant la tête. Je vais bien.

— Pour être franche, vous n'avez pas l'air bien. Vous êtes trop maigre et vos pommettes sont creuses. Vous êtes claire-ment déshydratée et vous pourriez vous aussi avoir une infection.

— J'irai bien dès que j'aurai pris quelques vrais repas, insista Marlowe. Kendric est le seul dont je me soucie.

La médecin prit un air soucieux, mais n'insista pas.

— Très bien. Mais vous devriez boire un peu d'eau. Vous réhydrater. Manger quelque chose.

— Je le ferai, promis Marlowe, pas vraiment sûre de pouvoir manger quoi que ce soit.

Mais maintenant qu'elle savait que Kendric allait s'en sortir, elle allait au moins prendre quelque chose à boire.

* * *

Quelques heures plus tard, Marlowe avait l'impression qu'elle allait tomber. Le vol jusqu'au Maine durait plus de dix-huit heures et il leur restait encore onze heures. Bien qu'elle soit épuisée, elle n'arrivait pas à dormir. Elle s'inquiétait trop pour Kendric. Il ne s'était pas réveillé et, bien que la médecin ait dit qu'il irait bien, Marlowe ne pourrait se reposer avant de lui avoir parlé. D'avoir constaté d'elle-même qu'il était sur le chemin de la guérison.

Elle était assise à côté de son brancard quand sa gorge émit un gémissement. Marlowe se leva immédiatement et prit sa main dans les siennes.

— Kendric ?

Il ne répondit pas, mais commença à se tortiller, allongé.

— Reculez, ordonna la médecin.

Mais dès que Marlowe lâcha la main de Kendric, il commença à s'agiter dans tous les sens sur le brancard.

— Marlowe ! hurla-t-il.

La force et le volume de son cri avaient fait sursauter Marlowe comme la médecin sous l'effet de la surprise.

— Marlowe ! cria-t-il à nouveau. Où es-tu ? *Marlowe !*

— Je suis là, dit-elle, mais l'un des hommes la retenait par le bras, l'empêchant de retourner aux côtés de Kendric. Lâchez-moi ! dit-elle, furax, luttant pour s'extirper de sa poigne.

— Il est agité, insista la médecin.

— Sans déconner ! s'exclama Marlowe, se fichant de la colère qu'elle affichait.

— Lâchez-la ! Non ! Marlowe, j'arrive !

Kendric essayait maintenant de se pousser hors du brancard et la médecin tentait de le maintenir en place, ce qui ne semblait que l'agiter encore plus.

— Il va ôter son intraveineuse s'il n'arrête pas. Venez le tenir pendant que je le mets sous sédatif, dit la médecin à l'un des hommes.

— Non ! Laissez-moi essayer de le calmer. Je vous en prie ! supplia Marlowe.

La médecin regarda Kendric, puis Marlowe, et de nouveau son patient. Finalement, elle soupira et recula.

— Lâchez-la, dit-elle à l'homme qui retenait Marlowe.

Dès qu'elle fut libérée, Marlowe se précipita aux côtés de Kendric. Elle lui saisit la main et posa l'autre sur son épaule.

— Je suis là, Kendric. Tu vas bien. Je vais bien. Détends-toi.

Il avait les yeux ouverts, mais regardait dans le vide, ne voyant clairement pas grand-chose.

— Punky ?

— C'est moi. Je suis là.

— Ne me quitte pas. Ne me quitte jamais !

Ses mots retournèrent le cœur de Marlowe dans sa poitrine.

— Je ne le ferai pas. Je suis juste ici.

Même si Kendric était à l'ouest, il se mit sur le côté et attira Marlowe contre lui.

— Attendez, non… commença à dire la médecin, mais Marlowe était déjà en mouvement.

Elle grimpa sur le brancard et se plaqua contre Kendric, tête contre tête. Il passa un bras autour d'elle, la serrant contre lui d'une main de fer.

La médecin dit quelque chose en allemand, et Marlowe avait l'intuition que c'était probablement une bonne chose qu'elle ne comprenne pas la langue. Elle retint son souffle, priant pour qu'on ne la force pas à bouger. Là, dans les bras de Kendric, elle se sentait mieux qu'elle ne l'avait été ces dernières heures.

— Tâchez de le maintenir calme, dit la médecin au bout d'un moment, prenant le drap qui était tombé au sol durant la lutte de Kendric.

Elle les recouvrit tous les deux.

Fermant les yeux, Marlowe soupira, soulagée.

Et d'un coup, ses paupières se firent incroyablement lourdes. Elle ne parvint pas à les garder ouvertes une seconde de plus. Elle avait l'impression d'être pile là où était sa place. Dans les bras de cet homme. Il l'avait tenue ainsi durant leur fuite de la Thaïlande, et c'était là qu'elle se sentait le plus en sécurité.

Elle s'émerveilla de pouvoir l'apaiser, de la même façon que lui la calmait. Il était silencieux désormais, sa respiration, plus lente, et heureusement, sa peau ne semblait plus aussi chaude qu'auparavant. Marlowe priait pour que cela signifie que les antibiotiques faisaient ce pour quoi ils avaient été créés... guérir entièrement l'homme qu'elle aimait.

Marlowe déposa un baiser sur son torse, se blottissant ensuite encore plus contre lui.

— Je t'aime, chuchota-t-elle.

Elle ne pensait pas l'avoir dit très fort. Ou qu'il avait ne serait-ce que compris ses mots. Alors, elle fut stupéfaite quand Kendric répondit tout aussi calmement :

— Je t'aime aussi.

Des larmes naquirent de nouveau dans ses yeux. Elle avait cru avoir tout pleuré, mais, apparemment, elle avait eu tort. Kendric n'avait pas toute sa tête, mais elle chérirait quand même ses paroles pour le restant de sa vie.

Elle s'endormit quelques secondes plus tard. Un sommeil profond et salvateur, le résultat d'un trop grand nombre d'heures d'inquiétude, de stress et de terreur à l'idée que l'un des deux ou les deux soient rattrapés et traînés par le col jusqu'en Thaïlande et emprisonnés.

* * *

Quelques heures plus tard, Bob ouvrit les yeux et tenta de comprendre l'endroit où il se trouvait. Il ne reconnaissait pas son environnement et se triturait la cervelle pour essayer de découvrir dans quel bordel il était plongé. Les seules choses qu'il reconnaissait bien, c'étaient la demoiselle dans ses bras –

son odeur, la sensation de son corps blotti contre lui – et, malheureusement, la douleur dans son dos.

— Vous êtes réveillé ? demanda une voix de femme.

Sursautant de surprise et retenant un gémissement dû à la douleur causée par le mouvement, Bob se tordit le cou pour regarder par-dessus son épaule. Une dame qu'il n'avait jamais vue se tenait derrière lui, passant une sorte de pommade sur ses blessures.

— Ouais, répondit sa voix rauque.

— Bien. Votre femme était inquiète. Je lui ai dit que vous iriez bien maintenant que vous recevez un traitement, mais elle n'en était pas convaincue.

Bob reposa la tête. Il se sentait extrêmement faible, mais, plus il restait éveillé, plus son esprit se clarifiait. La dernière chose dont il se souvenait, c'était l'arrivée dans la chambre que Willis avait trouvée pour lui et Marlowe afin d'attendre qu'il puisse leur trouver des pièces d'identité et un vol pour quitter le Cambodge.

Il pouvait dire que l'avion dans lequel ils étaient n'était clairement pas un vol commercial. La femme qui soignait ses blessures avait un accent germanique et quelques hommes étaient assis sur des sièges. Ils portaient des uniformes d'allure officielle... et il reconnut soudain l'endroit où il se trouvait.

— C'est l'un des avions royaux du Liechtenstein, dit-il. Je reconnais le drapeau sur l'arrière des sièges.

Ce n'était pas vraiment une question, mais la femme derrière lui répondit tout de même.

— Oui. Votre épouse a appelé vos amis. Le Prince Redmon a tout organisé pour qu'on vienne vous chercher. Nous sommes en route pour le Maine, où le prince et les autres sont certainement en train de vous attendre.

— Quoi ? Comment ? bégaya Bob.

— Je ne sais pas. J'ai été appelée de l'avion et briefée sur votre condition sur le chemin jusqu'au Cambodge. Vous devrez demander à votre épouse, lorsqu'elle se réveillera, ce qu'il s'est passé avant notre arrivée.

Bob ferma les yeux et resserra son étreinte autour de Marlowe. Son épouse. Il aimait tellement comment ça sonnait !

— Y a-t-il eu des problèmes pour nous faire sortir ?

La médecin s'en amusa.

— Aucun. Personne n'oserait ennuyer la famille royale. Vous aviez les documents appropriés – faux, bien entendu – et des passeports du Liechtenstein.

Bob avait la tête qui tournait. Cal avait, d'une façon ou d'une autre, trouvé des passeports de son pays pour lui et Marlowe ? Bordel, il avait plus d'influence que Bob ne le pensait. Il lui en devait une. Une énorme. Même s'il savait que Cal ne lui laisserait rien faire pour le remercier.

— Vous ne vouliez pas vous calmer avant qu'elle ne grimpe sur le brancard avec vous, lui dit la médecin. Dès qu'elle l'a fait, elle a simplement perdu conscience. Je ne pense pas qu'elle ait dormi du tout ces derniers temps. Vous devriez mieux prendre soin d'elle.

Bob prit cette réprimande à cœur. Il avait merdé. Sacrément. Il avait eu conscience que ses blessures étaient infectées et, pourtant, il avait caché ça à Marlowe parce qu'il n'avait pas voulu qu'elle s'inquiète. Il s'était dit qu'il aurait au moins le temps de revenir aux États-Unis avant d'avoir à s'inquiéter de recevoir des soins médicaux. Il avait de toute évidence eu tort. Dès qu'il les avait menés dans cette chambre, près de l'aéroport, ses gros ennuis avaient commencé.

Comment Marlowe avait-elle fait exactement pour qu'ils soient sauvés ? C'était un gros trou noir dans sa tête, et il détestait ça. Mais il n'allait pas réveiller Marlowe pour le lui demander. Elle était un poids mort contre lui et avait clairement besoin de dormir.

— Vous devriez lui faire passer des examens également. Elle est minuscule. Et elle n'a pas mangé. Je lui ai bien fait boire un peu d'eau, mais elle a besoin de beaucoup plus.

Bob acquiesça, puis inhala brusquement, la médecin examinant l'une de ses blessures dans le dos.

— Désolée, dit-elle, n'ayant pas particulièrement l'air de l'être. Ça a besoin d'être recousu, mais l'infection doit d'abord sortir. Je m'attelle à les drainer. Il y a des antidouleurs dans votre perfusion, mais, si vous avez besoin d'en avoir plus, dites-le-moi.

Ce qu'elle était en train de lui faire lui faisait un mal de chien, mais Bob ne réclama pas plus de narcotiques. La douleur résultait de sa stupidité. De plus, il avait vécu pire lorsqu'il avait été captif.

— Je vais bien, lui dit-il.

Une fois que la médecin en eut terminé avec son dos, elle tritura sa perfusion un moment, lui fit un signe de tête, puis fit le tour du brancard pour s'asseoir sur l'un des sièges à l'avant de l'avion, accordant à lui et à Marlowe un peu d'intimité. Avant de s'en aller, elle lui dit qu'ils avaient encore trois heures avant d'atterrir à Bangor. Il avait été inconscient pendant vraiment très longtemps.

À leur arrivée, Bob avait l'intuition qu'il aurait à répondre à beaucoup de gens… Il avait besoin d'être sûr que le frère de Marlowe savait qu'elle était sauve, il devrait appeler Willis pour le tenir informé et, surtout, il devrait discuter avec ses amis. Tenter d'expliquer sa vie secrète.

Il passa une main sur la tête de Marlowe et s'étonna de la voir remuer. Il déplaça sa main jusqu'à sa nuque et referma son étreinte, soutenant sa tête tandis qu'elle se penchait en arrière pour le regarder.

— Kendric ?

— Ouais, Punky, c'est moi.

Elle éclata immédiatement en sanglots, enfouissant sa tête contre son torse et versant toutes ses larmes sur lui.

Se disant que c'était le relâchement de la tension due à tout ce qui était arrivé pendant son inconscience, Bob fit de son mieux pour ne pas paniquer. Il se contenta de la serrer fort contre lui pendant qu'elle sanglotait.

Bientôt, elle se mit à renifler et se pencha une fois de plus vers l'arrière.

— Tu vas bien, dit-elle, et ce n'était pas une question.

— Je vais bien, lui assura-t-il tout de même.

— J'étais si inquiète.

— Je suis tellement désolé, commença-t-il à dire, mais elle secoua la tête.

— Ne sois désolé de rien.

Bob était soulagé que Marlowe n'ait pas essayé de se lever pour quitter ses bras. Il n'était pas certain d'être capable de la laisser partir. Elle avait l'air parfaitement bien là où elle était. Comme si elle avait été faite pour être dans ses bras.

Sans enthousiasme, il avait essayé de résister à ses sentiments pour cette femme, tandis qu'ils fuyaient la Thaïlande et voyageaient à travers le Cambodge, sachant que lui et Marlowe finiraient par se séparer. Mais sans connaître les détails de la façon dont il avait atterri dans cet avion, ses sentiments avaient encore changé. Ou plus honnêtement, ils s'étaient intensifiés.

Elle avait pris soin d'eux deux pendant qu'il était inconscient. Elle était parvenue à les faire sortir prudemment du Cambodge, et il était encore plus fier d'elle qu'il ne l'était avant, ce qui en disait vraiment beaucoup puisqu'il était déjà bouleversé par sa façon de réagir à absolument tout.

— Tu veux me raconter comment nous avons atterri dans un avion de la royauté du Liechtenstein pour le Maine ?

Et sa Marlowe, fidèle à elle-même, n'hésita pas. Elle lui raconta tout.

À quel point elle avait eu peur, qu'elle lui avait pris sa montre et l'avait échangée contre un appel téléphonique. Qu'elle avait appelé Jack's Lumber et parlé à ses amis et à April. Que la médecin et les officiers royaux s'étaient pointés et les avaient embarqués rapidement jusqu'à l'aéroport et dans un avion. Elle lui parla des faux passeports et du fait que la médecin avait insisté sur le fait qu'il allait s'en tirer.

Et elle admit qu'elle avait raconté à ses amis ce qu'il faisait dans leurs dos afin d'expliquer qui elle était et comment ils en étaient arrivés à cette situation délicate.

Elle n'oublia rien et, quand elle eut terminé d'expliquer, Bob ressentit un mélange de honte pour l'avoir laissé tomber si salement et d'immense fierté quant à la façon dont elle s'en était sortie.

— J'aurais dû te donner le numéro de Willis, dit-il doucement quand elle eut fini.

— Ouais, mais ce qui est fait est fait, répondit-elle avec un petit haussement d'épaules.

Sa capacité à pardonner était stupéfiante. L'échec de Bob aurait pu résulter par le fait qu'elle puisse être de nouveau jetée en prison.

— Kendric, arrête, le gronda-t-elle, lisant dans son esprit. Nous allons bien. Tu vas guérir et nous serons bientôt de retour à la maison. Bien que je *sois* furax contre toi à propos d'un truc.

Bob n'en était pas surpris. Il y avait un tas de raisons pour elle d'être furax envers lui.

— Ah ouais ? demanda-t-il.

— Tu aurais dû me dire que tu t'étais blessé en rampant sous cette clôture. Surtout après avoir été dans cette eau dégoûtante, dit-elle avec colère, se redressant sur un coude sur le brancard. C'était stupide. Et ce n'était pas quelque chose que j'aurais attendu d'un ancien opérateur de la Delta Force, continua-t-elle sur le ton de la réprimande.

— Mais c'est un truc qu'un homme ferait pour sa femme. Pour la femme dont il se soucie. Et ça n'a rien à voir avec le fait d'être plus fort ou d'être un homme, pas même un ancien soldat. Sur le moment, tout ce à quoi j'arrivais à penser, c'était d'essayer de te protéger. De faire tout et n'importe quoi pour te garder en sécurité.

Marlowe le regarda fixement un long moment avant de prendre une profonde inspiration.

— Je dois te dire quelque chose.

Bob se raidit. Que ne lui avait-elle pas encore dit ? Avait-elle été blessée pendant qu'elle leur cherchait de l'aide ?

— Quoi ?

— Je t'aime.

Il lui fallut un moment pour digérer ses paroles. Avant qu'il ne puisse dire quoi que ce soit, elle poursuivit.

— Je ne suis pas en train de te dire que j'essaie de te piéger dans quoi que ce soit. Mais ces dernières vingt-quatre heures... quand j'ai cru que tu pourrais mourir... c'était affreux. Et j'ai réalisé à quel point tu comptais pour moi. Si tu étais mort, je ne suis pas sûre que j'y aurais survécu. Alors, je devais te dire ce que je ressentais. Mais je n'attends pas de toi que tu fasses quelque chose à ce sujet. Ou dise quelque chose. Je veux juste que tu saches à quel point tu es incroyable. Et à quel point je me sens bien grâce à toi. C'est... C'est tout.

Le cœur de Bob donnait l'impression de grossir comme celui du Grinch à la fin du film. Il pensait déjà que cette femme était courageuse, mais, désormais, il savait sans en douter qu'elle était dix fois plus courageuse qu'il ne le serait jamais.

— C'est une bonne nouvelle que tu ressentes ça, puisque je ressens la même chose.

Elle le fixa un instant avant de cligner des yeux.

— Vraiment ? demanda-t-elle dans un murmure.

Bob fit le vœu de ne jamais laisser un jour se passer sans dire à cette femme à quel point il l'aimait.

— Oui, vraiment. Je t'aime, Marlowe Evans. Plus que je n'aurais pensé pouvoir aimer *quelqu'un*.

— Bonté divine.

Cela le fit sourire.

— C'est aussi une bonne nouvelle que nous soyons déjà mariés, car, si ce n'avait pas été le cas, j'aurais pu supplier mes amis de trouver un prêtre ou un célébrant, ou peu importe comment ça s'appelle, pour qu'il vienne à l'hôpital.

— Je ne suis toujours pas sûre que notre cérémonie ait été légale, dit-elle avec un petit sourire.

— J'ai un certificat de mariage dans ma poche qui dit le contraire. Enfin j'espère qu'il est toujours dans ma poche.

Marlowe confirma d'un signe de tête, et il se détendit.

— Nous aurons une autre cérémonie quand je sortirai de l'hôpital, juste pour que nous soyons sûrs. Mais notre anniversaire sera toujours ce jour où nous avons prononcé nos vœux, en Thaïlande.

Marlowe se baissa et retourna se lover contre son torse.

— Ça semble incroyable que quelqu'un chose de bien soit ressorti de ma visite en Thaïlande. Je veux dire, ce n'est pas un mauvais pays. Il est beau, en fait. Il y a tant d'histoires, et la plupart des gens sont si accueillants et généreux.

Bob prit une profonde inspiration. Sa Marlowe avait été horriblement mal traitée et, pourtant, elle avait encore la capacité de se montrer gentille et généreuse envers le peuple de Thaïlande.

— On peut envoyer de l'argent à cette femme ?

Il savait exactement de qui elle parlait. De celle qui avait insisté pour qu'ils soient mariés.

— Oui. J'en parlerai à Willis.

— Bien. Kendric ?

Il sourit. Il avait failli perdre ça. L'entendre dire son nom avant de poser une question. C'était l'une des petites choses parmi les millions qu'il aimait déjà chez elle.

— Ouais ?

— Ne me fais plus jamais peur comme ça. À partir de maintenant, si tu as la moindre écharde, je veux que tu me le dises. J'ai eu si peur.

Bob resserra son étreinte.

— Je le ferai. Je te le promets.

Elle hocha la tête. Plusieurs minutes passèrent, et il pensa qu'elle dormait à nouveau, mais alors elle dit :

— Je suis désolée d'avoir dû parler à tes amis de ton histoire de sauvetages de gens.

— Je ne le suis pas, la rassura-t-il. Il était temps. Je n'aimais pas leur mentir et, honnêtement, le frisson ressenti en faisant ces missions s'est officiellement estompé. J'aime aider les gens, mais j'en ai terminé avec le fait de mettre ma vie danger comme ça.

— Tant mieux. C'est ce que je leur ai dit. Je leur ai même dit que tu m'en avais parlé au Cambodge. Que tu verrais sans doute pour entrer dans une équipe de secours sur corde ou être volontaire dans une équipe de recherche et de sauvetage ou autre. Tu serais extraordinaire dans les deux. Pas que tu ne le sois pas dans ton entreprise de service d'arbres ou pour guider les randonneurs sur le sentier des Appalaches, j'en suis sûre.

— Je vois ce que tu veux dire. Et bien que j'aie hâte de voir ce que j'aurai comme possibilités pour le futur, j'ai de quoi occuper mon temps maintenant.

Elle leva les yeux vers lui.

— Ah oui ? Quoi ?

— Toi.

Il vit ses yeux se remplir de larmes avant qu'elle ne les referme.

— Enfin, si tu le souhaites. Je veux que tu emménages dans le Maine avec moi, Punky. Vis avec moi. Je t'apprendrai à cuisiner si tu veux ou je ferai tout le temps la cuisine. Tu vas adorer Carlise, et June, et April aussi. Nous te trouverons quelque chose à faire si tu veux travailler. Ou si tu veux continuer de voyager, je viendrai avec toi et te servirai de garde du corps ou autre.

Elle ouvrit les yeux à cet instant.

— Non ! lâcha-t-elle avant de prendre une grande inspiration. Je ne veux plus voyager. Je serais contente de rester à la maison.

— OK. Tout ce que je dis, c'est que peu importe ce que tu veux faire, nous le réaliserons.

— Je veux être avec *toi*, murmura-t-elle. Avoir une famille.

Le cœur de Bob fit une embardée.

— Oui, répondit-il avec ferveur.

Ils se sourirent l'un l'autre.

— Ton dos te fait mal ?

— Non, mentit-il.

Marlowe leva les yeux au ciel.

— Peu importe. On repassera pour confesser chaque écharde !

Bob fit un large sourire.

— Tu as encore l'air fatiguée. Il nous reste deux heures avant d'atterrir. Dors, Punky.

— Je ne suis plus fatiguée, dit-elle, mais un énorme bâillement démentit ses propos.

Bob ricana.

— Ouais, je vois.

— Okay, peut-être que je suis un peu fatiguée. Mais juste une heure. Je veux avoir le temps de paraître présentable pour ma rencontre avec tes amis.

— Tu es déjà présentable.

Elle leva une fois de plus les yeux vers le haut.

— Je suis une loque, dit-elle avec naturel. Mes cheveux se dressent probablement de partout, je pue, je suis sale. Je dois me nettoyer avant qu'on n'atterrisse. Je ne veux pas que tes amis pensent que tu es avec une créature sauvage de la jungle.

— Tu es *ma* créature sauvage de la jungle, dit Bob avec fierté. Et je t'aime exactement comme tu es.

Elle parut fondre dans ses bras.

— Je t'aime aussi, dit-elle timidement.

Bob posa la main à l'arrière de son crâne et lui embrassa doucement le front.

— Dors, Punky. Je te tiens.

— Je le sais, répondit-elle avant de tomber promptement dans un profond sommeil.

Bob la tenait fermement. Rester allongé sur le côté n'était pas confortable pour lui, mais il ne bougea pas d'un seul pouce.

Cette femme leur avait littéralement sauvé la vie... et elle l'aimait. Deux choses qu'il n'aurait pas crues possibles quand il l'avait rencontrée deux semaines auparavant. Aujourd'hui, elle était d'accord pour emménager à Newton avec lui. Pour avoir une famille. Il ne pouvait pas être plus content qu'il ne l'était en cet instant.

CHAPITRE ONZE

Marlowe se réveilla *groggy* et confuse. Elle ouvrit les yeux et vit qu'elle était toujours sur le brancard avec Kendric, mais qu'on les faisait rouler jusqu'à un énorme bâtiment, qui ne pouvait qu'être l'hôpital de Bangor.

— Hé... nous... *quoi* ? Kendric, tu ne m'as pas réveillée, le gronda-t-elle.

Il ricana.

— J'ai essayé. Tu m'as donné une tape et m'as demandé de t'accorder encore dix minutes, lui dit-il.

— C'est faux ! répondit Marlowe, horrifiée.

— D'accord, c'est faux. Mais tu dormais si profondément que je n'ai pas eu le cœur de te réveiller. Tu as dormi pendant le transfert dans l'ambulance et l'arrivée ici.

Marlowe tourna la tête vers la gauche, puis vers la droite, et elle vit trois hommes marchant le long du brancard, les portes automatiques s'ouvrant devant eux.

— Oh merde, dit-elle entre ses dents, portant une main à ses cheveux pour essayer de les lisser un peu.

Mais Kendric lui attrapa la main et la porta à ses lèvres.

— Tu es très bien.

Marlowe secoua la tête. Non, elle ne l'était pas. Elle avait vu son reflet dans le miroir de la petite salle de bains de l'avion, avant de se glisser dans les bras de Kendric. Elle était une loque. Elle aurait *vraiment* voulu au moins essayer de se nettoyer avant de rencontrer ses amis. Mais il était trop tard maintenant.

Elle releva le menton. Elle devait tirer parti du meilleur de la situation. C'était ainsi.

Avec Kendric, ils furent descendus le long d'un hall, puis dans une chambre. Les trois hommes s'y précipitèrent également. Marlowe remua dans les bras de Kendric, et il la pressa contre lui pendant un moment, comme s'il n'avait pas l'intention de la laisser partir, avant de se pencher en avant pour lui embrasser le front, finissant par desserrer son étreinte.

Elle balança les jambes hors du brancard et bondit au sol, et elle serait tombée directement la tête la première si l'un des hommes ne l'avait pas rattrapée par le bras.

— Tout doux, dit-il.

— Marlowe ? demanda Kendric, inquiet.

— Je vais bien. Juste la tête qui tourne un peu parce que je me suis levée trop vite, le rassura-t-elle, avant de se tourner vers ses amis et de tendre une main vers l'homme qui la tenait toujours fermement par le coude.

— Salut. Je suis Marlowe.

L'homme fit un large sourire.

— Chappy.

— Et moi, c'est JJ, dit un autre gars.

Marlowe lui serra la main, puis se tourna vers le dernier homme. Elle n'avait pas pensé à ce qu'elle dirait en se retrouvant face à face avec Cal. Maintenant, submergée par l'émotion, elle ne put s'empêcher de se jeter dans ses bras pour l'étreindre fermement.

L'homme s'en amusa et répondit à son câlin.

— Merci, murmura-t-elle. Un si grand merci.

— C'était ma réplique, lui répondit-il avec calme. Tu ignores à quel point compte pour moi ce mec sur ce brancard. Ce qu'il a fait pour moi. Vous faire sortir du Cambodge tous les deux et vous faire revenir chez vous n'étaient qu'une petite partie de ce que je lui dois.

— Mais la ferme ! réagit un Kendric irrité derrière elle.

Elle sourit à Cal, l'homme la libérant alors que Kendric continuait :

— Tu ne me dois que dalle, et tu le sais. Je dirais que c'est moi qui *te* dois quelque chose désormais.

— On pourra débattre sur qui doit à qui plus tard, les interrompit JJ. Je veux qu'un médecin jette un œil à tes blessures. Voir la prochaine étape pour être sûr que tu es guéri, afin qu'on puisse te remettre au boulot. Pendant que tu t'occupais de ta *tante malade*, nous, on prenait la relève. Il y a eu une énorme tempête pendant ton absence et nous avons été débordés.

Marlowe pouvait en juger à son expression que JJ blaguait, mais elle se sentait tout de même coupable.

— À propos de ça, commença Kendric, je...

JJ leva la main.

— Pas maintenant. Nous en parlerons plus tard, quand tu seras guéri et à la maison. Pour le moment, sache juste que nous ne t'en voulons pas. Aucun de nous. Pigé ?

Kendric hocha la tête, et Marlowe était si soulagée qu'elle se sentait flotter.

Un homme en blouse blanche entra ensuite dans la pièce et se présenta comme le docteur Galloway. Il salua Kendric, et il parut absolument concentré lorsqu'il lui demanda de se tourner sur le ventre afin de voir ce à quoi il avait affaire.

— Chappy, pourrais-tu emmener Marlowe s'il te plaît... ailleurs ?

— Quoi ? Pourquoi ? protesta cette dernière.

— Parce qu'il ne veut pas que tu voies ce qui va arriver ensuite, répondit Chappy, posant une main dans le bas de son dos. Ça va faire mal, et il va vouloir gémir, et se plaindre, et pleurer comme une petite fille, et il ne pourra pas le faire si tu es là.

Kendric leva les yeux au ciel et secoua la tête, exaspéré, à l'attention de son ami.

Mais comme il ne le contredit pas, Marlowe supposa qu'il y avait au moins un fond de vérité à ce qu'avait dit Chappy. Elle voulait rester avec lui, mais ne se sentait pas non plus certaine de pouvoir regarder de nouveau son dos. Elle se sentait suffisamment nauséeuse comme ça.

— Je vais l'emmener en bas, à la cafétéria, et lui trouver un truc à manger, dit Chappy.

— Et peut-être trouver un endroit où elle pourra prendre une douche et changer de vêtements ? demanda Kendric.

— Oui, aussi.

Marlowe marcha vers Kendric et se pencha au-dessus du brancard. Le docteur attendait derrière lui avec impatience, mais elle s'en fichait. Ça lui faisait bizarre de lui dire qu'elle l'aimait devant tous les étrangers dans la pièce, alors elle l'embrassa simplement doucement sur les lèvres.

— Dès que tu seras dans une chambre, j'y serai.

— Pas de chambre, dit-il fermement. Je veux rentrer.

Marlowe fronça les sourcils. Elle se redressa et dit d'un ton sévère :

— Tu feras ce que le médecin te dira de faire. Et si cela veut dire rester ici pendant un mois, ce sera le plan.

Tous les mecs ricanèrent, même Kendric.

— En général, je ferais ce que tu voudrais, Punky, mais pas cette fois. Je veux rentrer à la maison.

Tandis que Marlowe était prête à débattre davantage avec lui, il y mit fin avant qu'elle ne puisse prononcer un autre mot.

— De plus, tu seras là pour t'assurer que je ne ferai rien de stupide, n'est-ce pas ?

Elle se sentit toute mièvre à l'intérieur.

— Ouais, murmura-t-elle.

— Très bien. Alors, va avec Chappy. Mange. Prends une douche. Change-toi. Quand tu auras fini, le docteur aura terminé de me torturer, et nous pourrons rentrer à la maison.

— OK, dit-elle docilement.

— OK, répéta-t-il avant de regarder Chappy et de lui faire un signe de tête.

Marlowe sentit la main de Chappy sur son coude, et elle se laissa faire pour sortir de la pièce. Ça lui semblait mal de laisser Kendric, mais il était entre de bonnes mains. Peu de chance que quelqu'un débarque dans la pièce et l'emmène dans la sombre cellule d'une prison quelque part. Ils étaient tous les deux saufs... et ça lui semblait incroyable.

* * *

— Parle-moi, ordonna Bob à JJ.

Il était étendu sur le ventre, le docteur lui nettoyant et recousant ses blessures. La forte dose d'antibiotiques qu'il avait reçue sur le chemin du Maine faisait déjà vraiment rapidement effet. Bien qu'il ait bel et bien une infection, le médecin pensait que tout irait bien pour recoudre le pire de ses entailles.

Marlowe avait raison : le docteur ne voulait pas renvoyer Bob chez lui, mais il ne céderait pas. Il aurait Marlowe avec lui, et il ne doutait pas qu'elle voudrait et ferait tout ce que le docteur ordonnerait de faire. À la moindre indication prouvant que quelque chose n'allait pas, ou s'il ne guérissait pas aussi vite qu'elle l'estimait, elle ramènerait ses fesses directement au cabinet du médecin.

Avoir quelqu'un pour s'occuper de lui – non, avoir sa *femme*, qui l'aimait, pour veiller et s'inquiéter pour lui –, c'était un sentiment incroyable. Pendant qu'il guérissait de ses plaies, après avoir été retenu captif, il n'avait eu personne, autre que ses amis qui avaient eu également leurs propres blessures. Il avait été tout seul et il s'en était complètement moqué. Aujourd'hui, conscient de tout ce qu'il avait raté, il en devenait anxieux d'absorber chaque once d'amour et d'inquiétude venant de Marlowe.

Bien que le docteur lui ait donné un anesthésiant local, Bob pouvait sentir les pincements et les piqûres pendant que l'homme s'occupait de son dos. Il lui fallait une distraction, et parler avec JJ et Cal ferait bien l'affaire.

— Dites-moi à quel point vous êtes furieux, les gars. Dites-moi ce qu'a dit Marlowe quand elle a appelé. Racontez-moi comment j'ai fait pour me trouver dans ce bordel-là.

— Je ne suis pas furieux, dit JJ. Je ne le suis pas, insista-t-il quand Bob le regarda d'un air sceptique. Je suis plus vexé qu'autre chose. Tu aurais dû nous le dire. Tu aurais dû *me* le dire. J'aurais compris.

Bob secoua la tête.

— Je ne suis pas sûr que, *moi*, je comprenais, avoua-t-il à son meilleur ami. Ça m'allait parfaitement d'emménager ici et de monter une affaire. Ça me va encore. Mais au bout de quelques mois, je me suis senti agité. J'avais la bougeotte. J'avais besoin de plus.

— Quoi de plus ?

— D'excitation. De la montée d'adrénaline que je ressentais

quand nous étions en mission. Au début, c'était génial. Je partais, je faisais ce que je devais faire, je revenais en moins d'une semaine. J'étais bien payé, vous, les gars, vous restiez à l'abri dans le Maine et j'aidais les autres. Mais aujourd'hui...

La voix de Bob s'éteignit.

— Aujourd'hui ?

— Les choses se sont déroulées davantage bien que mal sur cette mission... au moins, jusqu'ici. Le plan de Willis pour s'introduire dans la prison a fonctionné, même si c'était dingue. Marlowe est sortie, je l'ai retrouvée et nous avons traversé le pays. Mais chaque jour qui passait, je passais plus de temps avec Marlowe... et quelque chose a changé.

— Tu l'aimes, intervint Cal pour la première fois.

— Ouais. L'amour semble en fait être un mot si insipide pour ce que je ressens pour elle. Elle est forte. Et courageuse. Et résistante. Elle faisait comme je lui demandais sans se plaindre, même pas une fois, bien qu'elle ait été soumise à un stress énorme et ait eu tous les droits de le faire. Quand cette femme en Thaïlande a suggéré de nous marier, j'ai laissé Marlowe croire qu'elle me persuadait de le faire, mais en vérité ? Je n'ai pas même hésité.

— C'est une sacrée bonne chose que vous le soyez, dit Cal. Cela aurait été presque impossible de convaincre mes relations de la faire sortir, étant donné le fait qu'elle est recherchée, sans être liée légalement à toi.

— Encore merci pour ça, dit Bob avec émotion.

— De rien. Et si tu me remercies encore, je vais me mettre en colère.

Bob fit un grand sourire à son ami.

Cal leva les yeux au ciel.

— *Shite*. Maintenant tu vas me remercier chaque foutue journée rien que pour m'emmerder, c'est ça ?

— Probablement, dit Bob en reportant son regard vers JJ. Parle-moi maintenant de Willis. Et d'Ian West. Et de son frère.

— Qu'est-ce qu'il y a avec eux ?

— Ne fais pas ça. Je sais que, dès que tu as entendu Marlowe prononcer ces noms, tu étais déjà dessus. Tu as disposé d'une journée et demie pour faire des recherches sur eux. Dis-moi ce que tu as trouvé.

JJ soupira.

— Très bien. J'ai retrouvé Willis. Il était soulagé de savoir que vous alliez bien tous les deux. En n'ayant pas eu de tes nouvelles concernant le plan pour prendre un avion, il a commencé à s'inquiéter.

— Ouais, j'ai merdé et n'ai donné aucune de ces infos à Marlowe. Je ne pensais pas qu'elle en aurait besoin.

— Mais tu lui as fait mémoriser le numéro de Jack's Lumber, dit JJ.

— Si quoi que ce soit arrivait, je savais que vous prendriez soin d'elle, les gars. Et vous l'avez fait.

— Bien sûr qu'on l'a fait, trouduc, dit Cal.

Tous les hommes ricanèrent.

— Bon. Et son frère ?

— Il est au courant qu'elle a pris un vol pour ici. Je suppose qu'il va faire le voyage jusqu'au Maine tôt ou tard, répondit JJ.

Bob n'en fut pas surpris. Il était ravi, en fait. Si Tony n'avait pas contacté Willis, il n'aurait jamais rencontré Marlowe, et elle serait toujours en train de moisir dans cette prison de Bangkok.

— Et Ian West ?

— Ce cas-là est un peu plus épineux, minimisa JJ.

Bob se tint prêt, son ami continuant son explication.

— Il est retourné chez lui, à Boston, il y a presque six semaines.

— Vraiment ? demanda Bob, surpris.

Il s'était dit que cet homme voudrait sans doute revenir aux

États-Unis pour refourguer les pièces, mais, s'il était revenu des semaines auparavant, cela voulait dire qu'il n'avait même pas respecté son mois obligatoire sur le site de fouilles. Au lieu de ça, il était parti peu de temps après l'arrestation de Marlowe.

— Ouaip. Apparemment, il avait une urgence familiale et a dû quitter la Thaïlande.

— Ouais, OK. Urgence familiale, mon cul. Il voulait revenir ici pour vendre ces foutues pièces qu'il a volées sur le site, dit Bob, furax.

— J'ai demandé à Tex de vérifier comment il avait prévu de les refourguer. Ce n'est pas comme s'il pouvait passer une annonce sur les réseaux sociaux ou dans un journal, dit JJ.

— Et nous n'allons pas faire les imbéciles cette fois. Nous avons lambiné dans le cas de June. Nous étions trop confiants. Ça n'arrivera plus, dit fermement Cal.

Bob hocha la tête. Ils avaient vraiment raté leur coup dans le cas de June, avec sa belle-mère et sa demi-sœur. Ils avaient bien deviné que le « harceleur » de la demi-sœur était une ruse, qu'elle et sa mère auraient fait n'importe quoi pour attirer l'attention de Cal, et son argent. Mais ils ne s'étaient pas attendus à ce qu'elles aillent aussi loin et qu'elles engagent quelqu'un pour tuer June. Personne ne referait plus jamais cette erreur, pas même Tex.

— Alors, qu'a-t-il trouvé ?

— Rien encore, mais il ratisse le Dark Web à la recherche de la moindre mention de pièces anciennes à vendre. Il a promis de nous contacter bientôt. Il veut se faire pardonner pour ce qui est arrivé à June, même si on n'arrête pas de lui dire que ce n'était pas de sa faute, dit JJ.

— Si West découvre que Marlowe n'est plus dans cette prison en Thaïlande, il pourrait paniquer. Faire un truc stupide, comme contacter les autorités. Techniquement, Marlowe est toujours une fugitive, dit Bob, exprimant à haute voix l'inquiétude qui avait trituré son cerveau pendant des jours, depuis ce moment où ils avaient réussi à entrer au Cambodge et que leurs chances de retourner aux États-Unis avaient augmenté de façon exponentielle.

— On le sait. On ne laissera pas ta femme hors de notre vue, lui dit fermement Cal. Elle sera soit avec toi, soit avec l'un d'entre nous pendant qu'elle rendra visite à l'une de nos femmes. Ou elle pourra traîner au bureau avec April. Personne ne touchera à un cheveu de sa tête. Hors de question.

Bob se détendit légèrement en entendant la déclaration de son ami. Cal, plus que quiconque, savait ce que ça faisait de voir quelqu'un qu'on aimait nous être retiré juste sous le nez.

— Elle a besoin de savoir ce qu'il se passe, toutefois, avertit JJ. Pour être sûr qu'elle a conscience de son environnement à tout moment.

Le malaise se répandit en Bob. Pas parce qu'il voulait garder des choses secrètes vis-à-vis de Marlowe, mais parce qu'il n'était pas certain de sa réaction. Il avait le sentiment qu'elle ne serait pas intimidée par son précédent collègue, qu'elle voudrait l'arrêter. S'assurer qu'il n'avait pas tiré profit des objets anciens et inestimables qu'elle l'avait surpris à voler.

— Je lui parlerai une fois que nous serons rentrés, dit Bob à ses amis.

— Elle aura besoin d'affaires. Elle vit près de chez son frère ? Va-t-il les lui rapporter ? demanda JJ.

Bob haussa les épaules.

— Je l'ignore. Elle partait si souvent pour des fouilles, allant d'un pays à l'autre, qu'elle n'a actuellement pas d'appartement aux États-Unis, juste un garde-meuble contenant la plupart de ses affaires.

— Je vérifierai ça, dit JJ. Pendant ce temps, April lui apportera son aide.

— June aussi, s'accorda immédiatement Cal. Et tu sais que Carlise voudra être au cœur de l'action.

— Attends-toi à avoir des visiteuses bientôt, frangin, dit JJ avec un sourire malicieux. April et les autres n'étaient pas ravies d'être laissées à la traîne à Newton. Elles voulaient venir avec nous à Bangor. Mais nous avons pensé que ce serait bien de ne pas vous submerger, toi et Marlowe, d'entrée de jeu.

— Merci, dit Bob.

Mais au fond de lui, ça ne l'aurait pas ennuyé que les femmes soient venues. Il voulait que Marlowe rejoigne pleinement sa vie et ses amis, dès que possible. Il voulait qu'elle apprenne à connaître Carlise, June et April. Parce qu'il ne doutait pas qu'elles allaient toutes bien s'entendre, sans accroc. Puis, il pensa à autre chose.

— J'ai besoin d'une faveur.

— N'importe quoi.

— Dis-nous.

Et voilà pourquoi il aimait tant ces mecs-là.

— Marlowe ne sait pas cuisiner. Je ne la dénigre pas, c'est juste un fait. Elle vous le dira d'elle-même. Et je ne sais pas trop si je voudrais souvent rester debout ces prochains jours. Vous pourriez vous arranger pour faire livrer des repas ? N'en faites pas trop, les avertit-il. Mais Marlowe a besoin de revenir au poids qu'elle a perdu en prison, et je ne suis pas certain que les ramens, les spaghetti et les nuggets de poulet soient le mieux pour elle au début.

Ses amis se mirent à rire.

— C'est comme si c'était fait. On s'assurera que vous aurez des repas sains jusqu'à ce que vous soyez remis sur pieds, les amis, dit JJ.

— J'apprécie. Une dernière chose, dit Bob. Pour info... ces pilules n'étaient pas à elle. Ian lui a tendu un piège.

Cal eut l'air furieux et JJ se pinça les lèvres, qui formèrent une ligne très fine.

— Je peine à croire que tu aies ne serait-ce que ressenti le besoin de dire ça, dit Cal en secouant la tête. Nous savons que tu n'aurais pas du tout accepté ce job si tu l'avais pensée coupable de ces accusations. On te connaît, Bob. Tu as peut-être été un connard en faisant les choses dans notre dos, à nous mentir à propos de ta tante malade et à prétendre que tu étais heureux alors que tu ne l'étais pas, mais tu n'es pas le genre de personne qui prend des risques pour une menteuse ou une trafiquante de drogue.

Même si ses mots avaient été durs, Bob soupira, soulagé.

— Merci, Cal.

— Ouais, si tu veux. Arrête de me remercier, dit-il, se tournant vers la porte. Je vais appeler June pour qu'elle arrête de s'inquiéter.

Une fois qu'il fut parti, Bob se tourna vers JJ. Cal semblait certain que Marlowe ne vendait pas de drogue... mais JJ n'avait pas dit un mot.

— Alors ? Est-ce que, toi, tu crois qu'elle n'est pas impliquée ?

— Évidemment. Tout ce que j'ai eu à faire, ça a été de jeter un œil à la façon dont elle s'accrochait à toi sur ce brancard pour savoir qu'elle était innocente.

Bob inclina la tête, observant attentivement son ami.

— Ah ouais ? s'interrogea-t-il légèrement.

— Ouais, lui confirma JJ. Comme Cal l'a dit, on te connaît, Bob. Tu ne l'aurais pas épousée, n'aurais pas risqué notre amitié, ta putain de vie si tu n'avais été complètement sûr qu'elle n'avait rien fait de ce dont elle était accusée. Et la façon dont, toi, tu t'accrochais à elle m'indique tout ce que j'avais besoin de savoir d'autre. Tu l'aimes, et c'est tout ce qui importe pour moi.

La gorge de Bob se serra. Il ne méritait pas des amis aussi loyaux.

— Je n'ai pas compris Chappy ni Cal. Je n'ai pas pigé comment ils ont pu tomber si raides amoureux de leurs femmes en un temps si court. Mais dès le moment où j'ai posé les yeux sur Marlowe, je l'ai eue dans la peau. Plus je me trouvais avec elle, plus bas je tombais. Quand cette femme thaïlandaise a dit que nous devions nous marier avant qu'elle ne nous autorise à rester chez elle... Secrètement, j'étais ravi. *Excité*. Elle est tout pour moi, JJ. Et je déteste le fait que cet homme qui l'a mise en prison soit encore dehors. À vivre libre, sans conséquences.

— Il paiera pour ce qu'il a fait, dit fermement JJ. On s'en assurera.

Bob inspira brutalement et ravala un grognement quand le docteur examina profondément l'une de ses blessures.

— Désolé, dit le docteur Galloway. La médecin du Liechtenstein a fait un bon boulot en nettoyant ces blessures, mais je veux juste m'assurer que l'infection se termine avant de refermer ce dernier horrible petit bout.

— Je vais aller voir Marlowe et Chappy. Et donner des nouvelles à April. Tu as besoin de quelque chose ? demanda JJ.

Bob voulait lui dire que oui, il avait besoin de Marlowe... mais il secoua simplement la tête.

— Ne m'oublie pas, je veux rentrer à la maison aujourd'hui, l'avertit-il. Ne joue pas avec moi à ce sujet, JJ. S'il te plaît.

— Je t'ai entendu. On te ramènera à la maison, ne t'inquiète pas.

— Merci.

— Je suis content que tu ailles bien, dit JJ, posant brièvement la main sur l'épaule de Bob. J'admets que, quand Marlowe nous as dit où elle était, où, toi, tu étais, j'ai été sous le choc. Mais immédiatement, mon cerveau s'est focalisé sur la façon dont il fallait te ramener à la maison. Tu es mon frère, Bob, et pour emprunter un dicton à la Marine, un frère ne laisse pas tomber un frère. Je repasserai te voir plus tard et m'assurerai que le bulletin de sortie est en cours.

Et là-dessus, l'un de ses trois meilleurs amis au monde quitta la pièce.

Bob baissa la tête et posa la joue sur la main ; le docteur finissait de nettoyer et recoudre son dos. Il l'avait échappé belle. Il le savait mieux que la plupart des gens. Ce n'était que grâce à Marlowe et à ses amis qu'il était rentré et en voie de guérison.

Certaines personnes verraient sa femme et la considéreraient comme trop faible. À cause de sa taille, parce que c'était une femme, mais lui savait mieux que personne. Elle était plus forte que ceux qu'il connaissait. Et il passerait le restant de sa vie à s'assurer qu'elle savait à quel point elle était compétente. Qu'elle se sache aimée entièrement.

Il se fit également la promesse de s'assurer que Ian West paie pour ce qu'il avait fait. Pour avoir piégé la femme de Bob et la faire jeter en prison pour ce qui aurait été le restant de sa vie. Tant que l'homme ne souffrait pas des conséquences de ses actes, il était possible qu'il recommence. Qu'il subtilise l'héritage d'un pays juste sous son nez et, s'il était pris sur le fait, qu'il jette un autre innocent, homme ou femme, sous un bus.

Eh bien, ça n'arriverait pas tant que Bob sera en vie. Ian West regretterait le jour où il avait fait du mal à Marlowe. Point.

✳ ✳ ✳

Marlowe avait l'impression d'être une personne complètement différente après la longue douche chaude qu'elle avait prise à l'hôpital. Chappy avait patiemment fait le garde pendant qu'elle avait frotté chaque centimètre de son corps trois fois et lavé ses cheveux deux fois.

Puis, il l'avait menée à la cafétéria et ne l'avait pas laissée jusqu'à ce qu'elle ait entièrement fini l'assiette de nourriture qu'il lui avait offerte. Il l'avait ensuite emmenée à la boutique de cadeaux, était resté les bras croisés, ne bougeant plus, une fois encore, avant qu'elle n'ait choisi un T-shirt, des chaussettes et une paire de pantoufles ridicules et confortables pour elle et une chemise pour Kendric. Il avait aisément grappillé un pantalon pour elle, et elle dut admettre qu'elle se sentit nettement mieux au moment où ils retrouvèrent Kendric.

Le médecin l'avait libéré, avec un air soucieux et un bulletin de sortie de deux pages, lequel Marlowe promit de suivre à la lettre. Et la route jusqu'à Newton dans le SUV chic de Cal lui ouvrit les yeux ; elle ne s'était jamais assise sur un siège de voiture aussi confortable, ni n'avait jamais senti un cuir aussi doux.

Quand ils arrivèrent à l'appartement de Kendric, il était évident qu'il se sentait vraiment mal. Marlowe n'avait absolument aucune idée de l'heure qu'il était, autrement que c'était la nuit, car il faisait noir dehors. Son horloge interne était complètement décalée par tous les voyages internationaux et le sommeil qu'elle avait eu pendant son trajet jusqu'au Maine.

JJ, Chappy et Cal aidèrent Kendric à grimper dans son appartement, puis dans son lit. JJ dit quelque chose quant au fait de revenir dans la matinée avec de la nourriture, mais Marlowe l'entendit à peine, davantage concernée par l'envie de s'assurer que Kendric était bien installé.

Ce ne fut pas avant que tout le monde soit parti et qu'il ne reste qu'elle et Kendric dans sa chambre qu'elle prit un moment pour réfléchir à tout ce qui était arrivé.

— Punky ? Viens là, dit-il en tendant une main.

Il était sur le ventre dans son énorme lit, ne portant qu'un boxer. Des pansements recouvraient les blessures de son dos.

Elle marcha jusqu'au lit et s'assit à côté de lui.

— Tu vas bien ? demanda-t-il.

Marlowe cligna des yeux, surprise.

— Oui, pourquoi ? C'est moi qui devrais te demander ça.

— Car tu as traversé pas mal de choses récemment. J'ai l'impression que tu n'as pas eu ton mot à dire quant à tout ce qui t'est arrivé depuis très longtemps. Et je ne veux pas que tu penses que tu es coincée ici. Ou que tu n'as pas d'autres choix. Mon portable devrait être quelque part non loin, je ne le prends jamais quand je pars en mission. Il a probablement besoin d'être rechargé, mais tu peux appeler ton frère et lui demander de venir te chercher à tout moment. Je crois qu'il prévoit déjà de venir te rendre visite, mais tu peux accélérer les choses si tu le veux.

— Tu penses que je veux partir ?

— Tu le veux ? répliqua Kendric.

Pour la première fois, Marlowe se sentit mal à l'aise. Était-ce sa façon à lui de lui demander de partir sans avoir à être honnête et à le lui dire ? Regrettait-il de lui avoir dit qu'il l'aimait ? Était-il simplement reconnaissant pour son aide, mais que, aujourd'hui, de retour auprès de ses amis et en sécurité chez lui, dans un environnement familier, il avait changé d'avis ?

— Merde. Je n'aime pas cette hésitation, marmonna-t-il.

Il se mit sur un coude et ne dissimula pas vraiment la grimace de douleur que le mouvement causa.

— Pour info, je te veux ici. Avec moi. Dans mon lit. En tant qu'épouse. Je t'aime, Marlowe. Tellement que ça me fait peur. Je ne veux pas que tu partes, mais je ne te forcerai jamais à faire ce que tu ne voudrais pas faire. Si tu veux partir et rester avec ton frère pendant un temps, prendre tes marques, je ne t'en empêcherai pas.

— Je ne veux pas partir, répondit-elle rapidement, soulagée au-delà de ce qu'elle pourrait exprimer avec des mots. Je t'aime aussi, Kendric. Je crois que je t'aime depuis que tu es apparu de nulle part pour la première fois, quand je suis sortie de cette prison.

— Tant mieux. Une dernière chose dans ce cas, avant qu'on ne dorme un peu.

— Oui ? demanda-t-elle comme il ne poursuivit pas.

— J'ai besoin que tu retrouves notre certificat de mariage et que tu l'accroches au mur, là où est sa place.

Marlowe fit un large sourire, des papillons flottant dans son ventre. Elle se leva immédiatement et partit dans l'autre pièce, où Cal avait laissé le sac contenant leurs vêtements. Kendric avait aussi reçu un pantalon d'hôpital propre à porter chez lui. Le T-shirt qu'il avait mis au Cambodge avait été jeté avant qu'ils ne montent dans l'avion, mais le pantalon était dans le sac. Elle atteignit la poche arrière et en sortit la feuille de papier pliée et abîmée. Elle la déplia tout en revenant dans la chambre, où Kendric l'attendait.

Il l'observait faire de son mieux pour lisser les plis et regarder autour d'elle, à la recherche d'un moyen de l'accrocher au mur.

— Il y a un bol de punaises sur ma commode, dit Kendric.

Marlowe rit.

— Dois-je oser demander pourquoi ?

— Non.

Elle gloussa à nouveau. Elle se fichait vraiment de la raison pour laquelle son époux avait un bol de punaises dans sa chambre à coucher. Elle en prit une rouge, puis elle désigna une zone vide au-dessus de la tête de lit.

— Là ?

— Parfait.

Elle n'y réfléchit pas à deux fois avant de faire un petit trou dans le papier. Plus tard, elle le ferait encadrer et le trou n'ajouterait qu'un peu plus de charme au document déjà abîmé.

— Parfait, dit Kendric. Maintenant, viens au lit.

Il tendait une main et Marlowe n'hésita que pendant une seconde avant d'attraper l'ourlet du T-shirt qu'elle portait. Il exposait une silhouette de Bigfoot avec une montagne à côté de lui, ainsi que le mot MAINE écrit en dessous dans de grosses lettres majuscules. Ça l'avait fait sourire quand elle l'avait vu dans la boutique de cadeaux, et elle n'avait pas pu résister.

Elle le laissa tomber au sol et repoussa son pantalon d'hôpital sur ses hanches. Elle ne portait pas de soutien-gorge. Elle s'était débarrassée de celui de la prison quand ils étaient encore au Cambodge, et elle n'en avait pas vraiment de besoin de toute manière. Quand elle grimpa sous les couvertures à côté de son mari, elle se tourna immédiatement vers lui et se blottit dans ses bras. Ils soupirèrent tous deux de contentement.

— Je crois que je ne pourrais plus dormir sans toi, murmura-t-il dans ses cheveux. Avant de te rencontrer, je n'arrivais pas à me souvenir de la dernière fois que je ne me suis pas réveillé d'un cauchemar. C'est un miracle. *Tu es* mon miracle.

Marlowe n'évoqua pas le moment où il avait hurlé son nom, dans l'avion ni dans la grange du fermier au Cambodge. Elle n'aimait pas se souvenir du désespoir qu'elle avait entendu dans sa voix. Si cela l'aidait à dormir, elle passerait chaque nuit pour le restant de ses jours là où elle était.

— Bienvenue à la maison, Punky, dit-il doucement.

Elle soupira, contente. Elle *était* à la maison. Pour la majeure partie de sa vie d'adulte, elle avait eu l'impression d'être comme une graine de pissenlit, soufflée par le vent. Sans avoir d'endroit où s'installer, toujours à suivre le mouvement d'un boulot à l'autre. Mais être dans le Maine, avec Kendric… c'était comme si elle était enfin là où elle était destinée à se trouver.

Elle sentit les lèvres de Kendric sur sa tempe et sourit, se lovant davantage contre lui. Sentir sa peau nue contre la sienne était divin. Cela lui rappela leur moment dans cette grange au Cambodge. Lui fit se rappeler ce qu'elle avait ressenti quand il avait été en elle. De la façon dont il l'avait fait jouir.

Elle voulait revivre ça. Mais pour le moment, elle se réjouissait du sentiment de se sentir à l'abri. Et aimée.

CHAPITRE DOUZE

Bob se sentait presque comme l'ancien lui. Ces deux dernières semaines, il les avait passées à apprendre à connaître Marlowe sans la pression et le stress d'être des fugitifs en fuite. Ils avaient traîné au lit, avaient regardé la télé, avaient rendu visite à leurs amis et avaient passé trois jours avec son frère qui s'était pointé le lendemain de leur arrivée à Newton.

Il était évident qu'ils étaient très proches tous les deux. Ils avaient entendu la version de Tony, à quel point il avait été terrifié quand il avait appris l'emprisonnement de Marlowe et qu'il avait fait tout ce qui était légalement possible pour la faire sortir. Comme ça n'avait pas marché, il s'était tourné vers Grégory Willis. Apparemment, l'agent du FBI avait deviné l'avantage que représentait Tony, à lui devoir une faveur à l'avenir. Et comme par hasard, Willis avait aussi eu un ami incarcéré par le passé pour des raisons politiques à Pékin, et il avait fallu deux ans de négociation pour le faire rentrer chez lui. Il s'avérait qu'il était particulièrement sensible aux gens enfermés à l'étranger pour une chose qu'ils n'avaient pas commise.

La réunion entre Tony et Marlowe était pleine d'émotion, et

tous ceux qui en avaient été témoins – basiquement tous les amis de Bob qui leur rendaient également visite à ce moment-là – en avaient été complètement émus.

L'atmosphère avait légèrement changé quand Tony avait découvert que Marlowe et Bob s'étaient mariés là-bas.

D'abord, l'homme n'en avait pas été ravi, supposant que Bob avait tiré avantage de la situation désespérée de sa sœur. Bob était parvenu à prendre quelques minutes pour s'asseoir avec lui dans un endroit privé et pour lui assurer qu'il ne ferait jamais de mal à sa sœur, d'aucune façon. Que Marlowe était son absolue priorité. Sa sincérité avait dû être comprise par l'homme, car, quand il s'en alla pour retourner au travail et auprès de sa famille à DC, il avait serré la main de Bob et lui avait dit de prendre soin de Marlowe. Ça ressemblait à une approbation, ce qui signifiait beaucoup pour Bob.

Ses points de suture avaient déjà été retirés et, bien qu'il soit crispé, il souffrait encore un peu et avait toujours besoin de prendre les antibiotiques qu'on lui avait prescrits pour au moins encore dix jours ; il se sentait plutôt sacrément bien.

Marlowe reprenait un peu du poids qu'elle avait perdu, avec l'aide de Carlise, de June et d'April. Les trois femmes avaient été géniales, venant tous les jours apporter des repas délicieux, puis restant là pour apprendre à connaître Marlowe. La voir bien s'entendre avec les femmes de ses amis avait fait éclore une sensation chaleureuse en lui. Il voulait que tout le monde s'entende bien, car, si c'était le cas, les chances pour que Marlowe veuille peut-être rester augmenteraient. Et Bob voulait vraiment qu'elle reste.

Il ne lui avait pas encore parlé de Ian, mais, après une télé-conférence avec Tex, il savait qu'il était temps. Tex avait fini par découvrir un post concernant une mise aux enchères sur le Dark Web des pièces que Ian essayait de revendre, et il semblait y avoir des acheteurs intéressés. Il avait aussi informé Bob et ses amis que Ian était encore en contact avec deux locaux qui se trouvaient sur le site de fouilles en Thaïlande.

Sans avoir eu besoin de le dire, Bob savait que cela voulait dire que quelqu'un pouvait mentionner la fuite de Marlowe à Ian, si ce n'avait pas déjà été le cas. Et cela rendrait cet homme nerveux, à juste titre.

Marlowe devait être mise au courant afin qu'elle puisse surveiller ses arrières et avoir son mot à dire dans ce qui arriverait ensuite.

Il détestait faire remonter de mauvais souvenirs, puisqu'elle semblait s'établir extrêmement bien ici, à Newton, mais ce devait être fait. Il espérait juste que les nouvelles ne la feraient pas reculer de peur jusqu'à sa famille à DC.

Plus Bob passait de temps avec Marlowe, plus il *voulait* en passer avec elle. Et il ne s'agissait pas de sexe même s'il avait hâte d'obtenir le feu vert du médecin pour lui refaire l'amour.

Non, il s'agissait de se réveiller avec elle blottie à côté de lui. De lui apprendre à cuisiner et de rire ensemble quand ses tentatives étaient des échecs complets. Il s'agissait de regarder Marlowe apprendre à connaître ses amis et leurs épouses et de la voir s'épanouir dans sa liberté récemment retrouvée.

Il n'avait également pas réalisé à quel point il avait été seul jusqu'à ce qu'il rencontre Marlowe. Peut-être était-ce la raison pour laquelle il s'était senti si peu à sa place après avoir quitté le service, toujours à chercher des moyens de s'occuper. Bien que ses journées ressemblent pas mal à ce qu'elles avaient été avant de partir en Thaïlande, elles paraissaient bien plus gratifiantes désormais. Il attendait avec impatience un avenir qu'il n'avait pas cru possible.

Bob avait demandé à JJ de passer quand il avait parlé à Marlowe de la situation avec Ian West, et il était en train de préparer des hamburgers pour le déjeuner en vue de l'arrivée de son ami. Marlowe se trouvait en cet instant dans le salon en train de parler avec Tony au téléphone. Il pouvait l'entendre rassurer son frère quant au fait qu'elle allait bien. Que non, elle ne s'ennuyait pas et que tous les gens qu'elle avait rencontrés étaient accueillants et très gentils.

Le fait qu'elle n'avait pas besoin de parler à Tony derrière des portes fermées, qu'elle se fichait que Bob entende sa conversation n'était qu'une raison de plus qui lui donnait l'impression de se rapprocher d'elle.

Elle finit par raccrocher et déambuler dans la cuisine. Elle s'assit sur l'un des tabourets de bar encerclant le petit îlot et posa le menton sur une main.

— Je me sens mal, dit-elle.

— À quel sujet ?

— Car tu es celui qui est blessé et c'est toi qui as fait toute la cuisine.

— Est-ce que tu *aimes* cuisiner ?

Elle eut l'air surprise.

— Euh... pas particulièrement. Tu le sais.

— Alors, pourquoi devrais-tu le faire ?

— Car tu as été blessé. Car je veux t'aider ici. Car je ne veux pas que tu penses que je profite de toi.

Bob ne put s'empêcher de rire.

— J'ai été blessé, mais je vais bien maintenant.

Bien était peut-être un peu exagéré, mais, chaque jour qui passait, Bob se sentait de plus en plus comme l'ancien lui.

— Et tu aides vraiment ici, continua-t-il. Tu as plié tous nos vêtements hier, les draps sur notre lit et tu as rangé toute la vaisselle. Et quant à profiter de moi... tu ne le fais pas. Même pas dans mon imagination. J'aime t'avoir ici, Punky. Je n'avais jamais vraiment pensé à vivre avec une femme, mais tu rends ça incroyablement facile.

— Kendric, se plaint-elle doucement. Tu dois arrêter d'être si gentil.

— Pourquoi ? demanda-t-il, voulant vraiment savoir, ayant cessé de mélanger la viande, se tournant pour la regarder.

— Parce que.

— Ce n'est pas une réponse, la réprimanda-t-il gentiment. Et je ne serai *jamais* pas gentil avec toi. Je veux te gâter. M'occuper de toi. Te faciliter la vie autant que possible.

— Je peux faire de même pour toi ? demanda-t-elle, la tête inclinée.

— Tu ne le sais pas ? Tu le fais déjà. J'ai été célibataire pendant très longtemps. J'ai fait ma propre cuisine et mon propre ménage. Lavé mes propres vêtements. Nettoyé mes propres sols. Je me suis réveillé seul, je me suis couché seul. T'avoir ici ? Partager les tâches ménagères ? T'avoir dans mes bras pendant qu'on dort ? C'est extraordinaire. Je ferai tout ce que je peux afin que tu demeures heureuse.

— Je le suis, dit-elle sans hésiter.

— Moi aussi.

Puis, il fit le tour de l'îlot de cuisine et se tint devant sa chaise. Grâce à la hauteur du tabouret, la tête de Marlowe était presque au même niveau que la sienne. Il prit son visage entre ses mains et se pencha.

— Ça fait plus d'une semaine. Comment tu te sens ? Et sois honnête. Tu as eu ce cauchemar la nuit dernière... Tu veux en parler ?

Marlowe prit ses poignets et les conserva, croisant son regard.

— Je vais bien, Kendric. Je veux dire, ouais, j'ai des moments où ça me semble irréel d'être ici. En sécurité, libre. Mais franchement, je me sens davantage stable et à l'abri que je ne l'ai été depuis très longtemps. J'avais pour habitude de stresser quant au travail que j'aurais à effectuer ensuite. Quant à l'endroit où est-ce que je serais sur la planète. Mais de savoir que, la semaine prochaine, je me réveillerai au même endroit que je me trouve actuellement... c'est un soulagement.

Ses paroles pénétrèrent l'âme de Bob.

— Tant mieux.

— Et toi ? demanda-t-elle. Tu as rêvé ? Je veux dire, j'ai très bien dormi la plupart des nuits, et je ne veux pas que tu me caches tes cauchemars. Je veux t'aider si tu les subis.

Il n'y avait pas encore pensé avant cet instant précis, mais Bob était étonné de réaliser qu'il n'arrivait pas à se souvenir d'avoir eu un cauchemar depuis qu'il était rentré chez lui. Oh, il avait rêvé, mais ces rêveries impliquaient Marlowe et lui nus, se donnant du plaisir l'un l'autre ou bien des enfants sans visages qui couraient, déchaînés, sous le regard tolérant et aimant de lui-même et de ses amis.

— Non, dit-il, impressionné.

— Non, quoi ? demanda Marlowe, inquiète.

— Je n'ai pas fait de cauchemars. Je n'ai même pas rêvé d'être prisonnier depuis que nous sommes rentrés.

Elle le regarda avec de grands yeux.

— Vraiment ? Tu ne mens pas à ce sujet afin que je me sente mieux ?

— Oui. Et non, je ne mens pas.

— C'est génial ! dit-elle avec un grand sourire.

— C'est toi, lui répondit Bob. Quelque chose dans le fait de t'avoir dans mes bras, de t'avoir à mes côtés, semble apaiser les démons dans ma tête.

Il n'était pas surpris de voir Marlowe secouer la tête.

— Ce n'est pas moi, insista-t-elle.

— Tu peux le croire, mais tu as tort, dit-il fermement.

— Dans les deux cas, je suis contente. Mais je ne veux pas non plus que tu me les caches. Si tu fais des cauchemars, tu fais des cauchemars. Nous nous en chargerons. D'accord ? Ne sois pas embarrassé ou autre.

Bob n'était pas convaincu de pouvoir être embarrassé de quoi que ce soit avec cette femme.

— Même chose pour toi. Je sais à quel point les cauchemars peuvent être affreux. Ils peuvent t'anéantir et te donner l'impression de ne pas avoir dormi du tout. Si ça arrive, nous ferons une sieste ou autre pour que tu puisses te sentir reposée.

Elle lui sourit.

— D'accord.

— D'accord.

Bob se pencha en avant et posa ses lèvres sur celles de Marlowe. Ils gémirent tous deux, leur baiser chaste se transformant rapidement en quelque chose de plus fort. La main de Bob empoigna ses cheveux courts et la maintint immobile, Bob approfondissant leur baiser. Les doigts de Marlowe se tordirent sur son torse, donnant aussi bien que ce qu'elle recevait.

Quand la sonnette retentit dans l'appartement, les deux sursautèrent, surpris.

Bob s'écarta et regarda fixement sa nana pendant longtemps. Elle se lécha les lèvres, gonflées à la suite de leur baiser. La sonnette retentit à nouveau.

— On devrait s'occuper de ça, dit-elle.

— Ouais, répondit Bob, mais il ne bougea pas.

Elle sourit puis se mordit la lèvre inférieure.

— Ce soir, dit-il d'une voix rauque. Ce soir, je vais te montrer comme je suis fier que tu sois mon épouse. Comme je suis heureux que tu sois ici. À quel point j'apprécie tout ce que tu as fait pour moi quand j'étais inconscient.

— Tu as parlé au docteur ? demanda-t-elle, les yeux brillant d'intérêt et de désir.

— Non. Mais je connais mon corps, dit-il, mais, lorsqu'elle fronça les sourcils, il lui caressa la lèvre inférieure avec son pouce. Je ferai attention.

La sonnette retentit encore et encore, comme si JJ était officiellement las de les attendre pour venir ouvrir la porte.

Bob pourrait laisser son ami dehors pour toujours. La réponse de Marlowe était plus importante en cet instant.

— OK, dit-elle timidement.

La possessivité déferla dans tout le corps de Bob. Sa verge se durcit dans l'immédiat à la pensée de se retrouver de nouveau à l'intérieur de sa femme. De rentrer à la maison.

— OK, répéta-t-il.

Puis, il se pencha et l'embrassa à nouveau – faisant court cette fois – avant de faire courir ses doigts sur sa joue puis de se reculer pour aller ouvrir la porte.

— Ne t'excite pas ! cria-t-il en atteignant la poignée de porte.

Comme il s'y attendait, JJ se tenait de l'autre côté de la porte, souriant comme un fou.

— Il était temps, dit-il à son ami.

— C'est ça.

— Ça sent bon, dit JJ en entrant.

Son commentaire rappela à Bob qu'il devait finir leur repas. Il referma la porte derrière JJ et retourna dans la cuisine. Une partie de lui ne voulait pas avoir cette conversation. Il préférerait s'occuper lui-même de Ian West, sans que Marlowe soit impliquée. Mais ce ne serait pas juste. Et elle pourrait mieux se protéger si elle disposait des mêmes informations qu'eux.

Même si Ian n'avait aucunement indiqué le fait qu'il allait partir à la recherche de Marlowe, mais Bob ne voulait pas prendre ce risque.

Les trois papotèrent pendant que Bob préparait leur déjeuner, et ce dernier n'arrivait pas à détourner le regard de Marlowe. Elle avait une façon de mettre à l'aise les gens qui l'entouraient. Comme si elle avait été amie avec eux toute leur vie. Il avait vu cela arriver avec Carlise, June et April, et elle le faisait maintenant avec JJ.

Une fois leurs hamburgers terminés, Bob apporta leur vaisselle à l'évier et l'y laissa baigner, puis ils se dirigèrent tous vers le petit salon. Bob s'assit à côté de Marlowe sur le canapé et JJ prit le fauteuil à leur droite.

— Tu as eu des nouvelles de Ian ? demanda JJ à Marlowe, allant droit au but quant à la raison pour laquelle il était ici.

Elle fronça les sourcils.

— Non. Pourquoi ? Il va bien ? Qu'est-il arrivé aux pièces ?

Bob ne fut pas surpris qu'elle veuille savoir s'il allait bien. Même après tout ce que cet homme lui avait fait, il n'était toujours pas inné chez elle de souhaiter du mal à quelqu'un.

— Il va bien, répondit JJ.

— Zut, marmonna-t-elle.

Bob ne put s'empêcher de pouffer de rire. Tant pis pour lui d'avoir considéré Marlowe douce comme un agneau. Même JJ ricana.

— Désolée, c'était grossier, dit Marlowe en haussant les épaules. Mais sérieusement, ce qu'il a fait était horrible. Pas seulement le fait d'avoir volé sur notre site de fouilles, il m'a engendré de sérieux ennuis quand il a cru que je pouvais le dénoncer.

— Eh bien, il est chez lui, à Boston, vivant encore dans la maison de ses parents, raconta JJ. Mais nos sources nous indiquent qu'il essaie sérieusement de revendre les pièces et qu'il a un acheteur potentiel.

— Non ! On ne peut le laisser sans tirer comme ça ! protesta Marlowe.

— Nous faisons en sorte de nous assurer que ces pièces ne finissent pas dans la collection personnelle de quelqu'un, dit JJ.

— Comment ? demanda Marlowe.

Il fronça les sourcils.

— Nous savons que certaines personnes du Dark Web sont intéressées, mais les offres ont été faites par des tiers, des gens qui sont très doués pour couvrir leurs traces. Mais pas assez. Notre gars, Tex, a été capable de contacter deux personnes qui ont enchéri et, quand elles ont réalisé que leurs vraies identités avaient été découvertes – et que les autorités en avaient été informées –, leur intérêt a diminué, bien entendu.

— Mais il y en a d'autres qui veulent toujours acheter ces pièces ? À quel prix ? demanda Marlowe.

— Oui, et la meilleure offre pour le moment, c'est un million chacune.

— Trois millions de dollars ? Merde alors ! s'exclama Marlowe. Je savais qu'elles valaient cher, mais je ne m'attendais pas à ce qu'elles se vendent à *ce* prix-là !

— Ouais...

— Alors... comment allons-nous empêcher la vente de se faire si nous ne savons pas qui peut être l'acheteur ? demanda-t-elle.

JJ soupira.

— On travaille dessus avec l'aide de notre pote. Le FBI est dessus également. Mais il y a un problème majeur à essayer de faire en sorte que Ian rende les pièces plutôt que de les vendre, et cela t'implique, toi.

— Moi ? demanda Marlowe.

— Oui. Le problème, c'est que chaque souci qu'on causerait à Ian, il pourrait le retourner et te causer du tort en retour.

— Que veux-tu dire ?

— Il peut dire aux autorités que tu es une prisonnière échappée de Thaïlande, Marlowe. S'il découvre que tu es impliquée dans la tentative pour stopper la vente de ces pièces, il peut potentiellement te faire jeter de nouveau en prison, à moins qu'il y n'ait une preuve solide pour démontrer qu'il a mis ces drogues dans ta tente.

— Ne pouvons-nous pas parler à la presse ? demanda Marlowe. Enfin, pour les pièces ? Leur donner un tuyau anonyme ?

— Peut-être. Bien que je ne sois pas sûr que cette histoire ait la publicité qu'on souhaite ou dont on a besoin pour foutre les jetons à l'acheteur pour abréger la vente.

— Ouais, les pièces, ce n'est pas sexy, dit Marlowe. C'est le problème de beaucoup sur les fouilles sur lesquelles je suis allée. Les gens veulent bien donner des subventions quand ce que nous déterrons est intéressant et suffisamment excitant pour attirer l'attention du monde, mais, quand c'est un paquet d'os au hasard, ça ne vaut généralement pas leur temps ni leur attention.

Personne ne dit mot pendant une minute entière.

Puis, Marlowe se redressa rapidement. Il était évident qu'elle avait une idée et, quelque part, Bob savait qu'il n'allait pas l'apprécier.

— Et si je l'appelais ? Lui disais que je sais que c'est lui qui m'a fait arrêter et que je veux ma part de la revente pour continuer de garder le silence ?

— Quoi ? demandèrent en même temps JJ et Bob.

— Je veux dire, je pourrais lui dire que, s'il ne rend pas ces pièces, je contacterai les autorités et la presse. Je rendrai ces pièces si intéressantes que personne n'osera les acheter. Non seulement ça, mais plus personne ne l'embauchera pour les sites de fouilles. Il sera black-listé. Je comprends qu'il puisse m'attirer des ennuis s'il apprend que je ne suis plus en train de pourrir dans cette prison en Thaïlande, mais si, d'une façon ou d'une autre, je peux l'amener à admettre qu'il n'a pas seulement volé les pièces, mais mis les drogues dans la tente, ça pourrait suffire à me tirer d'affaire, non ?

— Non, dit Bob.

Mais en même temps, JJ murmura :

— Ce n'est pas une mauvaise idée.

— Quoi ? Non ! dit Bob plus vigoureusement. Je ne veux pas que Marlowe reparle à ce connard, plus jamais. Et nous sommes en train d'évoquer trois millions de dollars. C'est beaucoup d'argent, et les gens deviennent bizarres et désespérés quand il y en a autant en jeu.

— Kendric, dit gentiment Marlowe, posant une main sur son genou.

Mais la vue qu'il avait eue de Marlowe quand il l'avait vue pour la première fois le frappa. Comme elle était maigre. Déprimée. Elle n'avait rien à voir avec la femme d'aujourd'hui et il ne voulait pas faire quoi que ce soit qui puisse la replonger dans cet état d'esprit.

Et même parler à Ian pourrait l'inciter à se rapprocher des autorités et à les informer qu'il avait été contacté par une détenue échappée. La menace d'être de nouveau extradée en Thaïlande pourrait lui apporter davantage de cauchemars, comme celui qu'elle avait eu la nuit dernière. Ses gémissements lui avaient brisé le cœur et, tout ce qu'il avait pu faire, ça avait été de la tenir contre lui et ce lui murmurer encore, et encore, qu'elle ne craignait rien.

Il ne voulait même pas *penser* à la façon dont ils souffriraient tous les deux si elle retournait en prison.

— Nous ne connaissons pas West. Oui, il est jeune, mais il ne l'est pas *tant* que ça. Et si tu l'appelles et essaies de le faire chanter, il pourrait réagir violemment, dit Bob.

— Et si je ne le fais pas, il vendra ces pièces, elles seront perdues à jamais et nous n'aurons aucune preuve qu'il les a d'abord volées, répliqua Marlowe. Il volera probablement à nouveau sur d'autres sites archéologiques, car il est cupide et il n'a de toute évidence aucune morale s'il n'y réfléchit pas à deux fois à m'envoyer en prison pour le reste de ma vie ! Non seulement ça, mais j'ai *besoin* de sauver ma réputation. Je ne pourrai plus continuer ma vie si je n'y arrive pas. La menace de retourner en prison sera toujours suspendue au-dessus de ma tête si je ne fais pas admettre à Ian le fait qu'il a placé ces drogues dans mes sacs.

Bob avait l'impression qu'il allait vomir. Il ne pouvait supporter le fait que Marlowe soit en danger. Et si elle contactait Ian, elle s'exposerait intentionnellement.

Mais... il savait qu'elle avait raison. Et il détestait ça.

S'il voulait un jour une vie normale avec Marlowe, s'il ne voulait pas avoir à regarder par-dessus leurs épaules pour le reste de leur vie, ils devaient s'occuper de ces accusations de drogue.

— On peut impliquer le chef Rutkey et ses officiers, afin que ce soit officiel, ajouta JJ.

— Je peux l'appeler et tout enregistrer. Si j'arrive à lui faire admettre qu'il a les pièces, cela devrait suffire pour que les autorités aient un mandat de perquisition afin de les retrouver, non ? Peut-être que, si je l'agace suffisamment, je peux même lui faire avouer qu'il m'a piégée. Qu'il a mis ces drogues dans mes affaires pour se débarrasser de moi afin que je ne le dénonce pas.

Rien que le fait qu'elle parle à Ian West rendait Bob fou de peur. Il serra la mâchoire jusqu'à ce qu'elle lui fasse mal. Il avait besoin d'une minute pour accepter le fait que Marlowe voulait vraiment se mettre dans une situation dangereuse.

Sans un mot, il marcha jusqu'à la porte du balcon, l'ouvrit brutalement et fit un pas dehors.

Il entendait JJ et Marlowe converser calmement dans la pièce derrière lui, mais, tout ce qu'il parvenait à faire, c'était à s'agripper à la balustrade et à perdre son regard dans les arbres pendant que son esprit tourbillonnait.

Plusieurs minutes passèrent, et quand Bob entendit la voix de JJ derrière lui, il n'en fut pas vraiment surpris.

— Je sais que ce n'est pas idéal... commença par dire son ami.

Bob se tourna et cracha :

— Pas idéal ? Ma femme qui se confronte à l'homme qui l'a fait jeter en prison sans une once de remords ? Tu me fais marcher ?

— L'alternative, c'est qu'on ne fasse rien et qu'on se fie à Tex et au FBI pour essayer de trouver l'acheteur. Il n'y a même pas de preuve concrète que West détienne ces pièces, alors la police ne peut pas fouiller chez lui. Mais comme je l'ai indiqué, à la seconde où ce connard réalisera qu'elle se trouve aux States, il pourrait aller voir la police, la dénoncer. La faire arrêter. Et cette fois, son frère pourrait ne pas pouvoir user de ses relations politiques et de son argent. Pourrait ne pas trouver un ancien soldat des Forces Spéciales imprudent qui se croit invincible pour y aller et la faire évader de prison.

— Es-tu sérieusement en train d'essayer de me faire culpabiliser en utilisant ma femme comme appât ? demanda Bob, mordant.

— Je n'aime pas plus que toi l'idée que Marlowe parle à cet enfoiré.

— OK. Mais tu te sers tout de même de ta déception contre moi pour que ça arrive. Sommes-nous vraiment en train de faire ça maintenant ? demanda Bob, plus énervé qu'auparavant.

— Je suppose, répondit JJ, la voix aussi dure que celle de Bob.

— Très bien ! J'ai agi dans ton dos. J'ai travaillé avec le FBI pour aller à l'étranger et sauver des Américains qui s'étaient attiré des ennuis. Et j'étais sacrément doué pour ça. Est-ce que je regrette d'avoir menti, à toi et aux autres ? Oui. Est-ce que j'aurais recommencé si je n'avais pas trouvé Marlowe ? Là encore, *oui*. J'adore être ici. J'adore ce qu'on a construit. Mais pendant des années, ça ne m'a pas suffi. Je ne me sentais pas à ma place et peut-être aussi imprudent que tu m'as accusé d'être, mais les démons dans ma tête ne *voulaient pas se taire* ! Je n'ai pas fermé l'œil depuis que j'ai quitté le service, et quand je me trouvais en mission, j'ai été trop concentré pour penser à mon passé. À ce qui est arrivé, à moi et à mes amis. L'adrénaline et le danger me maintenaient suffisamment survolté pour que je puisse oublier, juste pour un moment. Puis, je me suis rendu en Thaïlande et j'ai rencontré Marlowe. Et les risques que j'ai pris m'ont soudain paru stupides. J'étais aussi fatigué. Fatigué de mentir à mes meilleurs amis. Fatigué d'être seul. Et les cauchemars ne s'arrêtaient pas. Partir en missions n'aidait pas, pas à long terme.

« Si tu ne peux pas me pardonner d'avoir agi dans ton dos, je comprends. Je n'aime pas, mais je comprends. Mais encourager mon *épouse* à se mettre en danger juste pour me rendre la monnaie de ma pièce n'est pas cool, Jackson. Et s'il s'agissait d'April ? Serais-tu aussi stoïque et calme si je suggérais de la mettre, elle, au milieu d'une opération comme putain d'appât ?

Un muscle de la mâchoire de JJ eut un tic, tandis qu'il fixait Bob.

— Ouais, tu ne pourrais pas, continua Bob, répondant à sa propre question. Tu serais tout aussi furieux que je le suis maintenant. Je ne sais pas ce qu'il se passe entre vous deux, mais il est impossible que tu restes assis là et que tu laisses April se mettre en danger. Même si c'était le meilleur moyen de résoudre le problème. Même si tu savais qu'elle était suffisamment courageuse et forte, et si foutrement altruiste que tu as l'impression d'être un ogre en comparaison rien qu'en étant près d'elle.

Bob peina à déglutir, puis pit une profonde inspiration et dit d'une voix basse :

— Je ne peux pas la perdre maintenant que je l'ai trouvée, JJ. Je ne *peux pas*.

— Ça n'arrivera pas, dit-il, sortant sur le balcon et posant une main sur l'épaule de Bob.

— Tu ne peux pas me le promettre. Ni les flics. Personne ne le peut. Nous ne connaissons pas ce West. Tout ce qu'on sait, c'est qu'il n'a aucun problème à pousser les autres sous un bus pour obtenir ce qu'il veut. Il savait ce qui arriverait quand il a appelé pour filer ce tuyau concernant les drogues, répondit Bob. Il savait que Marlowe serait emmenée en prison. Et il s'en foutait complètement. Il l'a fait arrêter et emprisonner *à vie* juste pour pouvoir revenir aux States avec ces pièces.

— Nous ne le ferons pas alors, le rassura JJ. Nous trouverons un autre moyen. Et pour info, dit-il en soupirant profondément, je ne suis pas surpris que tu aies fait ça. Je savais que tu n'avais jamais été vraiment convaincu par le fait de venir habiter dans le Maine. Bon sang, tu avais suggéré New York ! Ça n'a rien à voir avec Newton ! Je me suis juste dit que tu t'adapterais avec le temps ou que tu viendrais nous confier tes inquiétudes. Ça ne veut pas dire que je ne suis pas vexé que tu aies fait les choses derrière notre dos pour travailler avec Willis. Nom d'un chien, Bob. Tu es l'un de mes meilleurs amis. Nous avons vécu l'enfer ensemble. Je *déteste* savoir que tu te trouvais là-bas, dans des situations dangereuses, sans qu'on soit là pour couvrir tes arrières. Je ne suis pas furieux par rapport à ce que tu faisais, juste triste que tu aies eu l'impression que tu ne pouvais pas nous en parler.

Et concernant tes problèmes de sommeil... pourquoi n'as-tu rien dit ? Tu crois que je ne fais pas de cauchemars ? Que Chappy n'en fait pas ? Que Cal ne revit pas constamment ce que ces connards lui ont fait ? Tu n'es pas le seul à avoir des TSPT[1]. Nous aurions pu en parler. Ça aurait probablement été bon pour nous tous. Mais ce qui est fait est fait. Allons de l'avant. Pigé ? On te trouvera un nouveau thérapeute et on verra si on peut faire sortir ces démons de ta tête une fois pour toutes... sans avoir à te faire partir à l'autre bout de la planète en te mettant en danger au passage.

Bon Dieu, comme Bob aimait ce mec ! Il inspira profondément.

— Je me ficherais de parler, à toi et aux autres, de ce que nous avons parfois vécu, de tout mettre sur la table, mais je crois que j'ai finalement trouvé le remède à mes cauchemars.

— Ah ouais ? Lequel est-ce ? Tu bois, c'est ça ? Ou tu prends des médicaments ? demanda JJ, inquiet.

Bob renifla, moqueur.

— Hors de question. C'est Marlowe. Quelque part, en la tenant contre moi la nuit... elle les maintient à distance.

Le regard envieux sur le visage de JJ fut si fugace que Bob crut presque l'avoir imaginé. Presque.

— Je suis content pour vous. Pour vous deux.

— Merci.

— Alors... plus de missions avec Willis ? insista JJ. Nous pouvons trouver autre chose qui réponde à ce besoin que tu as en toi. Je ne sais pas quoi, mais nous trouverons. En équipe.

— Plus de missions, confirma Bob. Je suis finalement prêt à ralentir.

— Bien. Et maintenant, concernant cet appel téléphonique...

Bob se tendit une fois de plus.

JJ laissa sa main retomber de l'épaule de Bob et recula d'un pas.

— Discute avec Marlowe avant de prendre une décision. Écoute sa version des choses. Elle a été mise dans une situation dans laquelle elle s'est retrouvée complètement sans défense. Personne n'écoutait quand elle disait être innocente. Elle était autant prisonnière que nous, Bob. Et même au-delà de prouver son innocence... je crois qu'elle a besoin de reprendre les rênes.

— Je jure sur ma vie que, si nous faisons quoi que ce soit

qui implique Marlowe, elle sera constamment sous protection. Quoi de mieux pour elle que d'avoir six anciens agents des Forces Spéciales ? Un appel. Si West ne mord pas à l'hameçon, nous trouverons autre chose. Peut-être en le laissant vendre une des pièces et en l'attrapant comme ça. Mais pas besoin qu'il sache pour toi, ni où elle se trouve, ni qu'elle collabore avec les flics.

— Il le suspectera, ne put s'empêcher de dire Bob.

— Bien sûr qu'il le fera. Mais j'ai foi en Marlowe pour le convaincre du contraire. Je pense qu'elle a besoin de faire ça.

Bob ferma les yeux. Il détestait que son ami ait raison. Et il avait bien foi en sa femme. Si quelqu'un pouvait y arriver, c'était probablement elle. Mais ça ne voulait pas dire qu'il aimait ça.

— Je lui parlerai, répondit-il à JJ.

— Bien. Maintenant, je dois y aller. Jack's Lumber ne va pas se gérer tout seul. Nous avons reçu ce matin l'appel d'une femme, trois arbres ont chuté sur sa propriété lors de la dernière tempête. L'un d'eux a failli heurter sa maison et un autre bloque son allée. Elle a besoin qu'ils soient coupés et déplacés.

Bob fronça les sourcils.

— Vous avez besoin de mon aide ?

JJ se moqua.

— Non. Tu dois penser que tu es Superman, mais tu étais encore en train de guérir. Quand tu auras terminé les antibiotiques et que tu te sentiras de nouveau à 100 %, je vais te faire travailler comme un dingue. Te forcer à prendre tous les appels pour te faire pardonner ta stupidité.

— Je ne connais pas ce mot, lui répondit Bob.

JJ lui fit un doigt d'honneur et retourna dans l'appartement.

Bob le suivit et s'aperçut que Marlowe ne se trouvait pas dans le salon.

— Elle est allée dans la chambre afin de nous accorder de l'intimité pour discuter, dit JJ, de toute évidence conscient de l'inquiétude de Bob. C'est une nana gentille. Tu n'aurais pas pu trouver mieux pour toi.

— Je sais.

Il avait pris un avion pour l'autre bout du monde afin de sauver Marlowe et avait fini par être celui qui avait été sauvé à la place.

— Appelle-moi plus tard. Si tu décides de tenter le coup de fil, j'arrangerai une réunion avec le chef. Nous quatre – pardon, cinq – pourrons nous asseoir à sa table et discuter des détails.

— Je le ferai. Merci, JJ.

Bob ne savait pas trop pourquoi il remerciait son ami. Peut-être parce qu'il lui avait pardonné. Parce qu'il comprenait. Parce qu'il était empathique. Parce qu'il croyait pleinement que JJ souhaitait le meilleur pour lui.

— De rien. Mais il fallait le dire : ne refais plus cette merde. Nous sommes amis, Kendric. Tous les quatre, nous avons tant vécu ensemble. Tu es comme mon frère. Si tu as besoin d'un truc que tu ne trouves pas, tu dois t'exprimer.

— Je le ferai.

— Bien, dit JJ, à la porte avant de se retourner. Et ce truc à propos d'April ? Tu avais raison. Je ne serais pas content si elle se mettait en danger. Mais les choses sont... compliquées entre nous.

— Alors, arrange-les, répondit Bob.

— Ce n'est pas si facile. J'aimerais que ce le soit. Et maintenant, va parler à ta femme. Elle a besoin de ton soutien. À plus.

JJ était en train de refermer la porte avant que Bob ne puisse même ouvrir la bouche. Le fait que son ami ait admis qu'il y avait quelque chose entre lui et April était un grand pas, mais Bob ne pouvait déterminer si c'était un pas en avant ou en arrière. Tout ce qu'il pouvait faire, c'était d'attendre, de voir et d'être là pour JJ si son ami avait besoin de lui.

Il ferma le verrou sur la porte et se rendit dans sa chambre à coucher. Lui et Marlowe devaient discuter de leur plan de dingue. Et une fois fait, il voulait faire l'amour à sa femme dans son... non, dans *leur* lit.

Rien n'allait l'empêcher de vénérer celle qu'il aimait. De lui montrer que, même dans leur plus profond désaccord quant à la façon de gérer la situation avec Ian, il ne cesserait jamais de l'aimer.

CHAPITRE TREIZE

Marlowe s'assit au bord du lit dans la chambre de Kendric et se mordit nerveusement l'ongle du pouce. Il avait été tellement furieux par sa suggestion ! Et bien qu'elle comprenne que cette entrevue avec Ian pouvait être dangereuse, elle avait besoin d'être sûre qu'il ne volerait plus jamais d'objets anciens, qu'il ne mettrait plus d'autres archéologues autant en danger, bouleversant leur vie.

Et elle avait besoin de laver son honneur.

Elle ne doutait pas qu'elle pourrait contacter Ian pour parler. Même s'il la suspectait de collaborer avec les flics, il voudrait quand même savoir ce qu'elle avait prévu. Il était également suffisamment arrogant pour penser qu'il pourrait la prendre à son propre jeu – mais il aurait tort.

Pour le moment, Marlowe s'inquiétait davantage de Kendric. Il n'avait pas été capable de la regarder avant de sortir en trombe sur le balcon. Elle avait voulu y aller pour le calmer, essayer de lui parler, mais JJ avait dit que ce serait mieux que lui y aille.

Alors maintenant, elle stressait. Elle avait entendu les deux hommes revenir du balcon, puis la porte de devant se refermer. Kendric était-il toujours furieux ? Allait-il l'ignorer ? Crierait-il, martelant qu'elle se comportait comme une idiote ?

Elle ne le pensait pas, mais, là encore, elle ne le connaissait pas depuis très longtemps. Clairement pas depuis assez longtemps pour savoir comment il réagissait quand il était vraiment hors de lui. Elle n'avait pas peur de lui, Kendric ne poserait jamais la main sur elle sous l'effet de la colère. Mais elle ne savait pas s'il allait simplement l'ignorer ou s'il allait catégoriquement refuser de ne serait-ce que réfléchir à sa suggestion. L'un ou l'autre ferait mal au-delà de l'imaginable.

Elle entendit un bruit à la porte et elle releva la tête. Elle n'eut pas de temps pour faire davantage que de se lever avant que Kendric ne soit là, l'attirant contre lui et mettant les bras autour d'elle, la tenant fermement.

Elle soupira de soulagement. Elle n'était pas certaine de l'humeur de Kendric, mais le fait qu'il la touchait, la tenait, elle espérait que c'était bon signe. Elle enfouit son nez dans le creux de son cou et inhala profondément. Il sentait toujours bon. Même quand ils avaient transpiré et s'étaient salis pendant leurs longues marches à travers la Thaïlande et le Cambodge, son odeur avait toujours semblé l'apaiser.

Au bout d'un moment, il se recula.

— Il faut qu'on parle.

Oh, oh. Pas étonnant que les mecs détestent que les femmes prononcent ces mots-là ! Ils étaient menaçants. Mais Marlowe hocha la tête. Ils *devaient* parler.

Cependant, au lieu de parler, il attrapa l'ourlet du haut de Marlowe.

Trop surprise pour protester, elle leva les bras et le laissa passer le vêtement par-dessus sa tête. Ses gestes étaient rapides et méthodiques, pas du tout sexuels, mais ils n'avaient pas eu d'intimité depuis tellement longtemps que rien que de se trouver devant lui à moitié nue faisait durcir ses tétons et mouiller son entrejambe.

Les lèvres de Kendric se tordirent quand il remarqua ses mamelons, mais il ne fit pas de pause, baissant la fermeture éclair de son jean pour le faire descendre de ses hanches. Marlowe le laissa la déshabiller, clouée sur place tandis qu'il retirait également sa culotte.

Une fois totalement nue, il désigna le lit derrière elle.

— Grimpe.

Un peu déstabilisée, Marlowe se rendit avec joie sous les couvertures et observa son mari enlever lui aussi tous ses vêtements avant de la rejoindre.

Il la prit immédiatement dans ses bras, et Marlowe sourit en se lovant contre lui.

— C'est bien mieux, soupira-t-il. Ce truc ne me ravit pas, continua-t-il sans tourner autour du pot. Je ne veux pas que tu parles à cet enfoiré qui t'a fait emprisonner.

— Je sais, lui dit Marlowe, et c'était le cas.

Si Kendric faisait comme il le voulait, il s'assurerait qu'elle ne reparle plus jamais à quiconque lui ayant fait du mal par le passé. Elle savait cela aussi bien qu'elle connaissait son nom. Mais elle avait besoin de faire ça.

— Je lui faisais confiance, dit-elle calmement. Il n'y avait pas beaucoup d'Américains sur le site, et c'était agréable d'avoir quelqu'un de chez moi. Il était drôle et enthousiaste, et j'adorais parler avec lui. Découvrir ce qu'il avait fait a été un énorme choc. Je ne me serais jamais attendue à ça de sa part. Je crois que c'est pour cela que je lui ai donné une chance de réparer son erreur. Si j'avais surpris quelqu'un d'autre avec ces pièces, je l'aurais dénoncé dans l'immédiat. Mais Ian est si jeune. J'ai vraiment cru que, s'il avait l'occasion de réfléchir à ce qu'il avait fait et aux conséquences éventuelles, il comprendrait qu'il était en train de faire une énorme erreur et la réparerait.

— Il ne l'a pas fait, dit Kendric inutilement.

— Non. C'est pourquoi j'ai besoin de faire ça, Kendric. Ce qu'il a fait était si mal que ça n'est même pas drôle. Il a volé une partie de l'histoire du pays. Il a discrédité le travail de chaque archéologue sur ce site. Et... il a volé la confiance que j'avais en moi et en ma capacité à me fier à mon instinct quand il s'agit des gens. J'ai besoin de retrouver ça.

— Tu n'as pas besoin de lui pour pouvoir faire ça.

Marlowe aimerait qu'il ait raison, mais elle avait besoin de mener cela à bien. Voulait s'impliquer en faisant payer Ian pour ce qu'il avait fait. Elle croyait au karma, mais, parfois, il avait besoin d'un petit coup de pouce.

— Il est arrogant, dit-elle. Après s'en être tiré en volant ces pièces, il va se croire invincible. Et le fait que je l'appelle lui fera un gros choc. Je suis sûre qu'il a cru que je disparaîtrais pour toujours et que, même si je sortais de prison, il aurait déjà revendu les pièces et il n'y aurait plus aucune preuve de ce qu'il avait fait.

J'y ai réfléchi pendant que tu parlais avec JJ... et si je demande ma part du butin pour les pièces, il pourrait ne pas me suspecter de collaborer avec la police. Et si je le menace de le dénoncer en cas de désaccord, il se pensera plus malin que moi. Il se dira que, puisqu'il s'est débarrassé une première fois de moi, il pourra le refaire.

— Je ne veux pas qu'il se tienne à un mètre de toi, dit Kendric d'une voix basse et sévère.

— Je ne veux pas, moi, être à moins d'un mètre de lui, dit Marlowe. Il me fait peur. Enfin, je pensais le connaître, et regarde ce qu'il a fait. J'espère que, avec un seul appel, ce cauchemar prendra fin. Je veux dire, je ne suis pas naïve au point de penser que ce sera facile. Mais je crois tout de même que, si je le contrariais suffisamment, il pourrait déconner et se trahir. Que ce serait à *mon* tour de l'envoyer, lui, en prison. Je t'en prie, Kendric. Il faut que j'essaie.

Son homme soupira et regarda fixement le plafond.

Marlowe attendit, lui accordant le temps de bien réfléchir à son argument.

— Si on fait ça, c'est à mes conditions, finit-il par dire.

— D'accord, répondit immédiatement Marlowe.

— Tu ne prendras aucun risque. Tu ne lui diras pas où tu es. Tu ne diras que ce dont on aura décidé avant, à l'aide d'un script. Tu l'informeras de nos conditions, et ce sera terminé.

— Très bien.

— Je suis sérieux, Punky. Pas de changement de plan une fois qu'il est en route. Ne te mets pas à penser que tu auras plus d'infos si tu fais traîner les choses. Ton idée est bonne. Tu lui diras que tu veux ta part du butin qu'il obtiendra de la vente et que, en retour, tu l'oublieras et il t'oubliera. Compris ?

— Oui, Kendric.

Marlowe n'arrivait pas à croire qu'il donnait son accord. Elle l'aimait encore plus en cet instant qu'elle ne l'avait aimé auparavant. Ce qui était plutôt difficile à croire, car elle l'aimait déjà vachement beaucoup.

— Je ne peux pas te perdre, dit-il d'une voix torturée. Pas juste après t'avoir trouvée.

— Tu ne vas pas me perdre. Je suis juste là. Ce sera fini avant que tu ne t'en rendes compte, dit-elle en croisant les doigts pour ne pas être en train de proférer un mensonge.

Maintenant qu'on dirait bien qu'elle allait vraiment parler à Ian, Marlowe se sentait un peu nerveuse. Mais de savoir que Kendric et ses amis assureraient ses arrières rendait tout cela un peu plus facile.

Il se mit alors à rouler sur le dos, et Marlowe cria de surprise, dardant un regard fixe sur lui.

— Fais attention ! le gronda-t-elle. Ton dos...

— Va bien. Je vais bien. Et je veux faire l'amour à ma femme dans notre lit. Dans notre maison.

Marlowe se mit presque à fondre sous lui.

— Oui, s'il te plaît.

— Tellement polie, dit Kendric avec un sourire coquin. Il y a autre chose que je veux, que je n'ai pas eu l'occasion de faire avant.

— Qu'est-ce que c'est ?

Au lieu de lui répondre verbalement, le sourire de Kendric s'élargit avant qu'il ne se baisse pour l'embrasser. Mais il ne s'attarda pas. Il lui embrassa le cou. Puis, la clavicule. Puis, il suça l'un de ses mamelons tout en pinçant légèrement l'autre.

Marlowe hoqueta brusquement et se cambra.

Il continua de descendre le long de son corps, embrassa son ventre avant de finir par s'installer entre ses jambes. Marlowe baissa les yeux et le vit lever les siens, ses mains lui caressant les cuisses.

— Tu aimes mes doigts sur toi. Voyons voir si tu aimes ma langue.

Elle n'eut pas l'occasion de dire quoi que ce soit avant qu'il ne baisse la tête et ne commence à la rendre complètement dingue. Elle se tortillait sous lui alors qu'il léchait, suçait et la sentait s'approcher de la libération vraiment trop rapidement.

Marlowe n'avait connu qu'un seul homme qui avait voulu lui faire plaisir en bas, et ça n'avait pas fait cet effet-là.

Mais Kendric ne s'arrêtait pas. Il continuait de taquiner son clitoris avec ses lèvres et sa langue, même quand elle gémit, car il était trop sensible.

Une fois transpirant et totalement détendu après deux

énormes orgasmes, il finit par remonter le long de son corps, embrassant chaque bout de peau en chemin.

Il lui souriait, suspendu au-dessus d'elle.

— J'adore te voir comme ça, lui dit-il, avant de l'embrasser une fois de plus.

Marlowe put se goûter sur ses lèvres, et avec un autre homme, elle aurait été embarrassée ou flippée. Mais avec cet homme qu'elle aimait ? Rien ne semblait gênant.

— Comme quoi ? demanda-t-elle quand ils prirent une pause pour reprendre leur souffle.

— Tout ébouriffée, dit-il avec un grand sourire, avant de mettre la main entre leurs deux corps pour aligner son membre à son pubis. Tu es prête pour moi ?

— Je suis toujours prête pour toi, dit-elle sans hésiter, écartant davantage les cuisses, l'invitant à entrer.

Avant qu'elle n'ait eu le temps de cligner des yeux, il était plongé profondément en elle. Elle soupira. C'était si bon de se sentir remplie d'une façon que personne n'avait faite avant.

Il ferma les yeux et inspira par le nez. Quand il les rouvrit, il dit :

— Tu as pris du poids depuis que tu es ici.

Marlowe s'immobilisa. Elle ne pensait pas qu'il s'en plaignait, mais c'était un peu étrange de lui parler de son poids en cet instant.

— Euh... ouais ?

— Tes règles ont repris ?

Se léchant les lèvres et tâchant de contrôler son rougissement qu'elle pouvait sentir s'épanouir sur ses joues, elle secoua la tête.

— Si tu le souhaites, je peux commencer à porter des capotes... pour te protéger.

Oh ! C'était pour cela qu'il faisait un commentaire sur son poids.

Marlowe n'arrivait pas à imaginer le fait de ne pas l'avoir totalement nu en elle. Elle aimait l'effet que ça lui faisait. Elle aimait quand il jouissait, enfoui profondément dans son corps. Mais changeait-il d'avis ? Ils avaient parlé d'enfants, mais peut-être que, maintenant qu'ils n'étaient plus des fugitifs, il estimait que c'était une idée dingue ?

— Je peux voir ton cerveau fonctionner à plein régime. J'ai toujours envie que tu tombes enceinte, dit-il franchement. Il n'y a rien que je désire plus que de te voir arrondie et rayonnante avec notre bébé. Mais les choses sont vraiment allées vite entre nous. Si tu veux attendre, je suis d'accord avec ça aussi.

— Non, dit-elle rapidement. Je ne veux pas attendre.

— Excellent.

— Bien qu'il n'y ait aucune garantie, l'avertit-elle.

— Je sais. Mais nous nous amuserons en essayant, dit-il avec un sourire tout en commençant à remuer, lentement et de manière constante, dedans et dehors, faisant hoqueter et gémir de plaisir Marlowe.

À un moment, elle évoqua de nouveau son inquiétude quant au dos de Kendric. En réponse, il bougea plus rapidement, la prit plus brutalement, et toute inquiétude qu'elle pouvait avoir s'évapora de son esprit.

Marlowe avait pensé que faire l'amour avec lui la première fois avait été la meilleure chose qu'elle ait connue, mais elle avait eu tort. Être avec lui maintenant, en sécurité et à l'aise, était bien plus excitant, épanouissant et érotique.

Il lui fit l'amour, taquinant son corps jusqu'à ce qu'elle le supplie de la laisser jouir. Sans la faire attendre une seconde de plus, il se retint à l'intérieur d'elle tandis qu'elle passait par-dessus bord. Tout comme avant, il semblait avoir grand besoin de la sentir onduler autour de sa verge.

Dès qu'elle se détendit, il commença à la baiser avec rudesse, lui murmurant des mots d'amour et flattant sa beauté jusqu'à ce que son orgasme le submerge et qu'il gicle des filets de sperme à l'intérieur de son corps.

Il se baissa au-dessus d'elle pendant quelques secondes, aspirant son souffle, puis roula et la serra tout contre son torse.

Marlowe voulait protester, lui dire qu'il ne devrait pas supporter tout son poids à cause de ses blessures dans le dos. Mais elle adorait cette position. Être étendue, toute relaxée sur lui alors qu'il était toujours en elle. Cela lui rappelait la première fois qu'ils avaient l'amour dans cette grange. Sauf que, maintenant, elle n'avait pas à s'en faire ni pour la paille sale ni d'être interrompus, et il n'y avait pas d'animaux mangeant bruyamment tout autour d'eux.

— Je t'aime, marmonna-t-elle contre son torse.

Il resserra son étreinte et elle sentit son membre remuer en elle.

— Je t'aime aussi, répondit-il.

Marlowe lui embrassa le cou et soupira de contentement.

— Je ferai tout ce qu'il faudra pour que te garder en sécurité, dit-il doucement.

Elle leva la tête.

— Quoi ?

— Quand tu discuteras avec Ian. Je ferai tout le nécessaire pour être sûr que les choses ne dérapent pas. Et c'est valable pour la vie en général. Je vais être casse-pieds. Tu vas penser que je suis surprotecteur, car je le suis vraiment. Je ne prendrai pas le contrôle, tu pourras être amie avec qui tu veux, aller où tu veux. Tu peux prendre le boulot que tu veux ou pas de boulot du tout. Je m'en fiche. Mais je vais probablement t'envoyer des messages constamment, m'assurer que tu vas bien, te demander si tu as besoin de quoi que ce soit. Et quand nous aurons des enfants ?

Il frémit légèrement, puis se remit à parler.

— Je vais carrément en faire trop. Vérification des antécédents des nounous, des entraîneurs, des professeurs. Rien ni personne ne blessera ce qui est à moi si je peux l'en empêcher.

Des larmes dévalèrent les joues de Marlowe.

Kendric parut alarmé.

— Merde ! Ne pleure pas, Punky. J'essaierai de me maîtriser là-dessus, mais je n'ai jamais aimé personne comme je t'aime, et l'idée que quelque chose puisse t'arriver me rend dingue. Et les enfants sont si vulnérables. Je ne veux pas qu'ils s'interrogent un jour sur l'amour de leur père pour eux. Je vais merder, je le sais et je suis terrifié à l'idée de faire ou de dire un truc qui puisse les transformer en tarés, mais je ferai tout de même de mon mieux pour être le genre de père et de mari que tu as toujours voulu.

— Kendric, dit Marlowe, levant une main pour la poser sur sa joue. Tu es *déjà* le mari dont j'ai toujours rêvé.

Il tourna la tête et lui embrassa la paume.

— Et ça me va que tu sois protecteur tant que ça marche dans les deux sens. Quand tu seras au travail, je t'enverrai probablement des messages incessants pour m'assurer que tu n'es pas écrasé sous un arbre énorme. Quand tu partiras en randonnée, tes clients penseront que *je* suis la tarée parce que je prendrai toujours des nouvelles, répondit-elle avant de se mettre à sourire. Seigneur, nous sommes cucul, conclut-elle en secouant la tête. L'armée va te retirer ta plaque des Forces Spéciales.

Il ricana, et Marlowe le sentit de l'intérieur puisqu'ils étaient toujours reliés de la façon la plus intime qu'un homme et une femme puissent l'être.

— Ils peuvent l'avoir. Je m'en fiche.

— Est-ce que tu... Ça va entre toi et JJ ?

— Ouais. Tu pensais que non ?

— Aucun de vous deux n'était ravi quand il est sorti pour te parler. Était-il vraiment furieux que tu fasses ces missions de sauvetage ?

— Il n'en était pas ravi, admit Kendric. Mais nous avons discuté et je lui ai raconté comment je me sentais... et j'ai évoqué mes cauchemars.

— Et ?

— Il a avoué en avoir parfois lui aussi. Il a dit que nous quatre devrions davantage parler de ce que nous avons traversé lors de cette dernière mission et de ce que nous vivons maintenant. Et il n'a pas tort.

Marlowe aimait beaucoup ça pour lui.

— Bien.

— Bien que je n'aie pas fait de cauchemar depuis que je suis rentré.

— Je sais, répondit calmement Marlowe.

Ils avaient eu cette discussion plus tôt, et elle était ravie et soulagée qu'il dorme aussi bien. Elle s'était attendue à ce que ses mauvais rêves continuent, au moins de temps en temps.

— Tu ne pourras jamais me quitter, dit sérieusement Kendric. Je crois que tu fais bloc ou un truc du genre. T'avoir dans mes bras maintient les démons à distance.

Marlowe n'était pas sûre de ça, mais, si c'était ce qu'il voulait, elle n'allait pas se disputer de nouveau.

— OK.

Il sourit.

— Ça a été facile.

Elle haussa les épaules.

— Je suis là où j'ai envie d'être. Pourquoi protester ?

— Je t'aime.

— Et je t'aime en retour, répondit-elle sans attendre.

Kendric posa la main sur l'arrière du crâne de Marlowe et le poussa doucement vers le bas pour que sa joue puisse reposer de nouveau sur son torse.

— Dors, Punky.

— Et si je ne suis pas fatiguée ?

— Tu as besoin de force.

— Pour quoi ?

— Pour plus tard, quand j'aurai de nouveau envie de toi.

— Est-ce que c'est normal ? Je veux dire, je ne pensais pas que la plupart des mecs pouvaient le faire plus d'une fois par nuit.

Kendric rit.

— Ce n'est pas la nuit. Et je ne sais pas pour les autres mecs, mais, moi, avec *toi* ? C'est complètement normal. Je vivrais en toi si je le pouvais.

Marlowe pouffa.

— Pas sûre que ce soit pratique.

L'une des mains de Kendric descendit de son dos et lui pressa les fesses.

— M'en fiche.

Elle gloussa avec une légère secousse de la tête, puis se blottit davantage contre lui.

— Et pour info ? dit-il au bout d'un moment.

— Hmmm ? murmura-t-elle, ayant sommeil après tout.

— Tu as un goût délicieux, et je vais souvent te déguster.

Le visage de Marlowe se réchauffa une fois de plus. Mais puisqu'elle aimait chaque seconde de la bouche de Kendric sur elle, elle n'allait pas se plaindre.

— Je peux essayer ça de temps en temps ? Me rendre plus bas sur ton corps, je veux dire ?

— Quand tu le voudras, Punky. Bien que je n'aie pas besoin que tu fasses ça.

— Mais je veux te donner autant de plaisir que tu m'en donnes, protesta-t-elle.

— Tu le fais déjà. Fais dodo, Marlowe.

— D'acc.

Cela ne lui prit pas longtemps avant de tomber dans un profond sommeil. Elle avait été stressée pendant la conversation entre Kendric et JJ, puis épuisée après avoir fait l'amour.

D'une façon, elle s'était retrouvée mariée à l'homme de ses rêves. Elle avait de nouveaux amis, son frère était sauf et, bientôt, elle ferait payer Ian pour ce qu'il avait fait. La vie était belle.

Plus que belle.

CHAPITRE QUATORZE

— Tu vas vraiment l'affronter ? demanda Carlise à Marlowe.

Carlise, June, April et Marlowe étaient assises dans la salle de pause de Jack's Lumber pendant que les mecs étaient tous à leurs postes. Il y avait eu une énorme pluie torrentielle la nuit d'avant, et des arbres étaient tombés partout dans Newton. Marlowe n'avait pas été convaincue par le fait que Kendric puisse travailler avec son dos toujours en guérison, mais il avait insisté pour aider ses amis.

Alors les quatre femmes traînaient ensemble, tâchant de ne pas s'inquiéter pour les hommes.

— Je vais le faire, répondit Marlowe. Demain, je vais me rendre au poste de police et le chef Rutkey me laissera utiliser leur téléphone là-bas puisqu'il possède déjà tout le matériel d'enregistrement. J'appellerai Ian et essaierai de lui faire admettre tout ce qu'il a fait.

— Tu crois qu'il va mordre à l'hameçon ? demanda June.

Marlowe haussa les épaules.

— L'inverse pourrait se produire, mais je pense qu'il le fera.

— Pourquoi ?

— Parce qu'il voudra savoir ce que je pourrais raconter sur lui à la police. Car il voudra savoir comment je suis sortie de Thaïlande.

— Tu es nerveuse ? Parce que, moi, je serais terrifiée, dit April.

— Franchement ? Un peu. Mais Kendric sera là.

Et il avait été l'élément décisif. Si elle avait été seule ? Elle ne saurait être suffisamment courageuse pour affronter Ian. Juste le fait de savoir que Kendric assurerait ses arrières suffisait à lui donner le courage d'aider à traduire Ian en justice.

— De plus, on doit empêcher Ian de refaire ça à nouveau. De voler illégalement l'héritage d'un autre pays.

— C'est vrai. Quelle enflure, réagit Carlise avec dégoût.

— Pour changer de sujet, comment en es-tu venue à appeler Bob *Kendric* ? demanda April, amusée. Je veux dire, nous toutes, dit-elle en désignant les autres femmes, avons eu une conversation un jour sur le fait que, avec un nom comme Bob, certaines femmes pourraient l'éjecter d'entrée de jeu d'une relation amoureuse. J'allais monter un truc entre lui et une femme qui était à la recherche d'un guide pour le sentier des Appalaches en le présentant par son vrai nom, mais tu m'as devancée.

Marlowe se mit à rire.

— Il n'y a rien de mal dans le prénom Bob. Mais la première fois que j'ai rencontré Kendric, c'est ainsi qu'il s'est présenté. Et aujourd'hui, je ne peux pas penser autrement à lui. Et sérieusement, la façon dont il a trouvé le surnom de Bob est tout bonnement ridicule.

— Oui, hein ? Je ne comprends pas les mecs et leurs surnoms stupides. Au moins, ceux des autres sont tous basés sur leurs *vrais* noms. Comme Chapman et Chappy, Cal et Callum et, bien entendu, JJ pour les initiales de Jack. Même si je me ferais bien un resto Bob Evans là, tout de suite, dit June en souriant.

— Ça, c'est parce que tu manges pour deux, dit Carlise.

— Attends... quoi ?! demanda April.

Et en même temps, Marlowe s'était exclamée :

— Tu es enceinte ?!

June rougit, leur fit un petit sourire et posa une main sur son ventre.

— Seulement d'environ quatre semaines mais... ouais. On dirait que le sperme de Cal était *vraiment* déterminé. Il m'a mise en cloque quasiment à la seconde où on s'est décidé à le tenter.

— Félicitations !

— C'est génial !

— Je ne voulais pas vendre la mèche, dit une Carlise honteuse à June.

— C'est bon. Sans mentir. Et... en parlant de Bob Evans... Je pourrais prendre des petits-déjeuners tout le temps, vu que j'ai l'air d'avoir constamment faim ces derniers temps.

— Je suis tellement contente pour vous, les amis, dit April.

— Chappy et moi, on essaie encore, admit Carlise avec un air inquiet. Et même si j'adore les essais pour tomber enceinte, je suis inquiète que ce ne soit pas encore arrivé.

— Ça fait quoi, même pas trois secondes que vous vous connaissez tous les deux ? dit sèchement April.

— Je sais, répondit Carlise. Je suis juste impatiente. Si nous devons avoir les quatre enfants dont nous avons parlé, il faut qu'on s'y mette. Bien que je ne sois pas opposée à l'adoption. Ou à la fécondation *in vitro*. Ou à être famille d'accueil. Seulement, je désire tellement former une famille avec Chappy... Il sera le meilleur des pères et j'ai hâte de faire en sorte que ça lui arrive.

— Ça arrivera, dit June.

— Et toi ? demanda April en regardant Marlowe.

— Moi, quoi ?

— Est-ce que, avec Bob, vous pensez aux enfants ?

Marlowe rougit et hocha de la tête.

— Bien que mon corps soit encore détraqué après tout ce qui est arrivé.

— Je n'en reviens toujours pas que, nous trois, nous ayons trouvé nos hommes en étant forcées de partager un lit avec eux, dit Carlise en gloussant.

— Oui ! Toi, pendant la tempête de neige au chalet, moi, au lit de l'hôtel et Marlowe, dans une fosse sous le sol, carrément ! Bien qu'aucune d'entre nous n'ait été forcée de se marier comme elle, dit June.

— Je ne suis pas sûre que *forcée* soit le bon mot, protesta Marlowe.

— Qu'auriez-vous fait si tu n'avais pas cédé à ce que demandait cette dame ? demanda Carlise.

Marlowe haussa les épaules.

— Kendric aurait trouvé autre chose.

— Je me dis qu'aucun des gars ne fait jamais ce qu'il ne voudrait pas faire, dit April. Si Bob a été d'accord pour t'épouser, c'est parce qu'il *voulait* t'épouser.

— C'est ce qu'a dit Chappy, admit Marlowe avec un petit sourire.

— Je sais que les circonstances n'étaient pas du tout romantiques, dit Carlise. Mais je ne peux m'empêcher de me sentir toute guimauve devant la façon dont tout ça est arrivé.

— En vrai, la cérémonie était... chouette, dit Marlowe, peu convaincue. L'homme qui nous a mariés parlait en thaï, alors je n'avais aucune idée de ce qu'il racontait, mais, quand est arrivé le moment de nos vœux, il s'est mis à parler en anglais. Ça m'a choquée.

— Vraiment ? C'est cool. Alors, il a entièrement récité

le truc « avoir et garder, aimer et chérir » ? demanda June, se penchant en avant sur le canapé, complètement captivée.

Marlowe hocha la tête.

— Ouais. Sauf que c'était un peu différent. Plus… je ne sais pas… éloquent ?

— Tu t'en souviens ? Des vœux, je veux dire, demanda Carlise.

— Oui.

— Tu veux bien nous les dire ? Ce n'est pas grave si tu veux refuser.

Marlowe récita sans effort. Les mots lui brûlaient la cervelle, comme si elle se tenait de nouveau dans le salon de cette femme.

— Te prendre et te garder aujourd'hui et pour toujours, pour le meilleur et pour le pire, dans la richesse et la pauvreté, dans la maladie et la santé, t'aimer et te protéger, te chérir et t'honorer, te respecter et te soutenir, dans cette vie et dans la prochaine.

Les trois femmes poussèrent un soupir.

— Ils sont bouddhistes en Thaïlande, c'est ça ? demanda April.

— Beaucoup de gens, oui. Je ne suis pas certaine de la religion qu'avait la femme chez qui nous logions, mais elle était clairement de la vieille école puisqu'elle ne voulait pas que nous dormions ensemble dans ce trou.

— Je pense qu'elle l'était clairement, vu ce dernier passage. La plupart dirait « jusqu'à ce que la mort nous sépare », mais il me semble que les bouddhistes croient en la réincarnation, alors évoquer « dans cette vie et dans la prochaine » a du sens, songea April.

Marlowe ne savait rien de la religion bouddhiste, mais elle aimait la pensée de ne pas être avec Kendric uniquement dans cette vie, mais aussi dans celle d'après, peu importait ce qui arriverait.

— Et toi ? demanda Carlise à April.

— Hmm ?

— Nous avons toutes fait le truc du lit unique, de la proximité forcée. Qu'en est-il de toi et de JJ ? Comment allons-nous réussir à vous mettre tous les deux dans un lit, à l'inciter à cesser de glander et à se sortir les doigts du cul afin qu'il admette qu'il est fou amoureux de toi ?

Marlowe regarda, fascinée, les joues de sa nouvelle amie devenir rouges.

— Il n'est pas amoureux de moi, protesta-t-elle.

— Oh, je t'en prie, il l'est tellement ! dit Carlise en secouant la tête.

— Eh bien, je suis contente d'être son assistante et son amie. Alors, pas de proximité forcée pour nous, dit-elle avant de leur accorder à chacune un regard sévère. Je suis sérieuse. Si vous nous enfermez dans une pièce avec un sac de couchage ou autre, je ne vais pas être contente !

Tout le monde ricana.

— De plus, je suis trop vieille pour lui, marmonna April.

— Quoi ? Mais non ! s'exclama Carlise. On a déjà parlé de ça. Tu n'as que sept ans de plus, ce n'est rien !

— J'ai déjà été dans une relation sérieuse et ça craint, dit April, ignorant le commentaire de Carlise. Je suis contente d'être célibataire. Et bientôt, je serai tante April pour tous vos gosses. Je vais les gâter et les pourrir.

— Tu ne veux pas d'enfant à toi ? demanda June.

April lui fit un petit sourire.

— Non. Ne te méprends pas, j'adore les enfants et je sais que je pourrais toujours adopter ou autre, mais j'apprécie le fait de ne pas avoir cette responsabilité.

— Ça ne pose pas de problème si tu ne veux pas être mère,

se força à dire Marlowe. La société insiste trop pour que les femmes aient des bébés. Comme si quelque chose clochait si nous ne voulions pas faire l'expérience de l'accouchement. Mais ça ne veut pas dire que tu ne peux pas avoir ta fin heureuse avec JJ.

— Nous sommes amis. Rien de plus, insista April.

Mais Marlowe pouvait entendre sa voix teintée d'envie. Elle ne connaissait pas cette femme depuis très longtemps, mais il était évident qu'elle ne pouvait détacher son regard de JJ quand ils étaient ensemble dans la même pièce. Ils pouvaient se lancer des piques, mais Marlowe n'avait pas rencontré de personnes ayant autant d'alchimie qu'eux.

— De plus, Chappy, Cal et Bob sont tombés amoureux en deux secondes. Vous deux, dit-elle en pointant du doigt Carlise puis June, vous vous êtes mariées en quelques semaines. Et Marlowe, ça s'est fait en cinq jours pour toi !

— Les circonstances étaient un peu différentes pour nous, protesta-t-elle. Nous nous sommes mariés, mais nous ne nous aimions pas.

— Foutaises ! Je le redis, Bob ne t'aurait pas épousée s'il ne l'avait pas voulu. Il était déjà amoureux de toi, je n'ai aucun doute là-dessus. Ce que je veux dire, c'est que Jack et moi nous connaissons depuis des *années*. Rien n'est jamais arrivé entre nous. Il finira par rencontrer une femme et tombera sous le charme aussi brutalement et rapidement que ses amis l'ont fait. Il ne va pas se réveiller un jour et réaliser soudain qu'il aime la femme qu'il voit tout le temps au travail. De plus, c'est mon patron. Ça ne finit jamais bien.

Marlowe voulait en débattre, mais elle n'était pas certaine de savoir quoi dire. Elle ne connaissait pas suffisamment bien JJ ni April. Quelque chose les empêchait clairement tous les deux de s'avouer leurs sentiments et peu importait ce que c'était, c'était peut-être une chose qu'ils ne pourraient pas surmonter.

— Bref, j'ai hâte qu'il y ait des bébés en liberté ici. Je serai toujours disponible pour les garder, je veux juste clarifier ça ici et maintenant. D'accord ?

Tout le monde rigola.

— Tant mieux. Parce qu'avec quatre enfants, on aura besoin de temps pour nous, blagua Carlise.

— Avec les deux que nous voulons, nous aurons besoin de temps pour nous, dit June en riant.

— Combien en veux-tu ? demanda April à Marlowe.

— Je ne sais pas. Plus d'un, moins de six, laissa-t-elle échapper.

— Six ? Bonté divine ! s'exclama Carlise. Je croyais que, quatre, c'était beaucoup.

— C'est juste que… j'ai toujours voulu être mère au foyer. Je ne suis pas très douée en archéologie et, même si j'aimais bien, je veux me poser. Fonder une famille. Ce n'est pas très bien ces temps-ci de dire qu'on veut accueillir son mari à la porte quand il revient du travail, mais… moi, oui. Je ne suis pas convaincue en ce qui concerne la cuisine puisque je suis nulle dans le domaine, mais je trouverai.

— Je trouve ça génial, commenta June.

— Moi aussi, suivit Carlise.

— Moi aussi. On se fiche de ce que pensent les autres. Tu fais ce qu'il y a de mieux pour toi et pour Bob.

Marlowe afficha un large sourire. Elle aimait bien ces nanas. Beaucoup.

— Je le ferai, dit-elle avec conviction.

— Alors… est-il déjà temps de vérifier si tout va bien ? demanda Carlise avec un petit sourire satisfait. Je veux dire, ça fait quoi, vingt minutes depuis la dernière fois que nous avons eu des nouvelles d'eux ?

— Trente et, oui, il est temps de vérifier, dit April avec enthousiasme.

Cette femme pouvait nier aimer son patron d'un point de vue romantique, mais il était plus qu'évident qu'elle était tout aussi anxieuse que les autres quant au bien-être et à la sécurité de leurs hommes.

Une fois qu'elles furent rassurées que les gars allaient bien et qu'ils progressaient nettement dans le nettoyage des dégâts causés par la tempête, les femmes décidèrent de commander chez Granny's Burgers pour le déjeuner. Carlise alla récupérer la commande, et elles étaient pleinement en train de se goinfrer quand les mecs revinrent.

Chappy alla directement vers Carlise et lui embrassa la moutarde qu'elle avait sur la joue.

Cal s'approcha de June, posa la main sur le ventre tout en la saluant d'un baiser.

Le regard de JJ était rivé sur April, et il eut un faible, mais tendre sourire sur le visage en l'observant tenter désespérément d'avaler l'énorme bouchée qu'elle venait de prendre quand ils étaient entrés.

Et Kendric se dirigea directement vers Marlowe. Il ne se pencha pas pour l'embrasser toutefois. Au lieu de ça, il la souleva de sa chaise et se dirigea vers la porte.

— Kendric ! le gronda-t-elle. Tu ne devrais pas me porter ! Ton dos !

— Va bien. Et je viens de passer la journée à couper et à transporter d'énormes arbres. Tu pèses moins lourd qu'eux.

Ne sachant pas quoi faire d'autre et appréciant secrètement le fait d'être dans ses bras, Marlowe se tourna et fit signe à ses amis.

— À plus ! cria-t-elle.

Tout le monde se mit à rire et à faire signe.

— Qu'est-ce qui presse ? demanda-t-elle à Kendric, qui marchait vers son pick-up.

— Ça fait quatorze heures, huit minutes et vingt-huit

secondes depuis la dernière fois que j'ai fait l'amour à ma femme, répondit-il.

Marlowe secoua la tête, exaspérée, mais puisqu'elle désirait son mari apparemment autant qu'il la désirait – toute cette discussion sur les bébés l'avait excitée –, elle n'allait pas se plaindre.

Il l'installa sur le siège passager, puis encadra son visage avec ses mains et l'embrassa longtemps, brutalement, profondément. Quand il s'écarta, ils haletaient tous les deux. Il la regarda fixement un long moment, comme s'il voulait mémoriser ses traits, puis prit une profonde inspiration et recula, refermant la portière.

Ils parlèrent de leur journée en chemin vers l'appartement comme si la tension sexuelle entre eux ne régnait plus du tout. Kendric confia à Marlowe comme il était bon de retravailler. Comment il s'était senti ces derniers temps, avec l'impression d'avoir abandonné ses amis car n'ayant pas été capable de les aider. Elle lui raconta le moment amusant qu'elle avait passé avec les autres filles et à quel point elle les appréciait.

Après s'être garé sur une place de parking, Marlowe était déjà sortie du véhicule, attendant Kendric, quand il atteignit le siège passager. Il lui prit la main et la mena en haut des escaliers menant à son appartement. Aucun des deux ne parla, mais Marlowe pouvait déjà sentir ses tétons se durcir et son corps se préparer pour son homme.

* * *

Bob ne s'était jamais senti comme ça auparavant. Comme si sa peau était trop petite pour son corps. Il avait convoité une femme ou deux par le passé, mais pas de la même façon désespérée qu'il désirait sa femme.

Son *épouse*.

C'était un sentiment si étrange de savoir qu'elle était liée à lui comme il l'était à elle. Il avait accepté le fait qu'il pourrait ne jamais trouver la femme qui lui donnerait envie de se poser, mais la vie avait eu une façon de le prendre à contre-pied afin de lui prouver qu'il avait eu tort.

Il referma la porte de son appartement et la verrouilla, puis il se focalisa sur Marlowe. Il la fit reculer contre le mur le plus proche, et poussa un grognement quand elle se faufila hors de son emprise pour se mettre à genoux devant lui.

Quand elle batailla avec la ceinture de son pantalon, il grogna à nouveau. Il désirait ses mains et sa bouche sur lui plus qu'il ne voulait respirer. Mais il avait travaillé toute la journée.

— Marlowe, arrête, dit-il, mais elle l'ignora, abaissant son boxer, faisant bondir sa berge durcie hors de la prison de son sous-vêtement.

Elle leva les yeux vers lui, se lécha les lèvres et se pencha en avant, maintenant toujours son regard.

— J'ai besoin d'une douche, parvint-il à dire de sa voix rauque avant que la bouche de Marlowe ne se referme sur lui. Merde alors ! s'exclama-t-il tandis qu'elle le prenait autant que possible dans sa bouche et le suçait avec frénésie.

Quelques gouttes giclèrent de son gland avant qu'il ne se saisisse de la base de son membre pour s'empêcher de jouir ici et maintenant. Il était préparé et prêt, et avoir la femme qu'il aimait en train de le sucer était presque trop par rapport à ce qu'il pouvait supporter pour le moment.

Elle était plus enthousiaste qu'habile dans ce qu'elle était en train de faire et Bob ne s'était jamais senti aussi bien. Il gardait une main autour de son membre, se maintenant immobile, et l'autre plongea dans les cheveux de Marlowe, se crispant tandis qu'elle hochait la tête de haut en bas, son sexe en bouche.

Elle aspirait bruyamment et léchait, lui faisant plaisir avec enthousiasme. Il sentait ses lèvres lui toucher la main chaque fois qu'elle allait au plus loin sur sa verge, et c'était la chose la plus intime qu'avait vécue Bob.

Mais il en avait assez ; il avait besoin de se trouver en elle au moment de jouir. Même s'il aimait la sensation de sa bouche, il voulait sentir son corps chaud et humide pris d'un spasme autour de sa verge pendant qu'il jouirait.

Il s'abaissa et l'éloigna brutalement de son sexe, puis la fit reculer tout en refermant ses lèvres avec les siennes. Il pouvait sentir son propre goût, et cela ne faisait que l'exciter encore plus. Il n'allait pas réussir à atteindre le lit.

Elle heurta le canapé. Il tira brutalement sur son legging et sa culotte avant de la relever et de l'asseoir sur le dos du canapé, la plaçant à la hauteur parfaite.

Puis, il attrapa son membre et le plongea dans ses replis complètement trempés d'une seule poussée.

— Je ne pouvais pas attendre ! s'excusa-t-il.

En réponse, Marlowe libéra un gémissement profond et bas, se débarrassant de son legging et de sa culotte d'un coup de pied afin de pouvoir mettre ses jambes autour de lui, s'agrippant à ses épaules tout en y enfonçant les ongles.

Des picotements descendaient déjà le long de sa colonne vertébrale et ses bourses étaient déjà remontées. Ce n'était qu'une question de secondes avant que Bob n'éjacule, il le savait. Il voulait attendre. Faire durer. Faire en sorte que ce soit bon pour elle, mais son corps à lui avait d'autres idées.

Bien avant d'être prêt, Bob jouit profondément dans le corps de Marlowe. Sa vision s'obscurcit un moment et ses genoux faiblirent. Il parvint à continuer de la porter et, quand il sentit qu'il pouvait marcher, il releva Marlowe et se positionna devant le canapé. Il tomba sur les coussins, continuant de la serrer fort dans ses bras.

Elle n'avait pas encore joui et c'était inacceptable.

— Chevauche-moi, dit-il, essoufflé tout en se penchant en arrière, installant Marlowe sur ses genoux pour mettre la main entre eux.

Ils étaient encore tous deux bien habillés, le legging et la culotte de Marlowe suspendus à une jambe tandis qu'elle l'enfourchait. Ses cheveux étaient ébouriffés là où la main de Bob l'avait agrippée et ses joues étaient rouges.

— Prends-moi, Punky. Comme tu l'as fait lors de notre lune de miel.

Se souvenir d'elle dans cette grange suffit au sexe de Bob pour se durcir à moitié, toujours en elle.

Elle commença à le chevaucher, son corps le prenait puis le libérait, Marlowe se balançant de haut en bas. Il pinça son clitoris, l'aidant à atteindre encore plus vite l'orgasme.

La sensation des muscles de Marlowe se serrant autour de lui était un phénomène dont il ne se lasserait jamais. Les bruits que faisaient leurs corps lorsqu'ils jouissaient tous les deux étaient si érotiques, et Bob était soulagé qu'elle ait été aussi excitée, car il ne lui avait ainsi causé aucune douleur quand il l'avait brutalement prise plus tôt.

— C'est ça, Punky. Prends ton homme. Tu es si belle. Et toute à moi. Bon Dieu, tu n'as pas idée comme c'est incroyable ! Fais-le, Mar. Je te tiens.

Elle relâcha un petit cri perçant tout en se cabrant, rejetant la tête en arrière, jouissant sur lui.

Ce fut tout aussi dingue que la première fois. Rien ne pouvait être comparé à ses pulsations rythmiques sur sa verge. Il pouvait sentir le flot d'humidité contre ses bourses pendant qu'elle jouissait.

Il eut le sourire lorsqu'elle finit par revenir à elle. Elle le regarda, la sueur parsemée sur ses tempes, et elle affichait un air satisfait et fier. Et c'était certainement le cas.

— Hum... salut, dit-elle timidement.

— Salut, lui répondit-il avec un énorme sourire sur les lèvres. Je ne t'ai fait pas mal, si ? Je ne me suis pas vraiment assuré que tu sois prête pour m'accueillir...

— Tu ne m'as pas fait mal, dit-elle. J'ai aimé ça. Beaucoup.

— J'ai remarqué, répondit-il, incapable de taire la note de fierté dans sa voix. J'allais te demander de quoi vous aviez parlé entre filles avant qu'on n'en arrive là, mais je ne suis pas sûr de vouloir le savoir...

— De bébés, lâcha-t-elle.

Bob haussa un sourcil.

— Ah ouais ?

Elle plissa le nez.

— Je suppose que j'ai été un peu excitée. Et ensuite, tu as fondu sur moi et m'a soulevée comme un homme des cavernes... je n'ai pas pu me retenir de te sauter dessus dès notre arrivée.

Bob rit.

— Dès que tu auras envie de me sauter dessus, n'hésite pas, le taquina-t-elle. Tu as faim ?

— Eh bien, je viens de manger la moitié d'un burger de chez Granny. Tu es arrivé avant que je ne puisse le finir.

— OK, alors... tu as faim ? répéta-t-il.

Une chose qu'il avait apprise sur sa femme était qu'elle pouvait manger comme un ogre. Il ne l'aurait jamais deviné lorsqu'ils étaient en Thaïlande. Elle devait avoir un trou à la place de l'estomac, mais il s'en moquait. Et peu importait ce qu'elle mangeait, elle demeurait une petite chose.

— Hum... je pourrais manger.

— Alors, tu devrais te lever afin que je puisse nourrir ma femme.

Elle accepta et quitta ses genoux, se levant avec son aide. Elle attrapa sa culotte et commença à l'enfiler. Toujours assis, Bob aperçut quelque chose, et il la stoppa, alarmé.

— Je t'ai vraiment fait du mal ! s'exclama-t-il, la tenant par les hanches pour se pencher davantage.

Elle était nue à partir de la taille, et il pouvait voir son sperme couler le long de l'intérieur de sa cuisse, mais il était teinté de rose. Elle saignait.

Baissant les yeux, Marlowe tenta de se libérer de lui.

Il ne la lâchait pas.

— J'appellerai le médecin. Je suis tellement désolée, Marlowe. J'ai été un idiot ! Je vais juste...

— Tu ne m'as pas blessée, dit-elle pour l'interrompre. J'étais plus que prête pour toi. Je pense que ce sont mes règles. J'ai eu des crampes plus tôt dans la journée, mais, puisque ça fait tellement longtemps que je ne les ai pas senties, je n'ai juste pas fait le rapprochement.

Bob se força à détourner le regard de sa semence goûtant de sa jambe pour la regarder dans les yeux.

— Tes règles ? demanda-t-il calmement.

— Ouais. Tu sais, ce truc qu'ont les femmes tous les mois ? Lâche-moi, que je puisse me nettoyer.

Mais les mains de Bob ne parvenaient pas à la relâcher. Il reporta les yeux sur le sperme rose s'échappant d'entre ses jambes. Il n'avait jamais beaucoup réfléchi à cette période du mois pour une femme. Mais désormais, il ne pouvait s'arrêter de penser aux conséquences de ce sang. Il regarda de nouveau Marlowe.

— Tu peux tomber enceinte désormais, murmura-t-il.

Les lèvres de Marlowe se tordirent.

— Eh bien, pas là, tout de suite. Ce n'est pas comme ça que ça marche, mais, oui, maintenant que je mange de vrais repas, tout ça, je suis en bien meilleure santé donc... c'est possible.

— J'espère que tu ne fais pas partie de ces femmes qui n'aiment pas faire l'amour pendant qu'elles saignent, lâcha-t-il. Car ce n'est pas rédhibitoire. Pas du tout.

— C'est vraiment salissant. Et le sang, ça tache, l'informa-t-elle.

Bob afficha un large sourire.

— On utilisera des serviettes. Et on fera l'amour sous la douche, lui répondit-il avant de la regarder. Tu n'as même pas hésité une seconde avant de te mettre à genoux devant moi alors que j'ai bien transpiré toute la journée.

Elle eut l'air mal à l'aise pour la première fois.

— Le fait que tu sois en sueur me rappelle quand nous étions en fuite. On ne prenait pas beaucoup de douches et ton odeur naturelle me rappelle quand tu me serrais fort contre toi quand on se cachait. Ça m'évoque la sécurité. Ça ne me dérange pas du tout.

Le cœur de Bob fondit. Il aimait tant cette femme ! Elle était parfaite pour lui, à tous les niveaux.

— Tu as besoin que j'aille te chercher des tampons ou des serviettes hygiéniques ? demanda-t-il.

Les yeux de Marlowe s'agrandirent.

— Non. Je peux le faire.

— Non. Toi, tu restes ici. Je vais sortir rapidement et en prendre. Quelle taille ? Peu importe, je prendrai différentes choses. Je nous ferai des spaghettis à mon retour. Je t'aime, Marlowe.

Elle lui sourit.

— Je t'aime aussi. Pourrais-tu... pourrais-tu me donner un essuie-tout ou autre ?

Bob se souleva du canapé et fut de retour en quelques secondes.

— Laisse-moi faire, insista-t-il quand elle tendit la main pour prendre l'essuie-tout.

Elle rougit, mais accepta.

Bob essuya la preuve de leur rapport sexuel, submergé par un sentiment de satisfaction.

Il était complètement fichu ; ceci devrait probablement être dégoûtant, une chose devant laquelle il devrait normalement reculer. Quelque chose qui l'embarrasserait. Mais comment pourrait-il alors que cela faisait partie de leurs ébats amoureux ? Il avait fait la promesse de respecter et de soutenir cette femme, et cela en faisait tout bonnement partie.

— Je vais revenir bientôt. Prends des antidouleurs si tu as encore des crampes.

— Je vais bien, Kendric. Je gère mes règles depuis des décennies maintenant.

— En effet, pardon. J'ai juste... c'est extraordinaire.

Elle leva les yeux au ciel.

— Ce sont juste des règles !

Mais Bob s'approcha et lui prit le visage entre ses mains. Il avait déjà remis son pantalon, mais se sentait encore à nu avec cette femme. Elle lui donnait envie d'être une personne meilleure. D'être le genre d'homme sur qui elle pouvait compter.

— Ce n'est pas *juste* un truc. Tu mourais de faim. Une de tes fonctions a dû s'éteindre, car ton corps brûlait chaque calorie juste pour pouvoir te maintenir en vie et en mouvement. Et aujourd'hui, tu guéris. Retrouver tes règles n'est que la première étape pour qu'on devienne une famille. Ton corps est un miracle, et je suis submergé par la reconnaissance d'avoir accepté ce boulot. Que tu aies été suffisamment futée pour t'échapper quand l'occasion s'est présentée. Que tu aies été suffisamment forte, physiquement et mentalement, pour nous faire sortir du pays. Cette relation va fonctionner. Rien ne nous empêchera de vivre la meilleure vie possible, d'accord ?

Il se montrait de nouveau cucul, mais Bob s'en moquait.

— D'accord, répondit-elle.

— Bien. Je reviens dans une minute, dit-il après l'avoir embrassée.

— N'en fais pas trop, l'avertit-elle. Je veux dire, je n'ai besoin que d'une boîte.

— D'accord. Pigé. Je t'aime.

— Je t'aime aussi.

Bob quitta l'appartement, plus heureux qu'il ne l'avait été depuis des lustres. Il n'avait pas besoin d'adrénaline ni du danger pour se sentir comblé. Il avait simplement besoin de Marlowe.

CHAPITRE QUINZE

Il en avait clairement fait trop.

Marlowe secouait la tête, pensant encore aux six boîtes de tampons qu'il avait ramenées à la maison, de chaque taille et de chaque marque qu'avait en stock le supermarché de Newton. Il avait également acheté trois paquets de serviettes. Mais c'était... adorable. Il était évident que Kendric n'avait aucune idée de ce dont avait besoin une femme pendant cette période du mois, mais cela le rendait encore plus adorable.

Quand il était revenu du magasin, la nuit précédente, il avait préparé leur dîner en vitesse pendant qu'ils discutaient davantage au sujet de leurs journées. Elle supposait que la plupart des gens ne trouveraient pas cela très intéressant d'entendre ce qu'impliquait une entreprise d'abattage d'arbres ou de tourisme, mais elle voulait savoir la moindre petite chose à propos de son mari.

Cette nuit, il l'avait tenue fermement contre lui, la câlinant, sans lui mettre la pression pour coucher. Il avait tressailli quelques fois durant son sommeil, mais ne s'était pas réveillé à cause d'un cauchemar. Marlowe avait gardé les bras autour de lui, lui faisant savoir qu'il était en sécurité et aimé, priant pour que cela suffise à maintenir ses démons à distance.

Et cela avait été le cas.

Là, ils venaient de terminer de déjeuner, et elle avait presque fini de se préparer pour s'en aller au poste de police afin d'appeler Ian.

Voulait-elle l'affronter ? Oui et non.

Une partie d'elle voulait juste avancer. Oublier ce qui était arrivé. Mais il serait impossible de véritablement avancer sans avoir lavé son honneur et confronter l'homme qui l'avait mise en prison. Qui l'avait tant fait souffrir.

Elle mourait de peur et était en même temps absolument énervée. C'était une étrange dichotomie, et elle n'était pas tout à fait sûre quel sentiment la dominait d'instant en instant.

Kendric était sur les nerfs. Elle avait pu le déduire au moment où ils s'étaient réveillés. Il n'avait pas parlé beaucoup même s'il était toujours aussi tendre. Elle supposait qu'il était simplement aussi stressé qu'elle. Plus tôt elle se serait occupée de ça, plus vite ils seraient heureux tous les deux.

Le fait qu'il se tenait à ses côtés pendant qu'elle faisait ce qu'elle devait faire signifiait beaucoup pour Marlowe. Elle était vraiment consciente du fait qu'il ne voulait pas qu'elle appelle Ian. Qu'il était surprotecteur et voulait la garder de vivre toute angoisse. Mais il continuait de soutenir sa décision.

Sur leur chemin vers le poste de police, elle tendit la main pour la poser sur son bras.

— Tout ira bien, dit-elle, peu certaine de qui elle essayait de convaincre, Kendric ou elle-même. Enfin, tout ce que je vais faire, c'est lui parler.

— Je sais.

Il avait répondu d'un ton sec. Il était clairement très stressé et Marlowe détestait en être la cause. Elle soupira, et sa main retourna sur ses genoux.

Immédiatement, Kendric tendit la sienne et entremêla ses doigts aux siens.

— J'essaie, dit-il doucement. Mais je déteste vraiment ça. West dira probablement un truc pour te fâcher et ça craint.

— Oui, ça craint. Mais il ne m'aura pas. J'ai survécu après avoir été jetée en prison et pensé que j'allais y passer le reste de ma vie. En comparaison, c'est du gâteau.

— Dit comme ça, je ne peux pas être totalement en désaccord, dit Kendric.

Marlowe ricana.

— Eh non.

Il porta leurs mains à sa bouche et embrassa ses doigts.

— Je t'aime et je suis si fier de toi.

— Merci. Je veux juste que ça se termine, Kendric. Je ne veux pas regarder par-dessus mon épaule pour le restant de ma vie et je ne veux pas que Ian soit en mesure de faire du mal à quelqu'un d'autre comme il l'a fait avec moi.

— Je sais. Il ne le fera pas. Tu t'en assureras.

Le fait qu'il croie en elle dissipa quelque peu son trac.

Ils arrivèrent au poste de police et Marlowe rencontra le chef, Alfred Rutkey. Il l'accueillit et la mena jusqu'à une petite salle d'interrogatoire. La pièce était pleine à craquer de chaises disposées autour de la petite table et un téléphone était placé en plein milieu.

Soudain, tout devint très réel, et Marlowe ne fut finalement pas sûre de pouvoir faire ça, après tout. La dernière fois qu'elle avait parlé à Ian, il lui avait promis de bien agir et lui avait assuré qu'il rendrait les pièces. Puis, à la seconde où il en avait eu l'occasion, il s'était retourné contre elle.

Que savait Marlowe du chantage ? Ou du fait d'amener les gens à admettre leurs fautes ? Pas grand-chose de toute évidence, étant donné qu'elle avait été celle qui avait fini derrière les barreaux, contrairement à Ian. Mais ce n'était pas

grave. Comme promis, elle, Kendric et ses amis avaient écha-
faudé un vague scénario avec des points à aborder pour le
contraindre à la confession. Elle pouvait le faire.

— Tu gères, Punky, lui dit Kendric dans son oreille, lisant
dans son esprit.

Il se tenait derrière elle, une main dans le bas de son dos.

Elle prit une profonde inspiration et se sentit plus en paix,
pénétrant dans la pièce et prenant place à la table. Chappy, Cal
et JJ les y suivirent et s'assirent également. Le chef de police prit
la chaise en face d'elle, et Kendric en rapprocha une si près que
sa cuisse se retrouva plaquée à la sienne lorsqu'il s'assit. Sa
main se posa sur sa jambe, la retenant au sol.

— Très bien. Alors, cet appel sert à faire savoir à West que
vous êtes revenue aux States, la coacha le chef. Faites comme
lui, mais essayez aussi de discuter de tout et de rien pendant un
temps pour voir si vous pouvez réussir à lui faire baisser la
garde. S'il demande comment vous êtes sortie de prison, restez
vague, dites que vous aviez un très bon avocat qui a convaincu
le juge de vous libérer grâce à un détail technique ou autre. Ne
l'accusez pas d'emblée. Tâtez le terrain. Quand vous estimerez
qu'il s'est un peu détendu, servez-vous de vos points à aborder.
Orientez la conversation vers les fouilles. Les pièces. Rappelez-
lui que vous savez qu'il les a prises, puis révélez le fait que vous
savez également qu'il a un acheteur. Menacez-le de prévenir les
autorités s'il ne vous met pas sur le coup. Il pourrait s'en
moquer. Il saura qu'il peut vous dénoncer tout aussi facilement.
Mais avec de la chance, rien que la menace suffira à le mettre
d'accord avec vos conditions.

Le chef jeta un regard à Marlowe.

— S'il n'est pas d'accord, alors souvenez-vous : au mini-
mum, nous avons besoin qu'il admette qu'il a placé ces
drogues. Et par-dessus tout, nous voulons que ces accusations
contre vous soient abandonnées. Vous avez des questions ?

Marlowe inspira profondément et expira lentement. Elle avait passé tous les détails en revue avec Kendric plusieurs fois déjà. On lui avait confié ce que le génie de l'informatique, Tex, avait découvert sur le vendeur et que Ian proposait les pièces aux enchères sur le Dark Web. Elle avait toutes les infos dont elle avait besoin pour lui foutre les jetons et, avec de la chance, le faire déraper et lui faire admettre qu'il possède les pièces. Elle devait simplement se montrer forte et passer cet appel.

Il y aurait beaucoup d'enjeux dans ces prochaines minutes, et Marlowe espérait ne pas tout faire foirer.

— Pas de questions. Je suis prête, dit-elle avec plus d'assurance qu'elle n'en avait.

Kendric lui pressa la jambe, lui faisant savoir sans parler qu'il était là. Qu'il croyait en elle.

Le chef Rutkey hocha la tête et rapprocha le téléphone, puis appuya sur le bouton du haut-parleur. La tonalité résonnait particulièrement fort dans la petite pièce. Il composa un numéro, puis fit pivoter le téléphone pour que le haut-parleur se trouve devant elle. C'était le moment. Il n'y avait pas de retour en arrière possible.

* * *

Bob n'aimait pas ça. Pas du tout. Mais Marlowe avait besoin de tourner la page, et cet appel avec West pouvait le lui apporter. Elle était raide comme un bâton à côté de lui, et ça le tuait que, la seule chose qu'il soit en mesure de faire pour essayer de rendre cela plus facile, ce soit de rester proche d'elle.

Le téléphone placé sur la table sonna trois fois, puis West finit par décrocher.

— Allô ?

— Bonjour Ian. C'est Marlowe Kennedy.

Bob tressaillit. Non. Elle était Marlowe *Evans*. Son épouse. Mais il ne pouvait évidemment pas la corriger.

Il y eut un silence au bout du fil pendant un moment avant que West ne réponde.

— Merde alors, Marlowe ?! Tu vas bien ? Tu es rentrée ?

— Oui et oui... Mais pas grâce à toi.

Tant pis pour la suggestion du chef quant à se montrer polie et à frayer son chemin dans la conversation. Bob lui serra un peu plus sa jambe. Elle était en colère, ce n'était pas difficile à voir.

— Qu'est-ce que tu veux dire ? demanda Ian, tâchant d'avoir l'air innocent.

— Arrête tes conneries, Ian, tu sais *exactement* ce que je veux dire, répondit Marlowe, se penchant en avant. Tu as placé ces pilules dans mes affaires et tu as appelé les flics pour me dénoncer.

— Quoi ? Non, c'est faux !

— Si, tu l'as fait. Personne d'autre n'avait de raison de me mettre hors course sauf toi. Nous avons eu cette conversation sur le vol de ces pièces et tu m'avais promis de les rendre. Et l'autre chose que je sais, c'est que j'ai été interrogée et jetée en prison complètement flippée. C'était ton plan, n'est-ce pas ? M'écarter pour que je ne puisse dire à personne ce que tu as fait. Et aujourd'hui, tu es revenu ici, aux States, à la recherche d'un acheteur pour ces pièces.

— Écoute, je sais que j'ai merdé sur le site de fouilles, mais j'ai fait comme tu me l'as demandé, dit-il, parlant rapidement. J'ai rendu les pièces. Elles sont retournées en Thaïlande, là où est leur place.

— Tu es un tel menteur... Tu me prends pour une idiote ? demanda Marlowe, l'amertume décelable dans sa question. Ne réponds pas, je sais que tu le penses. J'ai été une bonne personne, Ian. Sympa. Facile à vivre. Mais j'en ai marre qu'on m'emmerde. Et quelle chance tu as, tu vas faire l'expérience de mon tout nouveau cran en personne !

— Je ne trouve pas que tu es une idiote. Et tu *es* gentille, Marlowe, répondit Ian.

Bob était impressionné. Il était évident que West ne s'était pas attendu à ce que Marlowe soit si déterminée. Elle se débrouillait comme il fallait, passant à l'offensive avec West dès le début. Il avait été fier d'elle auparavant, mais, maintenant, il l'était encore plus.

— Comment es-tu sortie ? demanda West.

— Mon frère, dit-elle sèchement. Il a un réseau de relations incroyable et il m'a trouvé un avocat qui a su exactement comment me faire sortir de ce trou. Et maintenant que je suis revenue, ton petit plan pour t'enrichir grâce à ces pièces est fichu.

Ian demeura calme pendant un temps.

— Qu'est-ce que tu veux ?

— Je *veux* redevenir naïve. Je *veux* penser que les gens avec qui je travaille sont dignes de confiance. Qu'ils ne pousseraient pas l'un de leurs collègues sous un bus pour de l'argent. Mais je ne peux avoir ça, si ? Non, dit-elle, répondant à sa propre question. Alors, maintenant, je veux discuter de cette transaction que tu prépares avec les pièces.

— Quelle transaction ?

— Franchement, jouer le crétin innocent, ça ne se fait plus, rétorqua brutalement Marlowe. Tu crois que je t'appellerais si je ne savais pas ce que tu trafiques ? Je sais que tu essaies de vendre ces pièces sur le Dark Web. Je sais que tu as reçu des propositions intéressées. Et je sais que tu es sur le point de boucler une transaction. Je veux en être.

— En être ...?

— Oui. En être. Tu m'en dois une, Ian. Une énorme. J'allais te demander de me filer un pourcentage de l'argent que tu comptes te faire sur ces pièces, mais, maintenant que je te parle, je ne te fais pas confiance pour ne pas me pigeonner. *Une fois de plus*. Alors, au lieu de ça, je veux l'une de ces trois pièces. Je ferai ma propre transaction.

— Je... Je n'ai aucune pièce.

— Si, tu les as, dit calmement Marlowe. Et je veux l'une d'entre elles. Je trouverai mon propre acheteur. Et si tu ne me donnes pas ce que je veux, je me rendrai au Service des douanes et de la Protection des Frontières des États-Unis et je leur raconterai tout. Que tu as mis dans ta poche les pièces quand que tu trouvais sur ce site. Que tu as passé la frontière en douce avec elles. Que tu m'as piégée. Ils ne croiront peut-être pas que j'ai été victime d'un coup monté concernant ces pilules, mais, quand je leur montrerai les captures d'écran que je possède de ta petite annonce sur le Dark Web – et que ton adresse IP mène directement à la maison de tes parents –, c'est *toi*, qui te retrouveras derrière les barreaux.

Elle attendit un moment qu'il intègre ses paroles. Puis, elle ajouta :

— Oh, et ta mère et ton père pourraient t'y accompagner. Tu sais... puisqu'ils aident et sont complices, tout ça...

— Sale *garce* ! pesta Ian.

Bob se raidit. Et le voilà, le véritable Ian West.

Marlowe gérait ça incroyablement bien. Elle était tendue, mais impossible que West s'en rende compte par le son de sa voix.

Maintenant, elle était secouée par un rire, petit, mais amer.

— Eh ouais. On dirait que j'ai appris à m'endurcir après mon petit séjour dans cette prison en Thaïlande. Je sais combien valent ces pièces, un million chacune. Tu auras encore deux millions après m'en avoir donné une et tu seras reconnaissant que je ne réclame pas la moitié de l'ensemble. Après cette transaction, toi et moi, on en aura terminé. Je disparaîtrai de ta vie et tu seras libre de faire tout ce que tu voudras faire. Te rendre sur d'autres sites de fouilles, voler plus de merdes... Je m'en fiche.

— Je ne te crois pas, dit Ian. Je ne peux pas te faire confiance.

— Je n'ai pas confiance en toi non plus, rétorqua Marlowe. Tu m'as déjà prouvé que tu te fichais de marcher sur les pieds des autres afin d'obtenir ce que tu veux. Donne-moi l'une de ces pièces, et on en aura terminé. Pour toujours. Je ne veux même plus jamais te revoir. Et de plus, vois les choses ainsi : quand j'aurai l'une de ces pièces, je serai aussi coupable que toi. Pourquoi te dénoncer alors que ça me ferait également retourner en prison ? Je veux juste ce que tu me dois.

Il y eut un silence à l'autre bout de la ligne avant que Ian West ne dise d'un ton dur :

— Très bien. Mais pas à Boston. Il y a trop de caméras en ville. Je viendrai te voir.

— Non.

— Alors, nous n'avons plus rien à nous dire. On fait à ma façon ou rien.

Bob sentit Marlowe se raidir à côté de lui. Elle leva les yeux vers lui, les sourcils froncés. Il était évident qu'elle ne savait pas trop quoi faire. Il lui répondit d'une légère secousse de la tête.

— Marlowe ? Tu as trois secondes pour donner ton accord avant que je ne raccroche. Et je ne crois pas vraiment à ta petite histoire sur ta sortie de prison. Tout ce que j'aurais à faire, ce serait de passer un appel pour confirmer que c'est vrai et, si ce n'est pas le cas, un seul appel de plus suffira à te mettre sur chaque liste des personnes recherchées aux États-Unis.

— Très bien. Où ? lâcha Marlowe.

Le rythme cardiaque de Bob augmenta, et il pouvait voir la tension suinter de chaque homme présent dans la pièce. Non !

Il ne voulait pas qu'elle se retrouve face à face avec cet enfoiré qui l'avait déjà trahie.

— Où tu veux. Dans un endroit reculé. Et si tu penses ne serait-ce qu'à me tendre un piège, tu le regretteras.

Marlowe prit une pause quelques secondes. Puis, elle dit :

— Je me trouve à Newton, dans le Maine.

Ian ricana, mais pas d'un rire amusé.

— Le Maine, c'est trop loin. Où pouvons-nous nous rejoindre ?

Les amis de Bob se jetaient des regards les uns aux autres. Marlowe avait donné sa position ! Et il ne pouvait strictement rien faire à ce sujet désormais.

— Newton est une petite ville. Il n'y a pas de caméra de surveillance routière et la police là-bas est mauvaise. Ça ne posera pas de problème de se rencontrer ici. Il y a un parc près de l'US 2, juste avant d'entrer en ville. Je te retrouverai là-bas. Deux jours à compter de maintenant. À 13 heures. Sois là et apporte-moi la pièce ou je jure devant Dieu que je te ferai regretter le fait de m'avoir rencontrée.

— C'est déjà le cas, grogna Ian.

— C'est réciproque, rétorqua Marlowe. Ne me la refais pas à l'envers, Ian. Crois-moi, la prison, ça craint. On se voit dans deux jours.

Marlowe tendit la main et mit fin à la connexion, puis baissa immédiatement la tête, la posant sur ses mains, sur la table.

La pièce était silencieuse.

Le bras de Bob vint envelopper ses épaules, et il se pencha vers elle.

— Punky ?

— Donne-moi une seconde, marmonna-t-elle dans ses mains.

— Putain de merde. C'était *génial* ! s'exclama Chappy. Pas la partie sur la rencontre, mais la façon dont tu l'as fumé !

— Si je n'étais pas déjà heureux d'être marié, avec mon premier enfant en route, et si tu n'étais pas déjà mariée avec l'un de mes potes, je te demanderais en mariage, dit Cal.

Bob ignora ses amis. Toute son attention se portait sur Marlowe.

— Tu vas bien ?

Elle hocha la tête, mais ne la leva pas.

— OK, alors, ce n'était pas comme ça que j'avais suggéré les choses, mais... je pense honnêtement que ça pourrait marcher, dit le chef Rutkey.

Il sentit Marlowe prendre une grande inspiration, puis s'asseoir et regarder autour d'elle dans la pièce.

— Je suis tellement désolée. J'espère que c'était une bonne idée de lui avoir dit de me rencontrer dans ce parc. Il m'a prise de court en insistant pour qu'on se rencontre en personne.

— Nous ferons en sorte que ça marche, la rassura Rutkey.

— Il aura un plan, avertit Bob. Il n'aurait pas insisté pour la voir en personne s'il prévoyait juste de lui céder une pièce.

— Je suis d'accord. Je verrai avec Tex pour avoir un équipement audio et vidéo de haute qualité pour qu'on puisse surveiller la rencontre, dit JJ.

— J'irai évaluer le parc et trouver des endroits pour nous positionner, comme ça, nous resterons à proximité à tout moment, ajouta Cal.

— Nous pouvons utiliser ma Jeep pour la rencontre, proposa Chappy. Nous ne pouvons clairement pas nous servir de la monstruosité onéreuse de Cal, et le pick-up de Bob est plus puissant que mon véhicule. Il nous la faudra en renforts.

Bob n'aimait pas comment ça sonnait, mais il savait que c'était une sage décision.

— Merci. J'apprécie que vous soyez tous là et prêts à aider. Mais je... il faut que je m'en aille.

La voix de Marlowe s'était brisée sur le dernier mot, et Bob pouvait dire qu'elle était sur le point de disjoncter. Il se leva quand elle le fit et lui prit la main, la menant jusqu'à la porte.

— Tenez-moi informés, dit-il à ses amis, avant de faire sortir Marlowe de la pièce et du bâtiment jusqu'à l'air libre.

Il se rendit directement à son véhicule et la hissa à l'intérieur, puis fit le tour en trottinant jusqu'au côté conducteur.

Il démarra immédiatement le moteur et dit :

— Tiens bon, Punky. Encore cinq minutes, et je t'aurai ramenée à la maison.

Il lui jeta un coup d'œil et la vit assise raide comme un piquet. Elle avait le regard fixé devant elle et les mains jointes sur ses genoux. Il roula rapidement, mais prudemment et, quelques minutes plus tard, il gara le pick-up dans le parking de sa résidence. Marlowe le rejoignit à l'avant du véhicule, et ils se dirigèrent vers les escaliers, main dans la main.

À la seconde où la porte se referma derrière eux, les larmes que Marlowe avait si vaillamment retenues s'échappèrent. Bob la souleva, la porta jusqu'au canapé et s'assit, avec Marlowe sur ses genoux. Elle pleurait tellement qu'il s'en alarma quelque peu, mais il ne tenta pas de la convaincre d'arrêter. Il la laissa simplement sortir toute son émotion.

Elle s'accrochait à lui, son corps tremblant sous l'effet de ses sanglots, et Bob se sentait complètement impuissant. Il fallut encore dix minutes, voire plus, mais ses pleurs finirent par s'atténuer. Il se pencha en avant, attrapa un mouchoir de la boîte placée à côté du canapé et le lui donna. Elle lui fit un sourire larmoyant et se moucha le nez. Puis, elle retourna se blottir contre lui.

— Tu te sens mieux ?

Elle haussa les épaules.

— Je suppose. Je ne sais même pas pourquoi je pleurais.

— Parce que c'était vraiment stressant. Parce que tu as dû te comporter comme une personne que tu n'es pas. Parce que tu as peur. Parce que parler à un homme qui t'a causé tant de douleur et de terreur n'était pas rigolo. Parce que tu es le genre de personne qui n'aime pas faire du mal aux autres.

Marlowe ricana.

— Tu me fais passer pour un modèle de vertu. Je peux être une garce.

Bob leva les yeux au ciel.

— Oui, oui…

Elle leva la tête pour pouvoir le voir.

— Je peux, insista-t-elle.

— Cite-moi une fois où tu as été une garce envers quelqu'un d'autre, la défia Bob.

Marlowe fronça les sourcils, concentrée, puis le regarda et dit :

— En prison, j'ai refusé de laisser l'une des femmes prendre ma place sur le sol près de la fenêtre.

Bob secoua la tête.

— Ça ne compte pas. Tout ce que tu as fait pendant ton incarcération était pleinement justifié. Essaie encore.

Marlowe souffla adorablement d'un air mécontent.

— Très bien. La dernière fois que j'ai conduit sur l'autoroute près de DC, avant de me rendre en Thaïlande, il y avait des travaux et la voie de droite était fermée. Mais je ne me suis pas mise sur la gauche tout de suite. J'ai conduit tout du long jusqu'à l'avant de la longue file de voitures et j'ai forcé le passage.

Bob éclata de rire.

— Quoi ? C'est vache de faire ça, insista Marlowe. J'aurais pu me mettre dans la voie de gauche avec tout le monde, au lieu de tous les dépasser et de me faufiler.

— Ouais, tu es une garce sans cœur, très bien, lui dit Bob.

Marlowe soupira, puis reposa la tête contre son torse.

— D'accord. Ce n'est pas dans ma nature d'être méchante. Je n'aime pas ça. Même si Ian méritait tout ce que j'ai dit, je me sens quand même... bizarre, à propos de tout ça.

— Tu as été géniale. Et même si j'étais d'accord avec le plan initial du chef quant à la façon dont l'appel devait se dérouler, tu as vraiment mieux joué ton coup en fait. Avec le recul, West aurait été suspicieux si tu avais abusé du papotage avant de soudain faire volte-face et d'essayer de le faire chanter.

— Je ne sais pas ce qu'il s'est passé. J'avais prévu de lui demander comment il allait, depuis quand il était revenu aux State, comment allait sa famille... mais à la seconde où j'ai entendu sa voix, j'ai vu rouge en quelque sorte, et j'ai juste craché ce que je pensais.

— Là encore, tu as bien joué.

— Tu crois qu'il va vraiment se pointer ?

— Oui.

— Tu ne peux pas le savoir, protesta-t-elle.

— Marlowe, tu l'as menacé de le dénoncer. Tu lui as donné suffisamment de détails sur la vente de ces pièces et sur le fait que tu savais qu'il était sur le Dark Web... il va se pointer. Il ne va pas risquer de se faire arrêter avant de pouvoir conclure cette vente, dit fermement Bob.

— Je ne veux pas le revoir, murmura Marlowe.

Bob se raidit, et il ouvrit la bouche pour lui dire qu'elle n'avait pas à le faire, qu'ils trouveraient autre chose, mais elle continua avant qu'il ne puisse répondre.

— Mais je dois le faire. J'ai besoin de le regarder dans les yeux et de voir s'il a seulement une pointe de remords pour ce qu'il m'a fait. Et je sais que l'appel d'aujourd'hui pourrait ne pas suffire à l'envoyer en prison. En réalité, il n'a rien avoué.

C'est un bon début, mais il serait *vraiment* fichu s'il se pointait avec ces pièces.

Elle avait raison… Putain.

— On équipera intégralement la Jeep de Chappy, d'une façon que West ne pourra pas discerner. Et tu ne sortiras pas. Tu pourras lui parler par les vitres ouvertes de la voiture. Il ne s'approchera pas de toi. Et Tex est vraiment incroyable avec les mouchards. On ne trouvera des boucles d'oreilles ou un collier qui enregistreront les images comme le son, juste au cas où. On va le choper, Punky. Grâce à toi.

— Je devrais me sentir coupable pour ce qui va lui arriver. Mais ce n'est pas le cas. Est-ce que ça fait de moi une mauvaise personne ?

— Non, ça fait de toi un être humain, la rassura Bob.

— J'ai peur, dit Marlowe, à peine audible.

Les bras de Bob se resserrèrent autour d'elle.

— Je ne laisserai rien t'arriver.

Elle acquiesça, ce qui aida Bob à se sentir mieux, mais elle ne se détendait pas dans ses bras.

— Je veux juste… je veux que ça finisse. Je veux pouvoir vivre ma vie. Je veux explorer Newton, sortir avec Carlise, June et April. Je veux manger d'autres burgers de Granny. Je veux que mon frère et sa famille viennent me rendre visite ici.

— Et tu réussiras à faire tout ça, dit Bob, plutôt inquiet désormais. Pourquoi penses-tu le contraire ?

— Je ne sais pas.

Mais il savait qu'elle mentait. Elle avait clairement un mauvais pressentiment et il ne pouvait pas lui en vouloir. Bob était lui-même frustré et stressé et, bien qu'il ait foi en sa capacité de la protéger et en celle de ses amis, il continuait de s'inquiéter qu'une chose qu'aucun d'eux n'aurait prévue puisse arriver.

— Tu peux toujours arrêter, lui dit-il. À tout moment, tu peux annuler.

— Et le laisser s'en tirer après ce qu'il a fait ? Non. Je veux le faire. Je veux lui faire payer le fait d'avoir volé ces pièces. On ne peut pas le laisser les revendre. Elles doivent être remises à la Thaïlande. Et je ne veux pas regarder en arrière pour le restant de ma vie, à me demander si je vais retourner en prison, dit-elle, remuant dans l'étreinte de Bob jusqu'à ce qu'elle se mette à califourchon sur lui. Je pourrai t'accompagner la prochaine fois qu'on t'appellera pour t'occuper d'un arbre ?

— Quoi ? demanda-t-il, embrouillé par cet abrupt changement de sujet.

— Je ne veux pas penser à Ian West ni à la prison ni aux pièces ni à toute autre chose à moins d'y être obligée. J'adorerais partir avec toi, la prochaine fois qu'on t'appellera. Découvrir un peu plus Newton. Voir ce que tu fais. Je peux aider, moi aussi.

Bob lui sourit.

— Tu t'es déjà servie d'une tronçonneuse ?

Elle plissa le nez.

— Non, mais je peux porter tes affaires ou enfiler un gilet jaune et détourner la circulation de l'arbre ou simplement te parler pendant que tu travailles. S'il te plaît ?

— Évidemment que tu peux venir. Mais ce n'est pas si excitant.

— Je suis sûre que tu dirais la même chose pour un site archéologique, mais tu serais surpris de la façon dont ça peut être amusant.

— Très bien.

— Youpi ! dit-elle avec le sourire.

Bob fut soulagé de revoir l'étincelle dans les yeux de Marlowe, mais il était toujours inquiet concernant la rencontre à venir avec

West. Les hommes désespérés faisaient des choses désespérées. Il savait cela mieux que quiconque. Et même s'il soutenait Marlowe de vouloir faire ce qu'elle pouvait pour remettre ce connard à sa place, il ne voulait pas qu'elle soit blessée au passage. La seule raison pour laquelle il n'essayait pas de la dissuader, c'était parce que West n'avait aucun passif de violence.

— Bon, maintenant que j'ai terminé de baliser, que veux-tu faire aujourd'hui ? demanda-t-elle avec un grand sourire.

La première chose qui survint dans l'esprit de Bob, ce fut de la ramener au lit, mais il avait l'intuition que ce n'était pas ce dont elle avait besoin.

— Comment tu te sens ? demanda-t-il.

— Bien, pourquoi ? répondit-elle sans hésiter.

— Pas de crampes ?

Elle rougit légèrement, mais secoua la tête en répondant non.

— Que dirais-tu d'une petite randonnée ? Cette partie du pays est magnifique, et il y a un belvédère appelé Table Rock que tu vas adorer, je pense. Il y a un tas d'endroits portant ce nom dans le pays, mais celui-là est le plus impressionnant.

Marlowe inclina la tête.

— Comment le sais-tu ? Tu les as tous visités ? le taquina-t-elle.

Il ricana.

— Non. Mais j'en ai vu un au Nouveau-Mexique. J'ai un ami qui tient une sorte d'hôtel avec ses amis là-bas. C'est un lieu où les gens qui souffrent de syndrome de stress post-traumatique peuvent se rendre et s'y détendre. C'est joli, mais notre Table Rock bat largement la leur.

— Avec ce genre de description, je veux carrément voir cet endroit maintenant, le provoqua Marlowe.

Bob se pencha en avant et l'embrassa. Ce n'était pas un petit baiser, mais pas non plus la première étape avant de l'emmener au lit.

— Je t'aime, dit-il en levant la tête. Tu es le genre de femme qu'un homme cherche toute sa vie. Je sais que j'ai touché le gros lot et je vais tâcher de me démener pour ne pas tout faire foirer.

Elle secoua la tête.

— Je n'ai rien de spécial, Kendric. Je suis juste une bosseuse qui fait de son mieux pour être gentille avec ceux qui l'entourent et se débrouille tant bien que mal, autant qu'elle le peut.

— Continue de penser ça, Punky. Je connais la vérité.

— Comme tu veux. Que dois-je porter ? Combien de temps partons-nous ? On aura besoin de casse-croûtes ?

Son enthousiasme ne pouvait être contenu et Bob en était très heureux. Il avait hâte de montrer à Marlowe tout de ce petit coin du Maine. Cet endroit n'avait peut-être pas été son premier choix pour y vivre pour le restant de ses jours, mais il apprenait à l'aimer de plus en plus.

— Plusieurs couches de vêtements. Juste au cas où tu aurais trop chaud ou trop froid. Et tes chaussures de randonnée. On en aura probablement pour quatre ou cinq heures. Je nous préparerai un déjeuner et des casse-croûtes également.

— Ça m'a l'air parfait.

Puis, elle se pencha et l'embrassa brièvement, avant de partir vivement de ses genoux pour se rendre dans la chambre. Elle se tourna à la dernière minute avant de disparaître dans le couloir.

— Kendric ?

— Ouais ?

— Je t'aime aussi. Merci de m'avoir laissé pleurer dans tes bras. Je promets de ne pas en faire une habitude.

— Peu importe si tu le fais, je ne te ferai pas moins l'amour, la rassura-t-il.

Elle le récompensa d'un énorme sourire, puis pivota et disparut dans le couloir.

Bob resta assis là un moment avant de prendre une grande inspiration, son sourire s'évanouissant lentement. Il était plus qu'inquiet qu'il ne le laissait paraître concernant cette rencontre avec West. Mais si cet homme se pointait, lui et ses anciens Deltas s'assureraient que rien n'arrive à sa femme.

Il se leva et se rendit dans la cuisine. Il avait des déjeuners à préparer et des casse-croûtes à emballer, et il marqua dans un coin de sa tête le fait de faire savoir à April qu'il serait indisponible pour le reste de l'après-midi.

Il avait hâte de marcher. D'éloigner leurs deux esprits de Ian West. Demain, il s'occuperait du mouchard et de l'équipement audio et vidéo. Aujourd'hui... il allait apprécier de passer du temps avec la femme qu'il aimait.

CHAPITRE SEIZE

Marlowe remuait sur la chaise pendant que Kendric et ses amis passaient le plan en revue pour ce qui devait être la centième fois. Elle était nerveuse, et les écouter parler de la façon de réagir si quelque chose se passait mal ne l'aidait pas.

Elle portait des boucles d'oreilles en onyx, chacune contenant une minuscule caméra qui enregistrait les images comme le son. La Jeep de Chappy avait une caméra dans le rétroviseur, et également au centre des feux-stops rehaussés, toutes deux filmant l'intérieur du véhicule. Elle ne portait pas du tout de micro de police, car personne ne voulait que Ian le repère accidentellement ou insiste pour qu'elle prouve qu'elle n'était pas sur écoute.

Personne ne prévoyait que Ian West se rapproche d'elle, mais tout le monde voulait la couvrir au maximum et s'assurer qu'ils capturaient la preuve dont ils avaient besoin, non seulement pour que les charges contre Marlowe soient abandonnées, mais pour renverser West en même temps.

Le chef de police et ses adjoints seraient prêts à bondir sur Ian au moment où il donnerait les pièces, s'il les apportait réellement. Il y avait également un représentant du FBI de la ville, deux du Service des douanes et de la Protection des Frontières des États-Unis et une femme de la Sécurité Intérieure qui seraient tous là pour regarder les images dans le bureau du chef de police. Rutkey avait la promesse écrite et garantie que Marlowe ne serait pas extradée, puisqu'elle coopérait avec les autorités pour faire revenir les inestimables artefacts.

Bien entendu, si Ian ne donnait pas les pièces ou s'il n'avouait pas son rôle dans l'arrestation de Marlowe, les choses pourraient devenir compliquées avec les trois agences puisque, techniquement, elle était toujours une fugitive évadée. Ils comptaient tous sur le fait que Ian soit incapable de se taire.

Tout le monde voulait le mettre au tapis, mais ils devaient avoir la preuve irréfutable qu'il avait enfreint la loi. Tout bon avocat serait capable de démolir une preuve circonstancielle. Donc, c'était à Marlowe de non seulement faire admettre à Ian le fait qu'il avait volé sur le site de fouilles – et qu'il lui avait tendu un piège avec les pilules –, mais aussi de le convaincre de lui céder l'une des pièces.

C'était beaucoup de pression et, honnêtement, Marlowe remettait en question son insistance quant à être celle qui devait rencontrer son ancien collègue. Que savait-elle de l'infiltration ? Rien. Voilà pourquoi.

Elle préférerait nettement traîner avec Kendric à son boulot.

Leur randonnée jusqu'à Table Rock, deux jours auparavant, avait été géniale. Cela avait été bien plus agréable d'être dans les bois du Maine que dans les jungles de la Thaïlande. Ils avaient ri tout en marchant et avaient discuté de tout et de rien. Et il avait raison : la vue de l'énorme rocher qui paraissait suspendu au bord du précipice comme par magie était spectaculaire. Même les sandwiches à la dinde et au jambon de

Kendric avaient donné meilleur goût à leur déjeuner, car ils savouraient en même temps cette vue incroyable.

Elle avait hâte de voir cette même vue à l'automne, quand les arbres changeraient de couleur. Kendric lui avait promis de l'y emmener de nouveau.

Puis, hier, il avait exaucé son vœu d'accompagner Kendric quand il avait été contacté pour aller couper un arbre, ce dernier ayant donné l'impression de menacer de s'écraser sur une maison lors d'une prochaine tempête. Elle avait été fascinée par la précision et l'organisation qu'il avait fallu pour s'assurer que l'arbre n'allait pas tomber dans la mauvaise direction et causer des dommages sur la propriété ou blesser quelqu'un.

Et voir son époux dans un T-shirt serré, ses muscles grossissant quand il opérait avec la tronçonneuse et coupait l'arbre en morceaux plus faciles à gérer, n'avait pas été une épreuve. Elle l'avait aidé à ramasser les plus petits bouts et à les charger dans la remorque ; et pendant tout ce temps, elle avait été incapable d'arrêter de sourire.

Maintenant, elle était de retour dans la petite salle d'interrogatoire du poste de police, s'apprêtant à rencontrer la dernière personne qu'elle voulait revoir.

— Vous écoutez, Marlowe ? demanda le chef de police.

Elle se réprimanda mentalement et hocha la tête.

— Tant mieux. Car une fois que vous serez dans cette Jeep, vous serez seule. Nous vous entendrons et les gens ici au poste vous regarderont, mais nous ne serons pas là pour vous conseiller ni vous dire quoi répondre.

Marlowe confirma à nouveau d'un signe de tête, réprimandée. Elle savait que toutes les personnes impliquées prenaient de gros risques, mais elle voulait seulement rentrer chez elle et se mettre au lit avec Kendric. Il l'avait réveillée tôt et lui avait fait l'amour, lentement et tendrement. Elle approchait de la fin de ses règles et il n'y avait pas eu de quoi en faire un fromage... ce qui était un changement revigorant par rapport aux autres hommes qu'elle avait connus, qui se comportaient comme si elle avait la peste quand il s'agissait de cette période du mois.

Tout avec Kendric se passait incroyablement bien. Il avait même évoqué la nuit dernière le fait qu'il vérifiait les détails concernant leur mariage pour s'assurer qu'il était légal, ici, aux États-Unis. Elle l'aimait tellement que ça en était presque effrayant.

— Je pense que, plus vite que vous aborderez le sujet, mieux ce sera, dit le chef Rutkey. Tout comme vous l'avez fait au téléphone. Incitez-le à vous donner l'une de ces pièces s'il les apporte, essayez de lui faire parler des drogues trouvées dans votre tente, mais ne poussez pas trop. Et sortez de là aussi vite que possible. Compris ?

— Oui.

— OK, nous avons trente minutes avant d'y aller. Il faut que nous soyons tous en place et prêts quand notre pigeon se pointera. Marlowe, nous ferons des vérifications audios et vidéos avant que vous ne partiez. Deux de mes adjoints seront en train de jouer au frisbee dans le parc et seront sur vous en deux secondes si vous avez besoin d'eux. Bob et JJ se trouveront dans les bois près du parking. Cal et Chappy seront dans la voiture, dans la rue. Dès que West arrive, je bloquerai la circulation le long de la Route 2 pour être sûr qu'il ne puisse pas s'enfuir, et les divers agents seront ici, à regarder et écouter tout ce qui se passera. Nous nous occupons de tout.

Marlowe était rassurée par tout ce qu'avait prévu le chef. Il était vraiment peu probable que quelque chose se passe mal, mais, si c'était le cas, il y avait un tas de gens qui seraient à proximité, prêts à aider.

April, Carlise et June avaient insisté pour que, dès la fin de la rencontre, elle se rende à Jack's Lumber, où elles attendraient d'avoir des nouvelles du déroulement des événements... avec du champagne. Elles voulaient célébrer le fait que Marlowe aurait réussi à vaincre Ian. Elle était touchée par leur confiance.

Savoir qu'elle avait de si bons amis et tant de gens pour surveiller ses arrières la rendait un peu plus confiante quant à ce qu'elle était sur le point de faire. Mais elle était encore mal à l'aise. Elle s'était montrée irréfléchie en suggérant d'être le rôle principal de l'arrestation de Ian, mais elle avait tellement voulu aider ! S'assurer qu'il subirait les conséquences de ses actes.

Tout le monde entreprit de se lever, et une panique soudaine fit peiner Marlowe à respirer. Mais ensuite, Kendric fut présent. Il la prit par le coude et l'aida à se lever, la faisant sortir de la petite pièce et l'amenant vers l'entrée du poste.

La soupe qu'elle avait mangée pour le déjeuner avant de quitter l'appartement barattait dans son estomac.

Kendric l'emmena vers la Jeep de Chappy et la fit tourner pour qu'elle tourne le dos à la portière. Puis, il la prit dans ses bras et la serra si fort contre lui que ça en fut presque douloureux. Mais elle accueillit cette infime douleur. Elle l'étreignit tout aussi fermement.

— Je vais seulement être hors de vue, lui murmura-t-il dans les cheveux tout en l'enlaçant. Je serai relié à la transmission sonore, alors je pourrai entendre tout ce qu'il se passe. Tu peux le faire, Punky. Je te couvre, et tous mes amis également.

Elle acquiesça et ferma les yeux. Ce ne fut qu'à cet instant qu'elle réalisa à quel point elle tremblait. Les cheveux sur sa nuque se dressaient. Elle voulait tout annuler, mais il était trop tard. Le chef avait déjà tout préparé. Ses adjoints avaient quitté leur travail pour aider. Les autres représentants des agences étaient en ville, cédant la surveillance physique au chef Rutkey et à ses officiers. Tex, l'ami de Kendric, avait passé la nuit sur les boucles d'oreilles.

Tant de gens avaient joué leur rôle dans ce qui était sur le point d'arriver. Elle devait prendre sur elle et jouer le sien.

Sans parler du fait que Ian était presque arrivé. Le mystérieux Tex avait traqué les caméras de surveillance routière, faisant savoir à tout le monde la progression de Ian vers le nord.

— Bob ? Il est temps ! s'écria JJ.

Marlowe prit une profonde inspiration et desserra les bras autour de Kendric. Il l'étreignit un peu plus longtemps avant de remonter les mains pour prendre son visage entre elles.

— Peu importe ce qui arrive, sache que je suis là, dit-il sérieusement. Si ça tourne mal, tiens bon et reste dans ton rôle. Je te ferai sortir de là.

— Ça va bien se passer, le rassura Marlowe, ne croyant qu'à moitié ce qu'elle disait. Ian va venir, nous parlerons par nos vitres, il me donnera une pièce. Fastoche.

L'expression de Kendric ne s'illumina pas le moins du monde.

— Ce soir, dit-il, nous continuerons le reste de notre vie.

— D'accord, en convint-elle.

— Nous commencerons à chercher dans le coin une maison avec plusieurs chambres pour nos enfants. J'ai une bague dont je comptais te faire la surprise, mais tu sais que je suis nul pour garder un secret. Elle attend ton retour à l'appartement. Je vais la mettre à ton doigt, et elle n'en partira jamais.

Cela la fit sourire.

— Très bien.

— Tu es à moi, dit-il avec passion. Mon amie, mon inspiration, mon amour.

— Je t'aime, murmura-t-elle.

— Pas plus que je ne t'aime. Et maintenant... va botter des fesses.

— Je le ferai.

Marlowe avait à nouveau envie de pleurer, mais elle retint

ses larmes. Elle devait avoir l'air d'une dure à cuire, ne pas accueillir Ian, le visage et les yeux rouges. Elle reverrait Kendric dans moins d'une heure. Ils fêteraient ça avec les filles à leur retour à Jack's Lumber et rentreraient chez eux, elle aurait sa bague et, ensuite, elle lui montrerait exactement à quel point elle l'aimait et était reconnaissante envers lui.

Il était étrange qu'elle se sente seule, au volant de la Jeep de Chappy, en direction du parc. Même en sachant que des gens étaient en train de l'écouter et de l'observer, elle avait quand même l'impression d'être la seule personne au monde en cet instant.

Son cœur battait bien trop vite dans sa poitrine et ses mains tremblaient tandis qu'elle garait la Jeep à l'endroit qui avait déjà été mis sous surveillance en amont. Elle aperçut deux hommes à environ cinquante mètres, des officiers de Newton jouant au frisbee dans l'herbe. Leur voiture était la seule autre dans le parking.

Jetant un œil dans les arbres, elle ne put entrapercevoir ni JJ ni Kendric, mais ils étaient là. Elle le savait de tout son être. Elle pouvait le faire.

Prenant une grande inspiration, Marlowe retira sa ceinture de sécurité. Kendric lui avait dit de le faire, voulant être sûr qu'elle pourrait déguerpir de la voiture si nécessaire. Les minutes semblaient des heures. Ian était apparemment ponctuel, mais il n'y avait aucune caméra de surveillance à la périphérie de Newton, alors ils avançaient à l'aveuglette quant au moment exact de son arrivée.

Juste au moment où Marlowe se dit qu'il n'allait pas se montrer, qu'il avait changé d'avis et avait fait demi-tour pour retourner à Boston, un ancien modèle d'Honda Civic noire arriva dans le parking.

Le cœur de Marlowe recommença à battre, animé par l'adrénaline. Elle inspira profondément plusieurs fois pour essayer de se calmer. Ian se gara à sa droite, en marche arrière sur la place. Il baissa la vitre, lui faisant signe de faire de même.

Marlowe obéit, ravie que les choses se passent selon le plan.

Mais ce sentiment disparut avec ce que Ian annonça ensuite.

— Monte, ordonna-t-il en désignant sa voiture.

Ça, ça ne faisait pas partie du plan. On lui avait spécifiquement dit plusieurs fois de ne pas sortir de la Jeep. D'aller *nulle part*. De rester là où elle était.

Elle secoua la tête et répondit non.

— Tu me crois stupide ? Ta voiture est probablement sur écoute. Je ne te fais pas confiance. Monte, et nous irons quelque part pour parler.

— Je ne te fais pas confiance *non plus*, répondit Marlowe, ressentant la même irritation et la même bravade qu'elle avait eues en lui parlant au téléphone.

— Dans ce cas, tu n'auras pas la pièce, dit-il, catégorique. À toi de voir.

— Et tu iras directement en prison. Sans récolter tes deux millions de dollars, répliqua-t-elle.

Ian l'étudia, et elle eut une demi-seconde de soulagement, croyant qu'elle pourrait ne pas bouger de la Jeep...

Avant qu'il ne lève la main et que les yeux de Marlowe se posent sur le canon d'un flingue.

— Maintenant. Ou tu es morte, la menaça Ian.

Son estomac se tordit violemment. Seulement quelques mètres séparaient leurs voitures ; trop proches pour que Ian manque son coup. Oui, il serait clairement arrêté s'il lui tirait dessus, mais il serait trop tard pour Marlowe. Si elle obtempérait, au moins elle aurait une infime chance de survivre.

Avec réticence, elle attrapa la poignée de la Jeep.

Elle pouvait presque entendre tout le monde la regarder et l'écouter, lui hurlant de ne pas bouger, mais elle ne pouvait pas faire capoter ce marché maintenant. Si elle mourait, ça ne devrait pas être pour rien.

Elle sortit de la Jeep et referma brutalement la portière, restant là un moment, les mains sur les hanches.

— Tu veux aussi me faire une fouille corporelle ? demanda-t-elle, sarcastique, faisant tout ce qui était en son pouvoir pour retarder les choses et donner à quelqu'un le temps d'arriver jusqu'à elle.

Mais personne n'arriva. Soit quelque chose n'allait pas avec l'audio et la vidéo, soit les officiers jouant au frisbee n'étaient pas conscients de ce qu'il se passait. Ce qui semblait peu probable, car l'unique raison pour laquelle ils étaient là, c'était pour la sécurité de Marlowe.

— Monte, ordonna Ian. Dépêche-toi.

Elle retint son souffle en approchant la main de la poignée de la portière. Elle n'arrivait pas à comprendre pourquoi les officiers n'intervenaient pas, pourquoi Kendric et JJ ne s'étaient pas précipités dans la forêt à la seconde où ils avaient vu le flingue.

Comme par un éclair, elle fut frappée par le fait que, si personne ne bougeait, Ian la tuerait avant qu'ils ne puissent la rejoindre. C'était la conclusion logique, et Kendric et les autres le sauraient.

Ça craignait carrément, mais elle le comprenait.

Elle n'avait pas d'autre choix que de terminer ce qu'elle avait commencé... et avoir confiance en le fait que Kendric la ferait sortir de là, tout comme il l'avait fait sortir de prison.

À la seconde où elle se trouva à l'intérieur de la voiture, Ian sortit du parking et s'en alla. Pas de signe du chef Rutkey, et Marlowe ne parvenait pas à savoir si elle en était ravie ou contrariée. Elle imaginait qu'ils faisaient des pieds et des mains pour trouver comment les suivre sans se faire repérer.

Elle ne vit pas non plus le barrage de police qu'ils étaient censés avoir mis dès que Ian s'était garé sur le parking. Elle ne savait pas trop ce qu'il leur était arrivé... Peut-être n'avaient-ils pas encore eu le temps de le mettre ? Ian avait agi vraiment rapidement après tout. Elle s'était trouvée dans sa voiture quelques secondes après son arrivée.

— Où allons-nous ? demanda-t-elle, Ian roulant vers l'est, aussi bien pour qu'elle le sache, mais aussi pour ceux qui les écoutaient.

— Il y a un cimetière pas très loin d'ici. Je me dis que ce sera privé. Je pourrai voir si on nous suit.

Marlowe leva les yeux au ciel et croisa les bras sur sa poitrine tout en parlant avec plus de bravoure qu'elle n'en avait réellement :

— Personne ne nous suit. Tu n'as pas encore compris ? J'aurai autant d'ennuis que toi si quelqu'un te voit me donner une pièce. Je ne suis pas idiote.

Ian ne répondit pas, continuant simplement de conduire. Cela mit trop de temps au goût de Marlowe pour atteindre le cimetière. Et il avait raison : il n'y avait absolument personne alentour et, au grand désarroi de Marlowe, il n'y avait pas non plus beaucoup d'arbres. Alors, ce serait encore plus difficile pour quelqu'un de se cacher et de venir à sa rescousse si besoin.

Si elle avait eu l'impression d'être seule avant, elle se sentait encore plus seule maintenant.

Ian se gara sur le parking et déboucla sa ceinture de sécurité. Marlowe n'avait même pas mis la sienne ; ça lui était simplement sorti de la tête avec tout ce qu'il se passait d'autre.

— Alors ? demanda-t-elle. Tu as les pièces ?

— Je ne pige pas, dit Ian sur le ton de la conversation, sans bouger pour prendre un truc dans sa poche ni dans la boîte à gant ni dans l'accoudoir entre eux. N'importe où où il aurait pu planquer les pièces.

Marlowe soupira.

— Tu ne piges pas quoi ?

— Comment tu peux te retrouver ici ? Peu importe le don de ton avocat, la Thaïlande est connue pour enfermer les gens à vie pour trafic de drogues.

— Ouais, eh bien, dommage pour toi, j'ai aussi un frère puissant. Maintenant, arrête de vouloir gagner du temps. Donne-moi ma pièce et reconduis-moi au parc.

— Je te prenais pour une chiffe molle, continua-t-il, la regardant franchement avec ses yeux bleus et perçants.

Marlowe résista à l'envie irrépressible de frissonner. Elle devait rester forte. Lui faire croire qu'elle ne bluffait pas. Elle le regarda droit dans les yeux, voulant que tout ce qu'il lui disait soit sur vidéo et audio.

— Je t'ai prise pour sainte-nitouche. Une faible, dit-il avant de sourire légèrement, le regard si malveillant que les entrailles de Marlowe remuèrent. Je veux dire, regarde comme c'était facile de mettre ces drogues dans ta tente cette nuit-là. Pas de chance que tu m'aies surpris avec les pièces, surtout que ce site était l'un des plus faciles dans lequel voler. Tu as été une complication dont je croyais déjà m'être débarrassé.

— Et pourtant, me voilà, répondit Marlowe d'un air sombre, son cœur battant tellement vite qu'elle en était étourdie.

Il avait admis avoir placé la drogue et voler les pièces ! Il avait vraiment *avoué* !

— Et te voilà...

— Alors, tu avais déjà fait ça avant ? Voler des artefacts sur d'autres sites ? demanda-t-elle, sachant que c'était aussi une information importante.

— Bien sûr. Ce n'est pas difficile. Les gens paient le prix fort pour des pointes de flèches, des éclats de poterie ou autre stupide merde, estimant que cela signifie quelque chose.

Marlowe fronça les sourcils.

— Alors, pourquoi vis-tu avec tes parents ?

Ian ricana d'un air sombre.

— Subterfuge. Ce ne serait pas malin pour quelqu'un d'aussi jeune que moi d'exhiber ma richesse. Et crois-moi, je *suis* riche. J'ai de l'argent de côté dans plusieurs banques étrangères et, quand le moment sera venu, je partirai dans un endroit avec beaucoup de soleil et des filles faciles et j'y vivrai heureux jusqu'à la fin de ma vie.

Le sang de Marlowe se glaça. Elle ignorait que cet idiot au visage de poupon était un criminel endurci. Soudain, elle ne se sentit pas du tout à la hauteur et voulut retourner au parc, maintenant.

— Super. Youhou, tu es riche. Mais tu m'en dois une, Ian. J'ai été jetée dans une putain de prison à l'étranger à cause de toi. Je veux ma part. Donne-moi la pièce, et tu pourras partir de ton côté. J'irai du mien, et on sera quittes.

Ian se remit à rire, et Marlowe eut la chair de poule à l'entente de ce son sinistre. Il avait gardé le flingue en main durant la conduite, mais, maintenant, il le posait sur le tableau de bord avant de se pencher sur sa droite pour prendre un truc dans la poche de son pantalon. Il fouilla un peu, puis tendit la main.

— Tu parles de ces pièces ? demanda-t-il.

Et là, placées dans sa paume, se trouvaient trois pièces aux apparences innocentes. Elles avaient chacune un trou en leur centre et paraissaient complètement ordinaires. Mais Marlowe savait qu'elle était en train de regarder des objets qui valaient des millions.

D'une façon irrationnelle, elle ressentit l'envie urgente de le gronder comme un enfant, de lui dire qu'il ne devrait pas tenir des pièces anciennes à mains nues, que la graisse de ses doigts pouvait littéralement désintégrer le métal des artefacts précieux. Mais elle parvint à ravaler ses paroles.

Elle tendit sa main vers celle de Ian, voulant en finir, mais il referma son poing et dit :

— Ha ha ha, pas si vite !

— Qu'est-ce qu'il y a cette fois ? bouillonnait Marlowe, tâchant d'avoir l'air énervée plutôt que complètement flippée.

— Comment puis-je vraiment savoir que tu ne vas pas me balancer à la seconde où tu auras ces pièces dans ta main ?

Elle souffla avec impatience.

— Combien de putain de fois vais-je devoir te l'énoncer clairement ? Si tu tombes, *je* tombe. Je ne peux pas l'expliquer plus simplement ! J'en ai terminé avec les sites de fouilles. J'en ai marre. Marre de ne pas savoir parler les langues, marre de la poussière, marre de ne pas gagner l'argent que je mérite pour le travail que j'effectue. Je veux m'installer ici, au beau milieu de nulle part, dans le Maine. Vivre de l'argent obtenu avec la revente de cette pièce. Je le mérite. Après tout ce que tu m'as fait vivre, après tout le travail que j'ai fait pour sauver l'héritage d'autres pays, j'y ai *droit* !

Il la regarda un long moment avant de hocher la tête.

— Ouais, tu y as probablement droit.

Juste alors que Marlowe se disait que ça allait bientôt se terminer, il se jeta sur elle.

— Qu'est-ce que tu… !

Ce fut tout ce qu'elle put dire avant que ses dires ne soient interrompus par la poigne se refermant sur sa gorge.

Immédiatement, ses propres mains se posèrent sur les doigts de Ian, essayant de les desserrer de son cou. Mais c'était inutile ; Ian était plus grand, plus méchant et plus fort qu'elle.

En un clin d'œil, il la fit passer par-dessus le siège avant jusqu'à la banquette arrière.

Il la plaqua, et sa première paume fut rejointe par la seconde, s'enroulant autour de sa gorge.

— Sale pute ! *Personne* ne me fait chanter ! dit-il, les dents serrées, resserrant les mains. Je ne vais pas te donner un seul centime. Tu aurais dû rester où tu étais, enfermée dans cette prison de merde. Tu es une emmerdeuse, et hors de question que tu aies un putain de centime ! J'allais te tirer dans la tête, mais ce serait trop facile. Je veux que tu me regardes bien dans les yeux pendant que je vois la lumière s'éteindre dans les tiens !

Marlowe ne pensait à rien d'autre qu'à avoir de l'oxygène. Elle labourait le visage de Ian avec ses ongles, mais, en grognant, il ne fit que serrer davantage. Elle donnait des coups de pied, essayait de le dégager avec ses genoux, de planter ses ongles dans la chair de ses mains.

Et il ne desserrait toujours pas, même pas d'une fraction.

— Meurs ! Mais *meurs*, putain ! hurla-t-il en se penchant en avant, apportant plus de poids sur le cou de Marlowe.

La noirceur commença à ramper derrière les paupières de Marlowe, et elle subit un moment d'un tel chagrin que ce fut comme si elle faisait une crise cardiaque. Tout ce qu'elle avait voulu faire, elle n'en aurait plus l'occasion. Sa vie avec Kendric. Voir son neveu et sa nièce grandir. Fêter la naissance des bébés de ses nouveaux amis, avoir les siens...

Tout lui serait retiré, car elle s'était prise pour une espèce d'espionne clandestine *badass*.

Sa dernière pensée avant que l'obscurité ne la submerge fut pour Kendric. Comme il s'en voudrait sûrement de ne pas l'avoir protégée. Même si c'était Marlowe qui avait été suffisamment stupide pour monter dans la voiture de Ian.

Kendric ferait de nouveau des cauchemars, ne se pardonnerait jamais pour ce qu'il considérerait comme étant ses propres erreurs... et tout était de la faute de Marlowe.

* * *

La panique menaçait de submerger Bob, voyant West sortir du parking avec Marlowe sur le siège passager. Il était complètement furieux qu'elle soit montée dans la voiture de cet homme, mais encore plus envers les officiers dans le parc pour ne pas avoir empêché cela. Quelque chose avait brièvement interrompu leur écoute, alors il ignorait ce que West avait dit ou fait pour la faire monter en voiture, mais, désormais, sa vie était sérieusement en danger. Il le savait au plus profond de lui.

Leur départ du parc avait obligé les autres à se dépêcher de les suivre. Rutkey n'avait pas eu l'occasion de placer les barrages, et il essayait encore de résoudre la transmission audio défectueuse des officiers dans le parc quand West était parti. Ils pouvaient tous entendre la conversation dans la voiture et savaient exactement où ils se rendaient. Bob n'était jamais allé dans le cimetière vers lequel Ian était supposé aller, mais il s'était rendu dans le coin par le passé.

Le SUV de Cal s'arrêta brutalement dans le parking, et lui et JJ y grimpèrent. Avant même que la portière ne soit refermée, Cal reprit la conduite. Bob entendit le chef Rutkey parler à ses adjoints à travers la radio, mais c'était comme si l'homme parlait depuis un long tunnel. Toute la concentration et les pensées de Bob étaient destinées à Marlowe.

Il n'y avait qu'une route menant au cimetière et, heureusement, il y avait un large virage juste devant l'entrée, ce qui permettrait au véhicule de Cal – et à ceux des autres officiers et à celui de Chappy – de rester hors de vue. Bob n'attendit même pas que Cal s'arrête avant d'ouvrir la portière et de courir vers le petit groupe d'arbres bien trop loin du parking.

Lui et JJ se mirent à plat ventre et rampèrent aussi près qu'ils l'osèrent tout en regardant la Civic. Ils pouvaient entendre la conversation entre Marlowe et West comme s'ils se tenaient juste à côté de la voiture, mais ils ne pouvaient voir ce qu'il se passait. Ils n'avaient pas accès à la partie vidéo de l'enregistrement. Seuls les agents au poste de Newton regardaient.

Bob se tendit quand il entendit West se vanter de sa grande richesse, qu'il allait partir vivre dans un endroit chaud avec ses biens mal acquis.

— Ce mec est détraqué, murmura JJ.

Bob acquiesça. Il l'était, et ils étaient tous passés à côté. Ils avaient présumé qu'il était un gosse inoffensif, ayant profité de l'occasion de commettre un crime. Il était peut-être jeune, mais il était tout sauf inoffensif.

— Il faut qu'on la fasse sortir de là, dit-il à son ancien chef de groupe.

Dans des situations comme celles-là, ils replongeaient tous dans le rôle familier qu'ils jouaient lors des missions au sein de l'armée.

— Je sais, dit JJ. Mais on n'a pas de couverture. À la seconde où on va se lever, il nous verra, et Marlowe deviendra une cible facile là-dedans, avec lui.

Bob se renfrogna, frustré.

Il entendit West demander : « Tu parles de ces pièces ? »

Bob supposa qu'il les avait finalement révélées. La satisfaction inondait son sang. West s'était vendu tout seul. Peu importait ce qui arriverait, Marlowe aurait ces pièces en vidéo. Ian avait prouvé à tout le monde qu'il avait vraiment ces reliques, volées sur un site, tout comme il l'avait apparemment fait de nombreuses fois auparavant.

West répondit : « Ouais, tu y as probablement droit. », en réponse aux dires de Marlowe concernant le fait qu'on lui devait quelque chose. Puis, le bruit d'une forte lutte retentit sur l'enregistrement.

Bob s'inquiéta, tentant de voir ce qu'il se passait dans la voiture. Il ne pouvait voir que les ombres et...

Et la voiture remuait légèrement, fait dû aux mouvements des personnes à l'intérieur.

Les cheveux sur sa nuque se dressèrent, et Bob se sentit très mal. Quelque chose n'allait pas.

« Sale pute ! Personne ne me fait chanter ! Je ne vais pas te donner un seul centime. Tu aurais dû rester où tu étais, enfermée dans cette prison de merde. Tu es une emmerdeuse, et hors de question que tu aies un putain de centime ! J'allais te tirer dans la tête, mais ce serait trop facile. Je veux que tu me regardes bien dans les yeux pendant que je vois la lumière s'éteindre dans les tiens ! »

Bob fut en mouvement avant que West n'ait à peine eu le temps de parler. Il n'avait aucune idée de ce qu'il se passait, mais c'était mauvais. Ça, il le savait sans en douter. Il vit Cal et Chappy courir vers la voiture de l'autre côté du parking. Ils avaient de toute évidence réussi à contourner et à se cacher derrière les maigres arbres, ou peut-être même derrière les pierres tombales.

Bob avait l'impression de courir dans de la mélasse. Il n'arrivait pas à atteindre la voiture suffisamment vite. La femme qu'il aimait était en danger et il ne pouvait pas être là ! C'était comme s'il vivait l'un de ses nombreux cauchemars, incapable de rejoindre ses coéquipiers pendant qu'ils étaient torturés.

Il courait et courait encore, mais ne semblait jamais s'approcher.

Puis, il entendit West hurler : « Meurs ! Mais meurs, putain ! », et Bob faillit avoir une crise cardiaque, ici et maintenant.

Soudain, il ne courait plus. Il martelait la voiture.

Il tira violemment sur la portière pour l'ouvrir et saisit West par le col de son T-shirt pour l'écarter du corps étrangement immobile de Marlowe et le tirer vers le sol en graviers. Il frappa le visage de l'homme une fois. Deux fois.

Il referma le poing pour le frapper de nouveau, mais JJ lui attrapa le bras.

— Bob ! *Marlowe*. Occupe-toi de Marlowe !

Sans hésiter, Bob lâcha la chemise de West et retourna à la voiture. Il entendit vaguement JJ traîner le corps inconscient de West, mais toute son attention se portait sur Marlowe.

Pendant une seconde, il eut peur de la toucher. Puis, son cerveau s'activa. Il avait vu les mains de West sur sa gorge, mais il priait pour que ça n'ait pas duré suffisamment longtemps pour la tuer. Ça n'était absolument pas long de mettre quelqu'un dans les vapes, mais il fallait plusieurs minutes pour tuer par strangulation, et elle avait parlé il n'y avait si longtemps que ça...

Il s'engouffra par la portière ouverte et se pencha au-dessus de la femme qu'il aimait, posant deux doigts sur sa carotide, et le soulagement qui le submergea en sentant son pouls régulier l'aurait mis à genoux s'il ce n'avait pas été déjà le cas.

— Marlowe ! hurla-t-il.

À sa surprise et à son soulagement, elle ouvrit les yeux et hoqueta. Puis, elle se mit à le rouer de coups et lutter. Son bras se leva et son poing vint frapper Bob pile dans l'œil. Ça fit un mal de chien, mais Bob ne recula pas.

— C'est moi ! cria-t-il. Kendric !

Elle était perdue dans sa terreur, et soit elle ne l'entendait pas, soit elle ne comprenait pas. Elle essaya de s'asseoir, mais Bob la saisit par les épaules.

— Non ! Non, non, non, non, non, non ! hurlait-elle en se défendant et en donnant des coups.

Même en luttant pour la maîtriser avec autant de douceur que possible, Bob ne pouvait s'empêcher d'être fier d'elle, fier qu'elle lutte avec tout ce qu'elle avait.

— Tu ne crains rien ! C'est moi, Kendric. Il ne peut plus te faire de mal, tu vas bien, la rassura-t-il.

Il lui fallut d'autres paroles apaisantes pour franchir la panique de Marlowe, avant qu'elle ne finisse par s'immobiliser et lever les yeux vers lui.

— Kendric ? dit-elle d'une voix éraillée.

— Ouais, Punky, c'est moi. Tu es en sécurité. Je suis avec toi.

Bob s'attendait à ce qu'elle éclate en sanglots. Au lieu de ça, elle inspira profondément, ferma les yeux et hocha simplement la tête.

— Marlowe ? demanda-t-il d'une voix douce, inquiet cause de sa réaction inattendue.

— Vous l'avez eu ? Ont-ils tout enregistré ?

— Oui, et je suppose que ça, oui *aussi*.

— Tant mieux. Est-ce qu'on peut s'en aller maintenant, s'il te plaît ?

Inquiet qu'elle ne souffre du choc, de l'idée qu'elle avait failli *mourir*, Bob leva la tête pour échanger un regard avec Chappy, qui était accroupi devant la portière ouverte, à l'opposé, la même inquiétude dans le regard.

— Dans une seconde, la rassura Bob. Tu peux t'asseoir ?

Elle acquiesça et s'assit, lentement. Bob vint s'asseoir à côté d'elle, le bras autour de son dos.

— Tu as des vertiges ? Tu te sens étourdie ?

— Non, répondit-elle. Bien que j'aimerais boire de l'eau ou autre. Ma gorge me fait mal.

Évidemment qu'elle lui faisait mal ! West avait mis ses sales mains autour de son cou. Bob pouvait apercevoir les hématomes sombres qui se formaient déjà sur la peau de sa gorge, et cela lui donnait envie de finir ce qu'il avait commencé quand il avait tiré cet enfoiré de la banquette arrière.

Il se força à rester à côté de Marlowe, lui disant :

— Ouais, Punky, on va te donner de l'eau très bientôt.

Elle baissa les yeux vers ses mains, puis fronça les sourcils. Elle les leva.

— Je l'ai griffé, dit-elle.

Bob voyait du sang sous ses ongles. Elle avait fait plus que griffer West, elle avait carrément creusé dans sa chair. Il s'empara de l'une de ses mains et, à la surprise de Bob, ses propres yeux se remplirent de larmes. Sa lèvre commençait à trembler.

Il n'avait jamais eu aussi peur que ce qu'il avait ressenti entre les secondes où il avait réalisé que quelque chose n'allait pas et le moment où il avait atteint la voiture.

Il était presque arrivé trop tard. Il lui avait promis de surveiller ses arrières, de la protéger et, pourtant, West l'avait presque tuée à mains nues.

Un sanglot s'échappa et, avec frénésie, Bob essaya d'arrêter les autres qui voulaient suivre. Marlowe était en vie, mais elle n'allait pas très bien. Elle se comportait comme si elle était dans un brouillard. Elle était clairement sous le choc, et c'était la chose la plus bouleversante à laquelle il ait assisté.

Mais quand il produisit un autre son étranglé, Marlowe se tourna pour le regarder. Elle le fixa un instant, puis cligna des yeux.

Et c'était comme s'il n'avait fallu que cela à Marlowe pour revenir : un clignement.

— Non, dit-elle, ferme, secouant la tête.

— Non quoi ? parvint à articuler Bob.

— Ne te sens pas coupable. Je sais que c'est le cas. Quand j'étais étendue sous lui et qu'il m'étranglait, je *savais* que tu t'en voudrais. Ça a été ma dernière pensée. Arrête, Kendric, le supplia-t-elle. Tu l'as eu. Tu m'as sauvée. Nous allons avoir une tonne de bébés et vivre heureux toute notre vie. Pigé ?

Bob ne put s'empêcher d'en rire.

— Oui, m'dame.

— Bien. Tu peux me faire sortir de cette voiture qui pue maintenant ? Je dois me rendre à une fête.

Bob regarda derrière lui Ian West encore inconscient. JJ

l'avait si bien ligoté qu'il n'irait nulle part de sitôt. Bob pouvait également entendre des sirènes s'approcher rapidement. Sa main se contracta à l'idée de frapper West une fois de plus, mais sentir la main de Marlowe sur son bras lui fit oublier cet homme en un instant.

— Kendric ?

— On s'en va, lui dit-il, désignant l'autre portière où Chappy se tenait toujours.

Il ne voulait pas qu'elle regarde West.

— Mais nous allons faire un arrêt par la clinique avant toute chose, continua-t-il.

— Je vais bien, insista Marlowe se déplaçant sur le siège.

— Fais-moi plaisir, implora Bob.

Chappy lui saisit la main et l'aida à sortir avec précaution. Bob se retrouva immédiatement à ses côtés. Marlowe se tourna vers lui et posa le front contre son torse. Ils restèrent ainsi pendant un long moment, intégrant le fait qu'ils étaient tous les deux en vie et allaient bien.

Il entrevit le chef Rutkey courir vers eux, d'autres officiers hurlant sur le parking, les sirènes à fond, conduisant bien trop vite.

Marlowe leva les yeux vers Bob et lui sourit.

— Les hommes et leurs jouets... plaisanta-t-elle avec calme.

Bob ferma les yeux une fraction de seconde. Il avait failli perdre ça. Elle. Il avait tellement besoin d'elle, n'avait aucune idée de ce qu'il aurait fait sans elle. Mais par la grâce de Dieu, aujourd'hui ne serait pas le jour où il le découvrirait.

Il ouvrit les yeux et posa en douceur son doigt sur son cou.

Marlowe le saisit.

— Je vais bien. Honnêtement.

Bob hocha la tête.

Ils se tournèrent tous deux vers Alfred Rutkey, qui les rejoignait.

— Vous allez bien ? aboya-t-il d'un air bourru.

— Oui, répondit Marlowe. Vous l'avez eu ? Est-ce que ça a suffi ?

Alfred sourit. C'était un sourire satisfait et presque sanguinaire.

— Plus que suffi, lui répondit-il.

— Bien. Oh ! Il avait une arme, lâcha-t-elle.

Bob crut que ses genoux allaient l'abandonner encore une fois en entendant cela. Il s'agrippa à elle encore plus tandis qu'elle continuait :

— C'est pour cela que je suis montée dans sa voiture. La *seule* raison. Soit je montais pour espérer survivre, soit je le laissais me tirer dessus dans la voiture de Chappy, dit-elle avant de se tourner vers Bob. J'ai été obligée de le faire. Si cela présentait la plus petite chance de revenir à toi...

Bob ne pouvait sans doute pas aimer cette femme encore plus qu'il ne l'aimait en cet instant.

Avant de pouvoir répondre, Rutkey acquiesça et dit :

— On sait. On a reçu l'appel d'un des agents qui visionnaient l'enregistrement. Vous vous êtes retrouvée dans la voiture avant que je ne puisse informer mes officiers sur place, mais je ne les aurais pas laissés intervenir de toute façon. Les risques que Ian vous tire dessus dans l'éventualité où il aurait compris qu'il était observé étaient trop élevés.

Marlowe parut accepter cette information sans sourciller. Elle hocha la tête, puis dit :

— Je ne sais pas où ont atterri les pièces. Il les tenait quand il m'a attrapée. Elles peuvent être sur le plancher de la voiture ou ailleurs. Mais... si ça vous va, Kendric et moi allons nous en aller. Nous nous trouverons au Jack's Lumber si vous avez besoin d'une déposition. Mais comme je vais probablement trop boire, ce serait sans doute mieux si vous attendiez demain pour me parler.

Le chef de police lui sourit.

— Très bien. Je pense que c'est bon pour nous. Je veux dire, nous avons vos enregistrements, alors il n'y a pas de besoin urgent de vous interroger dans l'immédiat.

— Très bien.

— Mais je peux faire une suggestion ? dit Alfred, continuant de sourire.

— Ouais ?

— N'oubliez pas de retirer ces boucles d'oreilles. On ne voudrait pas que vous diffusiez quelque chose qui vous mettrait mal à l'aise plus tard...

Marlowe leva les yeux vers Bob, et il fondit presque devant l'air amoureux sur son visage.

— Très bien, je ferai ça, dit-elle.

Bob pouvait pratiquement lire dans son esprit. Il voulait la ramener directement chez eux, la déshabiller et vérifier chaque centimètre de son corps pour être sûr qu'elle allait bien. Puis, il voulait s'enfoncer en elle et ne pas en sortir pour le restant de la nuit.

— La fête, dit-elle, comme si elle pouvait lire dans son esprit.

— Le médecin, puis la fête, la contredit-il.

Marlowe fit la moue, mais prit une grande inspiration et accepta avec un signe de tête.

Elle se tourna ensuite vers Chappy et le prit par surprise en l'étreignant avec force.

— Merci d'avoir assuré mes arrières.

— Tu fais partie de la famille, répondit-il simplement.

Marlowe afficha un large sourire.

Bob ne s'étonna pas quand elle s'arrêta près de JJ, se dirigeant vers le SUV de Cal, et qu'elle l'enlaça pour le remercier également. Elle remercia aussi les adjoints et le chef et, quand elle arriva à Cal, elle le prit lui aussi dans ses bras.

— Merci d'être arrivé ici si vite... même si je n'en attendais pas moins d'une voiture qui coûte plus cher que la plupart des maisons.

Cal fit un grand sourire.

— Je savais qu'il y avait une bonne raison d'avoir acheté cette voiture.

Bob aida Marlowe à s'installer sur la banquette arrière, puis il se tourna vers Cal. Soudain, il se trouvait à court de mots. Ses coéquipiers avaient été là pour lui sans se poser de question, une fois de plus. Il avait menti et avait fait les choses dans leurs dos, et pourtant, ils n'avaient toujours pas hésité à les soutenir, lui et Marlowe, quand ils avaient eu le plus besoin d'eux.

Cal secoua la tête.

— Non, mon pote. J'ai pigé. J'ai connu ce que tu as connu. Quand June était allongée sur ce sol, à se vider de son sang... dit-il d'une voix qui finit par s'évanouir avant qu'il ne se clarifie la voix. Je t'aurais emmené ici avant qu'il ne soit trop tard, peu importait comment.

— Merci.

— De rien. Allez, on y va, amenons Marlowe en consultation, puis nous partirons retrouver tout le monde au bureau.

Bob avait l'intuition que Cal ressentait le besoin de voir June, pour s'assurer qu'elle allait bien. Tout ce qu'il venait d'arriver lui rappela le fait qu'il avait failli perdre sa femme et, pourtant, il allait rester aux côtés de Bob et de Marlowe jusqu'à ce qu'elle soit examinée par un médecin.

À sa surprise et à celle de Cal, il prit son ami dans ses bras et lui donna une forte étreinte, lui donnant une tape brutale dans le dos avant de le relâcher.

— OK. Bougeons ce tas de ferraille, plaisanta Bob, ce qui fit ricaner Cal.

— Tas de ferraille, mon cul, marmonna-t-il avant de grimper derrière le volant de son SUV ridiculement onéreux.

Bob attacha avec précaution la ceinture de sécurité de Marlowe avant de faire de même pour lui. Puis, il la prit de nouveau dans ses bras. Il lui faudra beaucoup de temps avant qu'il ne soit capable de ne plus la toucher, mais il s'en fichait complètement. Il s'en était fallu de peu.

CHAPITRE DIX-SEPT

— Je vais bien, Kendric, dit Marlowe pour ce qui lui semblait être la millième fois cette nuit-là.

Ce qui était arrivé avec Ian était horrible, mais étonnamment, Marlowe se sentait vraiment comme si elle allait bien. Elle s'était rendue à la clinique médicale sans protester. Elle avait de vilains hématomes sur son cou qui ne feraient que s'assombrir, mais ayant l'air plus mauvais qu'ils ne l'étaient réellement. Sa gorge lui grattait, comme si elle avait attrapé un rhume carabiné ou autre. Mais dans l'ensemble, elle avait eu beaucoup de chance.

Kendric avait fait du surplace tout l'après-midi, tout comme ses amis... *leurs* amis. Après tout ce qui était déjà arrivé à Carlise et à June, personne ne se réjouissait de la tournure qu'avaient prise les choses avec Ian.

Le Jack's Lumber avait été plein à craquer, et même si Marlowe était fatiguée, elle n'avait pas voulu s'en aller. On avait eu l'impression que la moitié des habitants de Newton était venue pour s'assurer qu'elle allait bien. Elle ignorait comment tout le monde avait été au courant de ce qu'il s'était passé, mais... les petites villes ! Elle ne se posait pas trop la question.

Même si le bureau avait été fermé pour la fête, April avait croulé sous les appels des gens se renseignant pour que les arbres de leurs propriétés soient élagués ou déplacés. Tout le monde voulait les soutenir d'une façon ou d'une autre, et il semblait que l'un des moyens d'y parvenir pour eux était en embauchant Jack's Lumber.

Carlise, June et April avaient été naturellement choquées par les agissements de Ian, bien que Marlowe ait tenté de les minimiser. Tout était arrivé si vite que Marlowe n'était pas certaine qu'on doive faire autant de foin pour une tentative de meurtre qui avait été déjouée en moins de soixante secondes.

JJ était sorti chercher des burgers chez Granny – qu'on ne lui avait pas demandé de payer –, et entre deux bouchées, Marlowe se retrouva à consoler ses amis. Elle détestait que tout le monde se sente si mal. Elle s'était mise elle-même dans cette situation avec Ian pour qu'il fasse ce qu'il lui avait fait. Elle avait été celle qui ne n'avait pu pas le laisser s'en tirer en se faisant du fric avec l'héritage de la Thaïlande, celle qui avait été incapable de lui pardonner de l'avoir mise en prison. En toute connaissance de cause, elle s'était mise elle-même dans une situation potentiellement dangereuse.

Marlowe avait même parlé au mystérieux Tex, qui était un homme peu bavard. Il avait appelé pour parler à Kendric et avait demandé à parler à Marlowe également. La conversation avait été courte : elle avait dit bonjour, Tex avait demandé si elle allait bien, elle avait répondu « Oui. » et l'avait remercié pour les boucles d'oreilles qui avaient enregistré chaque seconde de ce qui était arrivé, veillant à ce que Ian ne s'en sorte pas, avec aucun de ses crimes. Tex avait dit qu'il était content qu'elle soit sauve, qu'aucun remerciement n'était nécessaire, puis lui avait demandé de lui repasser Kendric. Elle l'avait fait en rigolant, amusée.

La journée avait été longue, et après seulement quelques heures au Jack's Lumber, Marlowe était exténuée. Kendric avait fini par s'affirmer en disant à tout le monde qu'il la ramenait à la maison. Puis, il l'avait simplement soulevée et l'avait portée en franchissant le seuil du bureau pour la mener à son pick-up, ce qui semblait être sa nouvelle occupation préférée.

Ils étaient rentrés maintenant, et Kendric lui avait déjà demandé trois fois s'il pouvait aller lui chercher des trucs et l'avait pratiquement ensevelie sous un mont de couvertures sur le canapé. Il s'était assuré qu'elle avait pris des antidouleurs et, en ce moment, il se trouvait dans la cuisine à faire Dieu savait quoi.

— Kendric, viens ici, lui ordonna-t-elle gentiment.

Il reposa immédiatement ce qu'il tripatouillait et s'assit à côté d'elle. Mais il ne la prit pas dans ses bras, cela étant pourtant l'endroit dans lequel elle avait désespérément besoin de se trouver.

Pendant un moment, un soupçon d'incertitude la traversa. Est-ce que les choses avaient changé entre eux ? Ne voulait-il plus rester avec elle ? Avait-elle été trop téméraire en insistant pour rencontrer Ian, puis en montant dans sa voiture ?

— Pourquoi restes-tu aussi loin là-bas ? demanda-t-elle, soucieuse.

Ce n'était pas comme s'il s'était assis à l'extrême opposé du canapé, mais il ne la touchait pas et cela la faisait flipper.

Kendric l'observa un long moment avant de soupirer.

— Je ne veux pas te faire de mal.

Marlowe secoua la tête.

— Me toucher ne me fera pas mal.

Il ne bougeait toujours pas, et son cœur se serra.

— Je veux dire, si tu es furieux contre moi ou autre, s'il te plaît, dis-le-moi simplement. Si tu as changé d'avis pour nous parce que j'ai merdé aujourd'hui, je veux le savoir.

— Changé d'avis ? demanda-t-il, incrédule.

En un clin d'œil, elle se retrouva assise sur les genoux de Kendric, les couvertures tout comme ses bras la cernaient, et il la serrait contre lui.

Soupirant, soulagée, Marlowe se blottit contre lui, passant un bras autour de son cou et s'y tenant fermement.

— Tu n'as pas merdé aujourd'hui. C'est moi.

Marlowe secoua la tête, mais il ne lui donna pas le temps de protester verbalement.

— C'est moi. Je t'ai dit que je te couvrais et, pourtant, j'ai hésité juste assez longtemps pour que cet enfoiré pose ses mains sur toi. Je suis tellement désolé.

— Ne t'excuse pas, le supplia-t-elle. Tu m'as sauvée, Kendric. Il allait me tuer. Il a réussi à cacher qui il était vraiment aux yeux de tous, jusqu'au moment où il a tenté de m'ôter la vie. Je l'ai vu dans ses yeux. L'avidité, la haine, le mépris pour tout le monde excepté pour lui-même. Si tu n'avais pas été là...

Ses mots s'évanouirent.

— Je sais, répondit-il d'une voix brisée. Je sais. Je ne pourrais pas revivre ça. Sérieusement. Je sais que tu devais faire tout ça pour réparer ce qui t'est arrivé en Thaïlande, mais rien dans cette situation ne m'a paru correct. Je ne voulais pas que tu me prennes pour un mari qui veut tout contrôler, refusant de te permettre de prendre tes propres décisions. Mais je crois que, au fond de moi, je suspectais West d'être instable. Qu'il fasse n'importe quoi pour mettre la main sur le fric qu'il croyait lui être dû. Je veux que tu sois indépendante. Je veux que tu sois la femme forte, compétente et incroyable que tu es. Mais je ne te laisserai plus te mettre en danger. Je ne le pourrais simplement pas.

— OK, répondit Marlowe sans hésiter.

Elle n'en voulait pas à Kendric de vouloir la protéger. N'était-ce pas ce qu'elle avait souhaité toute sa vie ? Quelqu'un sur qui s'appuyer quand les choses étaient difficiles ? Qui les protège, elle et leurs enfants, de tout et de tous ceux qui pourraient leur vouloir du mal ?

Kendric hocha la tête contre elle, et elle le sentit prendre une grande inspiration. Il était tout aussi affecté qu'elle par ce qu'il s'était passé aujourd'hui. Peut-être même plus. C'était lui qui avait vu les mains de Ian autour de sa gorge. Elle avait été inconsciente quand Kendric avait ouvert la portière, mais elle avait entendu dire par les autres qu'il avait violemment tiré Ian d'une seule main. Qu'il l'avait tabassé avant de porter son attention sur elle. Il avait dû la découvrir sur la banquette arrière, étendue et immobile, et avait probablement cru qu'il était trop tard.

Oui, sa perspective quant à ce qu'il s'était passé aujourd'hui était sans doute pire que ce qu'elle avait elle-même vécu.

— Tu m'emmènes au lit ? demanda-t-elle.

Elle avait besoin de serrer son époux contre elle. De lui assurer qu'elle allait bien. Il ferait probablement des cauchemars cette nuit, ce qu'elle détestait, car ça n'était pas arrivé depuis un moment. Ça la tuerait d'être la raison de sa rechute.

Kendric se mit immédiatement en mouvement, se glissant vers le bord du canapé avant de se lever. Il la porta jusqu'à leur chambre et la plaça sur le matelas.

— Tu as besoin de quelque chose ? De te rendre aux toilettes ? De te laver le visage ?

— C'est bon.

Elle s'était mise en pyjama plus tôt et s'était brossé les dents en rentrant chez eux.

Il acquiesça et se rendit à sa commode pour en sortir un T-shirt. Il retira les vêtements qu'il avait portés toute la journée et enfila le T-shirt propre. Il se rendit dans la salle de bains, et

Marlowe entendit l'eau couler pendant qu'il se brossait les dents. La chasse d'eau retentit un moment plus tard, puis il finit par se mettre sous les couvertures avec elle.

Il s'allongea et l'attira contre lui. Marlowe posa la tête sur son torse et soupira de contentement. Les doigts de Kendric effleuraient sa nuque et s'amusaient avec les cheveux qui s'y trouvaient.

— Kendric ?

Elle sentit plus qu'elle n'entendit son petit rire. Il avait admis une fois qu'il aimait beaucoup qu'elle prononce toujours son nom, comme pour demander la permission, avant de poser une question ou de lui dire un truc. Elle n'avait pas réalisé qu'elle faisait ça, mais, désormais, elle ne pouvait s'en empêcher.

— Ouais ?

— Je t'aime.

— Je t'aime aussi, dit-il sans la moindre hésitation.

— J'ai l'impression de te devoir des excuses.

— Non.

— Si, insista-t-elle. Je n'aurais pas dû retrouver Ian toute seule. Nous savions tous les deux qu'il ferait tout pour voler ces pièces. Je veux dire, ça ne lui avait pas posé problème de me faire jeter en prison. Il n'y avait aucune raison de penser qu'il aurait été d'accord pour me donner l'une d'elles. J'aurais dû permettre à toi et à tes amis de penser à autre chose. Ou de laisser les douanes et la Protection des Frontières s'en charger. Je me suis laissé emporter par ma volonté de prouver qu'il était un voleur, qu'il m'avait piégée. Et de prouver qu'il ne m'avait pas brisée. J'ai ignoré la véritable grande menace qu'il pourrait représenter.

— Ton courage, c'est ce que j'aime le plus chez toi. Tu ne laisses rien se mettre sur ton chemin. Tu avances, peu importe ce qu'il se passe. Tu ne me dois pas d'excuses. Nous avons fait des erreurs tous les deux, et Dieu merci, nous sommes tous deux ici pour apprendre de ces erreurs et nous améliorer à l'avenir.

— Oui, souffla Marlowe.

— J'ai commis mon lot d'erreurs. En fait, on se ressemble tellement que ce n'est même pas marrant. Je ne faisais pas confiance à mes amis pour qu'ils comprennent pourquoi j'avais besoin de travailler avec Willis. Je leur ai menti et ne leur ai pas donné la chance de couvrir mes arrières. Toi, mon amour, as agi de la même manière. En voulant faire tout le travail toute seule pour faire tomber West, malgré le fait que nous, moi et mes amis, ayons été présents pour t'aider. Je commence à croire que nous avons tous les deux appris que faire confiance aux autres n'est pas une mauvaise chose.

Marlowe secoua la tête contre lui.

— En effet. Et tu as raison.

Kendric tourna la tête et lui embrassa la tempe.

— Dors, Punky. Demain est un autre jour.

— Ouais, dit-elle avant de lever la tête pour le regarder dans les yeux. Je ne veux pas que tu aies des cauchemars cette nuit, dit-elle, ferme.

Il ricana.

— Moi non plus. Mais je ne suis pas sûr que le dire les préviendra.

— Je sais, soupira-t-elle, reposant la tête sur son torse. Mais je me sens coupable, sachant qu'ils pourraient revenir à cause de moi.

— S'ils reviennent, ils reviennent, dit-il nonchalamment. Tu seras là pour m'en empêcher si j'en fais un.

— Ça, c'est sûr, marmonna-t-elle.

— Avant, je redoutais d'aller dormir, avoua Kendric. Parce que je savais que je rêverais et revivrais les pires moments de ma captivité. Mais aujourd'hui ? Je n'ai pas peur. Tu seras là quand je me réveillerai et, quelque part, le pouvoir de ces rêves a diminué, sachant ce que j'ai aujourd'hui.

C'était... mignon.

— Et d'apprendre que Chappy, Cal et JJ ont aussi lutté contre des cauchemars m'aide à ne pas me sentir si faible. Je ne leur ai jamais vraiment demandé s'ils galéraient à se réhabituer à la vie civile après notre départ de l'armée. J'ai juste pensé que ce n'était que moi parce qu'ils avaient tous l'air de surmonter ça si bien. Même Cal, qui a clairement vécu pire que nous autres. Mais ils dissimulaient leur douleur et le fait qu'ils avaient également des problèmes pour s'adapter. Ce n'est pas que j'aime qu'ils aient souffert, mais le tout m'aide à ne pas me sentir si... seul.

— Je suis contente que tu les aies. Cela va sans dire, mais je vais tout de même le faire : dès que tu auras besoin de parler, je serai là. Je n'étais pas présente avec toi lors de cette mission, alors je comprends qu'il y a des choses dont tu ne peux parler qu'avec les autres, mais si tu as besoin d'une oreille, je suis toute à toi.

— Je sais que tu l'es, Marlowe, et j'apprécie cela plus que je ne saurais le dire. Et il en va de même pour toi. Tu n'as pas beaucoup parlé de tes expériences dans cette prison de Thaïlande, mais je peux imaginer qu'elles n'étaient pas extra. J'aurai sans doute une meilleure capacité que d'autres à comprendre ce que tu as ressenti quand tu étais enfermée.

— Merci, murmura-t-elle.

Il avait raison. Elle avait rangé son temps passé en prison dans le fond de son esprit, car elle avait d'autres choses pour lesquelles s'inquiéter, comme sortir du pays sans être de nouveau capturée. Maintenant qu'elle était sauve et heureuse, elle savait que les souvenirs pourraient parfois la submerger, et ce serait bien d'avoir quelqu'un à qui en parler.

— Dors, Punky. Si tu te réveilles à cause de la douleur au

milieu de la nuit, j'ai mis des comprimés et de l'eau de ton côté du lit.

— Tout ira pour moi, dit-elle.

Et tout à coup, les événements de la journée la rattrapèrent, et elle ne parvint plus à maintenir les yeux ouverts.

— Je t'aime, chuchota-t-elle.

— Je t'aime aussi.

* * *

Bob ignorait quelle heure il était. C'était le noir complet dehors, et il n'était pas certain de ce qui l'avait réveillé.

Puis, Marlowe fit un mouvement brusque contre lui et marmonna : « Non ! »

Immédiatement, il fut éveillé. Il n'avait pas fait de cauchemar cette nuit, mais, apparemment, sa femme, courageuse, stoïque et visiblement imperturbable, si.

— Kendric ! cria-t-elle soudain, faisant complètement flipper Bob.

— Chuuut, lui murmura-t-il, resserrant ses bras autour d'elle.

Cela parut empirer ce qu'elle voyait dans sa tête.

Bob roula sur le dos, l'embarquant avec lui pour qu'elle se retrouve sur le dessus. La dernière chose qu'il voulait faire, c'était lui rappeler ce que se sentir sans défense sous quelqu'un de plus grand et plus fort faisait, comme elle en avait fait l'expérience avec West.

— Non ! Lâchez ! *Keeeeendriiiic !*

— Je suis là, lui dit-il d'un ton sévère. Je suis là, Punky. Ouvre les yeux. Regarde-moi.

Une seconde avant, elle donnait des coups dans ses bras et, la seconde suivante, ses yeux s'ouvrirent et elle les baissa vers lui.

221

Bob fut plus que reconnaissant qu'il ne saurait le dire lors-qu'elle sembla le reconnaître de suite. Le haut de son pyjama était de travers, et il pouvait voir les horribles marques sur son cou, sur sa peau pâle, alors qu'il n'y avait aucune lumière dans la pièce. Celle de la lune qui brillait à travers la fenêtre lui suffi-sait à pouvoir discerner les affreuses conséquences de la journée précédente.

— Tu vas bien, lui dit-il doucement. Je te tiens. Je suis là.

Elle soupira, puis se baissa, retournant sur son torse. Enfin… « se baisser » ne fut pas exactement le bon mot ; « s'affa-ler » convenait mieux. Elle s'était simplement complètement détendue et s'était écrasée sur lui.

— Flûte, marmonna-t-elle.

Bob ne put s'empêcher de sourire à cela. Ça ressemblait tellement à Marlowe de dire ça. Il mit une main dans ses cheveux et mit l'autre autour de sa taille, l'accrochant à lui.

— Je n'étais pas celle qui était supposée avoir un cauche-mar, se plaignit-elle.

Le sourire de Bob s'élargit. Il n'arrivait pas à croire qu'elle trouvait de l'humour dans cette situation, mais elle n'avait pas tort. C'était un miracle qu'il n'ait pas cauchemardé. Cette vision d'elle dans la voiture, inconsciente, avec les mains de cet enfoiré autour de sa gorge, lui avait brûlé la rétine. Il avait cru l'avoir perdue. Il ne doutait pas que, à un moment, il rêverait de ça, mais pas cette nuit apparemment.

— Tu veux en parler ? demanda-t-il.

Elle poussa un soupir, et Bob sentit le souffle chaud même à travers son T-shirt.

— C'étaient ses yeux, dit-elle au bout d'un moment. Ils étaient morts. Je veux dire, j'ai travaillé avec Ian. Partagé des repas. Nous avons ri ensemble. Je suis celle qui lui a fait visiter le site à son arrivée, le premier jour.

Mais quand il m'étranglait… je ne voyais aucune émotion

dans ses yeux. Il aurait pu être en train d'éplucher une carotte avec toute l'émotion qu'il ressentait. Je veux dire, je me serais attendue à voir de la colère, de la haine, quelque chose. Ses paroles semblaient furieuses. Mais lui était complètement vide. J'ai su alors que, peu importait ce que je disais ou avec quelle force je luttais, il allait me tuer. Et c'était nul, car, tout ce à quoi j'arrivais à penser, c'était à toutes les choses auxquelles j'allais passer à côté avec toi. Rire, aimer, nos enfants... tout cela.

— Punky, dit Bob d'une voix étranglée.

Marlowe leva la tête.

— Mais je vais bien maintenant. Tu es là.

— Je suis là.

— Et si je fais d'autres rêves, tu me réveilleras et tu me rassuras en me disant qu'il n'a pas gagné.

— Compte sur moi.

Elle hocha la tête, puis la reposa dans le creux de son cou.

— Tu sais, c'est bizarre, dit-elle au bout d'un moment.

— Quoi donc ? demanda Bob, passant doucement une main apaisante de haut en bas de son dos.

— Être allongée sur toi sans être nue ni t'avoir en moi.

Bob renifla.

— Nous avons dormi ainsi quelques fois en traversant la Thaïlande, lui rappela-t-il.

— Ouais... Kendric ?

— Ouais, Punky ?

— Je pense à trois.

— Trois quoi ?

— Enfants. Alors, il nous faudra au moins une maison avec quatre chambres. Les enfants peuvent partager quand ils sont jeunes, mais ils veulent tous leur propre espace quand ils sont plus âgés. Et je veux trouver une maison avec un énorme porche et un grand jardin. Et pas trop loin de Carlise et de June, car je veux que nos enfants jouent avec les leurs.

Les images que ses propos mirent dans la tête de Bob furent si viscérales, si réelles, que ça en fut presque douloureux.

— D'accord, Punky.

— Je ne sais pas comment on la paiera, mais on trouvera un moyen.

— Oui, on trouvera.

Il ferait tout ce qu'il faudrait pour donner à sa Punky tout ce dont elle rêvait.

— Mon frère va bientôt venir avec sa famille, poursuivit-elle.

Apparemment, sa nana était bel et bien réveillée désormais, et elle voulait parler. Bob n'avait aucun problème avec ça.

— Bien. J'ai hâte de mieux les connaître.

— Que t'a dit Tex aujourd'hui ? demanda-t-elle. Enfin, après m'avoir dit, genre, deux mots, ajouta-t-elle, amusée.

Le sourire de Bob disparut. Il ne voulait vraiment pas parler de ça maintenant, mais il savait que Marlowe voudrait savoir ce qu'il se passait concernant Ian, afin de pouvoir aller de l'avant dans sa vie et espérer bannir les cauchemars pour de bon.

— Il me tenait au courant pour West, répondit-il au bout d'un moment.

— Et ?

— Tu es sûre de vouloir entendre ça maintenant ?

— Je suis bien réveillée, dit-elle avec un haussement d'épaules.

Bob hocha la tête.

— West est inculpé de tout un tas de choses. Enlèvement, tentative de meurtre, blanchiment d'argent, trafic et un paquet d'autres charges dont je ne me souviens plus là. Le max rien que pour le trafic est de vingt ans en prison fédérale.

Marlowe releva la tête.

— Ouais, mais il n'aura qu'à en purger une partie avant de pouvoir demander une liberté conditionnelle, non ?

— C'est vrai, mais les douanes veulent le faire inculper pour chaque pièce séparément.

— Oh, ça, c'est bien.

— Ils vont également fouiller dans son passé, vérifier les autres sites sur lesquels il a travaillé, continuer de ratisser le Dark Web et voir s'ils peuvent trouver des preuves d'autres reliques qu'il aurait volées et vendues... et l'inculper pour celles-là également. Et puisqu'ils jugent que sa tentative d'assassinat sur toi était préméditée, ils vont viser la prison à vie. Tout est sur audio et vidéo. Son intention était de t'emmener dans un endroit reculé, de te tuer, de récolter l'argent de l'acheteur pour ces pièces et de poursuivre sa route. Il ne va pas s'en sortir, pour aucun de ses crimes.

— Et les pièces seront retournées à la Thaïlande ?

Bob ferma les yeux et se pinça les lèvres. Il n'aurait pas dû être surpris qu'elle s'inquiète autant pour que ces pièces retournent au pays qui l'avait emprisonnée, mais il l'était tout de même.

— Elles finiront par l'être, oui.

— Très bien.

— Et Tex s'arrange avec un avocat en Thaïlande pour que les charges contre toi soient abandonnées. Ils se servent des preuves que tu as eues aujourd'hui pour attester du fait que tu ignorais tout des pilules de Ya Ba trouvées dans tes affaires et que tout était à cause de West.

Marlowe acquiesça de nouveau contre lui, mais ne fit aucun commentaire pendant au moins une minute. Puis, elle leva la tête, et le regarda dans les yeux d'une façon que Bob ne parvint pas à déchiffrer.

— Qu'est-ce qu'il y a, Punky ?

— Je t'aime.

Il sourit.

— Je t'aime aussi.

— Puisque nous sommes tous les deux réveillés, tout ça… Je pense que nous devrions trouver un moyen de passer le temps. Il est bien trop tôt pour sortir du lit.

L'une de ses mains se fraya jusqu'à son flanc et se faufila sous la ceinture de son boxer.

Il l'attrapa rapidement.

— Tu as été blessée hier.

— Oui, répondit-elle, maintenant son regard. Mais je vais bien maintenant.

— Tu as mal quelque part ?

Elle haussa les épaules.

— Je me sens un peu courbaturée et ma gorge est irritée, mais, autrement, je vais bien.

— Je pense qu'on devrait attendre quelques jours de plus, commença-t-il, mais Marlowe secoua la tête et bougea jusqu'à enfourcher son ventre.

Elle baissa les yeux vers lui.

— Je vais *bien*, insista-t-elle. Et j'ai besoin de toi, Kendric. Pendant un moment, j'ai cru ne plus jamais pouvoir te sentir en moi. Ne jamais plus te voir te laisser aller. Ne jamais plus voir l'adorable grimace que tu fais quand tu jouis, dit-elle avec un sourire malicieux. S'il te plaît ?

Ah, eh bien… comment pouvait-il résister à une si jolie requête ? La vérité, c'était qu'il ne le pouvait pas. Bob avait le sentiment que ça n'augurait rien de bon pour lui… Tout ce que sa femme voulait, il cèderait en un rien de temps si elle le regardait comme elle le faisait maintenant.

— Je ne grimace pas quand je jouis, protesta-t-il.

Elle gloussa.

— Non, non, bien sûr, tu ne le fais pas… Prouve-le.

— Un défi ? J'aime ça, répondit-il avec un sourire satisfait. Mais là encore, je suis fatigué. Je crois que tu devras faire tout le travail.

Bob fut surpris par la rapidité d'action de sa femme. Elle fut débarrassée de son pyjama et assise à califourchon sur lui, nue comme le jour de sa naissance, en un clin d'œil.

Les vingt minutes suivantes furent les plus érotiques de sa vie. Il fit l'amour à sa femme tout comme elle lui fit l'amour. Ils réaffirmèrent leurs sentiments à chaque caresse, chaque coup de reins. Être de nouveau capable d'être avec elle de cette façon était un cadeau, et Bob se jura de ne jamais le considérer comme acquis. Jamais.

Après l'avoir fait jouir deux fois et s'être vidé de ce qui semblait avoir représenté plusieurs litres de sperme bien au fond d'elle, elle fut une fois de plus étendue, complètement relaxée, sur son torse, sa demi-érection toujours en elle, leurs sécrétions corporelles s'écoulant du corps de Marlowe et gouttant jusqu'à ses bourses. Bob ne s'était jamais senti aussi satisfait.

— C'est mieux comme ça, dit Marlowe, somnolente.

— Ouais.

— Et tu as carrément grimacé.

Bob pouvait sentir ses lèvres s'étirer contre son torse.

Pas de surprise pour lui. Chaque orgasme avec elle lui donnait l'impression d'en être complètement retourné. C'était douloureux de la meilleure des façons.

— Ouais, si tu veux, ronchonna-t-il pour de faux.

Marlowe gloussa, et ce son atterrit directement dans le cœur de Bob. Il ferait n'importe quoi, donnerait n'importe quoi pour entendre ce petit gloussement chaque jour du reste de sa vie.

Elle bâilla et soupira de sommeil.

— Je suis là, Punky. Dors.

— Je ne veux pas rêver.

— Je sais, répondit-il, et c'était le cas. Mais si tu rêves, je suis là.

— Ouais, tu es là.

Il sentit sa respiration ralentir et devenir plus profonde contre lui, et quand sa verge se fut suffisamment ramollie pour se glisser hors du corps de Marlowe, elle était de nouveau endormie. Bob la bougea pour qu'elle soit allongée tout contre lui, mais à côté, et il remonta les couvertures qu'ils avaient éjectées à coups de pied pendant leurs ébats.

En général, quand il était au lit, son esprit ne voulait pas s'éteindre. Des visions de son passé vacillaient dans sa tête comme un film. Mais ce soir, ce n'était pas son passé qui le maintenait éveillé... c'était son futur. La maison décrite par Marlowe. Leurs enfants courant partout, criant comme de petits diables, riant avec ceux de Chappy et de Cal.

Il s'endormit le sourire aux lèvres. Il ignorait complètement ce que leur réservait vraiment l'avenir, mais peu importait, il serait avec Marlowe. Il n'avait pas le moindre doute là-dessus.

ÉPILOGUE

Cinq mois plus tard

Marlowe souriait en regardant Chappy, Cal, JJ et Kendric décharger le camion de déménagement. Cela avait pris du temps pour trouver l'endroit parfait, mais, dès qu'elle avait posé les yeux sur cette maison, elle avait su que c'était la bonne. Elle nécessitait des travaux, mais Kendric avait promis de la faire briller, et elle ne doutait pas que c'était exactement ce qu'il ferait.

Il paraissait content. Parfois, elle était inquiète qu'il finisse par s'ennuyer et veuille retourner bosser pour Willis, mais il la rassurait, encore et encore, lui disant qu'il en avait fini avec ça. Qu'il était satisfait d'être ici, à Newton, avec elle et ses amis.

Il travaillait beaucoup, mais Marlowe s'en fichait. Il avait besoin de s'occuper, et si couper des arbres et guider des gens en randonnée sur le sentier des Appalaches le maintenait occupé et satisfait, elle ne lui dirait jamais de s'arrêter.

Le procès de Ian était en suspens, et même si c'était frustrant, Marlowe savait que c'était pour le mieux. Il était au moins détenu sans caution et les avocats étaient vigilants, faisant tout leur nécessaire afin qu'il ne sorte jamais de prison. Tout l'argent qu'il avait dissimulé dans des comptes offshores avait été confisqué et les douanes, la Sécurité Nationale et le FBI continuaient de rechercher les artefacts qu'il avait dérobés avant de partir en Thaïlande.

Alors, avec Ian en prison et Kendric dans une situation stable... tout allait super bien dans la vie de Marlowe, et elle ne pouvait en être plus heureuse.

Elle caressa son ventre grossissant et sourit, voyant Carlise et June s'approcher pour se tenir à côté d'elle.

— Regarde-nous, les trois petits cochons, plaisanta June.

Marlowe rit. Elle était tombée enceinte étonnamment vite. Moins d'un mois après avoir recommencé à avoir ses règles. C'était comme si son corps avait simplement attendu le sperme de Kendric... Chappy avait aussi finalement mis Carlise en cloque, et Marlowe était aux anges que tous leurs enfants naissent au même moment, à seulement quelques mois d'intervalle.

La maison de Cal n'était pas trop loin de celle qu'avaient achetée Marlowe et Kendric, et bien que Chappy et Carlise vivent toujours dans leur appartement, en ville, ils faisaient bâtir leur chalet dans les montagnes.

— Je suis si contente pour toi, dit Carlise, posant la tête sur l'épaule de Marlowe et se penchant d'une façon bizarre pour y parvenir.

Elle était tellement plus grande qu'elle et June, et elle plaisantait fréquemment en se servant de leurs têtes pour y poser ses coudes.

— Cette maison est vraiment parfaite, ajouta June.

— Ouais, confirma Marlowe.

— Est-ce qu'on devrait se sentir coupables de rester là, à regarder nos hommes soulever tous les trucs lourds ? demanda Carlise au bout d'un moment.

Marlowe rit.

— Ah ! J'ai essayé d'aider, mais Kendric m'a crié dessus. M'a dit d'aller « manger des cornichons ou autre chose. »

Les autres filles ricanèrent.

— Exactement ! réagit Carlise. C'est comme s'ils pensaient que nous étions complètement incapables simplement parce que nous sommes enceintes.

— Maintenant que j'approche la fin de mon second trimestre, Cal devient super parano, dit June. Je vous jure que, si nous restons ici encore trop longtemps, il débarquera en courant avec une chaise et insistera pour que je m'assoie.

— L'autre jour, quand j'ai tenté de dire à Riggs que j'en avais terminé avec la traduction sur laquelle je bossais, il est venu, m'a soulevée de ma chaise et m'a portée jusqu'à notre chambre en disant que j'avais suffisamment travaillé et que j'avais besoin de me reposer.

Marlowe sourit. Kendric n'était pas si mal... pour l'instant. Mais elle ne doutait pas que son côté hyper protecteur émergerait de plus en plus, à mesure que leur enfant continuerait de grandir.

— Mais est-ce qu'on déteste ça ? demanda-t-elle.

Carlise et June esquissèrent un sourire.

— Non !

— Pas le moins du monde !

Marlowe acquiesça joyeusement.

— Vous savez ce qu'il manque ici ? finit par dire Carlise au bout d'un moment.

— Quoi ? demandèrent en même temps Marlowe et June.

— April.

Marlowe fronça les sourcils. Carlise avait raison. On aurait dit que leur amie traînait de moins en moins avec elles… et c'était aussi déroutant que blessant.

— Où est-elle d'ailleurs ?

— Au bureau, où d'autre ? répliqua June.

Marlowe soupira.

— Elle travaille trop dur. Elle est toujours là-bas. Vous pensez qu'elle est contrariée qu'on soit toutes enceintes ? demanda-t-elle.

— Non, répondit sans hésiter Carlise. Je ne pense vraiment pas qu'elle veuille des enfants, alors ce n'est pas ça. Quelque chose d'autre l'ennuie.

— J'aimerais bien qu'elle nous parle, dit June.

— Moi aussi, dit Carlise. Mais elle s'est toujours montrée discrète quant à sa vie personnelle. Elle passe du temps avec nous et tout, mais je garde quand même l'impression de ne pas tant la connaître que ça.

— Je croyais que ça venait de moi ! s'exclama Marlowe.

— Eh bien, je sais qu'elle a été mariée avant et que c'est juste tombé à l'eau, mais c'est tout ce qu'elle m'a raconté, dit June.

Carlise se redressa, JJ sortant de la maison et leur faisant signe avant de disparaître de nouveau dans le camion que Kendric avait loué pour déménager leurs affaires.

— Je crois que ça suffit, que nous devons faire en sorte que JJ et April se sortent les doigts des fesses et admettent qu'ils s'aiment bien tous les deux. Ça fait presque mal de les voir s'observer l'un l'autre alors qu'ils pensent que personne les ne remarque. Les yeux tristes de chien battu me tuent. Ils ont tous les deux l'air si malheureux !

— Que pouvons-nous faire ? Enfin, ce sont des adultes, dit June.

— Les forcer à partager un lit une nuit ? suggéra Carlise.

Toutes rirent.

— Eh bien, ça a marché pour nous trois, argumenta-t-elle.

— C'est vrai, mais je crois que ça ne marchera pas pour eux.

Les trois femmes soupirèrent et se torturèrent les méninges en silence.

— Je n'ai rien, admit Marlowe au bout d'une minute ou deux.

— Moi non plus, suivit June.

Carlise soupira.

— Ouais, je ne sais absolument pas quoi faire.

— Nous allons juste devoir laisser ces deux-là trouver, raisonna Marlowe.

— Je suppose... Je veux juste qu'ils soient heureux. Ils travaillent tous les deux si dur et ils sont tellement géniaux. Je sais qu'ils iront parfaitement bien ensemble s'ils se donnent simplement une chance, dit Carlise.

— Ouais, dit Marlowe.

Elle réfléchissait encore durement, tentant de trouver un moyen d'apporter son aide à la relation de JJ et d'April, quand Kendric sortit de la maison avec un énorme sourire sur le visage.

— Terminé ! dit-il en se rapprochant, mettant un bras autour de ses épaules et l'attirant contre lui. Enfin je veux dire que tout a été rentré, pas déballé. Je commencerai ça plus tard. Tu veux voir ?

— Évidemment ! lui répondit Marlowe avec un petit rire.

— Je vais ramener June à la maison, elle est suffisamment restée debout pour aujourd'hui, dit Cal, revendiquant sa femme en lui mettant un bras autour de la taille.

June lança un regard aux autres filles, comme pour dire « Vous voyez ? »

— Ouais, Car et moi allons remonter vers le chalet pour le

week-end. Si quoi que ce soit se présente et que tu as besoin de moi, fais-le-moi savoir, dit Chappy en prenant Carlise par la main.

Marlowe fit signe à ses amis et leur promit de leur envoyer des photos plus tard, une fois la maison un peu mieux aménagée.

— Et je suppose que je vais juste vous lâcher les baskets, dit JJ, un grand sourire aux lèvres. Je me rends au bureau. Je sais quand je suis la cinquième roue du carrosse, dit-il avant de donner une grande tape dans le dos de Kendric et de se diriger vers sa Bronco.

— Tu as l'air heureuse, lui dit Kendric, ses amis marchant vers leurs véhicules respectifs, tous garés sur la route.

— C'est parce que je le suis, lui répondit-elle en souriant.

— Tant mieux. Moi aussi.

Regardant leur nouveau foyer, Marlowe se mit à penser que tout ce qu'elle avait traversé, toute la terreur, l'incertitude, le vol quittant la Thaïlande, le fait d'avoir failli être tuée... chaque petite chose en avait valu la peine. Elle était mariée à l'homme de ses rêves, allait avoir leur enfant et, aujourd'hui, elle emménageait dans la maison idéale. Elle repasserait par tout ça si cela voulait dire qu'elle finirait pile à cet endroit.

— Allons voir notre maison, dit-elle. Peut-être même baptiser quelques-unes des chambres.

Kendric arbora un très grand sourire.

— Ça m'a l'air d'être un bon plan.

Il la souleva façon jeunes fiancés et marcha vivement vers le porche de devant. Il lui fit franchir le seuil et s'arrêta, se penchant pour lui donner un baiser.

— Tu es sûre de ne pas être triste de ne jamais avoir eu de vraie cérémonie de mariage ?

Ils avaient décidé de se rendre auprès d'un juge de paix et

de se marier ici, aux États-Unis, juste pour s'assurer que leur mariage était légal. Il n'y avait eu qu'eux ainsi que deux témoins, des employés qui travaillaient dans l'immeuble. Aucun des deux n'avait souhaité en faire toute une histoire, car ils estimaient qu'ils étaient déjà mariés. Ceci était juste une formalité.

— J'en ai eu une, de vraie cérémonie de mariage, insista Marlowe. Je portais une robe couleur crème, nous avons échangé nos vœux et nous avons un certificat qui le prouve.

Le morceau de papier était dans un sale état, froissé et tordu dans les coins, et l'encre avait bavé à cause de sa chute dans le canal, mais il tiendrait toujours une place spéciale dans le cœur de Marlowe. Kendric l'avait fait encadrer, et elle ne doutait pas qu'il l'avait déjà accroché dans leur chambre, où il l'avait été pendant les cinq derniers mois et demi, dans leur appartement.

— Je t'aime, dit Kendric.

— Je t'aime davantage.

— Impossible, dit-il avant de l'embrasser de nouveau.

Il était sur le point de refermer la porte quand il entendit un sifflement aigu dans leur dos. Il se tourna et regarda alentour, et il remit immédiatement Marlowe sur ses pieds quand il vit ses amis se rassembler. Quelque chose se passait et ça n'avait l'air joli.

Kendric et Marlowe tournèrent le dos à leur nouvelle maison, mettant leur projet de baptême en suspens pour découvrir ce qui était arrivé.

* * *

April soupira en raccrochant le téléphone. Elle se trouvait au bureau au lieu d'être avec ses amis. Elle avait envie d'être là-bas, mais, ces derniers temps, se trouver auprès de Jack était atroce. Malgré ses protestations auprès des autres filles... elle aimait cet homme. Et de n'être rien de plus que son amie depuis des années la tuait à petit feu.

Elle n'était même pas certaine du moment précis où c'était arrivé. Elle supposait que ça avait été progressif, voyant à quel point Jack était dévoué à l'entreprise, à quel point il aimait ses amis. Il laisserait tout tomber pour aider ceux qu'il aimait s'ils en avaient besoin. Elle l'avait vu de ses yeux, encore et encore. Il était tout ce qu'elle avait toujours recherché chez un partenaire.

Elle n'avait pas été une priorité dans son propre mariage ; son ex-mari n'était pas une mauvaise personne, il était juste... égocentrique. Il avait donné l'impression que son travail était plus important que le sien. Si elle avait un rendez-vous chez le médecin et souhaitait qu'il l'accompagne, il insistait toujours sur le fait qu'il ne pouvait pas à cause d'une réunion au boulot ou autre. Elle ne pouvait compter sur lui en *rien*.

Ils s'étaient aimés au début de leur mariage, mais, les années passant, ils s'étaient éloignés. Quand elle avait finalement demandé le divorce, ils n'étaient rien de plus que des colocataires.

April avait l'intuition que Jack serait un mari extraordinaire. Attentif, protecteur, et qu'il ne la laisserait jamais tomber si elle lui demandait de l'accompagner à son rendez-vous, ou à une fête, ou simplement pour s'asseoir avec elle à la maison et prendre un repas ensemble.

Elle secoua la tête dans un soupir. Elle et Jack n'étaient pas faits pour être ensemble, ça, c'était clair. Ils avaient travaillé ensemble pendant des années. S'il avait eu d'autres sentiments pour elle autres que ceux d'un patron envers son employée, il aurait bien eu le temps de passer à l'acte.

Puisqu'il était actuellement avec tous les autres, aidant Marlowe et Bob à emménager dans leur nouvelle maison, elle était allée à Jack's Lumber. C'était le week-end et elle n'était pas obligée d'être là, le service téléphonique lui enverrait une alerte pour tout appel d'urgence. Mais elle ne pouvait rester près de lui plus qu'elle ne l'avait déjà fait, même si elle le voulait, alors venir dans le bureau paisible était sa meilleure option.

Alors qu'elle tentait de ne pas penser à ses amis, le téléphone sonna. C'était l'une des stations de ski non loin. Un énorme arbre avait chuté près d'une des pistes les plus empruntées et ils souhaitaient que Jack's Lumber le retire. April dit à l'homme que personne ne se trouvait au bureau, mais qu'elle allait passer et jeter un œil.

Reculant la chaise de son bureau, elle se leva. Elle allait juste évaluer rapidement la tâche, elle saurait ainsi combien de gars envoyer demain. Ce n'était pas ce qu'elle faisait habituellement, mais elle avait besoin de fuir ses pensées. Elle devenait lâche quand il était question de Jack, et elle le savait. Elle voulait admettre ses sentiments à son patron, mais craignait en le faisant que, si ces sentiments n'étaient pas réciproques, les choses ne deviennent bizarres et qu'elle ne doive quitter un boulot qu'elle adorait.

April saisit son sac à main et sa veste, puis se dirigea vers la sortie du Jack's Lumber, grimpant dans sa Subaru Forester rouge pour s'en aller vers les montagnes. Elle remarqua vaguement un pick-up noir derrière elle, le seul autre véhicule sur cette longue portion de route, mais son esprit restait concentré sur sa destination.

Elle réfléchissait à une proposition à faire à la station de ski, juste au cas où ils voudraient que Jack's Lumber vérifie les arbres tout le long des pentes, retirant certains qui pourraient menacer de tomber, quand quelque chose sur le côté de la route, dans sa vision périphérique, attira son attention.

Instinctivement, elle appuya brutalement sur le frein.

Un énorme orignal arriva sur la route, et April donna un gros coup de volant sur la droite. Commençant à glisser, elle tenta tout de suite de corriger son mouvement brusque, mais il était trop tard.

Elle tournoya, le bruit grinçant des pierres contre le châssis en métal de sa voiture était si lourd tandis qu'elle quittait la route.

April fut bousculée sur son siège, sa tête vint s'écraser contre la vitre à sa gauche, et elle laissa échapper un petit cri avant d'être projetée dans les airs.

L'orignal avait choisi le pire endroit pour déambuler devant sa voiture, car il y avait un fossé peu profond... puis une chute de six mètres, partant du côté de la route de campagne jusqu'à la forêt en dessous.

La voiture heurta le sol en bas de la colline avec suffisamment de force pour couper le souffle d'April. Ça aurait également pu être sa ceinture de sécurité se resserrant autour de sa poitrine et de ses genoux, ou l'airbag expulsé dans un souffle puissant, lui fichant une sacrée trouille.

Des taches brillaient devant ses yeux. Sa tête l'élançait, et elle pouvait sentir le sang goutter sur le côté de son visage. Tout était arrivé si vite !

Les secondes passèrent, et April réalisa qu'elle n'avait jamais ressenti autant de douleur auparavant. Sa tête pulsait tellement qu'elle ne put s'empêcher de vomir. Heureusement, l'airbag s'était légèrement dégonflé alors le vomi ne coula pas directement sur son visage, mais c'était presque tout aussi nul qu'il ait atterri sur le toit de sa voiture.

Quoi... le toit ?

Tournant la tête, elle cligna des yeux, confuse devant la façon dont le monde paraissait sens dessus dessous.

Puis, elle comprit que ce n'était pas le monde qui était à l'envers, mais *elle*. La voiture se trouvait sur son toit, et elle pouvait voir la route qu'elle avait quittée, loin au-dessus d'elle.

L'orignal était parti depuis longtemps, mais le pick-up noir qui l'avait suivie se trouvait au-dessus, sur la route. Elle n'arrivait pas à distinguer qui était au volant, mais, juste quand elle eut la pensée rassurante que cette personne, peu importait qui elle était, allait sûrement l'aider... le pick-up recommença à avancer.

Totalement sous le choc et confuse, elle le vit repartir, ne laissant rien d'autre que le silence dans son sillage.

Plus April restait dans sa voiture ruinée, plus sa tête palpitait. Elle tenta de se convaincre que la personne qui était dans ce pick-up n'avait probablement pas de réseau et qu'elle était juste partie plus loin sur la route pour obtenir de l'aide. Mais pour une raison, elle savait que ce n'était pas le cas.

Qui que ce fût, on l'avait laissée là. Blessée, en sang et piégée.

Elle voulait pleurer. Voulait hurler. Mais son corps s'éteignait. La douleur était trop intense. Sa tête lui donnait l'impression d'être sur le point d'exploser.

La dernière chose à laquelle elle pensa avant de tomber dans l'inconscience fut à quel point l'endroit paraissait calme. Le silence était absolu, et c'était la chose la plus effrayante qu'elle avait entendue de sa vie.

* * *

JJ était frustré et grincheux. Il avait eu hâte de pouvoir aider Bob et Marlowe à emménager dans leur nouvelle maison, car cela voulait dire qu'il allait voir April en dehors du bureau, sauf qu'elle n'était jamais venue. En fait, elle semblait avoir une excuse chaque fois qu'elle était invitée à passer du temps avec lui et ses amis dernièrement.

Cette femme le rendait fou. Il la désirait, *tellement*, mais il ignorait complètement comment modifier ce statu quo entre eux.

Elle se montrait toujours si professionnelle... Et il détestait ça. Il n'aimait pas la distance qu'elle maintenait entre eux.

April Hoffman était tout ce qu'il avait toujours voulu chez une femme. Grande, intelligente, les pieds sur terre, bosseuse et, plus que tout le reste, elle faisait une amie merveilleuse. Elle était *son* amie. Mais il voulait plus. Il voulait désespérément plus. Mais il ne savait pas comment faire en sorte que ça arrive.

Il aurait dû manifester son intérêt des années plus tôt, mais plus le temps passait, plus il était difficile de savoir comment faire le premier pas. Et il craignait d'avoir loupé sa chance. En plus de passer de moins en moins de temps avec Carlise, June et Marlowe, elle semblait faire des efforts pour mettre de l'espace entre elle et JJ en particulier. Essayait même d'éviter de se retrouver au bureau en même temps que lui. C'était nul, et JJ ne savait comment remédier à ça.

Une fois tous les meubles et cartons extirpés du camion et posés dans la maison de Bob et de Marlowe, JJ finit par s'excuser quand ses autres amis retournèrent à leurs véhicules. Il marchait vers sa Bronco quand son téléphone sonna. Quand il vit le numéro inconnu sur l'écran, il se fit soucieux et porta le téléphone à son oreille.

— Ici JJ.

— C'est bien Jackson Justice ? demanda une voix inconnue.

— Oui. Qui est-ce ?

— Mon nom est Patrick Stewart. Nous avons trouvé votre numéro dans les contacts d'urgence d'April Hoffman. Je vous appelle pour vous apprendre qu'elle est dans notre ambulance et que nous avons demandé un vol pour l'emmener à Bangor.

Le cœur de JJ s'arrêta de battre.

— Quoi ? April est blessée ?

— Oui, monsieur. Sa voiture a fait une sortie de route sur Mountain Road et un témoin nous a appelés.

— JJ ? Que se passe-t-il ? demanda Chappy, se matérialisant à ses côtés.

Mais il ne pouvait se concentrer sur rien d'autre que la voix à l'autre bout du fil.

— Est-ce que... est-ce qu'elle va vivre ? demanda-t-il dans un murmure.

— Oui, elle est inconsciente et a une sérieuse blessure à la tête. Comme je l'ai dit, elle est héliportée à Bangor et vous apparaissiez dans sa liste des contacts urgents dans son téléphone. Y a-t-il une autre personne que nous devrions appeler ?

— Quel hôpital ? aboya JJ, ignorant la question.

Chaque molécule dans son corps le pressait de sauter dans sa voiture et de se rendre à ses côtés.

Le secouriste lui répondit, JJ hocha la tête.

— Je serai là. Dites-lui... que j'arrive, le supplia-t-il.

— Elle est inconsciente, monsieur, mais je lui dirai si elle se réveille, le rassura le secouriste.

— Merci, dit JJ avant de raccrocher et de reprendre le chemin vers sa voiture, mais la main de Chappy sur son bras l'arrêta.

— Mais que se passe-t-il donc ?

— April est blessée ! Elle a eu un accident de voiture. Ils l'emmènent à Bangor. Je dois me rendre auprès d'elle.

— Nous irons avec toi. Ne bouge pas, lui ordonna Chappy.

JJ secoua la tête.

— Je ne peux pas... J'ai besoin... J'ai besoin d'y aller !

— Et nous y allons, lui répondit calmement Chappy, avant de se tourner et de siffler haut et fort.

Pour la toute première fois, JJ ne savait absolument pas quoi faire. Il avait toujours eu le contrôle. Il avait été le chef de leur équipe au sein de Forces Spéciales, celui que tout le monde regardait quand les choses se gâtaient. Mais à la seconde où il avait entendu qu'April était blessée, c'était comme s'il avait été incapable de prendre la plus simple des décisions.

Chaque molécule en lui le pressait d'aller auprès d'elle. Pour s'assurer qu'elle allait bien.

Il entendait ses amis parler comme s'ils se trouvaient très loin, et l'autre chose qu'il savait, c'était que Cal le guidait vers son SUV.

— Je conduis, dit fermement ce dernier.

JJ ne protesta pas. La Rolls-Royce de Cal avait pas mal de puissance sous le capot, et il pouvait atteindre Bangor plus vite que JJ avec sa Bronco.

Il entendait ses amis parler tout autour de lui, grimpant dans le véhicule, mais tout ce à quoi il parvenait à penser, c'était à April. Pourquoi se trouvait-elle sur cette route ? Est-ce qu'elle irait bien ? Avait-elle été terrifiée quand c'était arrivé ? Avait-elle été consciente ou avait-elle été instantanément assommée ?

Et sous toute cette peur et cette inquiétude... la détermination. Plus forte que toute autre émotion.

Il ne fallait plus attendre. Quand elle serait remise – et elle se *remettrait*, elle le devait – il s'assurerait que cette femme savait à quel point il l'aimait. Il avait perdu assez de temps. On ne déconnait plus.

April Hoffman était sienne, et il ferait tout ce qu'il faudrait pour l'amener à l'aimer autant qu'il l'aimait. Peu importaient les obstacles qui se mettraient sur son chemin.

* * *

JJ est déterminé à ce que l'accident d'April ne l'empêche pas de finalement avouer son attirance pour elle. Mais sa condition médicale s'avère être le dernier de ses soucis. Quelqu'un éprouve une envie de vengeance et personne à Newry n'est en sécurité. Découvrez *Le Bûcheron*, le dernier tome de la série *Le Fruit du Hasard*, afin de découvrir la conclusion explosive et la façon dont nos quatre amis et anciens militaires doivent travailler ensemble, accompagnés de nombreux de leurs amis dans le pays, pour s'assurer que le mal ne gagne pas.

NOTES

Chapitre Douze

1. Trouble de Stress Post-Traumatique

DU MÊME AUTEUR

<u>Autres livres de Susan Stoker</u>

<u>*Le Fruit du Hasard*</u>

Le Protecteur

L'Aristocrate

Le Héros

Le Bûcheron (1 Décembre)

<u>Sauvetage à Eagle Point</u>

Un sauveteur pour Lilly

Un sauveteur pour Elsie

Un sauveteur pour Bristol

Un sauveteur pour Caryn

Un sauveteur pour Finley

Un sauveteur pour Heather

Un sauveteur pour Khloe

<u>Forces Très Spéciales : Alliance</u>

Un protecteur pour Remi

Un protecteur pour Wren (5 Nov)

Un protecteur pour Josie

Un protecteur pour Maggie

Un protecteur pour Addison

Un protecteur pour Kelli

Un protecteur pour Bree

Le Refuge

Un soutien pour Alaska

Un soutien pour Henley

Un soutien pour Reese

Un soutien pour Cora

Un soutien pour Lara

Un soutien pour Maisy (1 Oct)

Un soutien pour Ryleigh

Silverstone

Pour la confiance de Skylar

Pour la confiance de Taylor

Pour la confiance de Molly

Pour la confiance de Cassidy

Delta Force Deux

Un refuge pour Gillian

Un refuge pour Kinley

Un refuge pour Aspen

Un refuge pour Jayme

Un refuge pour Riley

Un refuge pour Devyn

Un refuge pour Ember

Un refuge pour Sierra

<u>Hawaï : Soldats d'élite</u>

Un paradis pour Élodie

Un paradis pour Lexie

Un paradis pour Kenna

Un paradis pour Monica

Un paradis pour Carly

Un paradis pour Ashlyn

Un paradis pour Jodelle

<u>Mercenaires Rebelles</u>

Un Défenseur pour Allye

Un Défenseur pour Chloé

Un Défenseur pour Morgan

Un Défenseur pour Harlow

Un Défenseur pour Everly

Un Défenseur pour Zara

Un Défenseur pour Raven

<u>Ace Sécurité</u>

Au Secours de Grace

Au Secours d'Alexis

Au Secours de Bailey

Au Secours de Felicity

Au Secours de Sarah

<u>Forces Très Spéciales Series</u>

Un Protecteur Pour Caroline

Un Protecteur Pour Alabama

Un Protecteur Pour Fiona

Un Mari Pour Caroline

Un Protecteur Pour Summer

Un Protecteur Pour Cheyenne

Un Protecteur Pour Jessyka

Un Protecteur Pour Julie

Un Protecteur Pour Melody

Un Protecteur pour l'avenir

Un Protecteur Pour Les Enfants de Alabama

Un Protecteur Pour Kiera

Un Protecteur Pour Dakota

Forces Très Spéciales : L'Héritage

Un Sanctuaire pour Caite

Un Sanctuaire pour Brenae

Un Sanctuaire pour Sidney

Un Sanctuaire pour Piper

Un Sanctuaire pour Zoey

Un Sanctuaire pour Avery

Un Sanctuaire pour Kalee

Un Sanctuaire pour Jane

Delta Force Heroes Series

Un héros pour Rayne
Un héros pour Emily
Un héros pour Harley

Un mari pour Emily

Un héros pour Kassie

Un héros pour Bryn

Un héros pour Casey

Un héros pour Wendy

Un héros pour Mary

Un héros pour Macie

Un héros pour Sadie

Un héros pour Annie

<u>Autre</u>

Un moment suspendu : Recueil de nouvelles

<u>AUDIO</u>

Un paradis pour Élodie

À PROPOS DE L'AUTEUR

Susan Stoker est une auteure de best-sellers aux classements du New York Times, de USA Today et du Wall Street Journal. Elle a notamment écrit les séries Badge of Honor: Texas Heroes, SEAL of Protection et Delta Force Heroes. Mariée à un sous-officier de l'armée américaine à la retraite, Susan a vécu dans tous les États-Unis, du Missouri jusqu'en Californie en passant par le Colorado, et elle habite actuellement sous le vaste ciel du Tennessee. Fervente adepte des fins heureuses, Susan aime écrire des romans où les sentiments laissent place au grand amour.

http://www.StokerAces.com

facebook.com/authorsusanstoker

x.com/Susan_Stoker

instagram.com/authorsusanstoker

goodreads.com/SusanStoker

www.ingramcontent.com/pod-product-compliance
Lightning Source LLC
Chambersburg PA
CBHW011145100726
47899CB00010B/3183